丛 坤◎主编

黑龙江民间文学丛书

大兴安岭卷

黑龙江大学出版社
HEILONGJIANG UNIVERSITY PRESS
哈尔滨

图书在版编目（CIP）数据

黑龙江民间文学丛书．大兴安岭卷 / 丛坤主编．——
哈尔滨 ：黑龙江大学出版社，2019.12（2021.7 重印）
ISBN 978-7-5686-0307-2

Ⅰ．①黑… Ⅱ．①丛… Ⅲ．①民间文学－作品集－大
兴安岭地区 Ⅳ．① I277

中国版本图书馆 CIP 数据核字（2019）第 223007 号

黑龙江民间文学丛书·大兴安岭卷
HEILONGJIANG MINJIAN WENXUE CONGSHU DAXING'ANLING JUAN
丛　坤　主编

责任编辑　李　卉
出版发行　黑龙江大学出版社
地　　址　哈尔滨市南岗区学府三道街 36 号
印　　刷　三河市春园印刷有限公司
开　　本　787 毫米 ×1092 毫米　1/16
印　　张　22.5
字　　数　323 千
版　　次　2019 年 12 月第 1 版
印　　次　2021 年 7 月第 2 次印刷
书　　号　ISBN 978-7-5686-0307-2
定　　价　68.00 元

编辑说明

　　《黑龙江民间文学丛书》各分卷所收文章多为民间百姓口口相传之作，有的故事流传时间久远，在流传过程中于不同地区可能演变成不同的版本。本丛书立足于选编内容的完整性及多样性，为了能向读者全面展示黑龙江各地区的民间文学，均予以收录。并且在收录、出版过程中，不做具体分类，各文章按照名称首字汉语拼音进行排序。

　　黑龙江地区具有独特的方言体系，在整理收录各文章时，均原汁原味将其展示，以体现丰富多彩的东北方言，并未做其他多余的文学美化装饰。

　　民间文学更侧重民间性，口语特点强烈，在编辑本套丛书时，我们只是对其中某些明显讹误进行订正，从而保存故事在民间流传时的口语形态，保留了其趣味性、地方性、故事性。

　　特此说明。

黑龙江大学出版社

《黑龙江民间文学丛书》前言

黑龙江省地处祖国北疆,具有独特的地理环境;气候上的特点是四季分明,冬季漫长。每当冬季来临之际,万物肃杀,大地一片银装素裹。正如《红楼梦》中那句人皆可诵的诗句:"落得一片白茫茫大地真干净。"黑龙江省的历史也如同它的气候一样,更迭起伏,在历史的长河中总是出现诸多空白,让今天的史学工作者费尽猜测。

一、孕育黑龙江民间故事的生态环境

黑龙江省位于中国东北部,地处欧亚大陆东部、东北亚的中心区域,是亚洲与太平洋地区陆路通往俄罗斯和欧洲大陆的重要通道。因境内最大的河流黑龙江而得名。

(一)得天独厚的自然条件

黑龙江省地处北纬 43°26′—53°53′,东经 121°11′—135°05′,位于欧亚大陆东部,太平洋西岸,是中国位置最北、纬度最高的省份。全省土地总面积 47.3 万平方千米,仅次于新疆、西藏、内蒙古、青海、四川,居全国第 6 位。

黑龙江省与俄罗斯水陆相连,边境线总长 2000 余千米。黑龙江是中俄两国界江,全长 4440 千米(海拉尔河为源),干流全长 2821 千米,其中中国境内流域面积 89.1 万平方千米。两岸植被完好,至今仍保持着原始生态环境,是世界上四大无污染水系之一。这条粗犷、寂静的大河山远水长,岛屿星罗棋布,是开发界江国际旅游的珍贵资源。

黑龙江省地貌形态差异明显,境内西、北、东三面有逶迤起伏的大兴安岭、小兴安岭和张广才岭、老爷岭等两大山区。在地图上,黑龙江省的形状很像一只展翅飞翔的天鹅。南北长约 1120 千米,东西宽约 930 千米,地势大致是西北、北部和东南部高,东北、西南部低。地貌类型比例:山地、丘陵占 60.5%,余为平原、水面及其他。

黑龙江省地处欧亚大陆东缘,深受日本海海洋季风的影响,南北相距 10 个纬度,从北到南分为寒温带和中温带,气候的地域差异明显。全省大部分地区气温年较差大于 40 ℃,大兴安岭地区大于 44 ℃。黑龙江省冬长夏短,全省大部分地区冬季都长达 6 个月以上(205—215 天);有些地方可达 8 个月左右(220—265 天),夏季不足 1 个月;甚至有一半左右的地区春秋相连,没有真正的夏季。西南部夏季最长也只有 50 天。冬季的北疆,坚冰锁寒江,瑞雪铺大地,为开展冰雪运动,制作冰灯、雪雕创造了条件;连绵起伏的山地,过去是冬季狩猎的好去处,如今是建设滑雪场的理想地。

黑龙江省总体生态环境呈现出特殊的多样性和相对的整体性。大、小兴安岭不仅是黑龙江省,也是东北、华北地区的天然生态屏障。黑龙江省资源丰富,大森林、大草原、大沼泽、大田作物都是国内罕见的,同时在国际上也颇闻名。森林覆盖率、木材蓄积量和木材产量均居中国之首。黑龙江省拥有世界公认的黑土带、大豆带、玉米带和奶牛带,非常适合发展粮食生产和畜牧业生产,尤其适合发展生态绿色食品生产;土壤有机质含量和养分高于全国其他省份 2—5 倍,素以世界三大黑土平原之一和中国"黑土地之乡"著称,是中国最大的商品粮战略后备基地,是大豆、玉米、水稻等绿色优质农产品的主产区。

黑龙江省野生动物区系组成复杂,种类较多,数量可观,加之得天独厚的自然条件和特殊的地理位置,其生物多样性较为丰富,更具有北方特色。黑龙江省野生动物种类众多,其中鸟类和兽类占全国的 20%—30%,为国内种类较丰富的省份之一。境内有东北虎、紫貂、貂熊、梅花鹿、丹顶鹤等 17 种国家一级保护动物。

黑龙江省现拥有国家级自然保护区 36 处,其中五大连池自然保护区已被列为世界自然遗产,扎龙自然保护区、洪河自然保护区已列入国际重要湿地名录,三江自然保护区、丰林自然保护区已加入世界"人与生物圈"保护网。

黑龙江省矿产资源在全国名列前茅,已发现矿产资源 135 种,其中石油、石墨、天然气、煤炭等资源量均位居我国前列。

改革开放以来,与东南沿海地区,乃至中原诸省相比较,黑龙江省属于经济欠发达省份。但自然生态环境破坏较小,已成为黑龙江省的后发优势。

(二)源远流长的文明历史

1857 年,马克思说,"黑龙江两岸的地方"是"当今中国统治王朝的故乡"。这一精辟论断印证了黑龙江流域少数民族对中华民族多元一体历史格局的形成所做出的卓越贡献。黑龙江省早在距今三万至四万年的旧石器时代,就有人类活动。在今黑龙江省五常市龙凤山乡学田村,曾居住着旧石器时代晚期智人,从伴生的具有人工打击痕迹的石片及哺乳动物骨骼化石看,当时这里的人们已将狩猎作为谋生的重要手段。位于哈尔滨市的阎家岗遗址中发现了旧石器时代的古人类头骨化石石片,石核和砍砸器,动物化石等历史遗迹,推断其地质年代距今约 22000 年。距今约 6000 年的密山肃慎先民(渔猎文化)的新开流古文化遗址,其存在年代大约相当于中原地区的仰韶文化、辽西地区的红山文化、山东半岛的大汶口文化以及龙山文化。距今约 6000 年的东胡族系(草原族系)昂昂溪遗址,广泛分布于嫩江流域。距今约 4000 年的小南山遗址是黑龙江流域文明起源过程中具有里程碑意义的界标。据考古发现,位于肇源县民意乡白金宝村的白金宝遗址分布范围有 20 多万平方米,是黑龙江省境内嫩江流域一处规模最大、保存最好、最有代表性的从新石器时代晚期经青铜时代到早期铁器时代的大型原始聚落遗址,是目前发现的黑龙江流域最早的文明社会。三江平原陆续发现的数百处汉魏时期遗址及黑龙江省文物考古研究所实施的"七星河流域汉魏遗址群聚落考古计划",初步确定农业生产是七星河流域汉魏居民的主要食物来源。凤林古城的发现证实,祭祀和战争在七星河流域汉魏居民中占有重要位置。如果以国家作为文明确立的标志,七星河流域的汉魏居民就已经跨入文明社会的门槛。

漫长历史传承中,黑龙江流域养育了为数众多的古代民族,主要分为三个族系:其一为东胡族系的乌桓、鲜卑、契丹、蒙古;其二为肃慎族系的肃慎、挹娄、勿吉、靺鞨、女真、满洲;其三为濊貊族系的扶余、高句丽。这些民族在此生息繁衍,发展崛起,纷纷踏上历史的舞台。从建立政权的时间上来看,濊貊族一系崛起得最早,早在秦汉之际,松嫩平原出现第一个国家——"濊王国",在汉代人们发现了"濊王之印",其"国有故城",经济也有很大的发展,开始饲养猪、马、牛等牲畜,并且善于狩猎。至西汉时期濊貊人建立了强大的扶余、高句丽政权。与中原王朝的联系不断加深,经济、文化也得到了长足的发展。但是到了北魏时期扶余政权在高句丽、慕容鲜卑等强邻的攻击下逐步走向衰亡,高句丽也于公元 668 年在唐朝和新罗军队的联合进攻下亡国;这两个民族分别融入新罗、靺鞨、鲜卑、突厥等民族之中,在中国的历史舞台上销声匿迹。东胡族系的慕容鲜卑与肃慎族系的粟末靺鞨随后开始崛起,慕容鲜卑在西晋时(265—317)建立起前燕政权,粟末靺鞨在唐朝时(618—907)建立渤海政权。而且这两个族系在中国历史上产生的影响与濊貊族系相比呈现出后来居上的历史趋势。特别是东胡族系的鲜卑、契丹、蒙古,肃慎族系的靺鞨、女真、满洲,不仅在黑龙江流域崛起发展,而且策马南下、逐鹿中原,甚至面南背北,君临天下,汇入了浩荡的中华文明之历史长河,创造了璀璨绚丽的民族文化,对中国和世界历史的发展与走向产生了直接而深远的影响。

在黑龙江斑斓多彩的历史文化中,渤海文化与金源文化是两座高峰。

渤海国是唐朝名重一时的"海东盛国"，领有五京、十五府、六十二州，居民达十多万户，常备兵员数万人。国家机构设置、五京设置、宫廷建筑以唐朝为样板。畜牧业、农业、手工业、商业、交通运输业、城镇经济获得很大发展。诸京、府、州、县兴办学校。诗歌、音乐、绘画、雕刻、书法及造船、航海、历算、医药、育种、城邑、宫殿营造技术都达到很高水平。渤海国时期，出现了黑龙江历史上的几个"第一"——第一个图书馆、第一所大学，接受了第一个外国留学生。现宁安市渤海镇保存了上京龙泉府、兴隆寺、石灯幢、兽头石刻、渤海墓葬等遗址遗迹，还有见诸历史文献的书、表、牒、笺、碑文等。

金源文化是指女真民族以阿什河流域阿城为中心创造的文化，即金上京地区或金代早期文化。《钦定满洲源流考》称"白山黑水，其名始见于《北史》，而显著于金源"。乾隆帝曾作《望大房山作歌》，其中有"忆昔金源全盛时，半壁江山迹始发"。阿城是金源文化肇兴之地，金王朝开国之都。自海陵王迁都北京，1157年上京号降为会宁府，至金世宗1173年恢复上京号，返祖地巡视，使金上京会宁府的地位远远高于其他陪都，故获得规模空前的发展。金上京会宁府人口36万，是当时少有的大城市。金代以农为本，畜牧业、冶铁业、手工制作业发达，建筑业空前发展，商贸繁荣，文化艺术繁荣。金初使用契丹文和汉文，1119年创制女真文字。金人非常注重教育，设皇家藏书馆，兴办"官学""庙学"，女真贵族设"私学"，普及教育达东北边远地区；通过科举选用人才，《金史》称"终金一代，科目得人为盛"。文学艺术方面，曲艺、政令、文学、歌谣、舞蹈、杂剧、诗词、书画等风行一时。散曲是黑龙江地区的曲艺形式，便于清唱，包括散套、小令两种。女真人作家李直夫创作的院本杂剧《宦门子弟错立身》，描述了会宁府附近阿什河北岸蒲察部落的散曲艺术活动以及宦门子弟下海为艺的故事。

清代是黑龙江地区历史发展的重要历史阶段。康熙二十八年（1689），中俄两国通过谈判，签订了中俄《尼布楚条约》，明确了中俄东段边界的走向，以格尔必齐河和额尔古纳河、外兴安岭至海为界。1850年以后，俄趁中国清朝衰微,沙俄武力侵略黑龙江流域,强迫清王朝签订了《中俄瑷珲条约》《中俄北京条约》,抢占了包括黑龙江以北、外兴安岭以南、乌苏里江以东至库页岛的100万平方千米的中国领土。清朝末年,汉民族大量移民东北,成为东北的主体民族,也成为巩固东北边防的最强力量。

中东铁路是贯穿中国东北的铁路干线,1896年清政府与沙俄签订的一个屈辱的条约——《中俄密约》造就了它的产生。中东铁路影响黑龙江政治经济长达一百余年。中东铁路的修建,以及哈尔滨处在"丁"字形铁路的交叉点这一特殊地理位置和铁路交通功能的作用,使哈尔滨由一个小渔村迅速发展为一个带有殖民色彩的近代城市。自1898年至1918年,东北最大的机械企业——中东铁路总工厂,最大的航运公司——中东铁路航运公司,最大的商业银行——华俄道胜银行在哈开办;第一家现代制粉企业——"满洲"第一面粉公司,中国第一家啤酒企业——乌卢布列夫斯基啤酒厂,远东第一百货商场——秋林公司相继开办;与此同时食品、电力、制茶、玻璃、制材、采矿、烟草、造船等行业如雨后春笋般在哈尔滨建立起来。

犹太人是随俄国人最早进入哈尔滨的,最初他们只是从事一些为中东铁路工人提供生活服务的营生,并向一些商人提供贷款。但到了1913年,犹太人的商业活动便活跃了起来,经营领域逐步扩大。"十月革命"爆发后,大批俄国移民迁居哈尔滨,至1922年,俄国移民多达15万余人。而日本,自明治维新后,提出"失之欧洲,取之亚洲"的亚洲侵略计划。1905年日俄战争后,"日本挟战胜之余威",对哈尔滨实行经济扩张,开办数十家洋行,迅速完成了资本积累。据统计,1923年仅大型日本企业就达40多家,借此之机日本向黑龙江输送了大量侨民;此后,为实现侵略东北的野心再次向黑龙江输送农民"开拓团",使黑龙江日本侨民数量大增。哈尔滨跃升为远东著名的国际贸易城和国际化大都市。20世纪20年代,"仅外国洋行、商社就有大小2000余家,同世界40多个国家和地区的100多个城市和港口保持着经常性的商贸联系",致使哈尔滨地区的外贸进出口总额直线上升,1926年为7525

万海关两,1927 年为 8545 万海关两,1928 年达到 9946 万海关两。哈尔滨国际化程度可与巴黎、莫斯科、东京相媲美,创造了中国近代城市化进程中的一个奇迹。哈尔滨的对外开放,不仅使俄日侨民纷至沓来,甚至到 20 世纪 20 年代末哈尔滨已侨居有 28 个国家的外侨,其中不仅有德国、法国、英国、美国、意大利、澳大利亚侨民,甚至还有塞尔维亚、亚美尼亚、立陶宛等国的侨民。16 个国家在哈尔滨设立了领事馆(前后共 19 个国家 21 个领事馆或代表部)。"九一八"事变后,黑龙江全境被日军占领,黑龙江人民开始了英勇的抗日斗争;中国共产党领导下的东北抗日联军成为东北沦陷区抗日的主力,涌现出了赵一曼、赵尚志、李兆麟、杨靖宇等著名的抗日英雄。1945 年,骁勇善战的中华儿女浴血奋战后,东北地区重新回到祖国的怀抱。1946 年,哈尔滨解放,在中国共产党的领导下黑龙江这片辽阔的土地开始了历史的新里程。

黑龙江革命历史悠久,1908 年哈尔滨中俄工人在太阳岛举行万人纪念"五一"国际劳动节的活动。1918 年,哈尔滨建立了工会组织。1923 年,成立"中共哈尔滨组"。1925 年,中共北京区委派吴丽石到哈尔滨开展活动,建立了中东铁路第一个工人党支部。1927 年 10 月在哈尔滨召开了东北地区第一次党员代表大会,成立中共满洲省临时委员会。哈尔滨和中东铁路被看作是联结中共和共产国际以及宣传共产主义和列宁主义的"红色丝绸之路"。1928 年中共"六大"在莫斯科举行,中共中央通过哈尔滨地方组织设立了接待站,代表从此通道前往苏联,负责护送中共"六大"代表。中共早期领导人李大钊、陈独秀、瞿秋白、张太雷、周恩来等都来过黑龙江。刘少奇、塞克、罗章龙、罗登贤等都曾在黑龙江从事、领导过反帝反封建反军阀斗争。

如此波澜壮阔、可歌可泣的历史,为黑龙江民间故事平添了无限色彩。文化需要创造,更需要传承。对于黑龙江省而言,很多历史文化资源还有待开发。因此,对历史文化资源的发掘、整理,是黑龙江历史文化工作者的一项艰巨而漫长的工作。

二、黑龙江的地域文化特征

清末后中原汉族大量涌入,以及以俄罗斯为代表的异域文化渗入,使黑龙江地域文化整体特征具有移民文化的强烈色彩,不同的民族、不同的地域和不同的文化,在与鄂伦春、鄂温克、赫哲族等土著文化和以俄罗斯为代表的异域文化的碰撞与融合中,形成了黑龙江地域的多元文化。这种多元文化的共生,促成了黑龙江厚重性、包容性、多元性与边缘性的地域文化特征,如此文化背景为黑龙江民间故事注入了鲜明的色彩。

(一)黑龙江地域文化的厚重性

黑龙江地域文化的厚重性体现在如下几方面。

一是黑龙江流域崛起的古代民族在中国历史格局中所产生的巨大影响。历史上黑龙江流域北方游牧民族曾五次入主中原:第一次是鲜卑族南迁西进,在华北高原建立北魏政权,统一了中国北方,打破了汉族一统中国的格局,为中华民族多元一体格局的出现和形成奠定了基础。第二次是源出宇文部鲜卑的契丹族建立了辽朝政权,辽与北宋鼎立,是继北魏后统治中国北方的又一个黑龙江流域少数民族。第三次是女真族雄踞东北,建立金朝政权。定都上京会宁府(今阿城区),后迁都中都(今北京)、开封等地,与南宋对峙,成为统治中国北部的一个王朝。第四次是蒙古族崛起,横扫欧亚,建立起大一统元朝政权。元朝时的中国疆域空前广阔,是中国历史上地理版图最大的时期。第五次是满族铁骑闯入山海关,建立了我国历史上最后一个封建王朝——大清王朝。北方游牧民族五次入主中原的历史在中国是独一无二的,南北文化的大碰撞、大融合促进了中华文明的发展。这些少数民族对中华文明的巨大影响是南方任何少数民族所无法比拟的。

二是渤海文化、金源文化以及黑龙江少数民族文化的辉煌成就。在龙江大地历史的长河中,有海东盛国之称的唐代渤海国是一颗耀眼的明珠。渤海国始建于公元 698 年,公元 926 年灭亡,先后存世 229 年。如同唐朝是中华民族的辉煌一样,渤海国也是黑土地上最辉煌的地方政权,展现了黑龙江先人的勤劳和智慧。由于渤海国"崇尚华风""革故鼎新",国势日盛,雄踞北方,与盛唐同期创造了北国辉煌。渤海人以辛勤劳动,发展和创造了繁荣的经济与光辉灿烂的文化,对古代东北地区的开拓和发展做出了杰出的贡献。金源文化,是指 11 世纪至 12 世纪中期以金上京为中心地域的女真民族文化,它是黑龙江地域文化发展进程中继"渤海文化"之后的又一座光辉的里程碑。从金上京地区出土的精美绝伦的各种文物中可以窥视到,800 年前这一地区宗教、音乐、诗歌、文学故事、雕塑、碑刻、铸造、建筑都显示了古代社会的都市文明空前繁荣的程度。相较于渤海文化所受中原文明的浸染,金源文化似乎程度更深、内涵更广,民族融合的特点也更加鲜明。它上承辽、宋,下启元、清,为中华文明的血脉延续做出了积极的历史贡献。它是在我国的中原由以汉族为主的统治转变为由少数民族进行统治的时代中逐渐孕育成型的文化系统;它打破了汉文化血统论的封囿,是在少数民族文化自本自根、自立自强基础上,融入、汲取中原先进文化的精髓凝练而成的,隶属于中华大文化范畴的综合文化形态。鄂伦春、鄂温克及赫哲族等黑龙江世居民族虽然人口稀少,但其保留至今的民族文化具有鲜明的特色,尤其是在强调文化多样性的今天,其价值弥足珍贵。

三是近现代历史上黑龙江人民抵御沙俄、抗击日寇、建立东北解放区的光荣历史。从 17 世纪 40 年代起,沙俄一直觊觎我国黑龙江流域领土,对于沙俄的侵略行径,自雅克萨战役起,黑龙江各族人民进行了英勇的抵御。尽管腐败无能的清政府在沙俄的威逼下相继签订了《中俄瑷珲条约》和《中俄北京条约》,使中国丧失了黑龙江以北、乌苏里江以东 100 万平方千米的领土,但沙俄的野心仍不满足,20 世纪初,沙俄对中国的侵略更加疯狂。1900年 7 月,沙俄将海兰泡的中国人用鞭挞、刀刺、斧砍、枪击等手段逼进黑龙江中,夺去 5000 多同胞的生命。继之,对江东六十四屯的中国人大屠杀,使我国同胞死亡 700 余人。八国联军中沙俄出兵 17 万,充当主力,7 路中有 4 路经过黑龙江地区,沿途烧杀抢掠,激起我国各族人民反抗。副都统杨凤翔、将军寿山等以身殉国。沙俄从《辛丑条约》中得到了最多"赔款"。黑龙江各族人民为了捍卫祖国边疆与沙俄进行了长期的斗争,在中国近代史上谱写了光辉的一页。继沙俄之后日本帝国主义将魔爪伸向中国东北,"九一八"事变后,东北沦陷,日本帝国主义对其进行了长达 14 年的侵略。在这期间从义勇军到抗日联军(其中 11 个军中的 9 个军活动在黑龙江)黑龙江人民始终未放弃抵抗。马占山、赵尚志、李兆麟、赵一曼、杨靖宇等英雄人物,以及"江桥抗战""八女投江"等震惊中外的事迹铸就了中华民族的悲壮之歌。解放战争时期,黑龙江成为中国共产党军事战略中心,进入辉煌历史时期。黑龙江作为战略大后方,在人力与物资上保障了三下江南、四保临江、四战四平和辽沈战役的最后胜利,为新中国的成立做出了重大贡献。

除此之外,20 世纪五六十年代在黑龙江进行的北大荒农垦开发、大小兴安岭林业开发和大庆石油开发在共和国发展史上都不同凡响,堪称壮举,为黑龙江地域文化增添了厚度。

(二)黑龙江地域文化的包容性

黑龙江地域文化具有多民族、多地域、多国度的色彩,南北、中西文化相互交融,造就了其博采众长、兼容并包的地域风格,也培养了黑龙江人直爽仗义、心怀宽广的豁达性格。这种思维开放、胸怀大度、兼容并蓄、博采众长的胸襟和气度,与对弱者和落难者的同情、帮助融为一体,突出体现在以下四方面。

一是北大荒——"流人""右派"的安身地。近代以前未开发的黑龙江自然条件十分恶劣,气候酷寒,人烟稀少,人称"绝域",所以统治者把这里作为流放地。历代流放到黑龙江的人员成分复杂,其中大多数人是反抗了统治者或触犯了统治者利益的受贬官员、知识分子和内地百姓。这些所谓"流人"在黑龙江并未受到太大歧视,因而,他们才有了从事撰述及其他文化活动的可能。下放北大荒的"右派"也是如此。当时,这些来自城市的高级知识分子精神上的痛苦,生活上的落差可想而知。逆境中能够支持他们生存下去的勇气来自垦荒人所给予的温暖。这见于许多当年"右派"的回忆。

二是北大荒——"知识青年"的第二故乡。黑龙江是知青三大聚集省份之一(另有云南、内蒙古),当年曾先后接收了来自全国各地的50余万知青。"苦难是最好的大学"这句话在广大知青身上得到充分印证,北大荒走出来一大批改革开放后在政治、经济、文化等领域国家层面上堪称一流的人才。虽然当年的生活是艰苦的,但北大荒人是热情的。因此,如今功成名就的官员、学者也好,拥资千万的富商巨贾也罢,即使是仍生活在社会底层的市井平民,北大荒都是他们难以割舍的第二故乡,一年年的回访,见证了知青们对第二故乡的深厚情感。

三是善待犹太人——人道主义的光辉记录。19世纪末,"排犹"与中东铁路的修建使大批俄籍犹太人来到黑龙江,到1985年最后一位犹太人在哈尔滨辞世,犹太人迁居哈尔滨近一个世纪,最多时达2万人。他们为哈尔滨城市建设、经济文化发展做出不可磨灭的贡献。至今哈尔滨存留的犹太历史文化遗址遗迹保留完好的多达十余处,包括犹太会堂、犹太中学、犹太医院、犹太银行,以及闻名于外的马迭尔宾馆。犹太人之所以在哈尔滨取得如此巨大的发展成就,是因为黑龙江人对外来文化具有开放、包容的传统,自觉地抵制了世界性的"排犹"浪潮。中国人民的老朋友,美国前国务卿基辛格博士(犹太人)以"人道主义的光辉记录"来表达对哈尔滨善待犹太人历史的称赞。

四是接纳"日本遗孤"——博大胸怀的展现。"八一五"日本战败投降,侵略者们在撤退与遣返期间,将众多"残留孤儿"弃置在黑龙江的土地上,在中日两国人民之间制造了一个特殊群体——日本遗孤。战争使那些本该依偎在父母身边享受天伦之乐的孩童沦落为孤儿，并被遗弃在异国他乡，以他们的幼小身躯忍受了常人无法想象的痛苦折磨。但他们又是幸运的。这些日本遗孤被黑龙江一位位善良的母亲所收养，她们的节衣缩食，如亲生母亲般的关爱、呵护，使这些"弃儿"在异国他乡有了家的归宿。多年后，中国养父母再次表现出宽厚的胸怀，按日本政府规定：中国养父母不在"放行"材料上签署"同意"条款，日本政府对海外遗孤不予接收。这些养父母没有一人"拒签"。他们以德报怨的博大胸怀和仁爱之心，谱写了人类战争史上的仁义之歌。数十年过去了，回到日本的这批遗孤对中国养父母顾念之情从未割舍。"对于我来说，给我生命的母亲的面孔早已模糊，而养育我的母亲的影像却是那么清晰！"这是一位日本遗孤在纪录片《母之爱》中的深情表达。这段沉痛深婉的历史彰显着黑龙江人以德报怨、宽广而博大的胸怀。

（三）黑龙江地域文化的多元性

黑龙江独特的民族衍变与历史变迁，决定了黑龙江地域文化的多元性，其多元性最鲜明的体现在于如下几方面。

一是城市建筑的多元。哈尔滨是黑龙江城市的代表，其城市建筑多元化闻名已久。据统计，哈尔滨现存欧式建筑213处，俄罗斯式、拜占庭式、哥特式、犹太式、伊斯兰式各类建筑，无一例外都可以在这里找到。道里中央大街现有欧式及仿欧式建筑70余座，西方建筑史上最有影响的四大建筑流派尽纳其中，彰显着浓郁的欧陆风情。而道外南二道街、南三道街的"中华巴洛克"建筑区则与中央大街风格迥异，被称作"中国式西洋建筑"。联合国人居范例奖的评选专家和国际建筑艺术专家来哈尔滨考察后予以其很高评价："无论是从巴洛克建筑的数量，还是它的历史厚重感来说，价值都超过了中央大街。"此外哈尔滨友谊宫、哈尔滨医科大学、哈尔滨工程大学的大屋顶建筑又是典型的中国传统建筑。这种中西建筑风格的融合为中国其他城市所不多见。

二是宗教信仰的多元。黑龙江宗教历史悠久,佛教、道教唐朝时期就已传入。随着中东铁路修筑,大批外国人进入,先后传入哈尔滨的宗教还有:东正教、天主教、基督教、伊斯兰教、犹太教以及日本佛教和神道教。据20世纪30年代统计,哈尔滨的教堂寺庙多达128座,穹顶林立的教堂凸显出哈尔滨宗教的繁盛。多民族、多信仰、多宗教共聚一城、友好相处,反映了以中华传统文化为核心的黑龙江人在对待外来文化时的宽容心态,这一点在全国其他城市中是绝无仅有的,在世界其他多元文化城市中也是不多见的。在尚志市一面坡这样一个小镇,各种宗教也齐头并进。据资料介绍,20世纪二三十年代,小小的一面坡,居然东正教、天主教、基督教、佛教、道教、伊斯兰教,六大宗教一应俱全。

三是文化消遣的多元。黑龙江人文化消遣的多元现象十分突出。二人转、龙江剧等地方戏曲、曲艺在黑龙江群众中,特别是在广大农村群众中,经久不衰;京剧、评剧等传统剧种也不乏戏迷。在此之外,话剧、声乐、交响乐更深受喜爱。这突出反映了黑龙江移民文化的特点。黑龙江文化消遣群体主要应在农村与城市间进行区分。而哈尔滨作为欧陆文化影响强烈的城市,它与其他东北城市在文化欣赏情趣上有一个很大不同,哈尔滨许多市民对二人转是不欣赏的。因此,二人转在哈尔滨曾长期不能登上大雅之堂,只能生存在道外的小巷里。

四是风俗习惯的多元。在各类习俗方面,黑龙江整体上属于中原汉文化序列,但因地理环境的不同而发生了很大变异。世居民族虽各有其风俗习惯,但由于人口较少,随着历史发展,文化融合难以避免,表现在风俗习惯上就是你中有我,我中有你。譬如黑龙江当下的婚俗,真可谓天南海北大杂烩,最具多样性。在饮食方面,东北菜很难以独立的菜系存在。它源于鲁菜,炖菜为主,菜口偏咸,但又吸收了原住民饮食文化的一些特点,并杂糅了中原其他地区的饮食习惯。此外,俄罗斯、日本等都对黑龙江的饮食文化产生过影响,"罗宋大菜"(俄式西餐)、"东洋料理"、"韩国烧烤"不仅存在于城市,也传播到大部分乡村。

五是方言词汇的多元。黑龙江方言(属于东北方言)是南腔与北调相互融合而产生的一种语言系统,同时也深受俄、日、韩等周边国家的影响。其中,至今还保存着很多反映黑龙江世居民族风俗文化的词语,如肉和油变质称"哈喇",遇事疏忽称"喇忽",称唱歌为"喝咧",称陡峭的石头山为"砬子",均源于满语;称边防哨卡为"卡伦",这源于锡伯语。另外,黑龙江方言直接吸收的俄语词汇也非常多,如称下小上大的水桶为"畏大罗",称面包为"列巴",称连衣裙为"布拉吉"等等。黑龙江方言另一特点是,当汉语由中原地区向东北扩散时,由于发展的不同步和传输手段落后造成的差异,有很多正字在传播中被误读,并约定俗成为方言。如,东北人常说的"母们"(我们)、"那嘎哒"(那个地方),农村称呼老夫妇为"老姑姆俩"(老公母俩),"干哈"(干啥)、"稀罕"(喜欢)都是误读而形成的,从而使黑龙江方言呈现出别具一格的特色。

(四)黑龙江地域文化的边缘性

囿于特殊的历史、地理、生态环境,黑龙江地域文化具有与中原文化极为不同的个性特征,是一种多元一体的边缘文化。边缘文化,是黑龙江各民族在各个不同历史阶段和社会经济发展层面上长期积淀的特色区域文化。黑龙江地域文化既要应对中原文化和周边文化对本土文化,特别是对各世居民族原生文化形态的撞击、渗透、挤压与同化,同时也要考虑其本土文化的生存和发展,并对外来的中原文化和周边文化的进入采取宽容、妥协与吸纳等灵活姿态。这样双方长期不断碰撞与交融的结果,一种非此非彼、既此亦彼、你中有我、我中有你的新型文化形态多元一体,既开放又封闭的边缘性文化特征便形成了。

一般语境中,边缘文化总是弱势的、次要的文化,人们热衷于追逐主流文化,从不重视边缘文化的研究。"共生"思想和"边缘效应"理论是边缘文化产生的科学依据，"文化多样性"的思想是边缘文化存在发展的理论根据。这一理论认为，边缘文化是文化交流互动的产物，边缘文化也就是"杂交文化"或"共生文化"。它具有特殊的优势，在共生语境中，边缘文化与主流文化之间不断发生双向运动，二者不是敌对关系，而是共生的"伙伴关系"。从黑龙江地域文化发展来看，其边缘性体现在如下三个方面。

一是黑龙江历史文化的边缘性。黑龙江流域的历史就是民族融合的历史，首先是东胡、肃慎与濊貊三大族系间的冲突与融合。在相当长的历史时期，这三大族系之间总是处于此强彼弱或彼强此弱的状态，在这一过程中黑龙江流域文化在对峙、碰撞中融合发展。其次是黑龙江流域诸民族与中原汉民族间的冲突与融合，在文化上，两者有明显的强弱之分，中原文化处于主流文化地位，予黑龙江流域文化以巨大影响，而黑龙江流域文化虽处于弱势，其对中原文化也曾产生过诸多影响。

二是黑龙江当代文化的边缘性。黑龙江当代文化虽然已纳入中华文化体系之中，但由于历史、地理原因，在中华文化体系之中仍处于边缘状态，从主体文化样式及文化发展速度的比较上，黑龙江均不处于上游位置。因而，黑龙江文化整体上仍处于吸收、接纳的从属地位，具有不稳定性。黑龙江经常会出现"跟风"现象，如在餐饮经营上曾有一段时期，一会儿开封包子，一会儿鸭脖子，最后都成过眼云烟，这是文化边缘性的突出表现。文化边缘性从积极因素来看，是对新生事物不加排斥，接受得快。如哈尔滨至今仍被视为时尚之都，休闲方式、女性着装引领新潮，是文化边缘性的另一种表现。

三是黑龙江原住民文化的边缘性。黑龙江原住民文化是指以鄂伦春、鄂温克和赫哲族为代表的黑龙江世居少数民族文化。由于这些民族地处边远地区，人口稀少，其文化价值往往被忽视，在城市化快速推进的时代，原住民文化边缘性的问题越来越突出。在文化多样性理论受到普遍重视的今天，人们终于认识到黑龙江原住民文化是黑龙江不可多得的宝贵资源，应加以认真传承与保护。

三、黑龙江民间故事形成及其特点

（一）原住民族创作具有举足轻重的地位

长期以来，在黑龙江省的人口构成中，原住民族一直占据主体地位，汉族移民反而居于少数地位。这种现象直到相对较晚时期——19世纪中叶以后方逐渐有所改变。所谓"原住民族"，一般是指鄂伦春、赫哲、满、锡伯、蒙古、达斡尔、鄂温克等民族。今天，这些民族的人口在黑龙江省虽然已占绝对少数（不足10%），但故事的蕴藏量却极为丰富。

小兴安岭和黑龙江省东南部山地之间，是松嫩平原和三江平原，松花江和嫩江从中流过。这里是满族的先世——女真人的发祥之地，沿松花江和嫩江坐落着往日的金上京白城子、三姓、卜奎等古老的居民点，流传着关于阿骨打、金兀术、落难的徽钦二帝、老罕王以及清朝历代皇室人物脍炙人口的大量传说。

以农牧为生的蒙古族、达斡尔族和鄂温克族也大多聚居于此。其中蒙古族主要聚居在松嫩平原的草原和农业地带，以杜尔伯特蒙古族自治县、泰来县、肇源县等地为中心；达斡尔族75%以上人口分布在以齐齐哈尔市为中心的地区；鄂温克族则分布在齐齐哈尔市的讷河、富裕、嫩江等县，居住相对比较集中。他们都是农牧兼营的民族，他们的故事显示着草原文化和农耕文化结合的特色，同以山林文化为特色的民间故事大异其趣。

朝鲜族分布在以牡丹江为中心的东南部山区、三江平原大部以及松嫩平原南部等盛产水稻的地区。这是一个具有悠久文化传统的民族，早在商周时代就同中原有着密切的联系。他们的故事富含教化意义，历史和伦理道德蕴涵深厚，结构精美，叙事细腻，具有典型农耕民族的文化特色。

赫哲族主要分布在由黑龙江、松花江和乌苏里江冲积而成的三江平原，从事渔业,他们人数虽然不多,但却拥有足以引为民族骄傲的极为丰富的民间口头文学,创造出了大量独具特色的渔猎故事、动物故事、英雄故事、萨满故事、生活故事、滑稽故事……

从黑龙江省采集到的民间故事来看,满族故事占有特别的地位。这不仅因为满族在本省少数民族中人数最多,曾经在中华民族的中央政治舞台上长期扮演过重要角色,而且还因为黑龙江省的满族口头文学传统极为丰富,独具特色。一批满族故事家,具有厚重、独特的民族口头文化传统积累,为我们保存了丰富而宝贵的民族精神文化遗产。宁安地区流传的大量满族神话,全面展示了早期满族神话体系的精髓,其想象力之独特神奇,叙事结构之宏伟严密,故事情节之生动紧凑,人物性格之鲜明壮美,叙事语言之丰富流畅,堪称我国少数民族民间故事中不可多得的珍品。它们的文化内涵和深层文化价值有待于进一步研究开发。

(二)文化结构的多元性

从黑龙江省民间故事的总体状况来看,最引人注目的特点就是文化结构的多元性,以山林渔猎生活为背景的满族和鄂伦春族故事,以草原牧猎生活为背景的蒙古族、达斡尔族、鄂温克族故事,以江海渔猎生活为背景的赫哲族故事,以农耕生活为背景的汉族、朝鲜族和部分满族故事,无不各具鲜明的文化特色。这里包容了风格迥异的文化习俗、民间信仰、语言特色,不同的想象空间和思维方式造就了五彩缤纷的幻想天地,这就使得黑龙江省民间故事呈现出五色斑斓、无限丰富的整体面貌。

有关族源族史的传说,如《七兄弟的后代》《九姓的来历》《黑龙江的达斡尔人》《鄂温克人和鄂伦春人是亲兄弟》等等,在黑龙江省民间故事中占有重要地位,反映了各民族在历史上寻根的巨大兴趣,对我们认识和研究族源问题起着不可忽视的作用。残存于各民族记忆中的许多零散而模糊的"史实",曲折地反映出民族的经历和历史上民族间的关系,它们也许同真实历史相去甚远,甚至完全属于牵强附会,但却是一种更高意义上的具有超越意义的真实,在各民族的精神生活中和心理上占有重要地位,起过重要作用,甚至起过"历史教科书"和"信史"的作用。

萨满文化是一种在渔猎社会中广泛流行的文化形态。萨满是人神之间的使者,掌握着神异能力,能沟通三界。萨满文化观念的核心就是对于具有特异能力的萨满的崇拜。这种崇拜现象在黑龙江各少数民族的历史上曾经是一个十分普遍的现象,流传在民间的许多萨满神话如著名的《女丹萨满》《尼顺萨满》《尼灿萨满》,以及《萨满过阴》《他拉伊罕妈妈》《阿达匹汗奇》等,都赞颂了"法力无边"的男女萨满。有的萨满身份十分明显,有的萨满这种身份已相当模糊,但一个个武功超凡,能驱使鬼神,过阴追魂,变化无形。萨满神话是萨满文化观念的主要载体之一,对省内少数民族口头传说产生的影响至为深刻。可以说,萨满文化观念在黑龙江省少数民族的民间故事中是无所不在的,它不仅存在于神话中,也存在于传说故事中,形成了独特的情节模式、人物关系、讲述特点。

与其他少数民族神话相比较,具有鲜明特色的是满族神话。它们数量可观、内容丰富、叙事手段发达、自成严整系统,包括阿不凯恩都哩创世、人类始祖佛赫妈妈、诸神与恶魔耶路里之间的大战,以及祖先神、部落神、海神、豹神、鹿神的神话等等,涉及满族先民对宇宙起源、人类起源和繁衍、原始信仰和崇拜、民俗等诸多问题的认识,是一个值得特别深入关注的文化现象。

(三)与大自然的亲和力

人同自然之间这种直接而牢固的联系,长时间以来一直曾是实际生活的需要。人和自然,特别是人和动物之间,往往存在着一种朋友的关系,是互相依赖、互相帮助、互相信任的关系。这种关系通过幻想的纽带,编织出大量动物故事、植物故事、渔猎故事、大山的故事、怪石的故事、森林的故事……它们至今尚未脱离人和自然的一体。一山一水，一石一砬，一草一木，往往都能产生隽永的故事或动人的传说。有的民间故事中，熊、虎还得到特别尊崇，显示出历史心理上人对它们在起源上的认同。这就使得黑龙江省民间故事具有粗犷、质朴、率真的品质，毫无雕琢痕迹，充满山林的清新与泥土的芬芳。

少数民族中流传着大量的神话，且每一种类型几乎都有，如创世神话、人类起源神话、祖先和部落神话、民间信仰神话等等。从故事本身来看，大多比较短小，结构和情节往往很简单，叙事手段朴素。人们对宇宙万物的解释，自身来源的探寻，以及对各种神灵的崇拜，构成了这些神话的主要内容，清楚地反映出渔猎社会世界观的特色，显示出它们同"万物有灵"思想之间的直接联系。在神话故事之外，还存在着大量神话思想，体现在其他各种不同的物质和精神"载体"之中。这说明可能在不远的过去，神话本身也是一个相当发达的系统。只是由于种种原因，包括民间传承人群体的没落，神话这种形式才逐渐凋零了，然而保存到现在，还有如此丰富的存留，实属难能可贵。

黑龙江省的山山水水产生了大量地方传说，构成了传说的又一重大特色。许多传说附会历史和神话，使平凡的土地平添了神秘的浪漫色彩，如《会宁府的传说》《兀术母顶山》《卡仙洞和奇奇岭》《镜泊湖的由来》等等。不少秀美的山川湖泊，如五大连池、兴凯湖等，大多根据自己的地形地貌、景致特点，附丽出美妙动人的爱情故事。此类传说大多产生于晚近时期，至今仍具有很强的产构能力。数量不多但丰富多彩的地方风物传说具有深厚的民间基础，它们往往以地方特产的来历为内容展开。从黑龙江的大马哈鱼、东海的螃蟹、兴安岭的桦皮小篓和桦皮小舟，到柞木台子的黄烟、荒原上的乌拉草、克东腐乳和三姓火锅、深山老林中的人参和猴头蘑、黑龙江边的金矿……都留下了众多脍炙人口的"讲究"，从中折射出百姓对历史的态度，对家乡风物的热爱，对地方生产生活特点和风俗习惯的诠释。

有些原住民族,如鄂伦春族、赫哲族、达斡尔族、鄂温克族等,历史上一直没有能够创制出自己的民族文字。他们利用口耳相授的传统,不仅娱乐生活,联系亲朋,而且还传扬民族历史,歌颂民族英雄,传承民族伦理道德观念和行为准则,教育后代,传授生产劳动知识,培养同自然斗争的顽强精神。所以,民间故事又起到了教科书的作用。几乎直至 20 世纪 30 年代,在某些少数民族如赫哲族、鄂伦春族中,民间故事依然能够在对民族产生潜移默化作用的同时,起到一部包括哲学、历史、宗教、伦理、民俗、生产知识等在内的民族生活百科全书的作用。在距今尚不算久远的族内老辈人观念中,某些种类的传说故事(如关系到"民族信仰"的故事、族源故事、祖先故事等)甚至还能产生这样的效果:无论情节多么离奇,幻想成分多么浓重,故事还是会被作为"真实"接受下来。许多故事不仅是讲给人听的,讲故事甚至成了一种礼仪、一种传统。它们是献给灶神、家神、各种自然神、山林水泽渔猎之神,献给林中鸟兽、水中游鱼的。人们在愉悦自己的同时,还以此来愉悦大自然,愉悦神灵,以求好运和好收获的回报。在民族心理上,某些故事甚至具有"圣经"的地位,它们代代相传,不容随意"篡改"。在民族生活中,故事曾经是一种无法取代的实际需要,是民族精神生活极为重要的组成部分。

黑龙江省的民间故事,早在 20 世纪初即曾引起过俄国学者的注意,但并没有像样的采录成果存世。凌纯声先生于 1934 年发表的《松花江下游的赫哲族》一书中,采录整理了 19 个赫哲族长篇故事,是为黑龙江省民间故事有文字记录之始。从 20 世纪 50 年代后期(1956—1959)起,随着对省内少数民族开展全面系统的社会历史调查,对本省少数民族民间口头文学作品也有所采录整理。其间经 60—70 年代有所停顿,但于 80 年代初又恢复了这项工作。先后有隋书金、马名超、王士媛等人采录、编辑、出版了一些故事集,如《鄂伦春族民间故事选》《赫哲族民间故事选》等,所取得的成绩引人注目。从 1981 年开始,中国民间文艺家协会黑龙江分会由王士媛主编的《黑龙江民间文学》(不定期集刊)陆续发表了大量以省内少数民族民间故事为主体的民间故事（至 1991 年停刊止，前后共发表民间故事、神话、传说 2000 余篇，约 400 万字）。20 世纪 80 年代后期起，全省共出版地方《民间故事集成》95 卷，收入故事近 2 万篇，总数约计 2356 万字；采集期间共整理出文字资料和录音资料 5000 余万字，积累故事总计约 5 万篇。2005 年，《中国民间故事集成·黑龙江卷》（主编 徐昌翰）出版，该卷选入神话、传说、故事计 580 篇，异文 22 篇，约 140 万字，基本涵盖了全省所有地区和县、市，具有广泛代表性，比较集中地折射出黑龙江这块土地的历史文化特色。

本套丛书主要以《中国民间故事集成·黑龙江卷》为蓝本，以全省 13 个市、地为划分，每一市、地各出 1 卷，共计 13 卷。在此谨向徐昌翰、栾文海先生，以及为黑龙江民间文学整理工作做出过突出贡献的王士媛、马名超、隋书金、李路、郭崇林等先生表示由衷的谢意。

《黑龙江民间文学丛书》编委会

目录

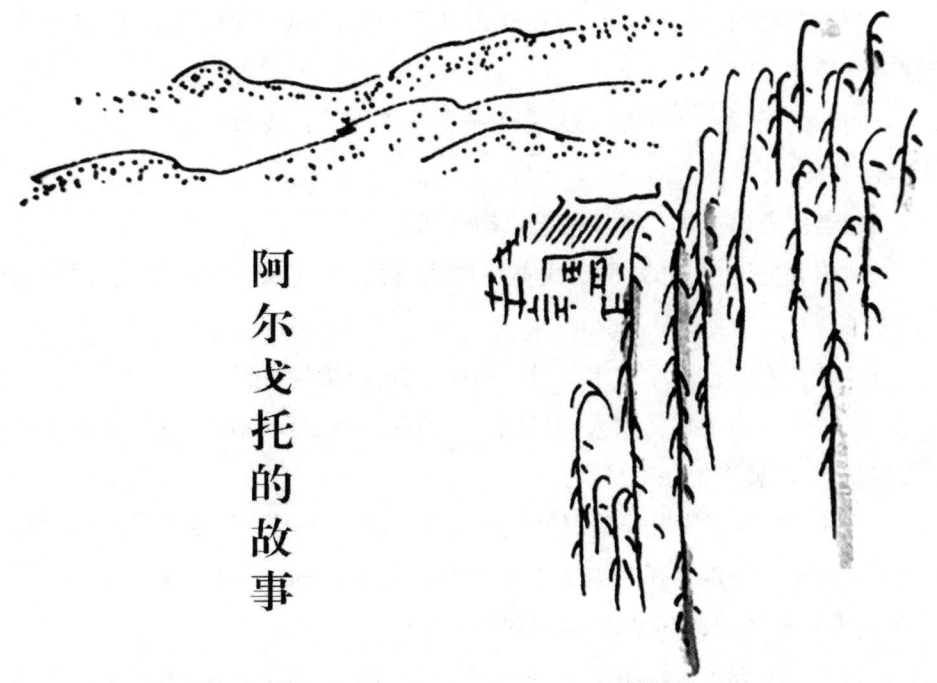

阿尔戈托的故事

很早以前,有这么一个有钱有势的人家。老两口,有三个女儿,三个女儿都出嫁了,大女儿和二女儿找的男人都挺有钱,家里都挺富。唯独三女儿找了一个穷人结了婚,虽然家里穷,但小两口恩恩爱爱互相体贴,小日子过得还算好。

三女儿的男人名叫阿尔戈托,这小子挺有志气,挺聪明,可老丈人就是看不起他。有一天,他老丈人过生日,三个女儿和女婿都来拜寿。这老头对大姑爷和二姑爷都热情招待,唯独看不起阿尔戈托,连屋都不让进。没办法,阿尔戈托只好在撮罗子外边过了一夜,头发上都结霜了。

第二天,老头以为阿尔戈托冻死了呢,可是,阿尔戈托好好地进了撮罗子,坐在了地上。头发上的霜慢慢化了,就顺着头发往下流水,满脸都是水珠。

他老丈人一看:这小子不但没冻死,还出汗呢,真奇怪啦!他心里想:他就穿件没了毛的破皮裤子,大冬天在外边过了一夜,没冻死,还出汗,这小子可是有什么宝贝?老头就问阿尔戈托:

"你就穿这么一件破褂子,在外边过了一夜,不但不冷,还出汗,这是咋回事?"

阿尔戈托说:"没什么,我这件破褂子挺管用,再冷的天穿上它一样出汗!"

他老丈人说:"那你能不能把它换给我?"

阿尔戈托说:"岳父,不是我不跟你换,我家就这么一个传家宝,别的也没啥了。"

他老丈人说:"我给你十套最好的皮衣服,还给你很多金子,行吗?"

阿尔戈托说:"岳父大人,要是别人,给我多少金子我也不换!既然您这么喜欢它,那就换给您吧!"

老头给了阿尔戈托十套最好的皮衣服,还有不少金子,换来了阿尔戈托的破皮褂子。阿尔戈托对老丈人说:"赶在天最冷的时候,你穿上这件皮褂子,骑着马使劲跑,跑得越快越暖和!"

这老头得到了破皮褂子,心里这个高兴,他想:这下好了,我把穷小子的宝贝骗来了。他这个得意呀,专等大冷天试试这个宝贝。

阿尔戈托拿着破皮褂子换来了一大堆衣服和金子,高兴地回去了。他心想:让你坏,非把你冻死不可!

阿尔戈托回到自己的撮罗子,把东西收拾收拾,带着媳妇就远走高飞了。

这一天,天气特别冷。老头穿上那件破褂子,骑上马就走了,想试试这宝贝。他骑着马使劲跑,可越跑越冷,结果冻死在山上了,大姑爷、二姑爷和两个女儿发现老头冻死了,回头去找阿尔戈托,已经找不到了。

讲述者:戈布多

采录者:孟玉花

整理者:孟玉花

阿依葛罕和梅花鹿

从前，在布拉葛罕这个地方，住着母子俩，儿子阿依葛罕是这一带有名的弓箭手，谁见了都喜欢。

阿依葛罕每次上山采集和狩猎回来，都是先把最鲜的野果和最好的兽肉烤熟给额尼吃。他还跟额尼学会熏烤熟兽皮的技艺，经常把熟得又薄又柔软的皮子给额尼缝制皮被和皮衣服。住在"乌力楞"附近的人都说葛罕是个很孝顺的孩子。

多年的苦难生活使额尼积劳成疾害了眼病，吃了许多草药也不顶用。

一天，额尼眼里含着眼泪把儿子叫到身边说："孩子，额尼要不行了，我活着没给你娶上媳妇，这是额尼的一块心病，我死了也闭不上眼睛啊！"

葛罕悲痛地跪在额尼身边想："我要想办法给老人把病治好。"

有一天，葛罕为了给额尼治病，要到深山里采集最好的草药。走着走着，在他面前横着一座很高的山，这时他已经累得上气不接下气啦。他还是顾不得休息，刚要爬上高山，突然从前面树林子里蹿出一只梅花鹿，葛罕顺手从背后抽过弓箭，便往前追去。当他要追上梅花鹿时，发现梅花鹿在深情地看着他。啊，多么美丽的梅花鹿啊，他的心软了。葛罕收起弓箭，背在身后，又一眨眼工夫，梅花鹿不见了。在眼前出现了一个美丽俊俏的姑娘，微笑着向葛罕走来。

"你是谁?"葛罕惊奇地问。

"我是梅花姑娘。"她说，"你是鄂伦春人中最孝顺的，如果你娶我为妻，我愿意和你一起为额尼采药治病，你看好吗?"

葛罕听到姑娘能为额尼采药治病，急得要命地说:"那我们赶快走吧。"

"咱们这样走，等采回药时，额尼早就断气了。"姑娘望着葛罕忠厚可爱的样子，亲切而又认真地说，"你就骑在我的身上，不管有什么响声都不能睁开眼睛，不能撒开手。"说着姑娘又变成一只梅花鹿。葛罕骑在梅花鹿背上，两只手紧紧搂着鹿的脖子，紧紧闭着两只眼睛，两只耳旁有着山崩地裂般的响声。只过了用篝火烤熟一块狍子肉的工夫，梅花鹿站住了。等葛罕睁开眼睛发现面前是一位姑娘，她指着一座高山说:"这是凤水山，上面就有灵芝草。"说着他俩就往山上爬去，不大工夫就找到了灵芝草。

阿依葛罕和姑娘高兴坏了。阿依葛罕嘴叼灵芝草骑在鹿背上，一阵风似的回到家里。姑娘跟葛罕进到屋里，姑娘向额尼笑笑，额尼也笑了。额尼吃了灵芝草，病很快就好了。这个梅花鹿变成的姑娘与葛罕也成了亲，过上了幸福美满的生活。

讲述者:孟亭杰

采集整理者:黎樵

爱玛汉乌娜吉

在大兴安岭的密林里,有一个鄂伦春小部落,部落里有一个小姑娘生得像岭上的杜鹃花,美丽又聪明,人们都非常喜欢她,叫她爱玛汉乌娜吉。

冬天来了,部落里的男人们都到很远的地方狩猎去了。斜仁柱里只剩下老人、小孩和妇女们了。

一晃儿,两个多月过去了,狩猎的人们还没有回来,部落里接连不断地发生丢人的怪事。

今天是这家的小孩不见了,明天又是那家的媳妇无缘无故地失踪了,弄得人们惶惶不安。

爱玛汉乌娜吉心里很着急,一心想替乡亲们解救灾难。

她挨家挨户地打听,终于知道了是满盖老妖在作恶。

原来,那满盖是从部落的西头往东头吃人的,今天晚上正好吃到她的家。

爱玛汉乌娜吉回到家,一头躺在炕上,紧紧地皱起眉头,冥思苦想起来。突然,她一骨碌身坐起来,目不转睛地盯着斜仁柱的狍子皮墙,好一会儿,美丽的脸上才露出笑容,她终于想出了一条妙计。

到了深夜,忽听斜仁柱外面"呼哧、呼哧"喘粗气和"扑腾扑腾"的声音,围着斜仁柱转磨磨。爱玛汉乌娜吉一听便知道是满盖又来吃人啦。她屏住呼吸,高高地举起猎刀……

原来,爱玛汉乌娜吉在锅里煮了两块狍子肉,屋里散发出一股很香很香的味。然后,她在窗户的外面挂上狍子皮,门也紧紧地插好,整个屋子挡得严严实实的,一点儿灯光都透不出去。斜仁柱外面一片漆黑,松树明子把屋里照得通亮,她用刀在狍皮墙上挖了个小洞,等着满盖上钩。

满盖围着斜仁柱转来转去,怎么也找不到门和窗,只见一个透出灯光的小洞口,心想:"这是什么呀,是门吧,这家的门怎么这么小啊?里面都是什么人呢?"它想把头伸进去看看,于是,就试着往里伸,唉,不大不小,正好伸进去自己的头。爱玛汉乌娜吉早就等在这呢,她手中的猎刀寒光一闪,"噗——"满盖老妖的头滚落在地,黑乎乎的血喷了一地,那满盖"啊"的一声怪叫。

爱玛汉乌娜吉提着猎刀出去,却没有看见满盖的尸体,这是个多头妖怪! 她心里做好了下一步打算。

第二天一早,她把这个办法告诉了全部落的人,结果,一连砍下了六颗妖头,最后满盖的尸体在爱玛汉乌娜吉挖的小洞外面倒下了。

打猎的人们归来了,大家点起篝火,把满盖的尸体扔到了火堆里,围着篝火边唱边跳,欢庆爱玛汉乌娜吉杀死了满盖。

讲述者:葛喜志

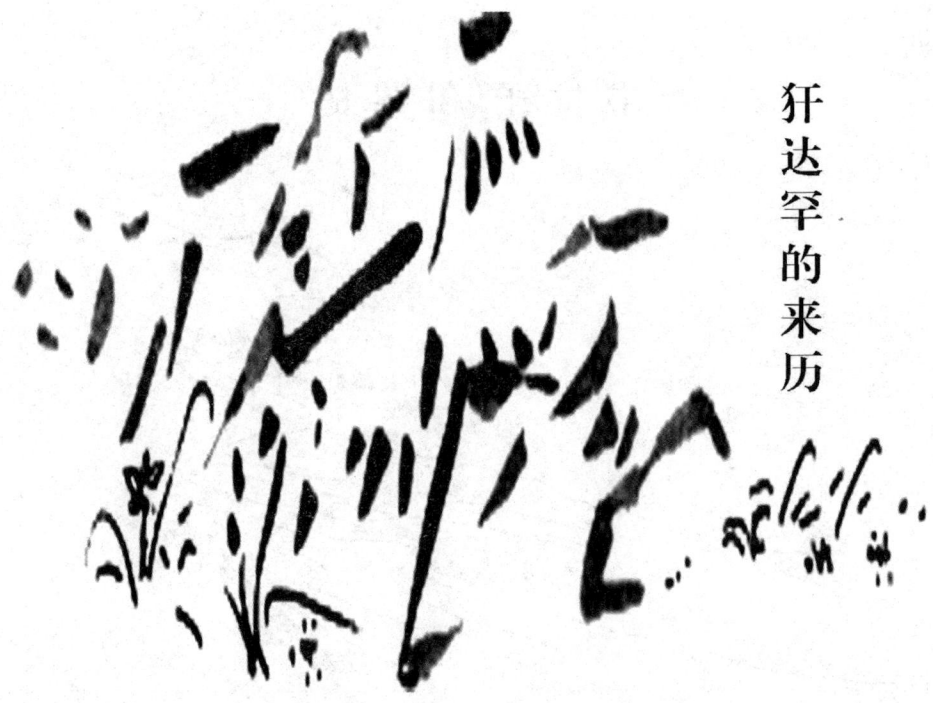

犴达罕的来历

　　过去犴达罕是天上的宝物，玉皇大帝经常骑着犴达罕溜达玩。犴达罕非常大，有千斤重。一天，玉皇大帝正在游玩，看见两个神正在射箭。一个叫特刻罕的小神，射死了一个大犴达罕，让玉皇大帝看见了。玉皇大帝很生气，叫过特刻罕和另一个小神比武："你俩同时射大犴和小犴的角，谁射不上谁就受惩罚。"特刻罕和另一个小神开始比武，用弓箭射大犴和小犴的角。那个小神一箭就射犴角上了，特刻罕三箭也没射上。玉皇大帝让特刻罕变成了大猩猩，弓箭变成小猩猩，被射中角的小犴被打下人间，给山岭上跑着找饭吃的人打杀。从此地下就有了犴，鄂伦春人有了犴肉吃。

　　　　　　　　讲述者：孟金福

　　　　　　　　搜集翻译者：孟秀春

　　　　　　　　整理者：张桂忠

半拉子①和棒槌②

  有一家人以开店为生。雇了一个半拉子,才十三岁,成天打个水、扫个地、喂个猪、喂个狗的,干些零七八碎的小活。反正这家管他饭吃,管他衣服穿,有时也给一些零花的。这家有个姑娘,和小半拉子挺要好的。

  这一天,来了一伙店客。有从城外来的,也有从本地来的,到这挖棒槌,想发财。小半拉子就跟当家的说:"让我也去一趟吧! 也跟他们上回山。"店掌柜的说:"不行,家里还有事呢。""就让我去这一趟吧!"小半拉子央告③着。"不能去!"小半拉子就对这姑娘说:"能不能想个办法整点米,叫我去一趟。"这姑娘说:"好,我给你准备点!"半拉子说:"我要是挖着棒槌,发了财,咱们就成亲。"这姑娘一听乐了,说:"我这就去给你准备。"说完,这姑娘就找了个口袋,装了点米。半拉子也没让店掌柜的知道,就跟那伙人走了。

---

 ① 半拉子:没成年不能按大人取酬的小伙计,小做活的。

 ② 棒槌:人参。

 ③ 央告:恳求,央求。

8

他们来到山里,好几天也不见棒槌的影。这些人也不让他跟着去了,让他留下做饭。小半拉子挺生气的,他割了一些草,晒干了好点火做饭。他不认识棒槌呀,也不知道割下来的是棒槌苗。这伙人逛游①了一天才回来,什么也没找到。有个好信的人,看见晒干的这些柴都是棒槌苗,就问:"你在哪割的?"半拉子说:"岗子前后有的是!我割了好烧火。"那人说:"这就是棒槌!"半拉子说:"这就是棒槌?有的是!""那我怎么看不着呢?""我也不知道,你们不让我跟着,我不认得,就当柴火割了。"这回,这些人也不叫他做饭了,有给他端饭的,有给他扇扇子的。等都吃饱了饭,这些人就说:"你领着我们挖去。""好!"他们就去了。

　　到了那一看,嗬!好大的一片棒槌,真不少哇!就挖开了!半拉子挖着挖着,看见两苗最大的,就给挖了出来。一个能有二三斤!七两为参,八两为宝呀!大伙也都挖了不老少,都说这回半拉子可发财了。在回去的道上,这些人就起了歹心,专领他走险道。走到一个山涧,趁半拉子没注意,就把他推了下去。

　　这山涧可深了,一眼看不到底。小半拉子正好掉在一个老长虫②身上。这个老长虫有小缸口那么粗。就听"哎哟"一声,把小半拉子吓了一跳。寻思这里没人,是谁"哎哟"了一声呢?这时老长虫说话了:"你们那个把头儿坏良心,你呀命大!不该死,我腰弓起来把你接住了,你别怕!"小半拉子一听,就胆胆突突地四周乱瞅,一看自己躺在一个老长虫身上。又听老长虫说:"你把我洞里的冰片拿出来刮刮,搁衣服包起来,拿回去有用。这东西是药材。""那好!""我再领你挖几苗棒槌,你单卖。我再给你带两样东西,你袋子里不是有刀吗?"半拉子说:"有哇!"长虫说:"你把腿肚子割开一个口!""那多疼啊!""不怕,你就割吧!"半拉子把腿肚子割了挺长一条口子,长虫吐出来一颗珠子,说:"你把它塞进刀口里!"半拉子把珠子塞了进去,用手摩挲这口子,一会自己长上了。长虫又说:"你再割那一个!"这半拉子又把那条

---

① 逛游:闲溜达。
② 长虫:蛇。

腿割了一个口子。长虫又吐出一颗珠子,让他塞进里头。长虫说:"这个珠子现在没成。赶多咱①看见腿上有金龙出现,就是成了。到那时候再往外拿,进京献宝,你就发财啦!"这小半拉子一听,乐了,说:"那我怎么往回走哇?""好说,我送你回去! 没等他们到家,你就先到了。我领你再挖棒槌去! 真正的棒槌你还没挖着,好棒槌都有恶物守着,谁也挖不去。"这长虫就领他挖了两苗棒槌。这两苗棒槌不太大,长虫说:"别瞧不起它,这两苗最值钱。带回去吧! 别看他们拿那么多,都不值钱。"这小半拉子乐坏了。长虫说:"我送你,你往山上蹦吧!""我怎么能蹦上去呢?""我叫你蹦你就蹦!"他忍着疼一蹦,真的蹦上去了。这老长虫一蹿也上去了,老长虫头里领道,小半拉子在后面跟着。这长虫说:"你跟着走吧! 我把你送到家再回来!"这小半拉子没一会就走出山了。这腿走起路来可快了,不觉得累。长虫说:"这回你认家了吧! 你就顺着这道走吧,没错! 我也该回去了。"这小半拉子说:"是你救了我的命,我得谢谢你!"

小半拉子回到了店里,没上掌柜那去,就直接奔姑娘那屋去了。姑娘惊喜地问:"你回来了?"他对姑娘说:"这回我可发财了! 他们把我推下了山,掉到山涧里,把我摔昏了。他们回来了吗?""回来了,收棒槌的说真货没到,都等着呢!"

再说那几个人回来后,收棒槌的老客说:"真货还没下山呢,你们坐不了上席,还得等着。""这下坏了,咱把那两苗棒槌拿回来就好了。那两苗指定是真货!""这下可糟了,这席不能开,咱们这货也不能开价了!""怎么整啊?"几个人呛呛着。

小半拉子把事情对姑娘讲了,姑娘乐得够呛,就赶快做好吃的,叫他歇着。姑娘说:"我跟你去,你又不懂行价!"小半拉子说:"人家这个老客不亏人。""不亏人我也跟着去。"俩人就拿着两苗大棒槌去了。老客说:"这俩苗不行,你还有俩更好的。把那俩苗拿来吧!"小半拉子说:"你咋知道我还有俩苗?""唉! 真宝下山我们都知道,要不就不来收。"小半拉子给那姑娘递了

---

① 多咱:啥时候。

个眼色,姑娘就又去把那两苗真的取来了。老客说:"这回咱开席了。上席吧!"把小半拉子和姑娘让到正席上。

店掌柜的不知道半拉子已经回来了,急得够呛,还在生气呢!可这俩人在这坐了上席啦。等吃完了,喝完了,老把头在旁边耷拉个脑袋也不出声。小半拉子也不提那一章,他发财了。老客就说:"这棒槌太值钱了!给你的钱,你得上京城去取!我呢,给不起!我带来的这些钱都给你撂下,再给你开个票子,你多咱到京城,我再付给你钱。咱不能亏人,京城的铺子你随便挑。他们的货都不值钱,不理他们。"姑娘一听,赶忙回去给她爹报信去了。老头一听,也乐了:"我看着这小半拉子有福嘛!"

小半拉子发财了,对掌柜的说:"咱不开店了!"掌柜的说:"咱请个先生教你念书。不认字可不行!念好了书,你俩再成亲!"第二天就请了几个先生教他念书。他手里有这个票子,也不着急去京城,只管念书。这姑娘和她爹拿小半拉子就像珍宝一样,每天都是好吃好喝地侍候着。就这样一连念了三年书。

这天晚上,他在屋里躺着跟姑娘闲打唠①,就看这屋里照得这么亮。低头一看,只见他这腿上出现了二龙戏珠!眼瞅这珠子滚了出来,接着又出来两条龙在腿上来回缠。小半拉子一个高就蹦下地:"哎!这回成了,我要进京献宝去喽!"姑娘一听,忙问:"什么成了?""我的腿里有宝,我得献宝去啦!"这姑娘乐得赶紧找她爹去了。她爹听姑娘这么一说,就去问小半拉子:"这是怎么回事呀?"小半拉子一五一十地说了:"长虫说珠子成了叫我进京献宝去,说这宝珠价值连城。"掌柜的一听,心想:姑爷可真有福。把他乐得都不知咋的好了。掌柜的就张罗着找了几个人,又叫来了仆人,让小半拉子骑马进京献宝去了。

到了皇宫,献了宝,皇上对小半拉子说:"你要什么东西?""我也不知要什么呀。"皇上又说:"我给你个金榜状元当吧!这京城里的铺子你随便挑。什么金银首饰铺、绫罗绸缎铺挑八个铺归你。啥事也不用管,你在京里住

---

① 闲打唠:闲唠嗑。

着,享受到老,让你辈辈当官。"就这样,小半拉子把那个姑娘和她爹接到了京城,他做起了状元。

讲述者:曲银霞

搜集者:王文杰　王晓东

整理者:刘成艳

棒 槌 精

　　早先，有个小伙子叫王大，跟老娘过日子，很穷苦。

　　有一年，村里人都到很远的深山老林里挖棒槌，王大也跟着去了。按山规，进山人不能自己随便挖，必须到管山人那里去登记，管山人供吃供喝，但挖到的棒槌必须卖给管山人。

　　转眼三年过去了，和王大一起挖棒槌的人都挖到了，卖了钱回家了，就王大没挖着。在山里干吃，吃人家的饭，不交货怎么能走呢？

　　一天半夜，王大的小屋里来了个姑娘。王大正纳闷，就听这姑娘说："你发财了。"王大说："连饭钱都挣不出来，还发什么财？"姑娘说："你要想发财，必须把我带出去。给你一个盒子，盒里用红布包着一棵草根，把它揣在右边兜里。走出大门外，山下不远，有一棵老槐树，树底下有一个小木匣，把它挖出来，就能发财。"姑娘把盒子交给王大就走了。

　　第二天，王大来到老槐树底下，真挖出一个小木匣。那姑娘不知从哪儿就出来了。原来这姑娘是棒槌精，她想出山，必须由人把她带出去，就选中了王大。

　　王大打开那个小木匣一看,里头只有一棵小草。姑娘告诉他:"这就是宝贝!有朝一日,朝廷要宝,把这宝贝献上去,你就有好日子过了。"说完就不见了。

　　王大回家后,不几天,朝廷真的贴告示招宝。王大把小木匣呈给皇上。皇上先前收过一个宝,是一个大玉缸。缸里装满了水,水里有个小毛驴,一个小伙子骑在毛驴上,就是不会动弹。皇上把王大献的宝放进玉缸里,那里面一下就出来个漂亮姑娘,骑着一个白嘴巴小毛驴。骑毛驴的小伙子也会动了。他追姑娘,姑娘撵小伙,跑得挺欢。

　　皇上一看王大献的宝这么好玩,非常高兴,就把王大留在朝廷里,把公主嫁给了他。以后,王大就当官了,他老娘也跟着过上了好日子。

讲述者:朱广坤

采录者:刘虹　孙敬斌　张平

整理者:刘娜

鼻涕嘎巴

在呼玛河的沙滩上，有一座斜仁柱，里面住着一个一百多岁的老头，他有三个儿子，大儿子叫乌伦都善，二儿子叫沙伦，三儿子叫鼻涕嘎巴。大儿子、二儿子长得很精神，打猎也挺能耐的；三儿子长得鼻涕拉瞎的，一点也不招人稀罕。

有一年，老头好模样儿地得了一场病，病得挺重的，大儿子、二儿子照样出去打猎，也不管老头。三儿子鼻涕嘎巴日夜侍候着阿曼。给阿曼做饭，用小勺一口一口地喂，还给阿曼翻身捶背，端屎端尿，对阿曼可孝顺了。一连三个多月，老头有气无力的，说句话都挺费力。鼻涕嘎巴就去找两个哥哥说："你们也应该心疼阿曼，阿曼又不是我一个人的！"两个哥哥怕鼻涕嘎巴误了他们的时间，上去就打鼻涕嘎巴，一个用手打脑袋，一个用脚踢鼻涕嘎巴，把鼻涕嘎巴打得满头是包，满脸是血，腿也肿了，"嗷嗷"直叫。他一步一跐地来到阿曼跟前，阿曼问："你怎么了？"他说："我不小心摔坏了鼻子。"阿曼说："老大不小的该会照顾自己了。"鼻涕嘎巴也不吱声，还是侍候阿曼。

又过了几天，眼看阿曼不行了，阿曼就把三个儿子叫到跟前说："我死后，你们把我埋在阳坡上，头一天老大到我的坟上叩头，第二天老二到我坟上叩头，第三天老三到我坟上叩头。"说完就死了。鼻涕嘎巴哭成了泪人，老大、老二也跟着哭了两声，就把阿曼埋了。

阿曼死后的第一天，该老大去坟上叩头了，鼻涕嘎巴看他不愿去，就说："该去给阿曼叩头了。"他大哥气得够呛，不愿搭理他，说："你愿意去你自己叩头去，我不去！人死了叩什么头。"说完就把鼻涕嘎巴连打带踹地揍了一顿，鼻涕嘎巴委屈地走了。他哭着来到阿曼的坟上，双腿跪在地上向阿曼叩头，这时阿曼在坟里说话了："是哪个儿子呀？"鼻涕嘎巴说了自己的名字。阿曼又问："你大哥为什么不来？"鼻涕嘎巴原话告诉了阿曼，阿曼叹一声说："这匹马应该送给你大哥，你大哥不来只好送给你了。"说完从坟里蹿出来一匹大白马，全套的马鞍子，还有白色的衣服。阿曼说："如果你用时叫一声白马，白马马上就会到你跟前，你穿好白衣服骑上白马，就可以自由地打猎。"鼻涕嘎巴摸了摸白马，就把白马放了。他回到了斜仁柱里，两个哥哥还没回来，到了下半夜才回来。

第二天，鼻涕嘎巴叫二哥去阿曼那里叩头，老二不听，又动手把鼻涕嘎巴打了一顿，和老大就走了。鼻涕嘎巴流着眼泪到阿曼坟上，双腿跪在地上叩了三个头，阿曼又说话："是哪个儿子？"鼻涕嘎巴说了自己的名字。阿曼问："你二哥为什么不来？"鼻涕嘎巴又原话告诉了阿曼。阿曼叹了一声说："本来该给你二哥这匹黑马，他不来，就给你了。"这时从坟里蹿出一匹黑马，全套马鞍子、马嚼子，还有黑色的衣服。阿曼告诉他："你平常要用它，就穿好衣服，骑上它，不用时就把它放了。"鼻涕嘎巴把黑马放了，回到斜仁柱里，两个哥哥还没回来，等到下半夜才回来。鼻涕嘎巴问："你们到哪里去了？打猎也不往回拿东西。"两个哥哥挺生气的，又打了鼻涕嘎巴一顿，打得他全身青一块紫一块，满脸出血，打累了，两个哥哥就睡觉了。

第三天清早，他们急急忙忙地又走了。鼻涕嘎巴一拐一拐地来到阿曼的坟上，叩了三个头，阿曼很难过，说："两个儿子没出息，成不了大气候。"又叹了一声说:"我送给你一匹橘红色的马。"话音刚落,就从坟里蹿出来一匹橘红色的马,和头两匹是一样的什么都齐全。阿曼说:"你记住这三匹马是你的了,今后你遇难马会帮助你的,你回去好好生活,以后就别来了,我走了。"鼻涕嘎巴又叩了三个头,起来从橘红马鞍上拿下衣服,他试着一穿,马上变成了一个英俊的小伙子,鼻涕嘎巴都没有了,他心想这下可得宝了,乐得够呛。他回到了斜仁柱里,两个哥哥还没回来,又到下半夜才回来。鼻涕嘎巴也没睡,就听他俩说:"还有七天了,我们咋就飞不上去呢?不管咋地我们都要娶那个姑娘做媳妇。"鼻涕嘎巴也弄不清是怎么回事,就寻思跟着他们,看看他们到底在干啥。

第二天早上,两个哥哥又急急忙忙地走了,鼻涕嘎巴在后面偷偷地跟着。走了很远,来到一片草原,他看到草原中间立四根柱子,柱子上搭着个仓房,里面坐着一个很漂亮的乌娜吉,转圈围了一大帮人。太阳出来后,乌娜吉的阿曼说:"我的乌娜吉在上空坐着,你们不管什么人,谁能飞到乌娜吉跟前我就把她嫁给他,不管跑还是飞都行。"鼻涕嘎巴在人堆里看热闹,他这一瞅,小伙子排成一行,每人骑马跳一次。他看见两个哥哥也在使劲地跳,可谁也没够上。

鼻涕嘎巴回家以后,等两个哥哥回来,他想问他们几句。两个哥哥回来还没等他说话,就把他骂了一顿,他没吱声。他天天跟着他们。还有三天就结束了,他叫来白马,穿好衣服,骑上马来到了空中仓房跟前,他勒马一跳,有一丈多高,转身就回来了。晚上两个哥哥回来时,他说:"我骑白马跳一丈多高。"两个哥哥一听气坏了,又一寻思他是瞎说的,哪来的马呢?也没在意。

第二天早上,两个哥哥又走了。他叫来黑马,穿好衣服,飞一样地来到了空中仓房底下,他排在那。不大一会轮到他了。他骑马一跳,差点从乌娜吉跟前过去,鼻涕嘎巴放回了马。这回也不跟哥哥说了,自己早早地躺下了。

最后一天了,两个哥哥起得比往常都早。鼻涕嘎巴叫来橘红马,穿好橘红色的衣服到了空中仓房底下。又该轮到他了,他一提马嚼子,还没等他使劲,马就"噌"地飞到了乌娜吉的跟前,乌娜吉送给了他一个金戒指,说:"明天我在人群中找这个戒指。"他接过戒指飞一样地走了。很晚两个哥哥才一步一步地走回家来,他俩边叹气边说:"真气死人了,哪个莫日根娶走了心爱的乌娜吉。"鼻涕嘎巴说:"那就是我!"两个哥哥也没理他,脱巴脱巴就睡了。

认亲的这一天,两个哥哥也来凑热闹看,鼻涕嘎巴走在后边,到了地方,他站在最后一排。乌娜吉领着她的阿曼开始找戒指,找了三遍也没有,最后走到鼻涕嘎巴跟前,一看他满脸的鼻涕,衣服可埋汰了,都是嘎巴。乌娜吉没办法,伸手拉起鼻涕嘎巴的手一看,戒指在他的手里攥着呢。乌娜吉一点也没看上他,她一句话也没说,寻思了一会,拉起他就拜了天地。

两个哥哥挺纳闷的,就问他:"你从哪里弄来的这三匹马?"鼻涕嘎巴说:"是阿曼给的!让你们给阿曼叩头,你们不去,还打我。阿曼给我们一人一匹马,大哥是白的,二哥是黑的,我是橘红色的,你们不去就都给我了,我是照阿曼的话做的。"两个哥哥听了鼻涕嘎巴的话,非常懊悔地走了。这时,鼻涕嘎巴换上了那套橘红色的衣服,一下子就变成了英俊的小伙子,乌娜吉看了非常欣喜,他们叫来了三匹马,从此幸福地生活在一起了。

讲述者:丁秀琴

搜集翻译者:孟秀春

整理者:张桂忠

不冻泉

在很久很久以前,大小兴安岭这块广阔地域原是大海的海底。由于孙悟空偷了玉帝宝库中的十把宝扇,王母索宝心切将海变成高山,刚刚退去海水的地面,除了海卵石和岩石以外,光秃秃的草木皆无。湖沼和小溪在天旱时也常常无水。除了湖沼和溪水有些鱼蛙外,没有别的动物。当时很不景气,但是到了后来,为什么这里有了茂密的森林呢?还得从不冻泉这个神话故事说起。

也不知过了多少个岁月,忽然从南方来了一个青年人,他年龄刚刚十八岁,长得身高体壮、十分英俊。这位不知姓名的青年人意志坚强,品德高尚,心怀为人类造福的远大抱负。他来到这里就定居下来,住在北五里的峻石山朝阳的山洞里,开始实行他为人类造福的伟大计划。

这青年首先造了一块坚硬的似铲似锹的石块,在有沙岩风化的山岗上开始挖穴。石块无孔而又无处找柄,只好用双手拿着石块,艰难地挖掘着,累了躺在山岗上休息一会,渴了到小溪边喝一口混浊的水,饿了找几只青蛙或鱼来充饥,困了回到山洞钻进苔藓堆里睡上一觉。这样日复一日、年复一年地挖掘山岗和平川,过着常人难以想象的生活,最终战胜了孤寂。春夏之季他在南山麓挖掘,然后播下他带来的樟子松树种。秋天,他挖掘北麓的沙岩,冬天来临之前,他集中时间去抓些青蛙和鱼,准备风雪天不能出门时食用。一来二去,光阴如箭,英俊的青年已变成白发苍苍的老人,由于几十年吃不到盐,他已白发盖肩,浑身长毛像野人一样。人变老了,但他刚来时种下的樟子松已长成了参天大树,开始结种了。他把采集下来的树籽种在一座山的南坡。几十年后,近处十几座山的南坡也都播上了樟子松的种子,并开始长出了幼苗,老人看着生机勃勃的树苗,欣慰地笑了。他自言自语地说:"我的计划才刚刚实现第一步!按理说,山南长出樟子松树,山北也可能长。我一定让山北也长出樟子松树来。尽管我已年岁六十了,但只要有口气,就要努力去实现已订的计划。"

白发老人锲而不舍地为人类造福,他费尽千辛万苦又采了许多樟子松树籽,向山北坡和平川挖好的穴上播撒。过了两年,只见有些山的北坡长出了许多樟子松幼苗来,但有的根本不长,而平川地带根本不长樟子松。老人陷入了沉思,百思不得其解。他想,可能种得不及时,应该改变播种时间。于是,他把春季播种改为冬季,一年不成功,第二年再试,但无论如何也达不到樟子松树长满山川。

有一年的冬天,白发老人又到远处的山上播种去了,干了半天活,累得几乎直不起腰来。这时他又饥又渴,赶忙从怀中掏出带来的青蛙,几口就吞了下去。饿解决了,但是渴得发慌。本来打算再种几穴树,但他一想路途太远,还是早点赶回洞里去,白发老人开始往回走。他总想着在途中遇到一条小溪或湖泊什么的,但什么也没遇到。原因是有的湖泊和小溪因头年大旱,已干涸了。当白发老人越过三座大山,月亮就升到天空了,时间已到了半夜。这时他已看到自己住的山洞那座山,相隔不过三里地,可说什么也走不动了,只觉得心跳头晕、眼冒金花,一头栽倒在地不省人事。

说也赶巧,此时此刻正值南海观音菩萨去与北极星君讲道理回来路过这里的上空。菩萨见有位满头白发、浑身长着白毛的老人,但老人已昏死过去,于是收起祥云,屈指一算,便知原委。她放眼看周围的山岭高大的樟子松和刚出土的幼苗,由衷钦佩这位老人。于是观音菩萨从杨柳枝上折下一枝,抛到下界,叫声"变"！于是在溪旁山上长出许多红柳和青杨的幼苗。同时又把她头上的金钗向老人身旁一指,平地出现一个深洞,然后她把水晶瓶中的水滴入那个深洞内,顿时神水与地下水沟通,一股清澈甘甜的泉水涌了出来。泉水流到老人的嘴边,老人醒了赶忙喝了几口清泉水,顿时,老人精神气爽,周身充满了气力。老人想,这个广阔的山川,我已走遍了,从来也没见这里有一股清泉水。老人正在沉思,就听空中的人说话,抬头一看,一朵彩云飘在上空,彩云上有一朵盘大的莲花,上边坐着一位极为美丽慈善的女神,老人叩头就拜,并说:"感谢女神搭救,请女神留下姓名,老翁我铭刻在心,朝久歇奉！"

观音菩萨嫣然一笑说:"不用多谢,救苦救难乃吾之本分,你这样有志之人天下无几。造福于人类和后代,不但受到人的赞颂,也该得到正果。我明日定要起本上奏玉帝,加封于你。"说完驾云而去。

白发老人回到自己的山洞,饱餐一顿鱼蛙,然后香甜地睡在苔藓床上。第二天醒来,又去清泉边喝水,顺便洗了一把脸,然后回到山洞。刚刚坐下,他就觉得浑身发热、发痒,用手一挠头,长长的白发全脱落了,挠挠周身,身上的白毛也掉了,他又成了一位英俊的青年。据说,这是他喝了泉水的原因。又过了几天,这位返老还童的英俊青年还想上山种树,但苦于一身长毛脱去,原有的衣服早已穿坏不能再穿,正在左右为难时,忽听洞外有两个姑娘的呼唤声:"洞里有人吗?"连呼两三声。青年好长时间没听到过声音,就回答道:"有人！你们可别进来,有事在外面说吧！"就听两位女子说:"我们是奉观音菩萨旨意,给你送衣服来了。"青年说:"她老人家想得真周到,真是救苦救难的菩萨！"青年拣起从洞外扔进的衣裳,一试正好合身,穿上衣服高兴地走出洞外。

送衣服的那两位姑娘,见青年走出洞来,马上走上前去,齐说:"谢您老人家的栽培,不然我们姊妹哪有今天！"边说边向青年道了个万福,青年根本不懂二位姑娘说的是哪桩事,他疑惑不解地问:"二位姑娘,我们从前没有见过面,何言得到的栽培?"二位姑娘咯咯地笑着说:"这有什么不解的,你刚刚进这山洞时种的树在哪里?"青年说:"我首先种的樟子松树,是在这山的南坡呀!"二位姑娘说:"不错,我们姊妹俩就是你种的樟子松之中的两棵呀!"青年惊奇地说:"树怎么变成了人呢?"二位姑娘说:"那么老人怎么能变成青年呢?还不是观音菩萨的神力吗?她老人家那天从这里走过时,就将那套衣服交给我们,并让我们变成人来送衣,以谢您的辛苦和功绩呀!"青年与两位姑娘唠了一阵嗑,只觉头重脚轻跌进山谷,原来是一个梦,醒来身旁却真的有一套新绸衣。

一天深夜,青年从远处山岗归来,刚刚要进洞休息,忽听后面有一老者说话:"造福人类的人永远是年轻的。"青年回头一看,见一位白发仙人,右手拿着拂尘(云扫),左手拿着一轴黄布,向前走来。青年问:"您老是何人?从何而来?有何贵干?"老仙人笑声朗朗地说:"我是天上的太白金星,奉玉帝旨意前来下诏。在南海观音菩萨上本推荐下,玉帝封你为树神,赶快接旨,好随小神到天上交旨。"青年接了玉帝圣旨,随太白金星飞赴天宫。

种树的青年功高成神飞到天上,可是那泉水却长年一直在那涌流着甘甜的水,后来被人们称为不冻泉,樟子松树被人们命名为美人松。

搜集者:王作锋

整理者:王作锋

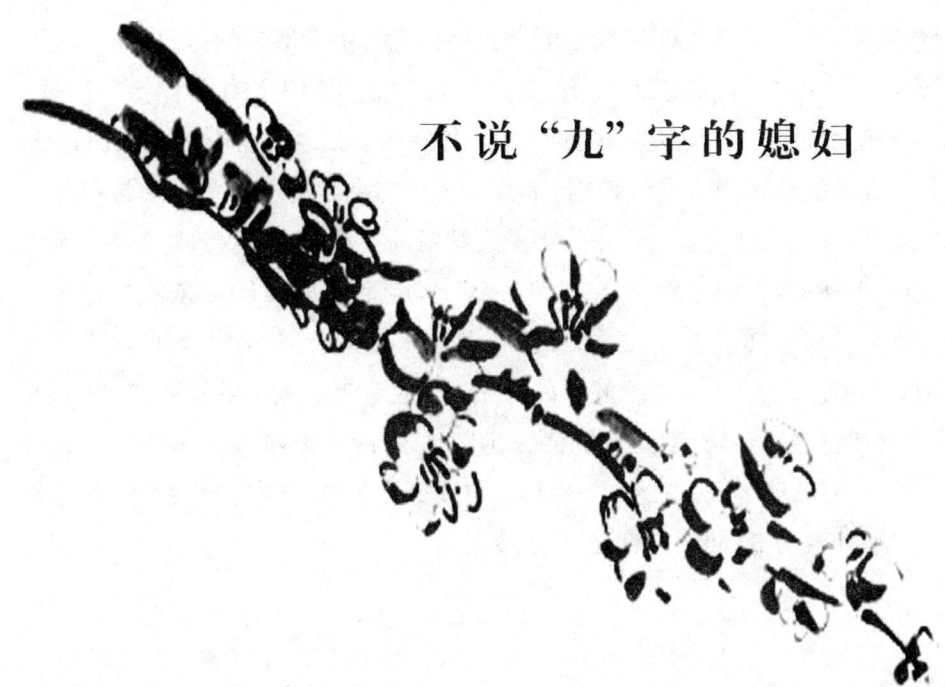

不说"九"字的媳妇

听老一辈人讲,流传一个巧媳妇的故事,说的是满族有几家非常要好的兄弟:张老九、李老九和王老九,三个人是从小在一起长大的好朋友。人到了晚年,子女都长大成人、娶妻生子了。王老九家里娶个媳妇名叫巧姑,是十里八村有名的美人,不但人美,而且聪敏过人,对公婆极尽孝道,从不在说话中提到"九"字,唯恐惹得公公不高兴。

日子长了,不但左邻右舍夸王老九家儿媳,王老九这个公公也常在老朋友中提及儿媳如何聪明,说话从不说出"九"字。当李老九、张老九听到王九哥这么说,有些不信,他俩暗地合计一条对策,想把王九哥的嘴堵住。

一天中午,过了饭时以后,王老九在家无事,就信步出去散步。可巧,张老九怀里抱着一捆韭菜,李老九手里拎一瓶酒还有猪肉,到王老九家来。为什么这么凑巧呢?原来是张老九和李老九在暗里看准了王老九出了家门,他们才来的。他们心里想:看那个聪明媳妇怎么向公爹转告。张老九对巧姑说:"侄媳妇,你公公回来时,请你转告他,就说我张老九和李老九明天中午请他去喝酒。"巧姑听完张九叔的一番话,微微一笑,说:"记住了,我一定转达便是。"当张老九和李老九出门时，还特意把手中所带的东西举一举，共同关照一句："千万别忘了！"巧姑说："请放心吧，侄媳妇记住了！"

　　第二天中午，张老九家酒菜早已预备好了。张老九与李老九在门口敬候王九哥的到来，不一会，王老九满面春风地前来赴邀。张李两位老人将王九哥迎到屋内，让为上座，马上让家人斟酒。在酒盅未端之时，张老九说："各位兄弟，在喝酒之前，我想问问王九哥一句话。"王九哥笑着说："请老弟只管问。"张老九说："昨天中午，我与李老九前去您家，请您今天中午来喝酒，不知你儿媳是如何向您转告的？"王老九说："我儿媳对我说张三三、李四五，怀里抱着冷冬属，手提着烧黄一，明天中午请公爹喝一三五。"听了王九哥这么一说，张老九、李老九不由得齐口称赞："不怪王老哥常在人们面前夸儿媳聪明灵巧，这回我们算真服气了。"

讲述者：王荣生

整理者：王作锋

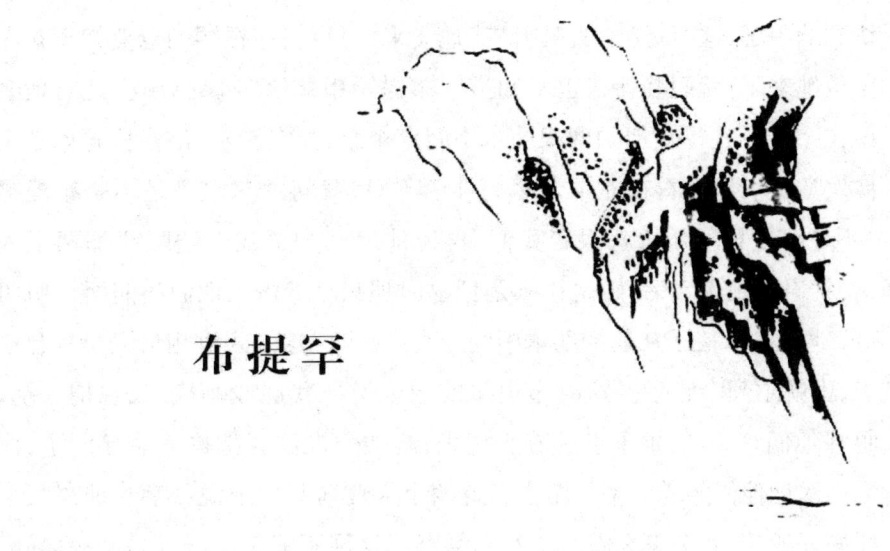

布 提 罕

在早些年,有一个叫布提罕的鄂伦春人,他的老婆是鄂温克人,有个瘸腿的弟弟和他们在一起生活。他们三口人住在一条河边,这里只有他们一家"斜仁柱"。

布提罕能飞、能跳,能变各种飞禽走兽,在鄂伦春人们的心里,他是个勇敢的、武艺高强的人。

有一天,布提罕要上山打猎去,临走时他老婆对他说:"昨晚我做了一个不好的梦。"布提罕说:"别害怕,如果有人来欺侮你,你就在咱们的火堆里放三个圆饼,我就知道出事了。他们要是把你带走,指定得坐桦皮船,不管咋的你得偷偷地拿个'梭子',坐在船的最后,关键的时候,用梭子穿坏桦皮船,要是渗水了,我就有办法救你啦!"说完他就上山去了。

第二天上午,真的来了两个人,他们知道布提罕不在家就来抢他的老婆。他老婆把提前烙好的饼扔到火堆里,那两人也不知道是怎么回事,就逼着她走,如果不走,他们就要杀她,没办法她只好跟他们走。他们坐着桦皮船顺河往上游划去,走了好一会,那两人累得满头大汗,也不停下歇一会。

快到晌午了,这时远处"叽叽喳喳"地飞来一只鸟,布提罕的老婆知道是布提罕救她来了,就假装什么也不知道。布提罕用鸟语"叽叽喳喳"地对他老婆说:"拿梭子在桦皮船的两根肋木中间穿个眼,让它渗水,记住!"这两个人好像发觉了。他们看布提罕老婆的神色不对,就问:"这只鸟是不是布提罕?""不是!这只鸟开始就跟着我们,再说他怎么知道我在这呢?"那两个人不信,就逼着她说真话,她说:"不是!"这时那只小鸟落在他们的前面,"叽叽喳喳"地说:"拿梭子从船的肋木中间穿过去,快!"这二人也相信只是一只小鸟了,也就不理会它了。这时布提罕的老婆说:"我屁股刺挠,我想挠一挠,行吗?"他们答应了,她手里握着小梭子,趁他们没注意把桦皮船穿漏了,渗出来的水把他们的衣服都弄湿了。这两个人莫名其妙地说:"咦!原来我们的船好好的,今儿个怎么漏水了?真倒霉!"这回不能走了,他们好不容易靠了岸,就在他们用松树油子堵桦皮船的漏洞时,布提罕用弓箭射死了这两个人,他领着老婆划着他们的桦皮船回家了。

这两个人是鄂温克人,他们的头领天天盼着他们领回布提罕的老婆,可左等不回,右等不来,把他急坏了,就派人去找他们。来人顺着河流一路寻找,最后在一个河滩上找到了。他们把这两个人拉回家安葬了,从此他们的仇恨更大了。他们有一个武艺比布提罕还高的魔师,他除了能变各种飞禽走兽外,还会跳大神,他们下决心要报仇。

一次布提罕又要打猎去,他老婆对他说:"好像还要来人。"他们商量了好一会,也没办法,最后布提罕说:"你只好跟他们走,我再想办法。"布提罕就上山打猎去了,转天真的又来了两个人,把布提罕的老婆架到桦皮船的中间坐下,一动也不让动,走了一整天,才到了鄂温克的部落。鄂温克人生活得很好,有吃有穿,日子过得挺太平的。

第三天头领们叫小神先跳,看布提罕来没来,一切都准备好了,供品有犴肉、狍肉、鸭肉。布提罕的老婆自己来到河边用桦皮水桶拎水,看见了布提罕。布提罕带着他的弟弟已经来到河边,他们三人在一起商量怎么对付他们,布提罕告诉他老婆说:"我的弟弟武艺比我高。"他老婆惊奇地说:"我怎么不知道?"布提罕难过地说:"在我们离开家以前,我想我来找你,要是我死了,咱弟弟怎么过呢? 不知道得受多大的罪,不如我打死他,我在'斜仁柱'外边,弟弟在'斜仁柱'火堆旁烤火取暖,我小心地走到跟前,瞄准了他的后背,想射死他,可弓箭一拉,箭刚到火堆旁,弟弟就跑了。"说完他叹了口气,看了看弟弟接着又说:"弟弟你别生气,我打死你,是不让你受罪,没想到你的武艺这么高。"就在三个人难过的时候,来了两个鄂温克姑娘,手里拎着水桶,布提罕和弟弟赶紧跳到河里,那两个姑娘边跑边喊:"来人了!"他俩游了过来,布提罕急忙上岸拉倒两棵树放在河里,他俩就猫了起来。这时一帮拿着家伙的鄂温克人来了,他们走到近处一看是两棵树墩子,领头的说:"哪是人? 这不是树墩子吗?"领头的气得要命,就说:"走! 不听她们的。"

布提罕哥俩藏起来后,肚子饿得"咕咕"叫,这时候啊,布提罕老婆又来拎水。布提罕看见老婆来了挺高兴的,他老婆说:"有一个大神武艺比你还高,自己住一个'斜仁柱',那'斜仁柱'是用狍皮钉做的,上面挂满了铃铛,你千万不能用手碰'斜仁柱',用刀割开篷子就能看到大神了。今晚大神跳神看你来没来。"布提罕听完心中有数了。他对老婆说:"你拎着水在快到门口的时候假装绊个跟头,把水都洒没它,你再来拎水时,在空桶里装满饼,我们饿了!"他老婆说:"好吧!"没多大工夫,布提罕的老婆拎着一桶饼来了。

布提罕和弟弟填饱肚子等天黑了再去,他老婆拎水桶到他们那里时,跳神的已经在魔师的"斜仁柱"外面开始了。头领问跳神的:"布提罕来了没有?"小神们说:"布提罕没有来。"他们的供奉品放在大神和小神的屋里。这时候布提罕已悄悄地溜进了小神的"斜仁柱"里,吃了些供品,又溜进了魔师的"斜仁柱"里,跪在供品跟前吃供品,外面还在继续跳。偏巧,这工夫有个人出来撒尿,正好路过大魔师的"斜仁柱"跟前,从门缝里看到布提罕跪在那里,他赶紧取下箭就射,射在了布提罕的两个膝盖上,他没动,用沙子抹一下伤口,伤口处的血没有了,这人看他没动,嘟嘟囔囔地说:"是个木头墩子。"然后就走了。

跳神结束后,大、小神们都到自己的"斜仁柱"里去了,大神回去就睡了。这些小神看到供品少了挺多,嘟嘟囔囔地说:"怎么少了?""是谁吃的?""哎呀! 是真神来了,准是他吃的!"他们边说边吃上了。布提罕这时按他老婆说的先来收拾大神。他悄悄地用小刀把篷子割开，又把身子伸了进去，想用弓箭射死他，在他拉起弓刚要射的时候，就听大神说："我真没想到，你小小的年纪想把我打死。"布提罕松开右手，箭"嗖"地射了出去，把这个大神射死了，他又赶紧来到小神这里。布提罕蹦到"斜仁柱"顶上，"啊呀"地大叫一声，这些人吓了一跳，都慌忙地拿起弓箭射布提罕，布提罕急忙说："你们先别射死我，我喝点水你们再射！"他们放下手里的弓箭，布提罕跳下来坐在这些人的中间，接过他们递给的水，端起来刚要喝，猛地在水碗里看到这些人中有一个武艺挺高的人，在水碗里显形了，布提罕倒吸了口气，顺手把碗摔在那人的头上，碗碎了，可那个人没怎么地。这工夫"斜仁柱"中响起了嘶叫声，东西摔打声，呼喊声，布提罕一个人对付一帮鄂温克人，把他们的小神打死了好几个，有个小神喊："快去找大神！"可来到大神的"斜仁柱"里一看，他早死了。他跑回来告诉大家大神死了，都说："完了！""这下可完了！"明知打不过布提罕，这时只有一个人在继续打，冷不防，这些人向布提罕压了过来，打得布提罕满身是伤，眼看要死了，他一下想起了弟弟还在那里等着他，可以帮助他。布提罕趁他们不备，爬起来就往弟弟那跑去，他越过了弟弟继续往前跑。这时候他弟弟拉起弓箭，不一会追过来一个人，他趁这个人不注意把他射死了，救了他的哥哥。

布提罕带着他弟弟和老婆回到了自己的家园，这次布提罕碰到了比他武艺更高的人，他决心周游各地，一边寻找师父学本领，一边为受欺侮的人打抱不平。后来他看鄂伦春内部太乱，互相打仗、相互残杀，自己也管不了他们，布提罕就去找皇帝治理这些鄂伦春人，皇帝封他为鄂伦春族的佐领，他精心治理家园，均分猎物，受到了鄂伦春人民的爱戴。

讲述者：丁秀琴

搜集翻译者：孟秀春

整理者：刘成艳　张桂忠

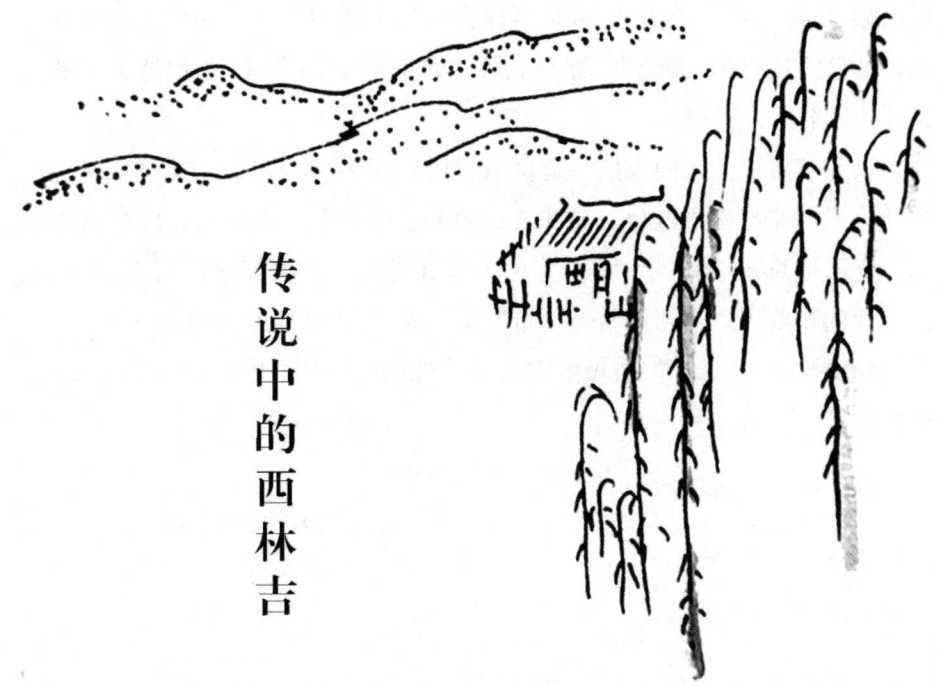

传说中的西林吉

相传,在很久很久以前,黑龙江上游有一个仙人洞。洞里住着两个仙人,一个叫黑头仙,一个叫白头仙,他俩非常可恶,经常惹是生非。有一回黑头仙惹怒了白头仙,白头仙便把黑头仙赶到了兴安河西岸一个无名小村屯,黑头仙来了之后,恶习不改,常常兴妖作怪,百姓们受了不少苦,这富饶美丽的屯子,变成了穷山恶水,民不聊生。

有一个叫西林吉的蒙古族人,领着女儿,赶着马匹,驮着布匹日用百货翻山越岭,来到小村屯与鄂伦春、鄂温克人等价交换货品。那时虽然都不相识,但他们之间真诚友好相待,结下了深厚的友谊。西林吉的女儿名叫兰花,不但人长得美,而且聪明勤劳,善良勇敢。她不忍心乡亲们受黑头仙的气,也恨自己是一个弱女子,对黑头仙很是无奈。有一次她在梦中梦见有一勇敢的年轻人战胜黑头仙,让乡亲们过上了太平日子。

有一天,来了一位汉人小伙子,叫王大力,正赶上黑头仙在这里兴妖作怪,伤害百姓。这时只见西林吉与王大力同害人精黑头仙展开了一场恶战,打得天昏地暗,从村头打到山上,从山上打到山下,从早上一直打到天快黑的时候,最终战胜了黑头仙,可是西林吉却死于恶战之中。为纪念这位友好至诚的蒙古族兄弟,鄂伦春、鄂温克人举行了隆重的葬礼,并把这无名的部落叫作西林吉。

汉族英雄王大力同人们一道耕地、打猎、捕鱼、伐木,过上了平安幸福的生活。人们非常喜欢这位英雄少年,西林吉的女儿兰花也从心底爱慕王大力。光阴似箭,转眼三年过去了,乡亲们看王大力已到娶妻的时候,兰花也到出嫁的年龄了。乡亲们给他俩布置了仙人柱,选定佳期完婚。

结婚那天,乡亲们把贵重的宝物送给他俩,作为欢庆的礼品,你来我往,热闹非凡。

搜集整理者:王文举

刺猬精

　　有一座官坟,四周围了不老少的小坟。坟跟前有一个村,村里有这么个老吴家,他家叔伯兄妹仨,都十五六岁。一到春天,他们合伙到这坟地跟前挖野菜。一天,连挖菜带玩的就快晌午了。他们走到最大的官坟跟前玩,一看坟上有个洞,洞口搁块石板,一拃来厚。他们把石板挪开,露出一个大窟窿,里面黢黑的。这几个孩子寻思,怎么这么大洞哪?这是干啥的呢?大哥说:"听老人说,官坟和祖坟里都有宝。咱们几个进去看看,拣点宝。省着老是挖野菜。弄点宝,咱们吃几顿好饭。"谁下去呢?最小那丫头说:"我下去!"她胆可大了。怎么下呢?大丫头说:"咱们把仨人的裤腰带跟筐梁上的绳子都解下来,拴在你腰上往下送。"大哥说:"就这么办。"他们把绳子拴在小丫头腰上。小丫头说:"我要到底了就把绳子拉一下。"她拽着绳子就下去了。下了一会,不知让什么东西给卡住了。她使劲地拉了一下,绳子秃噜了,她咕咚一下掉到底,摔迷糊了。等她醒来,也不知到哪了。黢黑一片,摸摸旁边什么也没有。这可咋办?摸索着好像有道,就顺道爬。半天瞅着前边有亮光了。走到那儿一看,有个大院,进去一瞅四下没人。她就悄悄地进了北屋，看见一个大姐。这大姐看进来个丫头，就问："你是哪儿的？咋上这儿来了？"丫头说："你这是啥地方？"这个大姐说："你就在我这待着，哪儿也不行去。我去给你拿点吃的。"丫头才吃完饭，就听"呜呜"一阵狂风。她挺害怕，就猫在床底下，用床帘挡上了，就听见外面进来一个人。她从缝里看见这个人头发挺长，猪嘴獠牙的，哈哈大笑说："我到外面转了一圈。"那个大姐说："回来了，歇歇吧。"这家伙用鼻子一闻说："有生人气！有生人气！"大姐说："哪来的生人气呀？不就是我个人吗？"他一寻思，也是那么回事，就没吱声。这丫头听这个大姐在糊弄那个妖怪，就放心了。那大姐把妖怪支出去，叫小丫头出来。小丫头从床底下出来了。寻思咋到这个地方来了？这时她才知道害怕，寻思赶紧往外逃。她瞅着那大姐没注意，就出了北屋门往南屋走去。到了南屋门口，一看还没有门。就听到墙上有人说话："这位大姐救救我吧。"她一听，有人说话，从窗户跳进屋一看，还是个空房，什么也没有。

"大姐救救我吧，这是妖怪住的地方。"小丫头说："你在哪儿呢，我咋看不着？"就听说："你把这个钉子拔下来，就看着我了。"她往南墙上一瞅，有条一拃多长的小白蛇，叫钉子给钉墙上了。她把钉子拔下来，小白蛇一下子变成个小伙，跪在地上说："谢谢大姐救命之恩！"丫头问他："这是啥地方？你咋叫人给钉墙上了？"小伙说："我是东海的一条龙，在海边玩，叫老妖怪给抓来了。你是咋来的？"丫头就把怎么来的告诉小伙了。丫头又说："你带我快跑吧！"小伙说："我背着你走。你千万别睁眼。"丫头说："好吧！"小伙刚背上她，只听耳边呼呼的风声。不一会"通"的一声，脚落地了。丫头睁眼一看，又回到南屋了，就问："咋回来了呢？"小伙说："我看着妖怪回来了，怕它看着咱俩。"丫头说："你先走吧，别顾我！"小伙说："我出去想法回来救你！"就走了。丫头又猫到大姐的屋了。

再说小伙变成白蛇回到东海，见了东海龙王，跟他说了妖怪吃人的事。龙王听了大怒，派了一个龙子去降妖。小白蛇领着龙子来到妖怪那屋，刚到，妖怪就回来了。看见白蛇，扑上来就要抓他。龙子上去就跟这妖怪打起来，打得乌烟瘴气，一直打了三天三夜，妖怪招架不住了，拔腿就跑。龙子又追上去打,一尾巴就把它抽趴下了,现了原形。大伙上前一看,是个刺猬。
龙子跟白蛇把大姐和小丫头送回了家。

讲述者:焦喜伦

采录者:吴俊明　王晓东

　　　　孙守礼　白增坤

整理者:刘成艳

聪明的阿拉戈托

从前,在大兴安岭的脚下,住着两户人家。阿拉戈托和他妈妈住在一起,还有一家呢,哥仨和妈妈住在一起。

他们两家比赛拉木头,看谁拉得多。结果呢,哥仨还没有阿拉戈托一个人拉得多,他们感到很生气,心想:咱仨人拉不过一个人,真是太气人了。

他们仨合计,想出了一条毒计。到了晚上,偷偷地跑到阿拉戈托家,把他家的木头都烧了。

当阿拉戈托睡醒以后,发现家里的木头都烧成木炭了。他又生气又憋火,又不能和他们哥仨干仗,只好不声不响地把木炭装到大轱辘车上拉到街里去卖了。

到了街里,他大声喊:"我这有黑色的金子,要用金子来换,你们来看看。"大伙没有看到过黑色金子,都围上来看,看了半天,都觉得挺好,黑黑的,锃亮的,不少人都来换了,阿拉戈托得了不少金子,高高兴兴地回家了。

回家以后,他和妈妈在一起数金子,正在数金子的时候,被哥仨当中最小的一个偷看到了。他心想:阿拉戈托从哪儿得来这么多金子?他感到挺奇怪,回去告诉了他哥哥。

哥哥对他两个弟弟说:"咱们去看看!"他们来到了阿拉戈托家,对他说:"你从哪儿得来那么多金子?"

"太感谢你们了,你们把我的木头都烧成了木炭,我把木炭拉到街里卖,大伙给我那么多金子,我都没要,要那么多干啥?"

"真的吗?"

"可不真的呗!"

"这倒是好事,咱们也把木头烧了吧!"

他们照着阿拉戈托的做法也把木头烧了,拉到街里去卖。

"我这里的木炭谁来看看,黑黑的,锃亮的,要用金子换!"

街上的人一听,挺生气,心想:谁用金子去换木炭,上次已经上当了。这次,街上的人瞅也不瞅。哥仨看大家都不来换,气得够呛,垂头丧气地回家了。

回家以后,他们哥仨越来越生气,合计又想出了一条毒计,等他们睡觉以后,把他妈妈杀了。

早晨起来,阿拉戈托一看他妈妈死了,特别伤心。他知道是他们哥仨干的事,想和他们打,又打不过。没办法,咋整!

他不声不响地把妈妈洗了洗,打扮得和活人一样。又打了不少家雀,把家雀的内脏挖了,里面灌了些血,放在老妈的怀里,把他妈妈装在车上拉走了。走到一个小旅店,他喝了些水,吃了点饭。店主见他吃完饭了,就问他:

"车上是你什么人呢? 怎么不让她下来吃饭?"

"她是我妈,不愿意见生人。"

"那也得让她吃点饭啊!"

"那请你去看看吧!"

店主打发小伙计去了,小伙计招呼了好几次,不见他妈吱声。老太太死了,能说话吗! 小伙子就使劲拽啊,三拽两拽的,把怀里装血的那个玩意给整洒了,整得浑身都是血啊!

"不好了,出血了!"小伙子大声地吵吵。

"看看,把我妈给整死了,我要和你们打官司!"

"咱们别打官司了,我给你钱!"店主对他说了许多好话。

"不行!"

"那你要什么?"

"我相中了你们家的两个大姑娘!"

店主起先不同意,后来寻思,自己的小伙计把人家妈妈给整死了,这要偿人命的啊!也没有办法,只好说:"那也行!"

店主的两个姑娘跟着阿拉戈托回家了。

这哥仨一看,阿拉戈托领回来两个大姑娘,真奇怪,都跑到他家问:"你怎么领回来两个大姑娘?"

"别提了,走到街里,那店主非要用他的两个姑娘和我换妈妈,我没有办法,只好依了。"

哥仨回家一合计说:"咱们也把妈杀了吧!换三个大姑娘,咱们一人一个!"

他们把妈杀了,照着阿拉戈托的办法,装在麻袋里,推到街里喊:"我们这儿有个死人,谁愿意用姑娘来换!"

再说,店主赔了两个姑娘以后,又憋气又窝火,听到他们哥仨的喊声,叫了几个人,把他们揍了一顿,这个揍一拳,那个踢一脚,把他们打得头破血流。这下把他们哥仨气得不行了,一个个咬牙切齿地回来了。

回到家以后,他们哥仨又想出了一条毒计,趁阿拉戈托晚上睡着的时候,把他装到麻袋里,扔到河里去。

到了晚上,他们趁阿拉戈托睡着的时候,把阿拉戈托五花大绑地装到麻袋里,哥仨轮流地背,一直背到天亮。

第二天早晨,他们走到街里,路过一个小店,哥仨说:"咱们走了一宿,累得够呛,也渴得够呛,进屋喝点水吧!"

他们把麻袋扔在门口,进屋去了。

这时,走来了一个放羊的老头,看到这麻袋顾拥顾拥地动,心想:这是什么玩意儿,用脚踹了一下。

阿拉戈托说:"谁在踹我啊?"

"你怎么在这里面待着呢?"

"别提了,我原来身体不好,岁数又大,我在这儿待了以后,身体又好,又年轻了。"

老头心里琢磨,我岁数也大,眼睛还不好,就说:"把我也装在这里头吧!"

"别了,我还没有待够呢!"

"求求你了,把我也装里头吧!"

"那好吧! 看你挺大岁数了,你把我解开吧!"

老头把麻袋解开了,阿拉戈托从麻袋里出来以后,把老头捆巴捆巴装进了麻袋里,用绳子把麻袋口绑上了。阿拉戈托把老头的羊赶回家去了。

这时候,哥仁从小店里出来,背着麻袋走了,他们也不知道里面装的是老头啊,一下子把老头扔河里去了。

扔完麻袋以后,他们哥仁也就往家走去,这时,阿拉戈托把羊也赶到了家,正在那看着羊吃草呢。

咦! 他怎么回来了,哥仁觉得奇怪。他们都说:"咱们去问问!"哥仁来到他跟前问:"阿拉戈托,我们把你扔河里了,你怎么跑回家了?"

阿拉戈托说:"我在河里待得可带劲了,河神对我招待得挺好,临走时,他要送给我鱼,我没要,我觉得这羊挺好的,就要了,这样呢,我就赶着羊回来了。"

哥仁觉得这倒是好事啊,就对阿拉戈托说:"你把我们也扔到河里去吧!"

"我是不会扔你们的。"

"求求你,帮帮忙吧!"

"好吧,那走吧!"

他们拿了麻袋,走到了河边,哥仁都钻进了麻袋,阿拉戈托扑通扑通,一个个地把他们扔进了河里。

阿拉戈托高高兴兴地回家了。这哥仁和他妈也都被聪明的阿拉戈托一个个地弄死了。

死灵能复生啊!

他们四人都跑到阎王爷那儿去告状了。

"人间有个阿拉戈托,害我们,骗我们,你一定要为我们报仇。"

他们把阿拉戈托怎么害他们的经过都讲了一遍,阎王爷听了以后,觉得阿拉戈托欺人太甚,那无辜的老头也被阿拉戈托害死了。我得亲自到人间去惩罚他。

阎王爷骑上最好最高的马,蹭蹭蹭地上人间去了,他的马有三个马镫,第一个马镫离地一尺,第二个马镫离地一丈,第三个马镫离地十丈。阎王爷穿得挺气派,可带劲了。他到了人间,来到了阿拉戈托的家,气势汹汹地说:"你跟我走一趟吧!"

阿拉戈托知道情况不妙,对阎王爷说:

"那好吧,我得把两个老婆安排安排。"

他悄悄地把一个老婆埋在山根底下,头露在外面;一个放在山顶上,露个上身。

当他安排好老婆以后呢,就跟着阎王爷走了。

阎王爷问他:"你是不是杀了好多人?"

"没有啊,不信你问问山上的恩都力,我杀没杀人。"

山上的恩都力说:"没有!"

阎王爷又问他:"你的羊是从老头那儿抢来的?"

"我没有啊,不信你问问山上的恩都力,这羊是谁的。"

山上的恩都力说:"这是阿拉戈托的。"

"不信你再问问山下的恩都力,这羊是谁的。"

山下的恩都力说:"是阿拉戈托的。"

这时,阿拉戈托说:"你看看,山上山下的恩都力都说是我的,怎么会说是我抢的呢?"阎王爷气得够呛,还是恶狠狠地说:

"你跟我走一趟吧!"

"走就走!"

这时阿拉戈托牵了一头老牛,穿了一件用纸做的衣服,右手拿了一把锤子,左手拿了一个长钉子。

阎王爷见了阿拉戈托这副打扮说:"你这衣服真带劲啊!咱俩换换。"

"我不跟你换!"

"换换吧!"

"要换连马一起换!"

"那也行!"

这样,阎王爷和阿拉戈托相互换了衣服。阎王爷穿着阿拉戈托的纸衣服,骑着老牛;阿拉戈托穿着阎王爷的衣服,骑着他的高马。

阿拉戈托说:"你这高马真带劲啊!当我骑上第一个马镫时,你在老牛尾巴上用钉子使劲地攮一下。当我骑上第二个马镫时,你在牛头上用锤子使劲地砸一下。你要注意啊,别摔下来。"

阎王爷说:"那好吧!"

阿拉戈托的马飞快地跑去,阎王爷的老牛慢慢地走着。当阿拉戈托蹬上第一个马镫时,阎王爷用钉子在牛尾巴上使劲地攮一下,老牛拼命地往前跑。当阿拉戈托蹬上第二个马镫时,阎王爷用锤子在牛脑袋上狠命地砸了一下,结果老牛当场就死了,阎王爷从牛背上摔了下来。

阎王爷知道上当了,没有办法,只好走着走,走着走着,就下起了大雨。阎王爷的纸衣裳被雨浇透了,一会儿,刮起了大风,把阎王爷的衣服也刮跑了。阎王爷又生气又窝火,没有办法,光不出溜地朝阎王殿走去。

可是,阿拉戈托骑着快马,来到了阎王殿。阎王爷手下的人都来迎接阿拉戈托。

阿拉戈托说:"你们在道口上截住阿拉戈托,不管阿拉戈托怎么说,也别上当。"

阎王爷手下的人,都上道口去了。

不大一会儿,来了一个光不出溜的人,这帮手下人,就把真阎王爷给捆起来装到铁笼子里去了。

"你们上当了,我是你们的阎王爷,快把我放了。"阎王爷在铁笼子里大声地吵吵。

"你胡说!"这帮手下人不相信。

大伙把阎王爷扔进了河里。

阿拉戈托在地狱里当了几天阎王爷之后,高高兴兴地回家了,和两个老婆过上了幸福的生活。

讲述者:孟玉花

采集整理者:叶磊

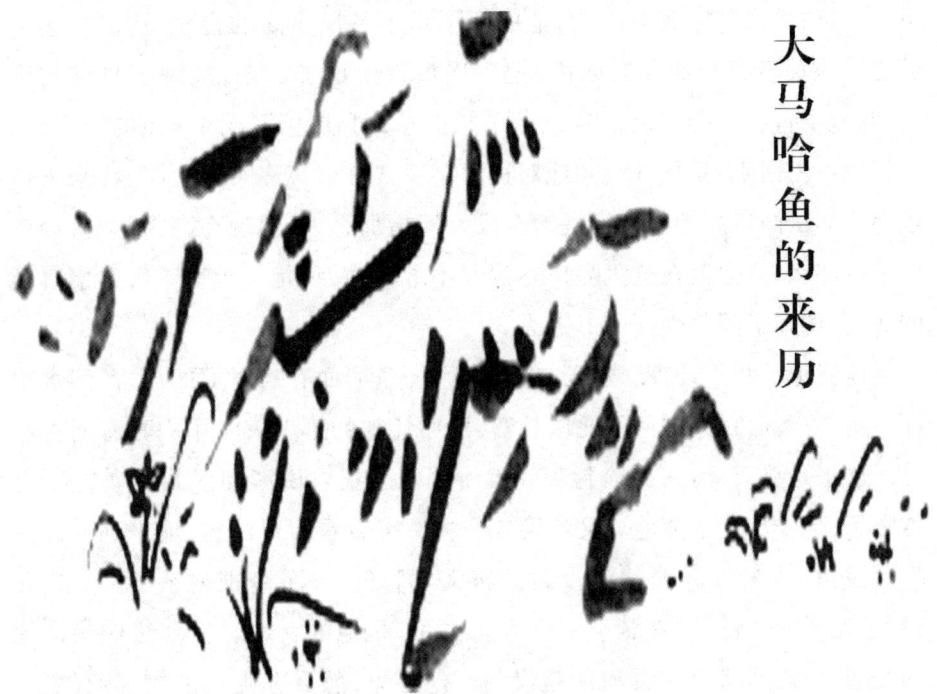

大马哈鱼的来历

清朝末年,有个叫善的首领,他在大兴安岭固其固的北面选中了一块地方,准备在这里修建自己的家园。这里三面环山,山下是一片有几十里长的草甸子;南面是一条又长又宽的呼玛河,离呼玛河南岸不远的地方流着一条挺窄的河叫塔河。

善就在这空气新鲜、景色迷人的土地上盖起了房子。他们顺着呼玛河盖房子,一直到哈马拉河。

正在他们盖得起劲的时候,有个叫达温罕的首领带着他的兵马打了过来,想抢占这块土地。善不忍心看着自己亲手建起的家被别人抢占,双方就在塔河附近打了起来,打得天昏地暗,死伤不少人。他们一看这样也不行啊,就同意用商量的办法进行谈判。他俩来到善的屋里,在善的住处放了两张床,善的床在南面,达温罕的床在北面,谁也不准去外面。善说:"明早起来看谁的床底下有青草,谁就留在这里,另一个人去自己找出路!"达温罕答应了。

达温罕为了抢占这块土地,一夜没睡觉,天刚亮就下地了,一看自己床下没长草;再往善床底下一看,他的床下长了一尺多高的青草,达温罕起了邪心。他轻轻地来到善的床边,把草连根带土挖了出来,放到了自己的床下,叫醒了善。善明知道是自己床下长的草,可让达温罕挪到他的床下了,气得说不出话来,只是气哼哼地对达温罕说:"你就算赢了,不久的将来玉帝也会让你从两米高的身体慢慢地变成大拇指那么大,你现在高大的马,会变成老鼠那么大,你就在这里吧!"达温罕不敢吱声,只是干听着。善召集自己的兵马,离开了固其固往南方走去。

他们走了几天几夜。这天,他们走到一条河面有二里宽的河边,河水很深、很急。善命官兵在河的北岸扎营,然后让他的第一大将军去看看河封没封。这正是夏天,河怎么能封呢?大将军回来报告说:"河没封!"善这下可急眼了,下令马上杀掉他。又让第二个将军去看看河封没封,他来到河边一看河没封,回来告诉善:"河没封!"善大发脾气,又下令把他杀了。一连几天,杀死了五个将军,就剩下一个大将军了,是他的女婿。没办法他又命他的女婿去看,到河边一看河还是没封。他寻思,怎么办呢?说封了吧,夏天怎么能封河呢?要说没封吧,父皇是不会饶过我的。他左思右想,没办法只好撒谎了,他回到扎营地,对善说:"父皇,河封了!"善高兴地站起来,下令:"马上集合兵马,过河!"善来到河边一看,河真的封冰了。善在前面领路先过了河,一到对岸善面朝南,背靠冰河,盘腿坐在草地上一动不动,从早晨坐到下午,人马继续过冰河。善问保驾的:"军队过完了没有?"保驾的答道:"没有。"善还是一动不动地坐着,一连问了三次都说没过完,当善第四次问保驾的时候,保驾的想,皇帝坐了这么长时间了一定很累,让他休息一会吧,就说:"我们的军队全部过完了。"善问:"是真的过完了吗?""真的过完了!"善不信,回头一看,这时冰化了,几千士兵连人带马一起掉在河里了。善伤心极了,气愤地说:"你们为什么骗我,为什么说过完了?如果我不回头,我们的军队一定能顺利过完,你们欺骗了我,害了我的士兵、我的女婿,我可怎么办呀?天呀!你救救我吧!"善向天叩头,求上天救救他们。

善的女婿死了,次将就是他的独生女儿,她的武艺高强,一般男的都打不过她,只是父皇健在她不出面,但只要她动起武来就是天翻地动,就会给人类带来灾难。她是玉帝一个有罪的天神，降下凡来的。她死了丈夫，哭呀，闹哇，哭得东南西北分不清。善说："孩子，都是父皇的过错，你原谅我吧！父皇的宝座让给你，你哭的眼泪淹死了不少的老百姓，你发的脾气使海面出现了台风，老百姓的房屋没有了，你我不能再给人间带来灾难了。"公主点点头不哭了，善接着说："咱们要是重新回到天上，王母娘娘不会饶过你的，我也没法再回天上了，要永远留在人间。"公主听了父皇的话，觉得父皇说得对，就说："我不要丈夫了，只要求同父亲并肩走，扶我管理人间。"善同意了女儿的要求，他们带着兵马继续往南走。

再说善离开固其固以后，达温罕带领剩下的军队接着在固其固修建战壕。几个月后，他们一点粮食也没有了，周围没有人烟，一连好几天找不到吃的，死了不少人马。达温罕只好向天求援，他在呼玛河边点了三根香，跪在地上一边叩头一边说："老天保佑，救救我的士兵，为了保住这块土地我们死了不少人了，现在我们日夜守在这里，人马没吃的了，救救我们吧，赐给我们一点吃的吧！他们有父母双亲，还有弟弟妹妹，可怜可怜我的士兵吧！"

达温罕拜完了后，回到了自己的住处命令士兵睡觉，他也睡下了。谁知这一拜叫吴刚听见了，就拿起斧子砍桂花树，砍下的树渣掉到呼玛河里变成了鱼。

第二天，达温罕起来到河边一看，呼玛河都是鱼，他高兴得哭了起来，赶紧跪到地上向天叩头。连叩三个后，马上起来叫醒士兵捞鱼。士兵们吃饱了，可是马怎么办，有几个士兵把鱼扔在马的跟前，奇怪的是马竟也吃起了鱼。这下人马都吃饱了，士兵们哈哈大笑，都说多亏大人的求拜，才保住了我们人马的性命。后来，士兵们都把鱼叫"大马哈"。

讲述者：孟金福

搜集翻译者：孟秀春

整理者：张桂忠　刘成艳

单扁郎

　　清朝末年,在清军里任扁郎①的单树基,身带数万两黄金赴河北为作战的军队筹备粮草,他乘混乱之际,就带着这笔巨金回到山东高密。为了侵吞这笔黄金,他用白绸将自己的亲生母亲勒死,呈上一封母亲病故的书简将公事一推了之。从此单扁郎便在高密招兵买马,集草存粮,收集一些地痞称起霸道,强奸民女,为非作歹,使方圆百里不得安宁。在给他母亲烧"五七"②时,请尼姑念经,他相中了一位叫夏莲的小尼姑,就动用武力把她锁在内室强行奸宿,夏莲死活不从。她师父四处奔走告状都无济于事。后来老尼花了上百块大洋运动官吏才算把夏莲救出来,可还没有过十七岁的夏莲此时已奄奄一息了。

　　单扁郎为炫耀自己有钱,要扩建家园,将县城东门一百里内,数百户之家赶到城北,迫不及待地三九天破土,寒冬腊月动工。城外的人无处存身,

---

① 扁郎:军营主管粮草官。
② 五七:人死后七天为一期,五七是第五个七天。

可城内他上盖高楼,下挖地洞,灯笼火把爆竹声声。为了耐久,他用烧酒和泥,油浸砖。

到第二年年底完工时,他发了善心,设宴款待所有工匠和知情者。他为了保守地下室的秘密,酒里下了毒药,把为他建造房舍和知情的人全用酒毒死,所以他死后再无人知道他的那些黄金藏在什么地方了。只有模模糊糊地听那个老厨师的老伴说在单扁郎家鸡栏以内鸭栏以西埋有九缸十八坛金银财宝。但她从没进单家大院,更不知鸡鸭栏都在什么地方,老头子就是在最后一桌酒席死去的。

房舍修建完备,他就要选美迎亲了,单扁郎相中密东王绅士家的独生女儿秀娟。王绅士只看见单扁郎有钱,而不顾女儿早与姨家表哥两相情愿。媒人只跑了两趟就把这门荒唐的亲事定下,在六月三十日迎娶。秀娟日夜思念着身在异乡的表哥,可又在爹爹面前不敢违抗,只有夜晚暗自流泪,身体一天天消瘦下来。邻居素云妹妹看她这样下去性命难保,她甘愿替身进单家,成全她与表哥的婚事。

迎亲的这一天,单家上百号人吹吹打打,簇拥着花轿上了大路。王家婆娘媳妇绫罗绸缎、头面首饰,把秀娟打扮得像仙女下凡,王绅士夫妇见姑娘满面春风、亭亭玉立更是满心欢喜,双双把姑娘送上花轿。单、王两家相隔三十里,花轿路过一撮瓜窝棚。轿夫累得满头大汗,口渴难忍,新娘子又要小解。管事爷指使几个人去买西瓜,跟轿婆子和新娘子去一片高粱地里解手。大家吃完西瓜要赶路,轿内的新娘已换上素云,神不知鬼不觉地一路吹吹打打进了单家大院。

进门后,新娘子不用人扶,自己扯下红盖头扔在地上,跳上天地桌,当着围观众人的面指着单扁郎大骂起来:"你这个丧尽天良的恶魔,披着人皮的狗,姑奶奶今天和你对命。秀娟姐姐早已远走高飞了!"单扁郎见势凶猛,不知王绅士葫芦里卖的什么药,急忙藏了起来,让管家将素云抓了起来。

当单扁郎知道真情以后,更加气急败坏,动手抢起媳妇来。谁家娶亲车从这路过必得抢下住几日,还让乡丁给他抢美女。

一天,他在一家药店里见掌柜的女儿生得如花似玉,就以买人参为名进了药店后屋,说人参不纯,把老掌柜打昏在地,将女儿抢走,回府强行完婚。老头的两个儿子在外地习武,得到亲属口信说姐姐被人抢走,爹爹死于强人之手,便同他们的伙伴赶回来,夜间飞上单家屋顶,跳进卧室,取下单扁郎的首级,救出姐姐。

次日,将单扁郎的人头挂在县城东门外的一棵大树上,为民除了一大害。天大亮,无数人涌进这罪恶的大院,将东西一扫而空。后来单家大院挂起了学府的牌子,只是单扁郎家所埋的金银财宝到现在也没有找到。

搜集整理者:李慧霞

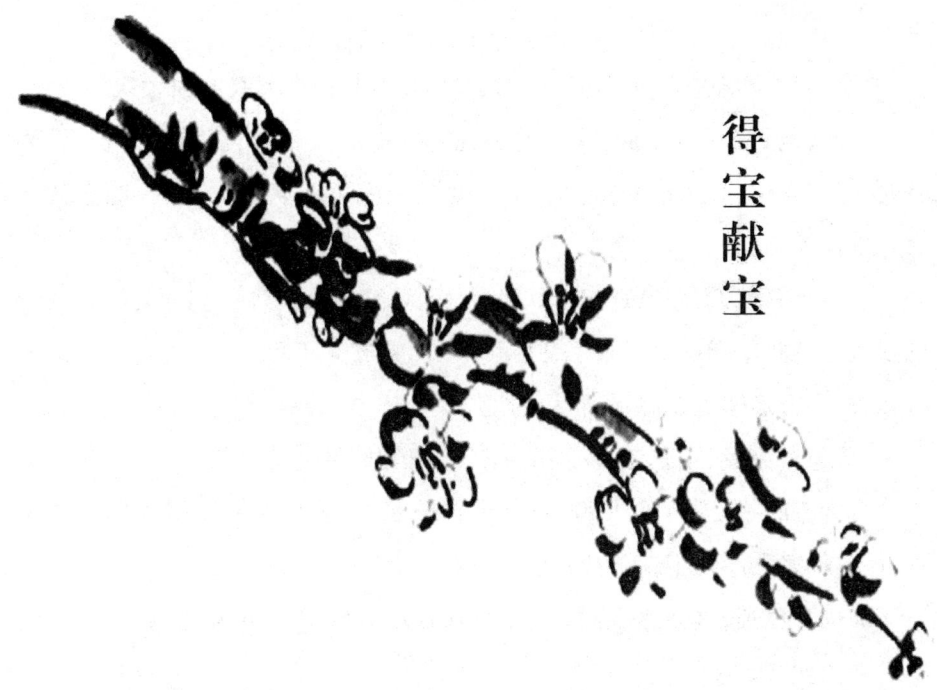

得宝献宝

　　很久以前,有一个叫韩宝庭的人,靠打柴维持生活。

　　一天,他打柴来到一个山砬子,一瞅山砬子底下长满了万年蒿和榆树条子,就过去割柴。割着割着突然发现一个大山洞,洞口挂着一个很大的罗罗网,绷得很结实,那网丝有蒿子秆那么粗。他感到很奇怪,就用镰刀敲了敲。没想到一敲发出嘣嘣嘣的声音,就像鼓声似的,接着从洞里轱辘出一个奇怪的东西。韩宝庭马上躲在洞口一块大石头后边,只见那奇怪的东西又缩回去了,他又用镰刀敲了几下罗罗网,那个东西又出来了,韩宝庭仔细一看,这东西像鸭蛋那么大,是粉嘟儿的颜色,油光锃亮的,还长着一对爪子抱在头前,只见它轱辘到罗罗网底下,用爪子一钩就盘到罗罗网的一个窟窿眼儿上,把爪子一收像个鸭蛋一样圆,就一动也不动了。韩宝庭看这东西挂在那不动了,又用镰刀敲敲罗罗网,不响了,啥声也没有。他感到更加奇怪,走到罗罗网跟前,大着胆子一伸手就把这东西摘下来了,拿在手里光溜溜的,像块鸭蛋似的石头,还挺好看,就揣到挎兜里了,高兴得柴也不打了,就回家了。

他想:我捡到这个稀罕物,是什么宝贝呢?我得出去找明白人认一认。

一次,他到烟台去,那咱①坐的是九篷九桅的大木船,船借风力行走,风好时,船行得顺利,风小,船走得很慢,要赶上海里起妖风啊,那一船人的性命就难保了。

船行到第四天,海里真起了妖风,海水翻花,大浪有一丈多高,一阵黑色的妖风拧劲儿地奔这船上来了,眼瞅着一船人非完不可,一船人就狼哇地哭哇喊哪,吓得不知怎么好了,管船的说:

"大家都别哭,咱要该着死,那也没啥招呀!哭也没用。"

听管船的一说,有的人跪下向天许愿,祷告老天爷让他们躲过这场灾难,还有许多人不哭了,闭着眼睛等死。

谁也没想到,这吓死人的妖风来到船边,就变得一点风丝也没有了,船稳稳当当朝前走。

管船的把头和大伙一样,感到奇怪,这可真是不该我们出事啊!

他说:"咱们这些人,一定是谁身上带着宝物!赶快说出来,我们船上人帮你保护好,还帮你献给皇上,到那时不但有赏,还会封你个官做。"船上的人谁也不吱声,管船的把头挨个问,问到韩宝庭:

"你带了什么特别的东西没有?要是带了,说出来,我们只看看,不要你的,还帮你保护好。"

韩宝庭说:"我没什么宝物,就有一块石头。"说着,解开扎腰的布带,从里边挎兜把那东西掏出来了。

把头这一看哪,说话了:"哎呀,这不是避风珠嘛!这是稀世珍宝哇!咱们这一船人的命,全仗这宝物啦!"

全船人都争着过来看这个救命的避风珠,都很感激韩宝庭。

后来,船把头找个最可靠的人帮助韩宝庭保护着避风珠,又陪同他到了

---

① 那咱:那时候,东北方言。

京城,见了皇上献了宝,皇上见了这宝物之后,爱不释手,收下宝物,封了韩宝庭的官。

讲述者:白玉福

采录整理者:凌志伟

丁香女

有个叫丁香女的姑娘，父母把她许配给了一个财主家的少爷，这个少爷名叫张郎。两人结婚以后，日子过得很好。

可是过了没多久，张郎又看中了妓院里的一个叫王海棠的姑娘，张郎常常泡在妓院里不回家。

一天，王海棠对张郎说："你要想娶我，就得休了丁香女。"

张郎一听，说："她贤惠、善良，对我又好，我没有理由休她。"

王海棠说："这样吧，你今儿个到铁匠炉去打一把尖刀，晚上回家的时候把刀插到靴筒里，你装成喝醉的样子，等丁香女给你脱靴子的时候，你就说她拿刀想谋害你。"

张郎晚上喝点酒，装成喝醉的样子，就回家了。刚一进院，正好丁香女和丫鬟从屋里出来，看张郎喝醉的样子，赶忙过来扶他进屋，铺好被，扶他躺下。丁香女动手给他脱靴子，只听"当啷"一声，从靴子里掉出一把刀。张郎听到有声音，一下子爬起来，看地上有一把刀，不等丁香女说话，就大骂开了：

"好你个丁香女,你勾结野男人,想要趁我酒醉害死我呀,我今天非休了你不可。"说着就提笔写了一封休书,扔给了丁香女。丁香女刚想说什么,张郎一甩手走了。

丁香女又气又委屈,寻思来寻思去:让我走,我就走吧! 她就套了个老牛车走了。

丁香女坐在牛车上,一边赶着牛,一边说:"老牛呀老牛,你把我拉到哪,就算哪吧。"

老牛拉着丁香女慢慢腾腾地一直走到天亮,来到一个破窑前,老牛不走了。丁香女见老牛不走了,就从牛车上下来,走到窑跟前喊:"有人吗?"

话音刚落,从破窑里走出一位六十多岁的老太太,看门口站着一位姑娘,就问:

"姑娘,啥事呀?"

丁香女说:"大娘,能让我进屋坐会儿,给点吃的吗?"

老太太一看丁香女的打扮像个小姐就说:

"姑娘,我家只有糠菜饼子,怕你不能吃呀。"

丁香女说:"大娘,什么都行啊,我饿坏了。"

老太太把丁香女让到破窑里,递给她两个糠菜饼子,两人唠起了家常。

丁香女问:"大娘,你有几个孩子呀?"

老太太说:"就一个儿子,二十多岁,我们娘俩就靠打柴维持生活,家里穷得不像样,也说不来个媳妇。"

丁香女一听,说:"大娘,你若不嫌弃我,我就住这吧,给你当儿媳妇。"

老太太一听,说:"这可使不得,我们家太穷了。"

丁香女说:"大娘,我不嫌穷,你就让我住这吧。"

丁香女把自己的事跟老太太讲了一遍,老太太听着落了泪,正在这时,老太太的儿子打柴回来了,见门外停着一辆牛车,挺纳闷,进屋一看,一个姑娘坐在那和他娘唠嗑,就问他娘:

"娘,这是谁呀?"

老太太见儿子回来了,拉过儿子说:"姚小,这是娘给你说的媳妇。"

姚小一听,说:"娘,你不是做梦吧,我们家这么穷,谁肯跟我们?"

老太太说:"是姑娘不嫌弃我们,你们俩今天就成亲吧。"

姚小和丁香女成了亲,三口人日子过得和睦。

一天,丁香女对姚小说:"你去拿麻袋,拣些砖头、石头子回来。"姚小出去拣了些半截砖头、石头子回来,丁香女用手一点,都变成了金子,丁香女说:

"你拿这些金子,去买些田地吧。"

姚小背着这些金子去买了些田地,丁香女到田地那看看,然后从头上拔下金簪子,在地上画了一座楼房,丁香女用手一点,就变成砖瓦楼房了。丁香女把婆婆接来,三个人住进了楼房。

张郎休了丁香女,娶了王海棠,王海棠刚一进张家门就对张郎说:

"前门走了丁香女,后门进来王海棠,不用你娶,不用你忙,我拿着包袱到门上,进门给你生俩儿郎,大郎送在南学去,二郎放在炕头上,爬到这头叫你一声爹,爬到这头叫我一声娘,你看咱们的日子过得强不强?"

王海棠的这几句话说得张郎心里美滋滋的,两人正做着美梦,突然丫鬟跑来说:"厨房的房梁上有一条蛇,从东梁绕到西梁,也没看见头和尾巴,少爷你快去看看吧。"

张郎和王海棠来到厨房,哪有什么蛇,厨房起火了。原来丫鬟报告的时候,那条大蛇变成一把大火,先把厨房烧了,接着整个大院也起火,不一会就烧得片瓦不留,只有张郎一个人跑了出来,其余的人都烧死了。

张郎从大火里跑出来,烧瞎了双眼,身无分文,又什么活都不会做,只有拿着棍子沿街乞讨,这一天讨饭来到丁香女的门上,张郎敲门,喊道:

"大叔、大婶行行好吧,给我点吃的。"

丁香女听见敲门声,开开门一看,见是前夫张郎,就把他让到屋里,问:

"你这是怎么了?"

张郎听说话人声音有点耳熟,也问:"你是谁?听声音有点耳熟。"

丁香女赶忙说:"可能有说话声音一样的,你这是怎么了,我以前见过你,你家好像挺富。"

张郎说:"唉,别提了,我家着了一把大火,烧得片瓦不留,人都烧死了,就剩我一个跑了出来,还烧瞎了双眼。"

丁香女一听,心里就明白了,她到厨房做了些面条给张郎端了上来,一边看他吃一边说:

"张郎啊,张郎,你落到了这个下场,真是自找啊,你猜我是谁?"

张郎听她这么说,心里就猜了个七八分。丁香女又说:"我就是你前妻丁香女,你为了和王海棠成亲,诬陷我有奸夫,休了我。我现在和一个穷小伙结了婚,我们日子过得要啥有啥,你现在到了这个地步,我不记你的仇,我给你点钱,你走吧。"

张郎听丁香女这么一说,羞得无地自容,跌跌撞撞从屋里跑出来,一头撞墙上撞死了,丁香女给他买了棺材,把他埋了。

讲述者:巨连冲
采集者:葛春英
整理者:葛春英　刘少红

都怨那些圈圈

在清朝末年，随着漠河金矿的开发，漠河境内的人口也就越来越多，三教九流应有尽有。

当时，在胭脂沟有一个大财主，姓贾名能。为了让他的儿子将来精通文墨，好掌握他的金矿大业，继承他的家产，他聘请老师教他的儿子。

一年、两年、三年过去了，贾能还是没请到可心的老师。那时候，不是没有老师，而是来了很多应聘者，但都因贾能太吝啬，给的聘金太少，所以都没有应聘。

这一年，从四川省琪县来了一个教书先生。他本来是听说这里黄金易采，来看看虚实，早就闻听贾能延师，屡谈不妥，觉得很奇怪。经过一番深思熟虑，他想自己应当挺身而去，为天下当先生的出口气。

于是，他求了中间人，向贾能通禀此事。贾能眼看见自己的孩子一天比一天大了，还请不到先生，甚为着急，听到这个消息后，喜出望外。他想，人家都说我太小气，才请不到先生。今天我要大方大方，把先生聘好，让大家看看我贾能是不是小气之人。

他派人把琪县来的人请到家，双方落座后，来人自报家门："鄙人姓甄，名诚，字长书，四川琪县人士。原听说此地黄金易采，前往贵地探听虚实。到宝地后，听闻贾先生教子心切，求师无门，甚为焦急，不揣冒昧，前来应聘。若能得先生赏识，自应竭尽全力，将龙门贵子教育成人。以求将来登堂入室，荣光耀祖。"贾能虽然斗大字不识两个，但这些话的意思他还是能听懂。他欣喜之情溢于言表，挥挥手说："好说，好说！只要贵先生能把我那不才之子教好，先生的一切要求我均可以答应。"

接着，贾能让人取出文房四宝，让甄诚立下字据，以便商签。甄先生挥笔，不多时就把应聘字据书写完毕。贾能手下的谋士们见甄先生的墨迹精华，一边看一边笑。贾能见状，不知缘故，还不便询问，生怕显现出他自己无知来。只听甄先生说："甄某才学不高，文笔不精，请哪位先生当众读阅，以便贾先生斟酌。"话音刚落，只见贾能的大管家仲实接过纸张念道："当今延师，均需付酬。"贾能听了，满意地点点头。仲实接着往下念："每餐无鸡鸭也可，无鱼肉也可，小菜不可少，一文钱不要。双方认可，还要经官府一断。"贾能听完心想这人真大方，好待成，忙说："此事可成，此事可成！"甄诚说："我一定照字据凭证上说的办，精心教书，决不误人子弟。"

当下，贾能一想事已成了，又占了便宜，叫人备桌酒席，请来知名人士，前促后拥，好不热闹。贾能在席间向众人说："甄先生高，高，就是高，嗯！高就高在高尚！我贾某人深感相见恨晚，相见恨晚哪！"

从此以后，甄先生就在贾家私塾里教学。他每天早起晚睡，为教好贾家顽皮娇生惯养的孩子费尽了心力。每过一个月半个月，甄先生都主动向贾财主通报他儿子的学习情况。贾能见自己的儿子大有进步，总是称赞道："先生博学善教，敬佩！敬佩！教得好，好！"

光阴似箭，日月如梭。不知不觉，年头已到。甄先生对贾能说："这一年来，承蒙先生关照，今天已到期，我该回家探母了。"贾能乐颠颠地说："承蒙先生教子有方，我那不肖之子颇有进步。今晚备上小宴，微报深情，明晨先生即可启程返回仙居探母。"

晚上，贾能又把那些有头有脸的人请来赴宴送行。酒过三巡，菜过五味，贾能站起来举杯过顶："诸位，请来为甄先生荣归故里干一杯！"大家一饮而尽。贾能又斟满酒杯，提议道："在座诸位，来！为我们能够结识博学多才的甄先生干一杯。"大家又举杯而尽。贾能第三次斟满酒杯，说道："先生们，甄先生一年来为教育我那不肖之子，费心耗力，贾某人实实感恩不尽。来！我们为他家尊堂福寿干一杯！"大家本来就有些醉意，一听要为甄母干杯，都不好意思不喝。众声说道："为甄母寿比南山不老松而干！"又一饮而尽。

席间，张三提议干一杯，李四提议干一杯，猜拳行令，热闹非凡。

宴后，大家坐下聊天，也自有风趣。甄诚见贾能就是不提准备盘缠一事，甚为恼火。他想，明日就要启程，今晚还不见路费，怎么回乡？更不用说一年来的薪水了。他又一想，大众面前怎好提钱款一事？经过一阵冥思苦想，终于心生一计，他站起来说："诸位先生，甄某来贵地一年多，承蒙大家关照，感恩不尽。特别是贾先生一家老小，对甄某颇有厚爱，今特当众之面表示敬意之忱！"一语而出，满座欢腾。大家感到，先生真是一位知书达理的好先生。甄先生又说道："唯不知甄某在执行字据文凭中有何疏漏，还请指出，以便改正。"众人听了都说："甄先生一年来辛苦了，真可谓勤勤恳恳，兢兢业业，我们深表谢意！"贾能站起来拍着胸脯说："我们的协议执行得很好，谁还能说个不字？"座中有好事者说："诸位都认为甄先生为人处世堪称一流。有什么疏漏的，要是不信，把字据拿出来看看，对照对照！""好主意，好主意！"诸位议论纷纷。

贾能激动万分，他有把握地说："把所立字据拿来看看。要不当众宣读吧！""甄诚先生就走了，这回请他念念好吗？""好！好！"仲实话音未落，大家又欢腾起来。

这时，只见甄先生站起来，向烛光走去，说道："请贾先生把文凭字据拿出，以鉴证真伪错漏。"贾能让仲实把保管的一份拿出来。

大家聚精会神地听着，甄先生念道："贾能延师，甄诚应聘。为避免今后纠纷，特立此文书，供双方信守。甄诚将精诚教书，决不误人子弟。贾能深知:今当延师,均需付酬。每餐,无鸡,鸭也可;无鱼,肉也可;小菜不可!少一文钱,不要! 双方认可,还要经官府一断。"

仲实看着文书,听甄诚读完后,他完全赞同:"对了! 他读得一字不差。"

贾能正发愣,不知其中奥妙。大伙听后,也觉有事,但又不知什么事。

甄诚坚定地说:"合同上一字不差,平日里一事不对!"

贾能说:"你不是说'一文不要'吗? 怎么能讲一事不对哪?"

甄诚说:"我要一文钱不要,我怎能上敬父母,下养妻子?"

贾能说:"文书上哪有要钱二字?"

甄诚讲:"文书上面,当今延师,均需付酬,做何解释?"

贾能说:"我当管饭,就是付酬呢? 还另有一说?"

"照你说,我连回乡路费都没有,更不用提养活家人。"甄诚说道。

仲实这时才清醒过来。问:"依甄先生高见,当事何办为宜?"

甄诚说:"薪水钱照付,另算鸡鸭鱼肉与清淡小菜差额!"

贾能听罢大吃一惊:"那怎么能算清哪?"

甄诚说:"你要舍得花钱,什么账都能算清!"

听到这里,大家都感到情况严重,但谁也无法说话,只能听下去。

"要是算不清哪?"仲实问。

"要是想到官府一断,我奉陪到底。"

众人见甄诚态度坚决,就劝解说:"甄先生有话好说。"

仲实有疑问,就说:"可请先生将你手里的文书拿来我看看?"

"当然可以,不过,得用你手里那份换。"仲实把手里一份交给甄诚,甄先生把手里一份交给仲实。甄诚又把仲实这份加上标点符号。

贾能从仲实手中抢过来,找几个认字的人看,大家都说字一个不错,就是后加些圈圈点点。贾能问:"你为什么在上面加上圈点?"

仲实这时才完全明白过来,知道了圈点的作用,就忙说:"有用,有用!"

贾能说:"有用把咱那份也加上!"

仲实说:"那份已经有了,再加就更乱套了,认了吧。"

贾能还装腔作势地说:"认了? 我贾某人什么时候认输过?"

大家伙见状,劝道:"孩子上学,颇有收益,花几个钱算什么?"

贾能像没气的皮球说:"哎! 算就算了,这回输了,都怨那些圈圈。"

讲述者:乌莫尔图

搜集者:满江鸿

整理者:宿庆和

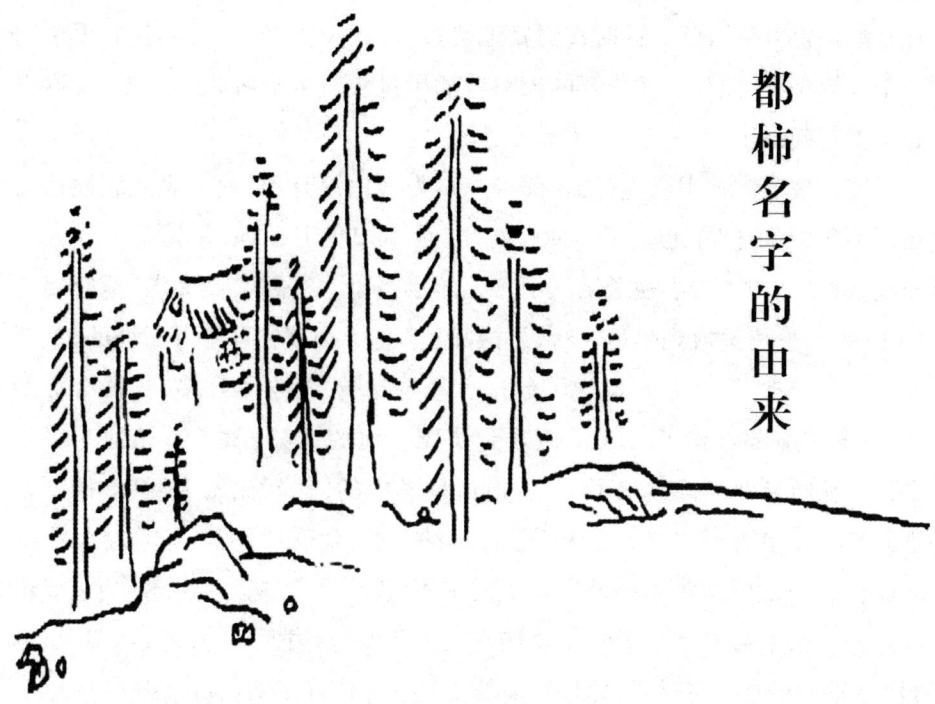

都柿名字的由来

　　早先的大兴安岭,没有人家,全是大树林子,狼、虫、虎、豹遍地都是。山外的人听说这里有宝后,就结帮来到这深山老林里。在这搭起了窝棚、马架,靠在山里狩猎、采山货来度日。

　　有一天,一个叫富财的猎人,大老早地就进山去打围。他翻过山头,走了很远很远,什么山兔哇、狍子的打了不老少。这时,太阳快下山了,他的枪药也用完了,干粮和水也没了,就扛着这些野物往回走。

　　这深山老林里,到处是草棵子,走一步都挺费劲的。富财又累又热,就倚在树上,寻思歇一会再走。他刚喘口气,就听见"嗷——嗷——"的两声,接着就是"呼呼"的风声,直奔这面而来。富财心里咯噔一下,知道遇到了大的了,可是又没有枪药了。他赶紧抓起枪,躲到一棵大树后。这声音越来越近,他定眼一看是只老虎,老虎好像知道这树后有人,只见它"嗖"地朝这边扑来。等老虎扑到树上时,富财举起枪托照准老虎的头就是一下子,枪托断了,老虎大叫了一声,就把富财扑倒了。富财死死地掐住老虎的喉咙不放,老虎张着血盆似的大嘴直叫,富财的衣服被撕破了,脸被抓出血了,老虎也让富财掐得直翻眼睛。这时富财猛地翻过身，还没等老虎反扑，就顺手拿起一个长树条子，照准老虎张开的大嘴就插了过去。老虎吼叫了一声，就疼得在地上打起滚来，不一会，就不动弹了。

富财被老虎抓得满身是血，浑身一点力气也没有了，他晃晃悠悠地往前走了两步，一下倒在地上了。他爬呀爬，也不知爬了多远，爬到了一片大甸子里，就看这甸子的小秧子结满了蓝瓦的小野果。富财又饿又渴，他轻轻地摘了一个，慢慢地放到嘴里。呀，好酸哪！又摘一个吃了，觉得甜滋的，就两个、三个，一把、两把地大口吃了起来。他越吃越甜，吃了好多，觉得有点劲了，就又往前爬。爬了一天一夜才到了家。他的老婆、孩子看见他吓得直哭。大伙听到哭声都过来了，一看他血糊淋拉的，就问他怎么回事，他就把遇到老虎的事讲了一遍。大伙听了都挺纳闷的，就问："两天了，你是怎么活着的？"富财从兜里掏出一把压碎了的东西，说："多亏这玩意儿救了我，要不我是回不来了！"有个小子问："这能吃吗？"就好奇地捏了一点吃，细品品，觉得挺甜的，又说："富财哥，你好好地养伤吧！等伤好了咱们再上山看看去。"

过了七八天，富财的伤好了，就领着大伙上山了。翻过一座山，又往前走了一会儿，就到了。大伙问："富财哥，哪有哇？"富财指着一片大甸子说："看那秧子底下都是。"大伙低下头一扒拉，果然一棵秧子上结老多了，一个个蓝瓦瓦的，上边还挂着一层霜，让人看了馋得慌，大伙一边摘一边说："都是，快摘吧！"采了半天也不知道它叫啥名，大伙呛呛一会儿，说："这满山都是，就叫'都是'吧！"

慢慢人们都知道这东西好吃，又解渴，又解饿，每年的七、八月间都上山采这东西。后来叫白了音，就叫成"都柿"（dū shì）了。

搜集整理者：王文杰　刘成艳

恩都力莫日根

从前，在大兴安岭的森林里，有一家猎民，阿曼阿妮都死了，就剩下姐弟俩。姐姐叫吴妮花，弟弟叫吴安塔。这姐弟俩在森林里过着艰苦的游猎生活。

有一天，姐弟俩正在森林里游猎，突然刮来一阵大旋风，把姐姐刮走了。姐姐大声地哭喊着："弟弟！弟弟！快来救我呀！快来救我呀！"弟弟听到姐姐的哭喊声，飞跑着向旋风追去，搭箭张弓，一箭射去，没有射中。旋风很快刮到很远很远的地方去了，姐姐的哭喊声也越来越远了。

弟弟失去了姐姐，失去了唯一的亲人，他只觉得头昏脑涨，一下子昏倒在森林里的一棵大松树下，就像死了一样。

再说姐姐被那个大旋风刮到了天边，她不停地哭喊着："救命啊！救命啊！"

天边有个名叫恩都力莫日根的神猎手，看到了这个旋风。不但听到了姐姐喊"救命"的声音，还看到了姐姐被旋风旋在空中的悲惨景象。这个神猎手见义勇为，立刻搭箭张弓，照着旋风一箭射去。只见那旋风马上变得小了，不像刚才那样庞大了。旋风经过的地方，地上都留下了滴滴黑血。不一会，这旋风就不见了。

恩都力莫日根顺着这黑血的去向找下去，一直找到一个山洞的洞口。他断定这旋风一定把那个姑娘刮进山洞里去了。他就握着猎刀，走到洞里。这洞里一片漆黑，他在洞中摸索着往里走，走着走着，里边亮了。再往前走，看到一个大院套。院子里有一棵树，只见那个姑娘被绳子捆在那棵树上。再往树下一看，地上躺着很多被满盖抢来糟蹋死的姑娘。恩都力莫日根看到这些，心如刀绞，满腔怒火，他恨不能一下子杀死那害人的满盖。

这时候，被捆在树上的姑娘听到了动静，一回头，看到了恩都力莫日根。她不由得喊出声来："救命啊！"

恩都力莫日根上前去一刀割断绳子，救下了姑娘。

那个刮旋风的满盖被恩都力莫日根射了一箭之后，流了不少血。进到洞后，它怕抢来的姑娘跑了，就用绳子把她捆在树上，自己躺在屋里养伤。忽听外边有喊"救命"的声音，它料到是有人到这洞里来了，就一骨碌爬起来，蹿到院里。嗬！你看吧，这满盖个大如犸猊，头大如鼓，眼大如铃，全身上下都是黑毛。往地下一站，像个大个的黑瞎子似的。它一看来人把姑娘救下来了，立刻暴跳如雷，上去就跟恩都力莫日根打起来了。直打得飞沙走石，乒乓作响。恩都力莫日根紧握着猎刀，照准满盖的心口窝狠狠地刺去，只听满盖"啊"的一声，像大黑瞎子中了猎人的子弹似的，"扑通"一下子，倒在地上死了。恩都力莫日根也受了伤，手被满盖的爪子抓破了。姑娘赶紧从衣衫上撕下一块布，给他包上，恩都力莫日根救了她，她感动得流下了热泪，说："阿哥，你是我的救命恩人，我永远忘不了你！"恩都力莫日根说："别说了，来，让我背你赶快出洞吧。"姑娘就趴在他的背上，他背着姑娘出了洞，又回到了人世间。

姑娘说："阿哥，你救了我，我无法报答你的恩情，你的心眼太好了，让我嫁给你吧。"就这么的，恩都力莫日根和姑娘吴妮花结成了夫妻。

吴妮花对恩都力莫日根说："我被旋风刮走后，不知我弟弟死活，让我回去找弟弟吧。"

恩都力莫日根说:"好,你趴在我身上,我背着你,你可千万别睁眼睛呀!"

吴妮花就趴在丈夫的背上,丈夫背着她就起飞了。只听耳边风声"呜呜"响,半天的时间,就从天边飞到吴妮花原来住的撮罗子跟前来了。

他们进到撮罗子里一看,弟弟在床上躺着。那一天,弟弟昏倒在大树下,又慢慢苏醒过来,回到撮罗子里,就病倒了。

吴妮花看到弟弟,又难过又高兴地说:"弟弟,我回来了!"又指着恩都力莫日根说:"这是你姐夫,是他救了我的命。"

弟弟吴安塔看到姐姐,心里很激动,流下了热泪,又看到了救姐姐命的姐夫,他高兴得不知说什么好。

姐夫说:"弟弟,这人世间太不平了!我给你出个招,你到山外去惩治惩治那些欺负穷人的财主吧。"

吴安塔说:"好!姐夫给我出个招儿吧。"

恩都力莫日根说:"我给你一顶狍头皮帽子,你戴上它,谁也看不见你,但你仍然能看到你周围的人。你就戴上这顶帽子,到山外把财主的金银财宝抢出来,把衣裳抢出来,把粮食抢出来,分给穷人。"

吴安塔说:"好!我这就去。"

恩都力莫日根说:"你没有马,这不要紧,我给你一匹马。"说着,他就折了一根蒿子秆,吹了一口气,蒿子秆立刻变成了一匹高头大马。吴安塔就骑上马到山外去了。

吴安塔到了山外的一个集镇上,他就戴上姐夫给他的那顶狍头皮帽子,果然别人看不见他了,他却能看见别人。他看见一个财主正在毒打一个穷孩子,他就上前去一拳把那个财主打倒了。接着,就把财主家的金银财宝都弄出来,扔给那孩子和穷人了。财主晕头转向,觉得奇怪,没发现有人到他的金库里去,可金库里的金银财宝却都空了!这是咋回事呢?

吴安塔又到了一个大财主家。看到那大财主正在打一个交租的农民,他就一拳把那大财主打倒在地上了。接着,他又把财主家的粮食都弄出来,送到了每个穷人家里。穷人们光看见家里有了粮食,却谁也没看见来送粮食的人。财主们很害怕，认为是天神来惩罚他们了。从那以后，再也不敢欺负穷人了。

吴安塔又到了一个大财主家。这个大财主家有个小姐，还有个丫鬟。他看上这个丫鬟了。他看见丫鬟给小姐送饭来了，他也跟在丫鬟身后来到小姐跟前。小姐刚想吃饭，吴安塔就先把饭吃光了。

丫鬟一天给小姐送三顿饭，每顿饭都出现这个情况。小姐发话了，说："你是什么人呀？你有什么打算就说吧，别这样折腾我啦！"

吴安塔心眼实，听到小姐这样一说，他就说话了："我来向你的丫鬟求婚。"

小姐说："你是什么样呀？我们怎么光听见你说话，看不见你的模样呀？你露露面，叫我们看看吧。"

吴安塔心眼太实，他听小姐这么一说，就把帽子摘下来了。这下子，丫鬟和小姐都看清了，这小伙子长得很彪悍。丫鬟一下子就对他产生了爱慕之情。

小姐问："我们刚才光听见你说话，却看不见你，为什么现在我们能看见你了？"

吴安塔就把神帽子的用途告诉她们了。

小姐心眼多，就说："你的帽子这么大神通呀，拿给我们戴戴试试吧。"

吴安塔心眼太实，就把帽子递给小姐了。谁知小姐把帽子拿到手，就不给他了。小姐一声喊，来了几个狗腿子，就把吴安塔绑起来了。小姐吩咐说："这是个妖怪，明天把他杀了！"

这时候，恩都力莫日根正在家里，眼皮突然跳起来。他就跟吴妮花说："不好！弟弟出事了！我得去搭救他！"说完，他就骑上一匹飞龙马。"呜——"的一下子飞到了那个大财主家门前。

恩都力莫日根摇身一变，变得跟小姐的舅舅一模一样。他就到小姐屋里去了。

小姐见了，忙说："舅舅来了，舅舅好哇！请坐吧。"

恩都力莫日根说："你们绑的什么人？"

小姐说："哎呀，舅舅哇！可别提了，这个妖怪有个帽子，他戴上这个帽子，就谁也看不见他，可是，他还能看见别人。"

恩都力莫日根说："这帽子这么神呀！我看看是什么样的。"

恩都力莫日根把这帽子往头上一戴，这舅舅可就立刻没影儿了！不管小姐把眼睛瞪多大，这眼前是啥也看不见了。

姐夫早已走到弟弟跟前，给他解开了绳子，松了绑。

这时候，小姐正想喊叫，还没等她喊出声，恩都力莫日根用一朵黄花碰了她一下，她立刻变成了一头小毛驴。恩都力莫日根问丫鬟："你爱吴安塔吗？"

丫鬟羞涩地点点头。

恩都力莫日根说："吴安塔不是妖怪，他是个好人，你们俩成亲吧。你骑上这头小姐变的小毛驴，跟我们进山吧。"

丫鬟就骑上小姐变的小毛驴和吴安塔、恩都力莫日根一起，离开了这个财主家。

刚走出村子不远，大财主就领着狗腿子们追上来了。

恩都力莫日根站在最前边，稳稳当当，一动不动，手里拿着一朵黄花。凡是来抓他的人，只要一碰上他的黄花，就立刻变成毛驴。连大财主在内，凡来抓他们的人都变成驴了。这群驴"咕哇"乱叫，你踢我，我踢你，互相打起架来。恩都力莫日根对丫鬟说："你把小姐变的驴放回去吧！"丫鬟就把小姐变的小毛驴放回驴群里去了。

恩都力莫日根拔了三根蒿子秆，他对着这三根蒿子秆吹了三口气，这三根蒿子秆就变成了三匹马。三个人骑上马，就"呜——"一下子回到了家。

姐姐一看，弟弟也有媳妇了，很欢喜。

这两对年轻夫妻，都过上好日子了。

讲述者：莫玉玲

搜集整理者：王朝阳

飞龙鸟的传说

很早以前就有飞龙鸟,比现在大,足有一头小猪那么重,身上长满黄色的羽毛。为什么今天变得这么小了,这里有一段故事。

相传,不知是什么年间,在深山老林里突然出现了一只老鹰,它十分凶猛,专吃各种鸟,不到半年工夫,大部分鸟都吃的吃、伤的伤没有多少了。眼看山里的鸟快要绝种了,就在这个时候,天上的飞龙鸟得知,背着玉皇大帝来到人间,来拯救鸟类家族。

群鸟见飞龙鸟来了,都向飞龙鸟求救。飞龙鸟把自己胸前的羽毛一根一根拔掉,让鸟啄它的肉。百鸟不忍心,飞龙鸟就自己一口一口往下啄,给百鸟吃。鸟吃了飞龙鸟肉飞得更快了,老鹰再也捉不着它们了。可是,还有很多鸟逃不出老鹰的追击,飞龙鸟只好又从自己的背上把肉啄下来给鸟吃,鸟吃了飞龙鸟肉得救了,可是飞龙鸟自己只剩下干骨架了。没了上天的羽毛,回不去天上了,只好在人间和百鸟在一起了。年复一年,变得现在这么大小了。

百鸟得救了,可老鹰恨死了飞龙鸟,一直怀恨在心,总想找机会报复它。

一个晚上,老鹰见飞龙鸟在草地上睡着了,它偷偷地从飞龙鸟后面上去,照准飞龙鸟的脑袋就是一口,想把飞龙鸟啄死。哪知飞龙鸟是神鸟,老鹰不但没把飞龙鸟啄死,却把自己的嘴撞弯了,一直到现在老鹰的嘴也带钩。但从此飞龙鸟的头也变成咕咕头了。

讲述者:郭成亮

整理者:宿庆和

飞龙鸟的由来

我国东北大兴安岭地区山林当中，有一种禽鸟，个体略大于鸽子，羽毛色泽深灰而近乎乌黑。当地居民把它看成是一种名贵的山珍。

据说，慈禧太后曾到黑龙江省北部漠河一带，大臣们以此鸟炖汤进之。慈禧尝了一下，觉得味道十分鲜美，心中大喜，便问臣下这是什么鸟。臣下回答说："此鸟尚未有名，故不知。"慈禧只知有"龙和凤"，不知其他，所以就钦赐此鸟名为"飞龙"。从此，当地人就把这种禽鸟叫作"飞龙"，这是"飞龙"鸟命名的由来。

其实，慈禧将这一珍禽叫作"飞龙"，是另有一种用意的。

因为慈禧在初入宫时就包藏着某种野心，她见到皇宫内建筑用石板上雕刻的装饰性的龙凤图案，总是龙在上而凤在下，于是就产生了一种想法："为什么一定要让龙在上面压住凤呢？我要让凤飞在龙的上面！"

这样，以后在慈禧掌权时所雕刻的龙凤图案便一反旧习，构成了凤在上而龙在下的样式。这一图案,实质上也就是反映了慈禧处心积虑,想要控制皇帝,独掌朝廷的政治野心。

讲述者:董鸿毅

嘎仙洞

　　在大兴安岭阿里河有个山洞叫"嘎仙洞"，鄂伦春人中间流传着一个激动人心的故事。

　　很久以前，这是一片原始森林，夏天百花开满山坡，冬天白雪一片。獐狍、野鹿、群熊成了这里的主人，鄂伦春人祖先就生活在这里。

　　相传，在这个地方出现了一个躯体庞大、面目狰狞的吃人恶魔。它住在山巅悬崖的一个洞里，窥探着鄂伦春人的行动，只要猎人进入森林，它就将人抓进洞里，吃人心，喝人血，将人残害，不知有多少鄂伦春人死于魔鬼之手。

　　勇敢的鄂伦春人为了消灭这个害人精，让人民过上太平生活，多次组织勇敢的猎人上山和恶魔格斗，可是，每次都以失败而告终。可是鄂伦春人并没有丧失斗败恶魔的勇气和信心，每年都训练猎手和恶魔格斗。因此鄂伦春人立下了斗败恶魔的决心，一直斗争了很多年。

　　有一天，鄂伦春人正在组织猎手们和恶魔格斗，一批批鄂伦春人叫恶魔吃掉，这时正好赶上太白金星巡游从这里路过，看见鄂伦春人与恶魔搏斗的情景,他被鄂伦春人的勇敢精神所感动,回天后让天神"嘎仙"下凡捉妖。"嘎仙"从天而降,飘落在妖魔的洞口,厉声说道:"大胆妖魔,在此伤害鄂伦春人,我劝你改邪归正,不然让你死无葬身之地。"

一贯穷凶极恶的东西,怎能听进好言相劝,大声说道:"你算是什么东西?竟敢恐吓我,来吧,那就和我比个高低,见个上下。如果我输了,情愿跳进大海,如果你输了,我就一下把你吞进肚子里。"

"好吧!那你先把洞口的这块大石头,一口气搬到一百五十里外的那座山上去。"嘎仙说。

妖魔毫不迟疑地搬起石头就走,一会儿单手把石头举过头顶,想向嘎仙显示一下自己的本领,它行走了四十步就快到山顶了。"嘎仙"暗暗念起咒语,顿时石头加重十倍,妖魔寸步难行,石头落地了。"嘎仙"微微一笑,走过去用脚尖把石头往上一踢,石头在空中打了几个转儿,落到"嘎仙"手里,他轻轻把石头一扔,就把石头扔到那座山的山顶。

"怎么样了?认输吧!""嘎仙"将石头扔过去向妖魔看了一眼。

"这次不算,再比一次,这里有块石头,比比谁的箭法准。"妖魔厉声说道。

"嘎仙"又说:"你先射吧!"老妖瞪着布满血丝的眼睛,使出吃奶的力量,射落了石头上角,妖魔立刻张开嘴,想吞嘎仙。"嘎仙"冷笑一声说:"别高兴太早了!"说罢,"嘎仙"不慌不忙地左手持弓,右手搭箭,挺胸瞄准,嗖的一箭那巨大的石头爆炸似的石子乱飞。定眼一看,石头中心被箭穿个大圆洞。妖魔见"嘎仙"有这么大本领,一下跳进大海里去了。

人们怕恶魔再回来,就在它的洞口塑了一尊手持弓箭的"嘎仙"石像。果然,老妖三次回来,看见"嘎仙"的雄姿,不敢再回来了。

从此鄂伦春人自由地游猎在大兴安岭森林之中,搭起斜仁柱,为纪念"嘎仙",把妖魔住过的洞改名嘎仙洞。

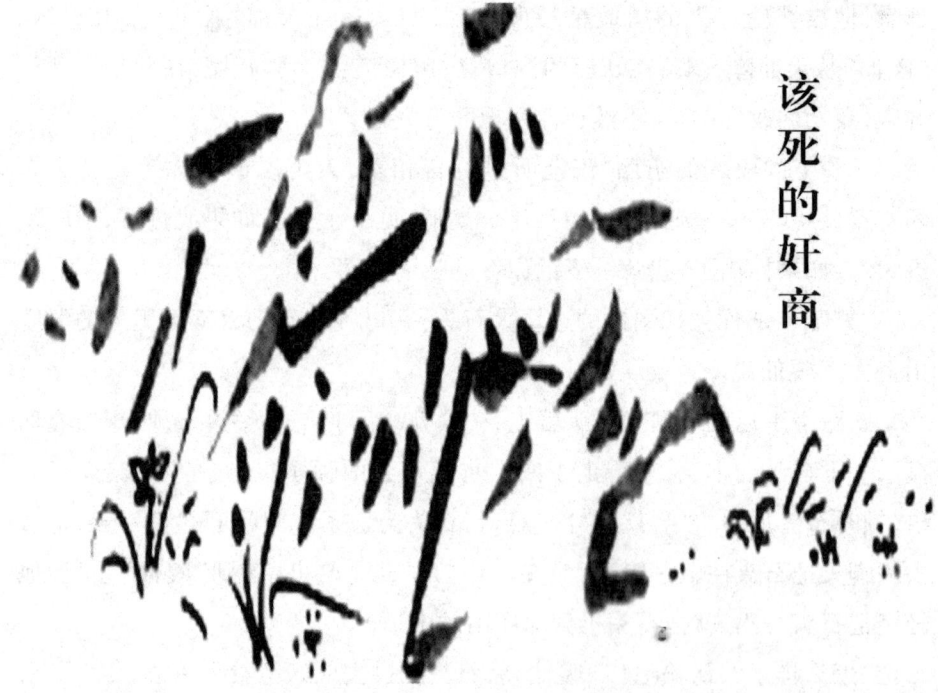

该死的奸商

从前，在大兴安岭的森林里，有一个猎人叫阿乌热松。他的妻子病死了，抛下两个孩子，一个十岁的男孩，一个七岁的女孩。阿乌热松就把两个孩子抱在马背上，爷仨骑着一匹马，在森林里游猎。

一个奸商带着酒和盐一类的东西，到森林里搞欺骗来了。他看到阿乌热松带着两个孩子游猎，就假惺惺地说："哎呀！多叫人可怜呀！你把两个孩子交给我，我带到山外给你养活着，你打了猎物给我送来些，这么互相帮助，多好哇！"

猎人阿乌热松一听觉得也好，这样，孩子也少跟自己受些罪。他就把两个孩子交给奸商，一个人狩猎去了。

那个奸商把两个孩子带到家里，放在猪圈里养着。孩子饿了，就叫他们吃猪食。就这样，奸商还觉得吃亏了。他心里想：这两个孩子吃了我的猪食，耽误我的猪长膘，给他养着不合算，还是把这两个野孩子杀了吧！等他回来要孩子，我就说是病死了。这样，他还得把打来的猎物交给我。想到这里，奸商就把小兄妹俩从猪圈里放出来，叫家人给做了一顿好饭吃。

妹妹问哥哥:"哥哥,阿玛哈①的心眼怎么这么好了? 怎么给咱们好的吃了?"

哥哥说:"我哪儿知道!"

妹妹说:"你不说,我就不吃了!"妹妹噘起小嘴,生气了,把筷子也放下了。

哥哥的大眼睛忽闪了一下,说:"他是想害死咱们吧?"

妹妹听了,知道奸商让他们吃顿好饭,没安好心,就哭起来了。

奸商暗暗地告诉长工说:"我交给你这把刀,你把这两个野人孩子领到百里之外的山上杀了。要是刀上不见血,你回来我就杀死你!"

长工说:"行!"就背上半面袋干粮,手里拿着一把刀,带着两个孩子走了。

走到那座山上,长工看看刀,又看看两个孩子,就哭了起来。

哥哥问:"阿玛哈,你哭啥?"

长工说:"我心里难受,舍不得杀你们。"

哥哥挺起胸脯说:"你就杀吧! 你要不杀死我们,你回去,奸商也得把你杀死!"

妹妹也学着哥哥的样子,挺起胸脯,对长工说:"你就杀吧! 你要不杀死我们,奸商也得把你杀死!"

长工看看这两个可爱的孩子,突然放声大哭起来:"孩子,咱们都是受苦人。奸商是个大地主、大坏蛋。你们阿曼叫他骗了。我宁愿自己死了,也不能杀死你们,我把这些干粮送给你兄妹俩,你兄妹俩找你们阿曼去吧!"

兄妹俩说:"阿玛哈,你怎么办呀?"

"我,我这么办!"说着,长工就打破了自己的鼻子,让鲜血流在刀上。接着对兄妹俩说:"我回去叫奸商看刀上的血,就说把你们杀了。"

兄妹俩一齐给长工跪下了,流着眼泪说:"阿玛哈,我们永远忘不了您的恩情呀!"

---

① 阿玛哈:鄂语大伯。

就这样,兄妹俩和长工难过地分手了。长工往山外走,兄妹俩往林子里走。

长工回到家,奸商问:"你把那两个野人孩子杀了吗?"长工说:"杀了!不信,你看刀上这血!"奸商一看刀上的血就相信了。

再说这兄妹俩,哥哥背着干粮,领着妹妹在森林里走呀、走呀。走到了密林深处,兄妹俩累了,天也黑了,就在一棵大树下睡着了。哥哥做了一个梦,梦见天上下来一个白胡子老头,告诉他:"你们兄妹俩在一起走,就找不到你阿曼。只有分开走,才能找到你阿曼。"

哥哥醒来,一看是个梦。心里想:白胡子老头是好心,为了能找到阿曼,就分开走吧。于是他把干粮留给妹妹,自己悄悄地走了。

妹妹突然醒来一看,哥哥没了,她就哭开了,一边哭一边喊:"哥哥!哥哥!"

哥哥听到妹妹的哭声,心里难受,舍不得扔下妹妹,就又回来了。

夜里,哥哥又做了一个梦,梦见那个白胡子老头又来了。手里拿个拐杖点他的脑袋,生气地说:"你这诺诺①,怎么不听我的话呀!我不是说了嘛,你们兄妹俩在一起走,是找不到你阿曼的。现在分开走,很快就能团聚。"

哥哥醒来,就下决心把干粮留给妹妹,自己先走了。

妹妹醒来一看,哥哥又没了,就哭着到处找。

哥哥听到妹妹的哭声,心里难受得像刀绞一样。但是,为了能找到阿曼,为了能报仇,他只好狠狠心,继续往前走。

妹妹哭着、哭着,天就黑了。妹妹也做梦了,梦见白胡子老头对她说:你也往前走吧。前边有个撮罗子,撮罗子里住着一位老太太,你找她去吧。

妹妹醒来,就按照白胡子老头指的路,往前走了,果然找到了一位老太太。妹妹就给老太太跪下了,叫了声:"奶奶!"老太太就把她收下了。把她当作自己的亲孙女,可喜欢她了。

哥哥离开妹妹后,走了好多天,碰上一个大黑熊。这个大黑熊呼的一下

---

① 诺诺:鄂语孩子。

子蹿过来,要吃他。

眼看他就要叫黑熊吃了,突然来了一个白胡子老头,把他背起就走。背到一个撮罗子跟前,把他放下说:"你阿曼就住在里面,你们父子可以团聚了。"这个白胡子老头说完就不见了。

父子俩一见面,心情特别激动。阿曼抱起儿子,高兴地说:"我的宝贝,你是怎么找来的,妹妹呢?"

儿子把经过对阿曼说了一遍。

爷仨就骑上马,往回走,又找到了妹妹。爷仨骑在马上,找奸商报仇去了。

奸商一见他爷仨回来了,心里想:"这不是活见鬼了吗?"吓得撒腿就跑。

爷仨就在后边紧追。

奸商跑着跑着,突然变成了一只狼。跑了一阵,又变成了一只狐狸。

阿曼端起猎枪,对准变成野兽的奸商,"通"的一声,只见那变狼又变狐狸的奸商,立刻完蛋了。

搜集整理者:王朝阳

哥哥和女妖精

从前，有一家鄂伦春人家，阿爸阿妈都死了，就剩下哥俩过日子。

哥哥说："弟弟，咱们出去找出路吧。"

弟弟说："好吧。"

哥俩就在森林里开始找出路了。走着走着，哥俩分开了。

走来走去，哥哥走到一个部落里，就在这个部落里住了下来，还当了这个部落里的首领。过了一些时间，部落里来了十几个姑娘，个个长得很漂亮。这些姑娘都要嫁给他，他就从中挑选，挑来挑去，挑出一个长得最漂亮的，哥哥就和她成亲了。

再说弟弟，他和哥哥分开以后，自己走呀走呀，走来走去，看见一帮小孩在抢一个帽子。

弟弟就上前问这帮小孩："你们抢这个帽子干啥？"

小孩子们说："这个帽子是个宝贝。只要把帽子戴在头上，那就谁也看不着他了。但是，戴帽子的人，仍然能看到别人。"

弟弟说："你们别抢了，你们赛跑，看谁跑得快，我就把帽子给谁。"

小孩们刚开始赛跑，弟弟戴上帽子就走了。

他一边走，一边打听他哥哥的下落。

他又走到一个地方，看见一帮小孩抢一个拐杖。

他就问："你们抢这个干啥？"

小孩们说："这个拐杖是个宝贝。有了拐杖，用它一支地，你一跳，一下子就能跳出十里地。"

弟弟说："好。你们别抢了。你们赛跑吧，我看谁跑得最快，我就把拐杖给谁。"

小孩们刚开始赛跑，弟弟戴上别人看不见他的帽子，拿起拐杖，往地上一支，一跳，就跳出十里地，跳了十下，就跳出一百里地。

弟弟又到了一个部落，打听他哥哥。这一回可打听到了。哥俩一见面，非常亲热，抱头哭了一场，又各自诉说了分别以后的情况。

哥哥说："走吧，到我家里去吧。"

弟弟就跟着哥哥到家里去了。

到了家，哥哥指着一个漂亮媳妇说："这是你嫂子。"

弟弟仔细一看：嫂子满面血色，哥哥面黄肌瘦。弟弟心里想：其中一定有个缘故。为了弄清这个缘故，这天晚上，弟弟就戴上别人看不见他的帽子，上哥哥屋里去了。

哥哥嫂嫂都没有发现他。

弟弟亲眼看见：到了晚上睡觉的时候，哥哥先钻进被窝睡着了。嫂子就用剪子剪了一个纸人，放进哥哥的被窝里，吹一口气，那纸人就变成了一个媳妇，跟她自己一模一样，然后，嫂子就走了。

弟弟就在嫂子后边跟着，看她往哪儿走。他眼看着他嫂子走来走去，就进了一个挺大的洞。弟弟也跟着进洞里去了。

嫂子在洞里把吃的东西拿出来，一边吃着，一边呼唤她亲哥："哥哥！哥哥！你快来！"

这时候，只听"呜——"的一声，她哥就进洞里来了。

嫂子说："哥，咱们现在已经吃了九十九个人了。咱吃到一百个人的时候,就谁也治不了咱们了!"

嫂子的亲哥说:"这么办吧,明天中午,你就说肚子痛,要生孩子了,叫他快给你在外边搭个撮罗子。撮罗子顶上的口要留得大一点,要留能钻进一个人那么大。在撮罗子里要放一个吊锅。你到了撮罗子里,假装要生孩子。你让他给你熬一吊锅獾子油,我变成一只鹰,从撮罗子的上口钻进撮罗子里,咱俩一起按住他的脑袋,按进吊锅里,让獾子油烫死他,咱俩马上吃掉他!"

嫂子说:"你不是说慢慢吸他的血,直到吸死为止吗?为什么又要马上吃掉他呢?"

她亲哥说:"吃完了他,就谁也治不了咱们俩了!要是不及早把他整死吃掉,光靠吸他的血太慢了。夜长梦多,一旦你的吸血术被人发觉,咱就完了。"

嫂子一听,说:"这个主意好!就这么办!"

嫂子和这个男妖怪定下的阴谋,弟弟听得一清二楚。嫂子和这个男妖怪说话时的表情,弟弟也看得一清二楚。因为他戴着别人看不见的帽子。

第二天,嫂子就对他哥哥说:"我肚子疼,要生孩子了。你快给我在外边搭个撮罗子。在撮罗子里放上一个吊锅子,在吊锅里熬上一满锅的獾子油。"

哥哥认为嫂子真是要生孩子了,就真的在外边给嫂子搭了个撮罗子。

嫂子说:"把撮罗子顶上的口留得大大的。"

弟弟说:"留这么大干啥!偏要留得小一点!"

嫂子说:"留得大大的!"

弟弟仍旧把撮罗子的口留得小一点,又在撮罗子里放上一个吊锅,在吊锅里熬开了一锅獾子油。

到了中午,撮罗子的上空有个刁鹰在盘旋。因为撮罗子口小,它进不来,盘旋了好大一阵子,才落在撮罗子顶上,钻进撮罗子里。

弟弟见这个刁鹰钻进撮罗子里来了,就扬起拐杖,一下子把它打到獾子油锅里去了。

这刁鹰被滚开的獾子油烫得"哎呀"一声,就"扑棱扑棱"地从撮罗子顶上留口的地方钻出去,飞走了。

嫂子就埋怨他哥哥:"你弟弟怎么这么缺德呢!"

哥哥还稀里糊涂的,啥也没说。

当天晚上,他嫂子没生下孩子,趁他哥哥睡着的时候,又到他哥哥屋里,剪了一个纸人,放进他哥哥的被窝里,吹了一口气,纸人又变活的了,跟他嫂子一样。这个纸变的人就把他哥哥搂上了。

他嫂子就骑上马,悄悄地上那个洞里去了。

弟弟就把帽子一戴,用拐杖往地上一点,一下子就飞出了十里地,追上了他嫂子,跟他嫂子骑一匹马。他骑在了他嫂子身后,用拐杖照着他嫂子的头敲了三下,他嫂子光觉得有人敲她的脑袋,可是回头一看,啥也没有。过了一会儿,又这样敲了三下,他嫂子又回头一看,还是啥也没看见。

他嫂子到了洞里,又拿出从他哥那里弄来的好吃的野猪肉、狍子肉、飞龙肉、鹿肉等,招呼男妖怪:"哥哥! 哥哥! 你快回来,我有事跟你说。"

只听洞外"呜——"一声,男妖怪落在洞外,变成一个人,一瘸一拐地进洞里来了。它被獾子油烫得腿也烂了,屁股也烂了,站着就腿疼,坐下就屁股疼。

男妖怪埋怨女妖怪说:"我叫你把撮罗子顶上的口留得大大的,你怎么留这么小呢? 原先,我是咋说的? 你为啥不听? 烧开一锅獾子油,是为了烫死他,结果,这獾子油变成了给我准备的啦! 你是舍不得害死他,还是咋的? 你看让我遭这个罪!"

女妖怪说:"这不是我整的,这是他弟弟整的。我说不了他,管不了他。我看,咱应当先把他弟弟害死!"

弟弟在他们跟前,听得一清二楚。弟弟说:"你们想害死我,我要叫你们先死!"说着,就抡起拐杖,照着男妖怪就是三下子,这个男妖怪被弟弟打死了。

他嫂子害怕了,吓得够呛。

弟弟说:"你跟我回去!"

他嫂子只好乖乖地跟着弟弟回家。

弟弟回到家一看，他哥哥还搂着那个纸变的人睡觉呢。

弟弟说："哥哥！你快醒来。"

哥哥醒了，一看，很惊讶：这是咋回事呀？

弟弟把事情的经过跟哥哥说了一遍，又对嫂子说："再重整一遍！"

她就用剪子剪了一个纸人，塞进哥哥的被窝里，吹了一口气，纸人就变成了一个媳妇。

弟弟说："哥哥，你看见了吧，你天天就搂着这玩意儿睡觉呢！"

哥哥看了，吓得够呛。

弟弟说："你为啥又瘦又黄的？就是这个女妖怪用纸人吸你的血，吸了血，她就拿回洞里，跟那个男妖怪一起喝你的血。"

哥哥哆哆嗦嗦地说："这可咋办好呢？"

弟弟说："把她烧死！"

弟弟就和哥哥一起，把这个女妖怪放在篝火里烧死了。

讲述者：关金花

搜集整理者：王朝阳

哥俩的故事

　　从前,有这么哥俩一块过日子,日子过得挺富足。老大娶了媳妇,老二也十七八岁了,也该成家了。可是,老大媳妇心里总是琢磨,等老二娶了媳妇,家里的财产要分给他们一半,这几年辛辛苦苦置下的家业,眼看就要拿走一半,多叫人心疼啊!她经常跟老大念叨:"你想个办法把老二害了吧,要不等老二娶了媳妇一分家,咱们的家产就得分给他们一半,咱们不是白干了吗?"

　　老大和老二是一奶同胞,他不能下这个手,可是架不住他媳妇总吹枕边风,老大心也活了。

　　"那用什么办法呀,杀人又不行!"

　　"这好办,明天你就跟他说,领你到姥姥家去,村外不是有口井吗?你想法把他推到井里头就得了,尸首看不见,别人也不知道。"

　　老大心里琢磨着,这个办法也行,也想不出别的好办法来,就按她的主意办吧。

　　这一天,老大把老二叫到跟前说:

"你今天别上山干活了,我领着你到咱姥姥家看看去。"

老二一愣,过去从来没听说有个姥姥,更不知道在什么地方住,就问:

"我长这么大也没听说有姥姥家!"

"你是不知道,爹妈死得早,我也没告诉你,这么多年了,我领你去看看。"

"好吧,那咱们就一起去吧!"

吃完早饭,他嫂子像走亲戚似的,给收拾了大包小裹的,让他们哥俩拿着。走了一会儿,来到了村外,路旁有一口井,老大就趴在井沿上看,老二说:

"大哥,快走吧,早去早回,一口井有什么好看的。"

"兄弟你快来看,这井里真好看,一对金鱼在里头游得这么欢实,我长这么大还没见过呢!"

老二听哥哥这么一说,也就去趴在井沿上往里看,黑咕隆咚的啥也没有。他哥哥说:"你往下点就看见了。"他就使劲往里探探身子,老大借着劲,拽着两条腿往里一掀,扑通一下子把老二掀下井去。老大夹起包就回家了,见到媳妇告诉了她,媳妇可高兴了。这回家产全是咱们自己的了。

老二让大哥掀到井里,摔得蒙了头,半天才清醒过来,他一琢磨,这是哥哥和嫂子出的坏主意。这是枯井没有水,可是挺深,喊谁也听不见,他就顺着井的四壁摸,摸到一处好像是个缺口似的,顺着缺口往里走,刚开始只能跪着往里爬,爬了一会能弓着腰走,走了一会就能站起来走了。又走了一段,就看到前面有座庙。他就钻进庙里,四下一看,佛像是不少,佛像前面有一个石供桌,有六尺多长,三尺多宽,他想在这供桌上睡一觉,可是一寻思不行,井底下有这么座庙是谁在这住呢?我这些年也没听说过井底下有这么座庙。他当时想不能住,就到一个佛像后面待下了。这时天就黑了,将近半夜的时候,只听到呼呼呼一阵狂风,接着扑腾一声下来一个什么人,不一会又来了六七个,老二偷眼一看,哎呀!是老虎精、猴子精、狼精、熊瞎子精……

猴子精的鼻子非常尖,它一闻:"嗯,怎么有生人味?"老虎精说:"今天我吃了一个人,是我带进来的生人味。""啊,那就不怕了。"说完,它拿出来一个小锣,还有一个小锤,说:"各位大王,咱们要吃啥呀?"有的说愿意吃人参,有的说愿意吃海味,谁愿意吃啥就报菜名。猴子精就敲着小锣,一会儿大伙愿意吃的菜都摆在供桌上了。满满一大桌子,猴子精爱喝酒,又要了不少好酒,它们连吃带喝,不一会儿就吃得酒足饭饱了。吃完了也喝醉了,就把小锣往供桌上一扔,躺在地下就睡着了。

老二在佛像后面把猴子精说的话听得明明白白。想吃什么饭菜只要一敲锣就来了。他看见它们都睡着了,就从佛像后边出来,先上供桌把小锣和锤子拿到手,小心地踩着它们睡觉的空子,一点一点地出了庙门。看到庙后边有一条大道,顺着道走了有一个时辰,看着天了。老二是真高兴啊!夹着锣连跑带颠很快地到了家,哥哥嫂子已经插上门睡觉了。他一边敲门一边喊:"大哥大嫂快给我开门哪,我回来了!"

他哥哥正睡得毛毛愣愣的,一听到有人叫门,好像他二弟的声音,就和他媳妇说:"是咱家老二在叫门吧?"他媳妇说:"老二掉到井里早摔死了,是不是死得屈,魂又回来了,你可别开门哪,开了门他进了屋会掐死我们的,是我出的坏主意害了他。"说着哆哆嗦嗦地跑到墙角去了。

老大把兄弟推下井以后,感到很亏心,父母死了就留下我们哥俩,我是看着他长大的,伺候他,照顾他,没想到媳妇总吹枕边风,我就鬼迷了心窍。现在听着声音是二弟回来了,别说是鬼呀,是啥我也要开门看看呀!他赶紧下地把灯点上,去开门。开门一看,真是他兄弟。他嫂子在墙角那说:"二弟你别进屋,你是人还是鬼?"老二说:"嫂子,我是人,不是鬼。"他嫂子一听他说话的口音没有变,仔细一看还是原来的模样,心里就不那么害怕了。老大说:"快坐下歇一会儿,你在哪捡这么个锣?有什么用?"老二说:"大哥你饿了吧?我也饿了,一天没吃饭了。"

他嫂子一听就不高兴了,心里寻思,你走了以后,我们刚包了点饺子,剩点又不多,准备明天再吃一顿,你一进门就要吃的,她说:"我们也没啥吃的,都断顿了,你走了以后我们还没吃饭呢!"

老二说:"嫂子你别害怕,我不是跟你要吃的,我今天捡了一个宝贝,只要你说愿意吃什么,我一敲锣立刻就来。"

他嫂子说:"是吗?哎呀!我想吃的东西可多了,什么燕窝、猴头的经常听他们说没吃过,弄点来咱们尝尝行吗?"

老二说:"好吧!"他嫂子叨咕,他就敲锣,一会儿要的菜上了满满一桌子,这仨人连吃带喝,吃饱了喝足了,就睡觉了。

天亮以后,他嫂子说:"你看看咱们兄弟叫你掀到井里去还得了个宝贝,要什么有什么,明天叫兄弟把你也掀下井去弄一个宝贝回来。"

老二说:"我们家有一个就一辈子吃不穷,穿不穷,你叫我大哥再弄一个,要那么多有什么用?"

他嫂子说:"爹有娘有不如自己有,两口子有时候还得张张口呢!不如明天弄一个回来。"

老大知道不用说是去拿宝贝,就是从井上掀下去也得摔死,可是要是不去,她就闹个没完,没办法,只得去了。

第二天早晨,老大媳妇也和上次那样收拾了包裹,老大夹着包裹在前面走,老二在后面跟着,也来到了那个井边上,弟弟趴在井沿上喊:"哥哥过来看金鱼呀!"老大过来也趴在井沿上往里看,老二不忍心往井下掀哥哥,不掀又不好向嫂子交代,一狠心就把老大掀了下去。回去后和嫂子一说,嫂子说:"太好了,咱们今天晚上也别睡觉了,等着你哥拿回宝贝来。"

老大摔到井里,全身都疼,井里又黑又深,他听弟弟说过,要四下摸,有一个缺口,他就向里爬,像老二说的一样,越走越宽敞,看见前边有一座庙,老大进了庙,看见了石桌,没敢往桌上坐,就藏到了佛像后面。

大约半夜的时候,听到外面一阵狂风,连续几声扑腾扑腾的声音,这几个妖怪又来了,猴子精进了屋一闻:"哎呀,今天有生人来,好像外边有人来了,上次宝贝让人给偷走了,这次咱们几个一定得搜,搜出来以后就当下酒菜,吃了他。"这几个妖怪就搜了起来,庙里面不大,很快就把他搜了出来,猴子精紧紧地抓住老大说:"上次那宝贝锣是不是你偷去了?"老大说:"那不是我,是我弟弟偷的。"猴子精说:"那你来干什么?"老大说:"我弟弟偷着个锣以后,我媳妇非逼我再来偷一个,一家一个用着方便嘛!"妖精们一听哈哈大笑说:"宝贝只有一个,家家都有还算什么宝贝了!这样吧,你是认打还是认罚?"

老大说:"要打是怎么打法?"

它们说:"我们把你摁在石桌上一顿棍棒,打成肉泥,像饺子馅似的,然后我们把你吃掉。"

老大一听吓坏了,这样连家都回不去了,这可不行,他又问:"罚是怎样罚?"

猴子精说:"你站在井底,让人拽住你的双腿,我站在井口上边用绳子拽你的脖子,拽拽你的脖子也就算罚了。"

老大说:"脖子上拴着绳子往井上拽,不就勒死了吗?"

猴子精说:"勒不死,可以给你留条活命回家。"

老大寻思只好这样了,这就是听媳妇话的下场。他说:"我认罚了。"

猴子精说:"你到井口底下。"老大来到井口底下,这猴子精一纵身到了井口边,它们把绳子拴在了老大的脖子上,猴子精往上拽,老虎精和熊瞎子精在下面拽两条腿,等把脖子拽到了井口,老虎精和熊瞎子精一撒手,猴子精往上一提溜,就从井里出来了。

人是从井里出来了,这脖子拽得太长了,他晃晃悠悠地往家走。到了家他媳妇和他弟弟都没睡觉,等着他拿回宝贝呢!老大没等叫门媳妇就看见了,急忙跑出来,一看吓了一跳,怎么成了这个样子? 可是,她还没忘了宝贝,急忙问:"宝贝偷回来了吗?"

老大说:"你看我这副样子,还宝贝呢! 门进不去,怎么办? 你上房脊上先摁一摁我脑袋。"他媳妇来到房上,摁了一下,脖子缩回了一骨碌,老大说:"再摁。"一摁又矮了一骨碌,摁了几回差不多了,他媳妇看着还长,又摁了一下,这一下就把脖子摁进腔子里去了。

这哥俩是,弟弟因祸得福,哥哥变成了缩脖子。

讲述者:刘玉成

采录者:李桂珍

整理者:马元志

古落一仁①

　　鄂伦春族人吃黑熊很有讲究。

　　过去，鄂伦春人要是打着黑熊，就从中间切开，分成两半。前半部给男人吃，后半部给女人吃。女人要是吃了前半部的肉，当年就得叫黑熊吃掉。女人们非常害怕，直到现在也不吃前半部的肉。

　　猎人吃完黑熊的肉，就把黑熊的骨头存放好，等全部吃完后，供上骨头。再把所有"乌力嫩"的人都叫来，分成两伙，一伙是男人，一伙是女人，全都冲骨头跪着，由打着黑熊的这家主人分给跪着的人每人一块肉。吃完后再用准备好的柳树条的叶子包好黑熊的头骨交给一个德高望重的人开始"葬熊"。这个人一手拿着熊的头骨，另一手拿着叉子，叉上桦树皮，点着了熏熊头骨。人们开始唱《古落一仁》。

---

① 古落一仁：鄂伦春族葬熊歌。

《古落一仁》是固定的词,周围坐满男人,领头的唱一句,大伙唱一句,不许女人伴唱。

第一段:

古落、古落,阿玛汗(恩民河)古落。

你就要走向阴坡,古落。

是你喜爱我们才成长,古落。

我们要摸你的骨头葬你,古落。

你到了时辰后就要走,古落。

你要走你的独木桥,古落。

你要吃完你喜爱的蚂蚁,古落。

你要收拾好你的白桦树,古落。

你要走两座山中间的路,古落。

第二段:

古落、古落,阿玛汗(恩民河)古落。

你年年要让我们见到你,古落。

你年年要喜爱我们,打着你,古落。

所以我们要摸你的骨头葬你,古落。

你如果碰见青年人不要咬伤他们,古落。

你碰见老人打一巴掌也可以,古落。

你要走完这条路啊,古落。

我们摸你的骨头葬你,古落。

你原来就是动物,古落。

你在动物中是最厉害的,古落。

人人都怕你吃掉啊,古落。

我们要求你不要吃掉我们,古落。

所以我们要摸你的骨头葬你,古落。

讲述者:孟金福

搜集者:孟秀春

整理者:张桂忠

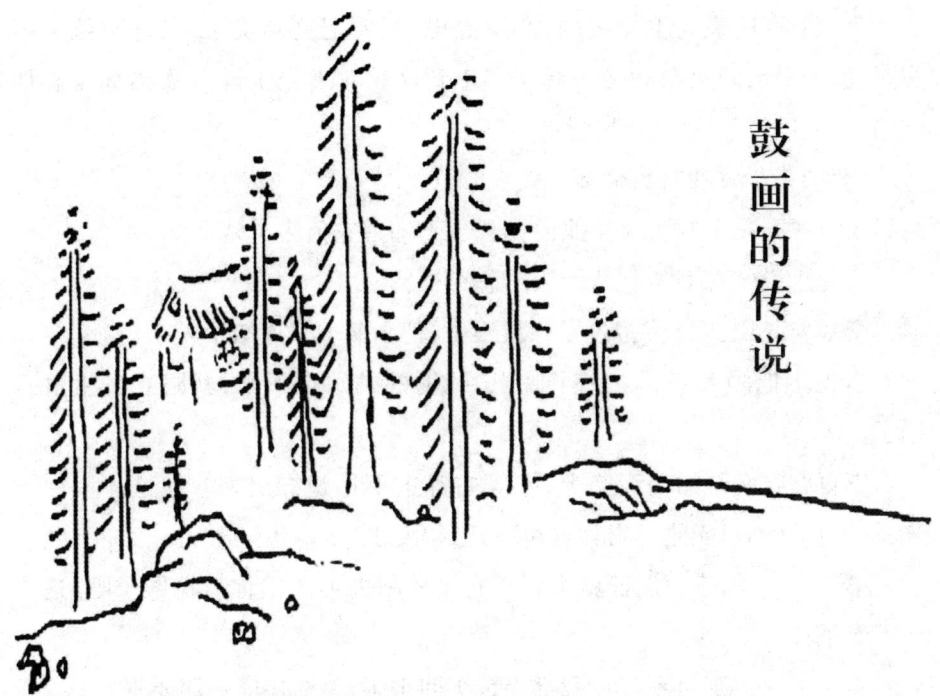

鼓画的传说

有一个豆腐匠,姓李,跑腿儿一个人,靠做豆腐为生。这一年快过年了,他要买张年画,就到卖年画的摊子上挑了一张美人画。画上的姑娘像活了一样,瞅着他好像要说话。

他回到家里,就把这张画挂在了墙上,吃饭时就把碗筷子放在画跟前,天天这样。一百天以后,这画就鼓了,姑娘从画上走了下来,他俩就成了夫妻。白天她还回画上待着,到晚间就下来。就这样过了三年,还生了个白胖小子。

大伙来拣豆腐时都问他:"李豆腐匠,这胖小儿你从哪儿抱来的?"

"嗨,我跟别人要的。"

大伙都说:"哎呀,这小子白胖白胖的真好看哪!"凡是看见这胖小子的,没有一个不夸的。

有一天,有一位老饱学袁先生来拣豆腐。他一看这小孩,再一瞅墙上的美人画,心里就明白了:这是鼓画生的。

他就对李豆腐匠说:"你这张画都挂了三四年了,卖给我行不行?"

李豆腐匠听袁先生要买画，心里寻思：我要把这画卖了，兴许她就上不去了，就能白天晚上跟我在一起了。想到这就对袁先生说："卖给你呗。那你给我多少钱？"

"你要多少钱我就给你多少钱。"

李豆腐匠是个老实人。他说："我也不知道它值多少钱。"

袁先生说："那我给你八块银子怎么样？"

李豆腐匠说："行。"接过了八块银子，把画摘下来递给了人家。

袁先生把画拿走了。到了晚上，画上的姑娘走下来，就跟袁先生过日子了。

李豆腐匠卖画的当天晚上，左等右等也不见媳妇出来。他这才明白过来：坏了！这画可卖吃亏啦！这可不行，得要去！

第二天一早，李豆腐匠就去管袁先生要画去了："给你八块银子吧，这画我不卖了！"

袁先生说："那可不行！我都交钱买回来了，怎么还能往回要呢？"

李豆腐匠着急地说："不给不行！不管咋的我也是不卖了！"

老袁先生不管他怎么说，就是不给他。李豆腐匠说啥也不能干呀，家里还有一个小孩子没有妈呢！他就到官府告了状。过去告状打官司得花钱哪，李豆腐匠挺穷，又没有文化。袁先生能说会道的有文化，论家财也比他多，这官司就一直打了二三年。

后来到底算碰上了一个清官，让李豆腐匠退还给袁先生八块银子，把画又还给了李豆腐匠。这三年来的时间，那姑娘在袁先生那又生了个小子，也就一二岁，还没断奶呢。官家断的把画还给李豆腐匠，袁先生也不敢不服从啊。他看孩子实在太小，自己也伺候不了，就跟李豆腐匠商量："这么的吧，孩子你去伺候吧，他吃奶，我也伺候不了。"

李豆腐匠只要把画要回来就心满意足了，别的都不计较，就答应了。

李豆腐匠这回心里就踏实了，上心在意地做豆腐。这张画呀，高低是谁买也不能卖啦！

一晃他媳妇又回来好几年了，两个孩子，大的都十来岁了。有一天他媳妇说:"明天我得回他姥姥家看看去。"

李豆腐匠寻思:你是个画上的人,怎么还有娘家呢? 他挺纳闷,就问她:"你真有娘家吗?"

媳妇说:"可不真有娘家呗!"

"那你啥时候走哇?"

"明天就走。"

李豆腐匠说:"那好,我送你去。"

第二天他借一辆车,把两个孩子也带着,一家子就走了。走了很长时间,来到一个村庄,他媳妇指着一个黑油大门说:"这就是我娘家。"

这时门里出来一个小伙儿,看见他们就说:"哎呀,姐姐回来了,你怎么这么多年才回来?"

李豆腐匠一看这是真的了,我还有小舅子呢! 小伙儿这就把他们接进屋里,李豆腐匠拜见了老丈人和丈母娘。他媳妇把两个孩子领进屋里给姥爷姥姥磕头,老两口乐得不得了,这些年了,闺女总没回来,今天好容易回来了,还领回两个外孙,这太叫人高兴了!

李豆腐匠这回放心了,对媳妇说:"我还得回去做豆腐呀。家里没人,你要在这待多少天哪?"

他媳妇说:"我这些年没回来了,得待一个月吧。"

"那我先回去,等多咱你要回去,我再来接你。"

这李豆腐匠住了一宿,第二天就回去了。到家还是做豆腐卖,一晃就是十多天过去了。这天他一边干活一边看着墙上的画琢磨着:那年我这画在墙上挂着让袁先生看见了,这才惹了祸,打好几年官司,多咱要是小偷再给偷去,那不又坏了吗?

正好当时灶坑里的火红彤彤的。他瞅着火苗就琢磨着:我还不如把它烧了呢!

他在这儿刚一动心思,他媳妇在家就知道了,赶忙告诉她兄弟:"快点,快点,可不好啦! 快赶车把我往回送!"

这就赶紧套上车,拉着她和两个孩子就往回奔。

家里这头,李豆腐匠从墙上取下了画,填到灶坑里就烧了。

他媳妇坐着马车正走在半道上,浑身就火烧火燎地起了大泡,疼得她死去活来。她知道自己活不了啦,就从兜里掏出两个宝贝,对两个孩子说:"你姓李,是老大,叫李春风。"说完交给他一串锁链。又对二小子说:"你姓袁,叫袁天刚。"说完交给他一对金棒槌。告诉他俩:"以后要是碰上为难遭灾的时候,拿锁链的就说'锁',拿金棒槌的就说'打',就遭不了难了!"说完这些话,她双眼一闭就死了。

这时候车也就到家了。李豆腐匠在屋里就听见了两个孩子的哭声。慌忙走出来一看就傻了眼!知道自己又闯下了大祸,后悔药上哪买去?没有一点办法呀!

打这以后他就成天后悔上火,袁先生一看自己的孩子妈妈死了,也挺着急上火。没多长时间,李豆腐匠和袁先生都得病死了。

剩下这俩孩子没爹没妈,怎么办呢?官家还不错,收养了他俩,还送到学堂念书。可是学生们都欺负这两个没爹没妈的孩子,经常十多个人一起打他们,打得两人头破血流的,也没有人管。

有一次小哥俩被打得实在没法了,李春风说:"兄弟,咱妈临死时给咱们的锁链和金棒槌,让遭难的时候使,咱照量照量。"

弟弟说:"对!"李春风把小锁链往外一掏说:"锁!"哟!把打他俩的学生全锁上了。袁天刚拿出小棒槌说:"打!"把这三十来人都打成肉饼子了!

先生来招呼上课,一看坏了,这么多人都死了,就他俩没死。这是怎么回事?就问他俩,哥俩啥也不说,老师就罚他俩跪砖头,他俩跪了一天,还是不说。

趁先生不在,李春风问袁天刚:"兄弟,波罗盖儿①疼不疼啊?"

"疼啊,咋不疼啊!"

"哎呀,我这儿也疼得受不了啦。"

袁天刚说:"哥呀,先生总叫咱跪着,不说实话总也没头,说了实话咱俩

---

① 波罗盖儿:膝盖,东北方言。

也活不成了。左溜①也打死三十多人了，顶架儿②在这儿跪着遭罪，还不抵你一锁，我一打！"

李春风一寻思也对。正好先生来了，他一声"锁"，袁天刚一声"打"，就把先生给搂死了。

哥俩儿站起来就跑了。从此以后无家可归，到处流浪要饭吃，走哪儿哪是家。

一晃几年过去了，这李春风就有十六七了。这一天，哥俩要饭来到一个屯子，他俩走在街上，看见他们的人都说这俩半大小子长得挺像样，可惜要饭吃，怪可怜的。

这哥俩就往屯子外走，人们一看他们要出屯子去，都劝他们不要走了："你们两个可别走啦！天快黑了，前边那屯子不太平啊，黑天以后谁也不敢走，凡是去的没有活着的！"

他俩就问怎么回事，人们说可能是有什么妖怪，你俩说啥也不能走呀！

袁天刚小声说："哥呀，你有锁链，我有金棒槌，它再恶还能跑出咱俩的手？天黑怕啥，咱看看去！"

"对！"哥俩不听大伙的劝说，就出了屯子。大伙都说："长得多好的俩小子，白瞎了！"

这小哥俩走了一气，来到一个山洞前面，这时就听"呜——"刮起了一阵大风，把他俩往洞里吸。这风是又急又冷，吹在身上冰凉。袁天刚说："哥哥，我受不了啦，太冷啊！"李春风说："我也觉着冷，这妖怪挺厉害。"

这时又刮来一阵大风，呜呜地怪叫，围着他俩打转，吹得两人眼睛都睁不开了，眼看就要给吸进洞里。李春风掏出锁链大喊一声："锁！"袁天刚拿出金棒槌大喊一声："打！"立时就没有风了。就听"呱呱呱"地一阵怪叫，哥俩仔细一看，从上边掉下来一个大癞蛤蟆。

李春风知道这就是那个妖怪现了原形，他冲蛤蟆大声问："你到底是什

---

① 左溜：反正，东北方言。
② 顶架儿：始终，东北方言。

么东西？祸害了多少人？"

大蛤蟆说："我是个老癞蛤蟆精，修行了八百多年了，今天撞到你哥俩身上了，留我一命吧！"

李春风说："留着你祸害人呀？"

大蛤蟆忙说："我再也不敢祸害人啦！"

袁天刚说："你再祸害人，我就打死你。"

大蛤蟆说："我发誓再也不祸害人了。你们哥俩无家无业的，慢慢地也得有个落脚之处哇。你们留我一命，我也给你们指一条路。"

李春风说："我们留你一条命，你说吧。"

大蛤蟆说："前边那屯子里有一个徐员外，没有儿子，就有一个姑娘。她得了一种病，什么人也看不好，徐员外四处贴告示，寻找能人给姑娘治病呢。你俩去把姑娘的病治好了，员外就会留你们住在他家。以后，你们一定得到老百姓的尊重。"

袁天刚问："姑娘得的是什么病？"

大蛤蟆说："她家后花园里有一个养鱼池，里面有一个黑狗鱼精磨难这个小姐。你们哥俩准备几袋石灰，把它倒在池里，黑狗鱼受不了就会浮出水面，那时就可以抓住它打死。这样，小姐的病就会好了。"

他们哥俩听完这些，就对蛤蟆说："好吧，留你一命。"李春风说一声"松"，铁链子松开，把蛤蟆放出来了。

哥俩就奔那个屯子去了。这时天也亮了，不一会就到了。果然看见了员外家贴的告示，他们上去一把就撕下来了。守在旁边的人说："你们这两个小要饭的真讨厌啊，怎么把告示给撕了呢？"李春风说："这病我们能治！"

"你们俩真能治吗？"那个人有点不相信。

"不能治敢撕告示吗？"

那人忙说："那你们先在外面等着，我去禀告员外一声。"

员外这时是有病乱投医了，一听说有两个半大小子能治病，就赶紧让人请到屋里。他一看这俩小子长得跟平常人不一样,心想:我姑娘的病备不住①真能好啊。这就把小哥俩请到客厅,摆下酒席,员外陪着吃喝完了,他就开口说:"我女儿这个病,二位先生能看吗?"

李春风说:"我们能看,你就放心吧,保证治好!"

"那怎么看呀?"

"我们得先号脉呀,你把这屋窗户门都用纸糊上,不能透气透亮。小姐的绣楼离这儿有多远?"

"三丈六。"

"那你就预备一根三丈六长的红绒绳,我们用它号脉。"

徐员外吩咐人把一切都准备好了。他们哥俩让把红绳的一头拴在小姐的中指上,说这叫"走弦号脉",拴好了那头,他俩拽着这头就进了屋。把绳头往桌子腿上一拴,就坐那儿喝茶说话。反正门窗糊得溜严,外面啥也看不见。他俩本来也不懂什么号脉,就是为了装得像那么回事。

哥俩喝够了茶,李春风说:"把徐员外叫来,咱给他讲病。"

徐员外进屋就问:"二位先生号完脉,看我女儿得的是什么病呀?"

李春风说:"病都看透了。你家是不是有个后花园啊?"

"对,是有个后花园。"徐员外挺纳闷:他俩也没出门,怎么知道呢?

"你家后花园是不是有一个养鱼池呀?"

"是呀!"

"这就对了。你预备四袋子石灰,找四个硬实的小伙子拿着钩杆铁齿耙子。"

徐员外不明白,治病咋用这些玩意? 他不敢多问,就吩咐都准备好了。李春风说:"把石灰扛到后花园,都倒在养鱼池里。"

四袋石灰倒进去了。那黑狗鱼精架不住石灰烧哇,一下子浮上来。它一翻花,李春风哥俩赶紧吩咐四个小伙子:"快点下家伙!"

四个小伙子钩子耙子一齐上,把这老黑狗鱼精搭上来了,那边小姐在绣

---

① 备不住:可能,东北方言。

楼里一下子就昏死过去了。徐员外跑来说:"二位先生不好了,小姐昏过去了!"

他俩说:"没事儿,没事儿!这是黑狗鱼精临死前挣扎给弄的,一会儿就好。"

过了一会儿,黑狗鱼精就死了,那边小姐也慢慢缓过来了,觉得身上非常轻松,过去的病一下子就没有了。

徐员外这个乐呀:"哎呀,这可得好好谢谢二位先生了!"徐员外大摆宴席款待他们俩,边喝边唠,徐员外就提出要他们留在这儿。

李春风想:得拿他①一会呀,他就说:"这可不行,我们哥俩还得赶路呢!"

袁天刚说:"我们听说小姐有病,老远地来了就是专为给她治病的,要不我们不能来这个地方,现在病治好了我们得走。"

徐员外说:"二位先生高低不能走啊!无论如何要在我家住上一个月两个月的。你们把我女儿的病治好了,我没法感激你们,说啥也不能让你们走!"

袁天刚说:"我们还有许多事要办呢。"

徐员外说:"再急的事,也得搁我家住些日子再办。"

徐员外苦苦地留他们哥俩在家住,还找了好几个人帮着劝说。

袁天刚看差不多了,偷偷地对李春风说:"哥哥,不大离儿了,到火候啦,咱就在这住下吧。"

李春风就对员外说:"你这么实心实意地留我们,我们也不能再不答应你了,住下吧。"哥俩就答应下来,住在了徐员外家。

徐员外很高兴,他心中早就相中这小哥俩了。他想,要是从他哥俩当中招一个女婿,那该多好!这样的女婿上哪找去?

住了些日子,天天好吃好喝招待。有一天徐员外说:"我看你哥俩岁数都不算大,我给你们请个先生教你们读书,你们看怎么样?"

他俩说:"那行吧。"员外请来一位名叫"八天老主"的名师教他哥俩。这

---

① 拿他:拿把,故意为难。

哥俩的脑瓜是特别灵,教啥会啥。到后来这先生就有点教不了他们了。这李春风自己都能造《推背图》了。"八天老主"就跟他老婆说:"这两个学生我教不了啦,他俩写的东西和说出的问题我都赶不上,觉着面子上不好看,你说咋办?"

他老婆想了半天有招了,跟男人一说,他觉得这办法挺好。第二天,他手里攥个活家雀就来教书了。他对李春风说:"听说你会算,那你算一算,我手里这个家雀是死的还是活的?"李春风一琢磨这没法算:你要说是活的他就捏死;你要说是死的他就放出来。他就对先生说:"不行了先生,我不会算了。"

"你不会算了?"

"是呀,不会算了。"

这时候他师娘搁外边进来了。她一脚门里一脚门外说:"袁天刚,你不是也会算吗? 你算算我是要进屋里去还是不进去呢?"

这袁天刚一琢磨也没法算:你说她进屋她就出去,你说她出去她就进来。他对师娘说:"哎呀师娘,我算不了。"

这先生难为他们这一回,见好就收,找个借口就不敢教他们了。哥俩也没再找先生教,就自己动心思地往深了学。

有一天,那个师娘对徐员外说:"听说你想从他哥俩中选个女婿,你看把你女儿许配哪个?"

徐员外说:"哥俩都行。不过那得人家愿意呀。"

师娘说:"我去给你找他们说一说。"师娘就来找李春风哥俩,把这件事情说了。袁天刚听完就说:"哥哥是长兄,就请哥哥跟小姐成亲吧。"李春风推辞了半天,到底还是让袁天刚说服了,就同意了这门婚事。徐员外非常高兴,择了吉日,就给李春风和女儿完了婚。

人常说树大分枝呀。哥俩岁数一天天大了,就跟小时候有点不同了。袁天刚觉着自己根基深,父亲是老饱学,哥哥的父亲是豆腐匠,他就有点不服哥哥李春风了。时间长了,李春风也看出来了。他是当哥哥的,不跟他弟弟一般见识,总是让着袁天刚。

他们那个先生和师娘也看出这个问题了,哥俩要闹纠纷,当先生的还是应该指教他们呀。师娘就把头上的金簪子拿下来扔到酱缸里,就去找袁天刚说:"我金簪子丢了,你给我算一算,看丢在哪儿了?"

袁天刚就算,怎么算也不离"黄"字。他就说:"在黄豆囤子里吧?"

这就到粮仓,把黄豆囤子翻到底,也没找到金簪子。

袁天刚算不出来了。师娘说:"我找你哥,让他给算算吧。"

袁天刚想:我都算不出来,他就能算出来?他有点不服气,就跟着师娘一块来到哥哥家。他们一进屋,李春风就笑着说:

"火日子安门水日子开,我算二弟你今天来,师娘金簪丢到酱缸里,你为啥把黄豆囤子翻到底呀?"

袁天刚一听就跑到酱缸那儿,果然金簪子在那里呢。他一看哥哥比自己厉害,往后再也没有瞧不起哥哥。

关于大、小兴安岭的传说

这是一个古老的传说，是一个美丽动人的故事。

相传，在很早的时候，我们的祖先生活在黄河流域一带，而北部边疆是一片波涛浩瀚的大海，由于潮涨潮落，海水慢慢地侵蚀陆地，陆地渐渐变小，人类慢慢地开始往南往西迁移。

话说，在黄河下游，住着二十多岁、血气方刚的两兄弟，他们上无父母，哥俩靠打猎为生，哥哥大兴，弟弟小兴，哥俩机智勇敢，聪明过人。当他们看到那原始森林被海浪冲刷，大片大片的森林中高大挺拔的大树轰然倒地，当看到人们不得不离开家园一群一群地搬迁……他们的心碎了，痛苦极了、难过极了。虽然他俩每天照常过着打猎生活，可是吃不香睡不甜，他们的心好似在油锅里煎熬着。怎样才能制止住海水对陆地的侵蚀呢？他们天天为这个绞尽脑汁，常常睡觉做梦也是琢磨这件事。有一天他们又在森林中打猎，从早到晚什么也没打到，第二天还是没打着猎物，第三天仍然一无所获，过了二九一十八天，哥俩还是一样猎物没有打到。以前打的东西都吃光了，兄弟两人饿得头昏腿软，眼冒金星，但仍然坚持来到了大森林，多么可爱的大森林,我们绝不让它毁于海水之中,但是又有什么办法呢?痛苦折磨着他们,饥饿也折磨着他们。正当哥俩步履艰难地进入森林寻找猎物时,弟弟猛一抬头,看见了一只可爱的小梅花鹿在奔跑,哥哥也看见一只小鸟在天空中飞,从它们的叫声中,哥俩好像听到了救命的呼声。原来森林里一只凶残的狼就要扑到小鹿了,天上的老鹰就要扑到小鸟了,说时迟、那时快,大兴与小兴哥俩迅速拉弓射箭,哥哥大兴射死了老鹰,弟弟小兴射死了恶狼。小梅花鹿得救了,小鸟也得救了,哥俩一高兴,饿昏在地。

也不知过多长时间,一阵阵扑鼻的芳香随风飘来,一阵阵歌声从森林中传来,芳香与歌声唤醒了大兴与小兴,哥俩惊诧地环顾四周。啊!四周金光灿烂,鸟语花香。哥俩正在惊异,也不知从什么地方走来了两位美丽的姑娘,一个姑娘走到大兴的身边说:"我是飞龙姑娘,谢谢你的救命之恩。"一个姑娘走到小兴的身边说:"我是梅花姑娘,谢谢你的救命之恩。"大兴与小兴好像在梦中,弄不清眼前究竟发生了什么事,二位姑娘急着说:"我们两个就是你们俩救下的飞龙与梅花鹿啊。"原来这两个姑娘都是天上的仙女,不甘天宫的寂寞生活,一个变作飞龙,一个变作梅花鹿来到了人间嬉戏,为了感谢救命之恩,两位仙子决定冒犯天规,以身相许于大兴与小兴。

从此兄弟俩、妯娌之间和和美美,过着幸福的生活。

时间飞快,一晃几年过去了,可是每当大兴与小兴看到了逐渐变小的陆地,看到一群又一群远迁的人,他们并没有为自己的幸福而满足,哥俩立志要让沧海变为田,使人们世世代代安居乐业,但他们又没有回天之力,怎么办呢?他们兄弟俩的心事终于被二位妯娌知道了,她们深深为哥俩的雄心大志、为民造福的精神所感动,终于在一天风和日丽的时间对大兴与小兴说:"夫君啊,你们要想让沧海变田,决心不变,有我们姐妹相助,这事也不算难,可难的是你我可要用生命来换取啊。"大兴与小兴一听有了办法立即表示:只要理想能实现,粉身碎骨也心甘。可是当想到自己死了不算什么,让心爱的人一同去陪死,就又深深地低下了头,他们的妻子——仙女们看出了哥俩的心事,就说:"夫君啊,你们能舍命为百姓,我们又有什么不能舍命的呢?"说着取出了各自的宝物——生命珠交给自己的丈夫,让他们就着海水吞服下肚,当他们按仙女的话吞下宝珠之后,只见山呼海啸、电闪雷鸣,顷刻之间,大兴抱着飞龙仙子变成了一座大大的山脉,小兴抱着梅花仙子化成了另一座大大的山脉,两条山脉相连,形成了两道东北翠原。人们陆续地回来,在这块英雄的土地上繁衍、生息,为了记住大兴与小兴,后人就把大兴变成的山脉叫大兴安岭,把小兴变成的山脉叫小兴安岭,大小兴安岭就是这样得名的。

后来人们还发现飞龙姑娘的长发变成了浩浩的大兴安岭的原始森林,林中飞翔着许许多多的飞龙,梅花姑娘的长发变成了浩浩的小兴安岭的原始森林,林中奔跑着许许多多的梅花鹿,而大兴安岭成了落叶松的故乡,飞龙与梅花鹿也闻名遐迩,世世代代造福于人类,人们永远不会忘记大兴与小兴,也永远不会忘记飞龙姑娘与梅花姑娘。

讲述收集者:张力

罕达敦寻找皇帝的故事

很早以前,在一年四季都有积雪的山岭上,散居着一些猎人。他们吃兽肉、穿兽皮,自称是"山岭上人"。他们的首领名字叫罕达敦,他长得十分彪悍强壮,自幼练成百步穿杨,是百发百中的神箭手。但岭上的猎人经常互相残杀,人一天比一天少。罕达敦虽然力大无穷,但他管理不了这座山岭。后来听说在太阳升起的地方有位皇帝,他是管理天下的人。于是他朝思暮想要去寻找皇帝,拯救山岭上人。下面就是罕达敦寻找皇帝的故事。

三只眼的陌生人

一天,山岭上来了个长着三只眼睛的陌生人。罕达敦头一次看见外来的陌生人,非常热情地接待他,两人还拜了把兄弟。罕达敦个子高,就算是哥哥,三只眼的陌生人便是弟弟,晚间兄弟俩肩并肩睡在"斜仁柱"里。三只眼的陌生人睡觉的时候,有一只眼睁着。深夜,他看见罕达敦头的上方破土生出一棵达子香来,他便悄悄用猎刀把达子香挖出来,埋在自己睡觉的头上方,然后坦然地睡着了。

原来这座山岭上,每年春天就开一枝达子香,在谁睡觉的头顶上方开,谁就是这山岭的主人。达子香年年春天在罕达敦睡觉的头上方开放,罕达敦自然就是这里的主人了。三只眼的陌生人早在山外就得知这个秘密,他想霸占这座山岭,所以他就在达子香要开放之时来到这里,搞了这个阴谋。

太阳冒出了山头,罕达敦醒来时,看见达子香开放在三只眼的陌生人睡觉的头上方。他断定这是恩都力的灵验,于是他把山岭让给了三只眼的陌生人,独自一人离开了这座山岭。

盘古河口的石蛤蟆

罕达敦背着弓箭开始了漫长的游猎生活。在许多他所经过的山岭和密林中,他见到猎人仍然互相残杀,生的没有死的多。他向着太阳升起的方向前进,去寻找皇帝来拯救山岭上人。

他翻过一座桦林山,突然出现一条大河拦住了他的去路。河水翻腾不止,呼啸声声。他很早就听老人说过,过了桦林山,就是盘古河。这样波澜壮阔的大河他生来还是第一次见到。他抬头西望,太阳已经沉没西山,一时想不出渡河的主意,便躺在河边的草地上睡着了。

深夜,一股巨浪把他卷入河中,一群小犸狨架起他就往河心沉去。罕达敦在蒙眬中只觉得耳边嗖嗖作响,全身好像是从悬崖上一步蹬空坠落到无底深渊似的。他越来越觉得身子发冷,失去平衡。当他睁开眼睛时,自己已经被架入一个深深的黑石洞里,只见一只蛤蟆精正张开洞口大的嘴,要把他吞入肚中。罕达敦开弓发出一箭,射穿了蛤蟆精的咽喉。蛤蟆精吼叫一声,疼得翻滚起来,掀起了汹涌的波涛。罕达敦顺着翻滚的水浪箭似的冲出洞口。他一面与追赶来的小犸狨搏斗,一面向岸上游去。

罕达敦游一步,猛水攒一步,罕达敦游一程,猛水涨一程。猛水顺着山坡一个劲儿地往上涨,眼见桦林山也要被淹没了,罕达敦也筋疲力尽了。这时,远远漂来一张桦树皮,在风浪颠簸中形成了一只船,箭似的来到罕达敦面前。他登上了桦皮船，实在累得要命，就一合眼睡过去了。蛤蟆精不停歇地兴风作浪，淹没了桦林山。但桦皮船水涨船高，随波荡漾。罕达敦恢复了精神，苏醒过来，而蛤蟆精却累得不行了。罕达敦向蛤蟆精拉满弓弦，射出去第二支箭，正中它的头部，蛤蟆精在水中惨叫一声顺流而下，罕达敦踏着桦皮船紧紧追赶。这时猛水也飞快下落，不一会儿工夫，整个一座桦林山露出水面。当追到盘古河口的时候，罕达敦正要射出第三支箭，忽见桦皮船前翻出一股白浪，一位轻盈的美女跪在浪花上向罕达敦哀求说：

"饶恕我吧，我听从你的使唤，为你效劳。"

罕达敦严厉地说："不准你再兴风作浪，残害岭上猎人。"

美女说："我认罪，让盘古河做岭上人的渔猎大河吧。"

说着她在水面上转了一圈，河水马上平静下来，只见清澈透明的河水中，无尽的细鳞鱼、哲罗鱼在嬉戏，小狍狨也变作了各种小鱼。

罕达敦只顾观看水中光景，美女趁机踏着浪花向迎面河口砬子逃去。他急忙箭上弦、弓拉满大吼一声"水枯石烂不准你变心！"接着"嗖"的一声，美女被箭射中，冒了一股白烟，化成了石蛤蟆。

白依娜变猎马

罕达敦乘上桦皮船顺流东去，出了盘古河口进入了呼玛河。饿了他用箭杆扎水里的鱼吃，渴了用手捧着河水喝，困了就躺在桦皮船上睡。不知过了多少河湾，绕了多少河滩。在一个圆月高悬的夜晚，他见到南岸一个长得比白云还美的姑娘向他招手，他理也不理地还是顺流东下。过了一会儿，又见到北岸一个长得比星星还美的姑娘向他招手，他还是理也不理地顺流东下。

罕达敦长途行船很累，合上眼就睡着了，任凭桦皮船顺水流漂。当他睡得正香的时候，被女人的声音喊醒了。原来桦皮船已经搁浅在河滩上，南北两岸的两个美丽的姑娘站在船前，争着要做他的老婆。南岸的姑娘名字叫白依娜，北岸的姑娘名字叫阿依吉伦。两个姑娘长得都很美，罕达敦一时拿不定主意。他想了想说：

"谁最能干活、打猎，我就要谁做我老婆。"

两个姑娘同时说："让你看三天吧。"

罕达敦上岸搭起"斜仁柱"安顿下来。早晨太阳刚冒红他就进山去打猎了，傍晚归来，"斜仁柱"南边白依娜采集的"牙格达"堆积得一桦皮船也装不下，"斜仁柱"北边阿依吉伦采集的"马莲果"足有一桦皮船多。罕达敦心中暗想：采野果的本领都一样，真难分出高下。第二天罕达敦傍晚归来，白依娜又来一船细鳞鱼，阿依吉伦又来一船哲罗鱼，两人还是不分高低。

第三天罕达敦归来，白依娜和阿依吉伦每人打来一只狍子。

罕达敦想了想说：

"你们俩不分高低，不分上下，选不出我的老婆，这是'恩都力'的灵验。"

两个姑娘听完罕达敦的话都伤心地哭起来，从傍晚到清晨，从日出到满天星。两个姑娘的泪悄悄地流进呼玛河，沙滩淹没，河水满漕。罕达敦的心被哭软了，他拔出一支箭说："让'恩都力'做证吧，谁能取回我射出去的这支箭，谁就是我老婆。"说完他向呼玛河射去一箭。

白依娜和阿依吉伦一起乘上桦皮船去河中寻找罕达敦的箭。两人寻找了好些时候不见箭的影儿。要是箭射入河底是无法寻找的，这时白依娜起了歹心，她想，我们俩寻找不到箭，只剩下一人才能做罕达敦的老婆。她就趁阿依吉伦冷不防，将其推入河中，自己一人乘船回岸。

罕达敦得知阿依吉伦寻箭身亡非常难过，他觉得阿依吉伦对自己的情意比河水还深。可又一想白依娜的情意也不浅，于是就答应白依娜做自己的老婆。

这天深夜，罕达敦梦见白依娜把阿依吉伦推到河中。阿依吉伦沉入河底后，拔出了射入河心的箭杆，牢牢攥在手中死去了。这时游来一群大马哈鱼将阿依吉伦的尸体托起，一直托到岸上。大马哈鱼对罕达敦说：

"五百年前，皇帝与外寇作战，粮草断绝，兵败如山倒。正在危急关头，皇帝从大海唤我们游到呼玛河为皇帝做给养效劳。供养得兵强马壮，皇帝战胜了外寇，打了胜仗。从那以后，每年秋天我们游来一次，你是皇帝的子孙，我们也要为你效劳。"说完大马哈鱼就无影无踪了。

罕达敦翻身醒来，直奔河岸。阿依吉伦果然躺在草地上，手中牢牢攥着一支箭。这时他一切都明白了，猛回头见白依娜惊恐地站在跟前。罕达敦折下桦树枝，劈头盖脸地向白依娜抽打起来。白依娜跪在地上苦苦哀求说：

"你狠狠打吧，打死我，也要为你效力！"罕达敦不容分说地继续用桦树条子抽打她。只听白依娜惨叫一声，躺在地上滚了两滚，变成了一匹白色猎马。

这时，阿依吉伦渐渐醒来，罕达敦扶着她进了"斜仁柱"，做了自己的老婆。

过了几天以后，罕达敦离开了阿依吉伦，骑上白色猎马又出发了。

罕达敦和白布谷鸟

罕达敦飞马扬鞭，来到了白嘎拉山，发现一群布谷鸟围着一只白布谷鸟的尸体在咒骂和讥笑：

"死得活该，谁让你长得最白！""死得活该，谁让你唱得最美！"罕达敦冲着这群布谷鸟喊道：

"白布谷鸟已经死了，你们还妒忌她，不嫌害臊吗？"说着扬起桦树条马鞭一轰，布谷鸟立刻四处飞散了。

罕达敦翻身下马，拾起白布谷鸟的尸体仔细查看，原来是被树上的毒蛇咬死的。他用犴筋给白布谷鸟缝合了伤口，然后把她放在红松树枝上风葬。

眨眼的工夫，天上浓云密布，狂风骤雨，电闪雷鸣，红松树被雷击生火。罕达敦忙用树枝扑打，他扑打一下滚起一个火球，扑打两下，滚起两个火球。接着一串火球滚升到树顶，翻起耀眼的金光，金光中飞腾出一只白布谷鸟，在空中盘旋了三圈，立刻云散天晴。

罕达敦搭起斜仁柱，准备在白嘎拉山下过夜。北斗星刚升上天空时，只见轻盈盈地走来一位白衣仙女，见到罕达敦深深打了个千说：

"白嘎拉山顶有千年的冰霜，从来没人能爬过这座山。像你这样赤臂露膀、只靠张皮围身遮寒的人,走到半山腰就会冻死的。"

罕达敦问:"穿上什么才能抵过白嘎拉山上的风寒?"

白衣仙女回答:"取来十张狍皮、十根犴筋、十朵云彩我再来告诉你。"白衣仙女话音刚落,就无影无踪了。

罕达敦按照白衣仙女的话,第一天进林中猎取了十只狍子,剥下来十张狍皮。第二天他又进林猎取了十只犴,抽下了十根犴筋。第三天蓝天上飘来十朵白云,罕达敦向空中射了十支箭,射下来十朵白云。这时白衣仙女飘悠悠地又来到斜仁柱前,她很快地熟好了狍皮,捻细了犴筋,缝成了绣上白云的"苏恩"。罕达敦穿上"苏恩",顿时觉得浑身发热。当他正要答谢白衣仙女的时候,满天飞舞着雪花,白衣仙女在雪花中飘然而去。

罕达敦骑上猎马开始登上白嘎拉山。雪越下越大,风越刮越旺。不知走了多少天,不知过了多少夜。困了他穿着"苏恩"躺在雪上就睡,比在皮被里还暖和。但是越走雪越大,越走雪越深。最后罕达敦和猎马被埋在了厚雪下面。

不知过了多少天,罕达敦在深雪底下听到布谷鸟的叫声。大雪在布谷鸟声中渐渐融化,罕达敦和猎马很快露出了雪面。满山积雪很快消尽,罕达敦扬鞭催马,飞也似的登上了白嘎拉山顶。

山顶上有一座大冰湖,冰层下面有许多冻僵了的猎人,都是一些赤膊露胸的山岭上人。罕达敦正要凿冰拯救冰层下面的山岭上人,一只犸猊由高空中俯冲下来大吼一声:

"住手,大雪没把你冻死,我要把你封在冰湖里。"

说着与罕达敦撕打起来。犸猊一脚将罕达敦踢进冰湖里,又施展妖术封住了冰湖,便得意地飞进云层。

罕达敦虽然被封在冰湖里,但因穿着"苏恩"全身不觉寒冷。这时猎马急得四蹄踢凿湖冰,眼见冰层要踢出洞来了,犸猊又从云层中俯冲下来与猎马打起来,猎马扬起后蹄,将犸猊踢得直翻滚。犸猊见势不好,冲上空中,正要再次俯冲下来将猎马置于死地,一只白布谷鸟突然从空中飞来挡住,接着与犸猊搏斗起来。犸猊被白布谷鸟啄得浑身是血,倒在地上就要死了。

白布谷鸟在冰湖上飞旋着，"咕咕"地叫着。猎马在冰湖上踢着、嘶鸣着。冰湖解冻了，罕达敦从湖中走了出来，然后脱下身上的"苏恩"，盖在那些冻僵躯体的山岭上人的身上。被冻僵的那些山岭上人盖上"苏恩"以后，一会儿筋骨都灵活了，一个一个都醒了过来。

罕达敦提起桦树马鞭，走到奄奄一息的犸犰身边，猛力抽打下去。犸犰在地上打了一个滚就变成了一只黑狗，站在罕达敦面前直摆尾巴。白布谷鸟站在罕达敦的肩上说："这就是你的猎狗，它会忠实于你的。"话音刚落，白布谷鸟就飞向林中去了。

罕达敦过冒烟山

罕达敦骑着白马，继续向升出太阳的山顶奔驰，黑狗箭似的冲在前面引路。穿过无数森林，越过无数河川，飞过无数山峦。

越走天气越热，黑狗脱落一层毛，白马脱落一层毛。罕达敦脱下"苏恩"背在身上，还是热得难熬。这一天，他们停在河边乘凉、洗涮。黑狗忽然叫个不停，罕达敦扭头一瞅，见一个农夫赶着牛在耕田，黑狗围着大黄牛直叫。大黄牛一蹄子将黑狗踢出老远，黑狗从地上翻滚起来又冲向大黄牛咬起来。农夫向黑狗猛抽一鞭，黑狗浑身淌着鲜血跑回罕达敦身边。罕达敦第一次看见黄牛，以为是只大犴。于是他抽出一支箭放在弦上，准备射死大黄牛。农夫见状扬着鞭子冲打过来，正好被罕达敦的箭射中，他带着箭伤逃去。罕达敦又射死了大黄牛，砸烂了农夫的木车，升起了篝火，烧着香喷喷的牛肉饱餐了一顿，黑狗也啃饱了骨头。吃饱喝足，罕达敦就地睡着了。

受伤的农夫领来了五个兄弟，一见大黄牛被杀死烧着吃了，木车被砸烂当柴烧了，个个气得火冒三丈。他们冲上来绑起了罕达敦，杀了黑狗，宰了白马，然后都扔进篝火堆里烧起来。罕达敦用手一摸，自己的肉体都焦了，知道已经死了，于是灵魂腾空而起，将自己的尸体和白马与黑狗的尸体都架到了山岭上，藏在林子里。罕达敦的灵魂正俯在尸体上痛苦，林中来了一个手持单鼓的萨满对罕达敦说：

"那五个农夫是冒烟山上的犸猊，它们是要吃你和白马与黑狗的肉的。它们发现你们的尸体不见了，正在寻找。"萨满说着便敲起单鼓，使起法术来。不一会儿工夫，罕达敦的灵魂附上了身体，白马和黑狗也复活了。罕达敦谢过萨满，就骑着白马冲下山来。那五个农夫兄弟正在山下寻找罕达敦的去向，突然见他又活着，怒气冲天地从山上冲下来，便一齐迎上去交战。打着打着，五个农夫兄弟一跺脚就入地了。不一会儿工夫，又从罕达敦的身后打过来。罕达敦抢起桦树鞭子，抽得五个农夫兄弟在地下轱辘轱辘地都现了原形，接着冒了五股烟飞走了。

罕达敦顺着五股烟的逃跑方向追去，一直追到一座浓烟滚滚的山下。他仔细一看，山中有五股烟柱滚绞在一起，恶势汹汹，呛得白马直打喷嚏，呛得黑狗狂吠乱窜，呛得罕达敦泪如泉涌。他拉起弓弦，射出一箭，一股烟柱腾空翻卷，变成了一朵黑云。射出第二支箭，又一股烟柱腾空翻卷，变成一朵黑云。一共射了五支箭，山上的五股烟柱都腾空翻卷成五朵黑云。黑云密集，倾盆大雨不止，罕达敦冒着暴雨飞马扬鞭翻过了这座冒烟山。

皇帝接见罕达敦

过了冒烟山，万里无云，火红的太阳烤得罕达敦睁不开眼。他眯着眼睛仔细一看，远处有一座金碧辉煌的城郭，他断定那里就是皇帝的住处。他骑马走到城门前，热得喘不过气来。他正要大摇大摆地进城，却被两个身着盔甲的卫士端着梭枪拦住马头，要罕达敦下马请罪。罕达敦说自己是来寻找皇帝的。卫士大怒，从未见过这种胆大包天的野人来找皇帝，举枪就向罕达敦刺杀过来，罕达敦忙从马背上抽出两根牛大腿与卫士打起来。他左一抢、右一抢，两个卫士的脑壳都被敲碎了。然后他快马加鞭闯进了皇宫院内。这时迎面又冲过来一位身穿盔甲的将军，指着罕达敦大骂，还要打死他。罕达敦一马鞭，就把这个将军抽下马摔死了。将军一死，罕达敦心里有些不安起来，暗想进皇宫先杀死了三个人，见了皇帝非处死自己不可。正在不知所措时，从四面八方冲来了一群卫士。罕达敦见势不好，扬鞭飞马，冲上了城墙顶上。卫士们在城墙下正要向城上发射乱箭,皇帝走来喊住了他们。皇帝知道罕达敦是山岭上人,是千里迢迢来找他治理山岭的,所以很慈祥地对城墙上的罕达敦喊话,让他下来。只见罕达敦身骑白马,旁边站着黑狗,像钉在城墙上似的,纹丝不动,一言不发。

皇帝知道罕达敦心有疑虑,便温和地向城墙上喊道:"我是皇帝,你快下来谈谈吧。"

罕达敦骑在马上还是纹丝不动。

皇帝又喊道:"太阳就是从我这宫后升起的,你看。"接着皇帝向宫后一指,一轮太阳正在冉冉升起,照得皇宫金灿灿,烤得罕达敦浑身冒汗。

这回罕达敦才从城墙上走了下来,下了马,给皇帝打千,诉说了山岭上人的苦难。

皇帝热情地接待罕达敦进了皇宫,让他挑最好的吃。厨子给他端来一碗面,罕达敦一看像绳子似的面条,心里犯了嘀咕,担心厨子会像冒烟山的犸猊一样施展妖术,摇摇头表示不吃。接着又来了一位宫女端着一盘油饼,罕达敦一闻挺香,拿起一张往嘴里一放,油饼粘了牙,便又放回盘中。端来好多吃的罕达敦都没有吃。最后还是让厨子煮了驮在马背上的黄牛肉。

吃完饭,皇帝让宫女拿来许多绫罗绸缎的衣服,让罕达敦挑自己最满意的穿上。结果这些绸缎衣服他用手一摸发涩,怕里边有犸猊的妖术,一件也不穿。皇帝又让宫女拿来各种盔甲让他挑选。罕达敦一看硬邦邦的,打心里不愿穿。最后,皇帝只好承认了"苏恩"是山岭上人的衣服。

罕达敦在皇宫里住了三天后,他正式向皇帝请求把山岭上人管好,拯救苦难的山岭上人。皇帝笑了笑说:

"这些你都能做到。我封你为山岭上人的'佐领'。用你手中的桦皮鞭把犸猊都抽打成猎狗,为山岭上人效力;再用你手中的桦皮鞭把坏良心的人都抽打成猎马,为山岭上人效劳。"

罕达敦告别了皇帝返回自己的游猎山岭。走到冒烟山,见五朵黑云还在山顶弥漫,他向空中黑云甩响了五鞭,五个犸猊变成了五条猎狗,跑进林中为猎人效力去了。

他返回到白嘎拉山,见到猎人之间仍在成群地互相厮杀,他用桦树鞭惩罚了所有行凶的猎人。结果这些坏良心的猎人变成了猎马,为受害的猎人效劳。

他返回到呼玛河,见到阿依吉伦已经给他生下了三个儿子三个女儿。他牵来几匹猎马,把摇篮挂在马背上,带着老婆启程了。

他返回到盘古河口,见石蛤蟆还蹲坐在迎面砬子前,镇守着河面。河上桦皮船漂漂而来漂漂而去。岸上猎人都骑上了猎马穿林登山。

他返回到一年四季积雪不尽的山岭时,见到猎人们都穿上了"苏恩"。他四处寻找三只眼的陌生人,忽然黑狗在林中惨叫起来,罕达敦走上前一看,原来三只眼的陌生人把黑狗给打死了。罕达敦怒不可遏,举鞭抽去。三只眼的陌生人在地上打了个滚变成了一条花狗。这时罕达敦才知道三只眼的陌生人原来也是犸狼。

自从罕达敦奉了皇帝之命,游猎的山岭上人都听他管起来,山岭上的犸狼再也不见了。

搜集整理者:向华

黑熊与白兔

　　在很早很早以前,大兴安岭就长满了茂密的树,到处是挺拔的青松,秀丽的白桦,还有丰盛的水草。秋天来了,各种各样的香菇和野果散发着诱人的香气。在这个大森林中有许多鸟兽在栖息、繁衍。大黑熊和小白兔就是这个大森林动物家族里的两个成员。

　　大黑熊以香菇、野草、蚂蚁等杂食为生。小白兔以吃青草、冬青为生。不知过了多少年,它们两相无争、和平共处。可是,后来和平气氛被意外的事件所打破。

　　有一年秋天,一个缺乏经验的年轻猎人,背着猎枪带几只狗闯进了大兴安岭,要在这儿打猎。他首先发现一群白兔,于是他就放出狗去追赶。猎人自己也追赶一只头大肉肥、跑得很慢的大白兔。大白兔因为身体过重,怎么也跑不快。眼看就被年轻的猎人追上了,它自觉难逃猎人之手,于是就猛地转过身来,用后脚直立起来,神秘地对年轻的猎人说:"别开枪,我有话说。好心的猎人啊! 你追赶我是毫无意义的,我身上的肉不多,毛皮也不值钱,我劝你还是去猎取大黑熊吧! 它身上的肉多而肥,据说熊胆和膝骨都是名贵药材,毛皮可做褥子。"

猎人听信了白兔的话,开始追踪黑熊。在几条狗的帮助下,猎人很快找到了一只大黑熊的踪迹,于是穷追不舍。眼看就追上了,猎人向大黑熊开了一枪,可是没有打中要害,却打在熊的右腿上。黑熊想,这样很难逃脱猎枪的子弹,莫不如装死,待机反攻。于是它就躺在草丛中,假装死去。

猎人以为熊真的被打死了,于是带着几条狗,大摇大摆地来到黑熊跟前。冷不防,黑熊一跃而起,一掌打碎猎枪,打折猎人的右臂,几条狗吓得夹着尾巴跑掉了。

猎人躺在地上呻吟。

黑熊怒气未消地指责猎人:"我本不与人为害,以杂食为生,又没想伤害人,你为什么这样狠心用枪打我?"

猎人说:"我本没想跟你作对,我是听了白兔的话,才产生向你进攻的想法。"黑熊听了猎人的自述,觉得猎人幼稚到有几分可怜,它并没有去伤害猎人。于是,它气哼哼地去找白兔算账。当黑熊找到白兔后,就高声发问:"你这狡猾的东西,你为什么怂恿猎人去伤害我?"

大白兔说:"我是被猎人追急了,冷不丁想起你身大力强,觉得猎人未必敢伤害你,再说你身上都是宝。"

黑熊怒气横生,咆哮地喊:"你听着,白兔,你既然如此让人来伤害我,我饶不了你,必须吃掉你,方能解我心头之恨!"于是猛扑过去……

白兔狡猾地说:"看!又来一个猎人!"趁黑熊回头时溜掉了。

可是,自此,白兔因做了坏事心虚,总是忐忑不安,一有风吹草动,就望风而逃,它以为黑熊来报复。每随季节变化就变换自己的毛色,严防黑熊向它进攻,以保护自己。所以,冬天白兔的毛色(除两耳尖上有几根黑毛外)全部变成白色。后来,人们将长年生活在大兴安岭地区的白兔叫雪兔。

讲述者:王作锋

整理者:王作锋

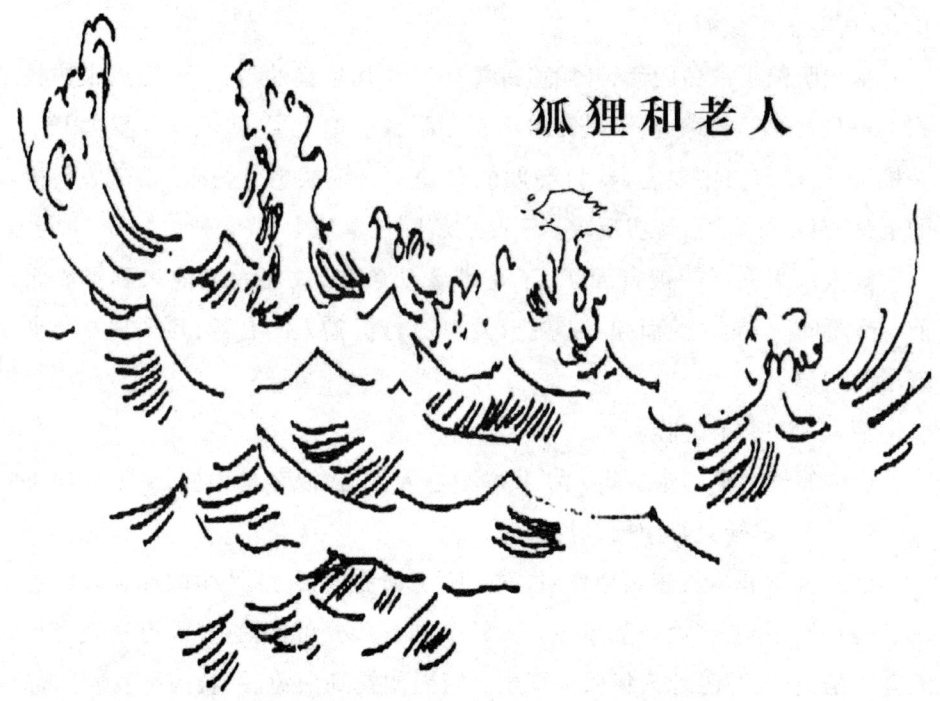

狐狸和老人

很早很早以前,有两个无儿无女的老人,住在深山里,养了一头牛,老头天天去放牛,日子过得还算好。

天长日久,有一天来了一只狐狸,跟老人说:"哎呀,大爷大娘啊,我来帮你们放牛吧。"两个老人挺奇怪的。老太太跟老头说:"这能行吗?"老头说:"没事,就让它放放试试吧!"就跟狐狸说:"行,你去放牛吧。"小狐狸摇摇尾巴就走了。

第二天,狐狸跑来告诉老头说:"大爷大娘啊,我找了一个好地方,那里的草可绿可嫩可好吃了,你去看看,牛一宿长得可肥了!"老头不相信,心想:怎么能长这么快哪?狐狸说:"不信你去看看!"老头说:"好吧,我去看看。"狐狸在前边领路,老头跟着去了。狐狸领老头走啊走,在树林和草甸子里不知转了多长时间,也没有看见牛。老头就问狐狸:"牛在哪呢?"狐狸说:"快了。"说着一晃就不见了。这能到哪儿去呢?老头找啊找啊,最后看到一堆骨头,老头一看这不是我家牛的骨头吗?分明是狐狸搞的鬼,把牛吃完了又来唬我，可把老头气坏了！

回家跟老太太说牛都让狐狸吃了，咱们快追狐狸去，这个骗人的东西。可到哪找去呢？老两口没想出办法。老头说："咱们搬家吧。"就用爬犁拉着东西往南走了。走着走着又碰到一只狐狸，它对老头说："大爷大娘啊，我来帮你们拉爬犁吧。"老头一看不是骗他们的那只狐狸，正好也累得够呛，就说："行啊，你就拉一会吧。"

狐狸拉了一会说："大爷大娘，我拉不动了，你们拉我一会吧。"老头说："那你坐上吧。"老头拉着爬犁走了一会。天快黑了，老头问狐狸说："咱们住哪儿呀？"狐狸说："咱们就住这吧。"老头说行，就住下了。

第二天又接着往前走，快走到天黑了。狐狸说："咱们就住半道吧。"就又搭撮罗子住下了。狐狸说："大娘你做饭吧，我去找柴。"老太太这就做饭，一找小米，小米没了，找肉肉没了，找油油没了，老两口气坏了，寻思准是狐狸坐爬犁上搞的鬼，没抓住，没办法，干生气。

坐那等吧，三等两等等了半天也不回来。老头就出去找，找了半天在河边看见一只狐狸，一看正是那只，正坐在河边钓鱼呢。狐狸一看老头来了就说："大爷你快来看看这鱼可多了，你来坐这儿钓一会。"老头说："我试试。"就坐下钓鱼。狐狸说："大爷，你可别动啊，一动鱼就不上钩了，我去找点东西一会就回来。"狐狸说完就跑了。老头坐了大半天，也没钓着一条鱼，这又上当了。老头就往回走，走到一个地方，看见几个狐狸跟好多动物在那里玩，老头把他的裤子脱下来，抓了些松鼠啊、耗子的都装进去，就跳起舞来，狐狸和很多动物都过来围着老头看热闹，老头一边跳一边叨咕，又把裤子解开，那些松鼠耗子都跑了出来，那些狐狸都乐了，唯独那么一只小狐狸抿着嘴在一边乐。

老头一把抓住它说："就是你。"狐狸说："大爷大爷你饶了我吧，我再也不敢了，我给你娶个好媳妇，我给你保媒去。"别的狐狸也说情。狐狸把老头送到家,说:"我给你保媒去。"保什么媒呀,它又跑了,老头又被骗了。

讲述者:戈阿木杰

录音者:张桂忠　刘娜

　　　　刘成艳　张坤

翻译者:孟桂珍

整理者:张桂忠

狐狸身上为什么有一股臭气

传说大兴安岭有一座龙头山，山崖上有只老狐狸。这只老狐狸一心想得道成仙。他白天躲在洞里睡觉，晚上进村子偷东西吃，吃饱了喝足了，就跑回山洞对着月亮磕头。

这只老狐狸修炼了几年后，也能站着走几步了。就这样老狐狸天天到五更就站在崖头上磕头，磕完就"嗷嗷"地叫，好像是问"成了没有？成了没有？"意思是想借人的嘴说一声"成了"。

鄂伦春族有一个传说，一般狼虫虎豹什么的动物要成仙的时候，总要"讨封"。最走运的是遇上皇帝出巡私访，就向皇帝"讨封"，皇帝一高兴封个"虎仙""狼仙""狐仙"的，要是遇不上皇帝，碰上个达官贵人，讨个封也好。实在啥官也碰不上，就是有个过路人顺口说一声"成了"，它们也能讨个便宜，如果说一声"没有成"就永远成不了仙。

狐狸一年一年地"修炼"，一年一年地叫喊，一直没有遇上皇帝出巡，也没有碰到达官贵人，就连过路人也不搭理它。老狐狸成天都在"修炼"，可是偷鸡摸狗的事一直没有改。

有一年夏天，一个鄂伦春青年在离山崖不远的一片树林里打猎，又听见狐狸问："成了没有？成了没有？"这个小伙子烦透了，气狠狠地回了一句："恶性不改成个屁！"狐狸听到小伙子的话，刮了一阵妖风跑了。从此以后，这个山崖再也听不到狐狸的喊叫声。狐狸气得一看到人就放屁，放出的屁又骚又臭。

讲述者：孟金福

搜集翻译者：孟秀春

整理者：张桂忠

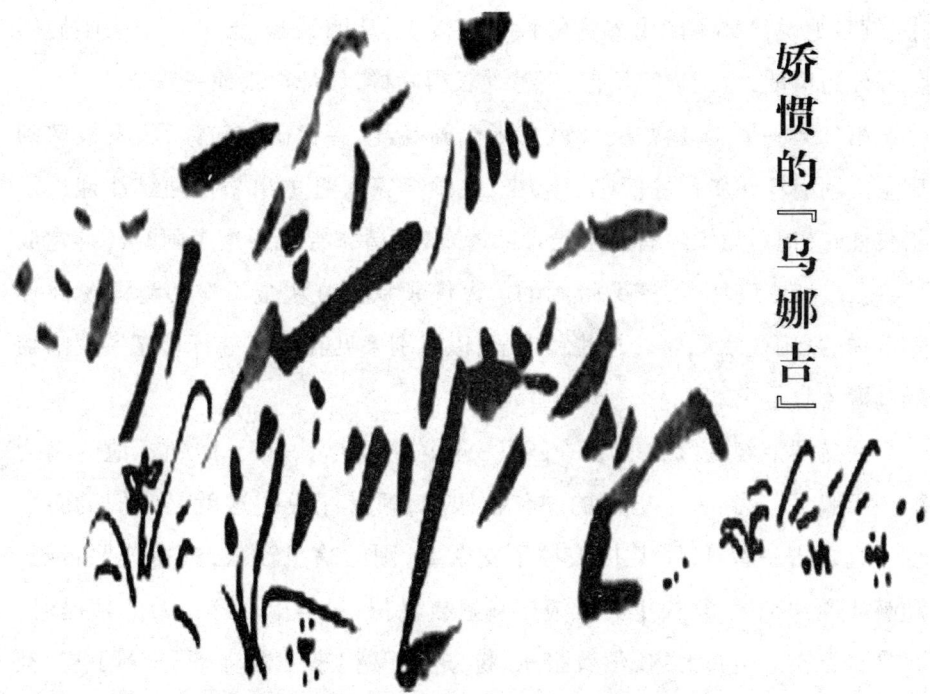

娇惯的「乌娜吉」

从前,有一个非常了不起的"大佐领",家里金银成堆,猎马成群。他有个乌娜吉长得相当俊,"乌力嫩"的阿赫汗们都想娶她,可她一个阿赫汗也没看上。她从小娇生惯养,想干啥就干啥。大佐领就这么一个乌娜吉,啥都依着她。

一天,来了一个阿赫汗求婚,乌娜吉一看这人长得太胖,说,"我不要这个皮口袋,啥也装不了!"把阿赫汗气跑了。第二天又来了个阿赫汗,高个,她又说:"我可不要'斜仁柱'的柱子,山上有的是。"又气跑一个。过了几天,一起来了俩,一个白脸的,一个红脸的。她瞅着这俩阿赫汗说:"这个一身病的小白脸来干啥? 治病我还没地方去采药呢;要野鸭子,还不如我自个去打。"这两个又气跑了。最后来了个长得英俊、身材魁梧的阿赫汗。乌娜吉左看右看,也没有看出啥毛病,不错眼珠地瞅,冷丁看见他下巴上有颗黑痣,就说:"我不要带黑痣的!"阿赫汗气得二话没说,转身就走了。

求婚的人都气回去了,她阿曼气坏了,来了这么多阿赫汗一个也没相中,就对她说:"再不能由着你的性子胡闹了,从明天起,谁第一个来咱们斜仁柱外边唱歌,就把你嫁给他,不管他长得啥样,你都得跟他一辈子。"

第二天一早晨,斜仁柱外就来了个阿赫汗,穿得破衣拉撒,头发披散到肩上。阿赫汗在斜仁柱门唱了起来,佐领全家人赶忙出来把阿赫汗迎进了斜仁柱,又把乌力嫩最有威望的人都请来,让乌娜吉就跟这个阿赫汗拜堂成了亲。乌娜吉气坏了,连哭带闹的。大佐领拿出五块金币对阿赫汗说:"你领着你的'阿提坎',带着这些钱走吧,以后别来见我!"阿赫汗就把哭哭啼啼的乌娜吉领走了。

阿赫汗带着乌娜吉骑着一匹马,穿山过河走了一天,回到了他的乌力嫩。天黑了,走到一个破旧的斜仁柱跟前,阿赫汗说:"这就是咱们的斜仁柱。"乌娜吉一看:除了几根破柱子支个盖,别的啥也没有,气得连哭带嚎。阿赫汗说:"别哭了,快生火做饭!"乌娜吉没招,只得干。第二天,"额提河"叫乌娜吉换上粗布大袍,学着打水,拣柴火;又抱来一捆柳条子,剥了皮,教她编笊篱,编筐。她手磨得血乎淋拉的,也不敢吱声,只是偷偷哭。

过了不少日子,额提河又对她说:"我跟佐领的太太说了,找人教你熟犴皮、鹿皮和狍子皮。"乌娜吉就跟额提河去了。到了那,还没进门,就闻着那味熏得人直恶心。她咬着牙跟人家学,累得死去活来,时间长了也学会了。丈夫又带她骑马进山打猎,她也学会了。一天,全乌力嫩人里外忙起来,说是佐领要成亲,大伙还不知阿提坎是谁? 第二天天刚亮,乌力嫩的人都围在一起。乌娜吉也去了。刚坐下,看见佐领好面熟,细瞅瞅正是那个向她求婚的下巴上有颗黑痣的阿赫汗。

这时候大伙跳起了篝火舞,佐领走过来对乌娜吉说:"我请你跳舞。"不管乌娜吉愿意不愿意,拉着她就跳了起来,跳了一会,乌娜吉想回家。佐领忍不住了,问她:"难道你还没认出我吗? 我是你的额提河,阿曼让我装成穷人,让你尝尝受苦的滋味。"乌娜吉听了又开心又难过,一头扑到额提河怀里,像小孩一样哭了起来。

乌力嫩的人们为乌娜吉换上漂亮的旗袍,戴上金子头饰。这时候乌娜吉的阿曼来了,乌娜吉和佐领重新拜堂。

后来乌娜吉再也不娇了,变成一个勤快、会过日子的鄂伦春妇女。

讲述者:吴考杰

搜集翻译者:孟秀春

整理者:张桂忠

九姑娘

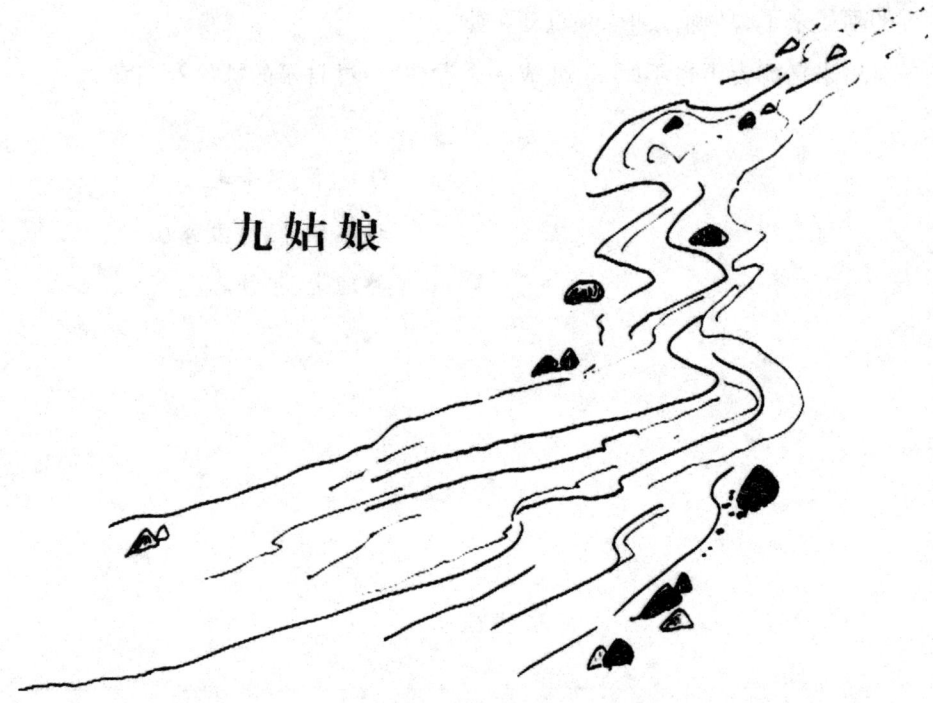

　　有这么个跑腿子①,人挺穷的,还不太愿意干活,整天就知道耍钱。

　　一天,他上山打柴去了。雪下得挺大,他在雪地里看到了一只狐狸躺在那里。他走上前拎了起来,闻到一股酒味,就寻思这狐狸会喝酒,真不简单,我得救它。这小子就把棉袄脱下来,把狐狸包上,撂在一个没有雪又避风的地方,回家了。

　　这老狐狸醒来后,看到自己被棉袄包着,一算,就知道是谁给他包上的,这人心太好了。这只狐狸排行老五,回到家对他大哥说:"我得拉巴拉巴②这小伙子。他心眼太好了!"他大哥说:"我的九个姑娘,就老姑娘③还没嫁人,把她许给小伙子吧!"弟弟说:"好吧! 我这就领她去。"

　　过了几天,他就领着侄女,夹着包去了。到了一个门口,他说:"这就是那小伙子家,他没在家,你自己先进去吧! 我得走了。"姑娘开开门,进了屋。

―――――――――――――

① 跑腿子:单身汉。
② 拉巴:帮助。
③ 老姑娘:最小的那个姑娘。

很晚小伙子才回来,他一走进门,看见个十六七的大姑娘坐在炕上,长得没治了①。小伙子往外屋一看,姑娘已经给他做好了饭,他乐得没着没落的②。半天他才问:"你是谁家的大妹妹?""我是来报答你的,是我叔叔把我送来的,你救了我叔叔。"小伙子挺纳闷,就说:"我也没救人啊!""你在山上用棉袄救了一个喝醉的狐狸。他是巡山去了,酒喝多了就落地了。雪那么大,要不是你,他就得冻死。我们姐九个,叔叔看你挺孤单的,就把我送来了,叫我好好侍候你。"小伙子说:"我这么穷,你跟着我能行吗?"姑娘说:"行!能行。咱们好好过日子,你别耍钱了,学着识两个字。"这小子说:"好吧!"

开始小日子过得还挺好。他每天打柴,也帮着媳妇干活。日子长了,心就闷得慌。这耍钱的没脸,就又去耍了。媳妇说他,也不听。他寻思,反正买不买粮也有饭吃。后来媳妇怀孕了,不久生下个双胞胎,一个小姑娘,一个小小子。待了四年,媳妇说:"我得走了,你老是耍钱,我不能待在这里了,你自己领着孩子过吧!"这小子说:"那不行。"媳妇说:"不行我也得走。我若不去,我爹就能整死你。你要是真心找我,就带着孩子,打点干粮带上,弄一捆谷草到十字路口给烧了,烟往哪刮,你往哪追。等到没烟了,那里就是一片荒草地,有九棵大杨树。你数到第三棵,倒走三圈,顺着再走三圈,就能有门,那就是我们家。"这小子说:"那你走吧!"媳妇走后,他领着孩子过。

孩子整天哇哇乱叫,他还得砍柴、做饭,弄不好孩子连饭都吃不上。过了几天,他看不行,就弄了俩儿钱,买了点面,打了几个饼,捆了一捆谷草,领着孩子就去找他媳妇去了。他领着孩子来到了十字路口,把谷草点着了。可这烟咋也不散,气得他拿起条子就抽,赶着烟走。他挑着两个孩子,顺着烟,往东南角跑去。追呀跑呀!白天看着有烟,晚上看着还有烟。他也不歇,孩子饿了给点干粮。为了找到媳妇,也不管累不累了。

这天到了一片荒草地,看到有几棵大杨树,一数正好九棵。这时烟也没了。他开始查树,查到第三棵,就倒着走三圈,又顺着走三圈。这么一转就

---

① 没治了:没有比这再好了。
② 乐得没着没落:不知怎么好。

转出个门来。他挑着孩子就进去了。走了不两步，碰见一个老头，老头问："你是谁呀？"他寻思这指定①是媳妇的爹，就顺口答道："我是你姑爷。"老头说："你是我姑爷？我不信。""你不信，叫你姑娘出来认。我是没法过了，这还有孩子。"老头说："你来认吧！你若认出哪个是你媳妇，我就留下你。你若认不出来，就撺你。"他把九个姑娘都叫了出来。这九个姑娘长得一模一样的。这小子拽过两个孩子，"啪啪"照着孩子就是两棍子。孩子挨了两棍子，别人不咋地，这当妈的可揪心哪，脸都气白了。他对孩子说："找你妈去！"顺手一指，这俩孩子就奔脸白的走去。他媳妇把孩子揽过去就哭了。老丈人没法就让他认了，可心里一点也不乐意。

这时五叔巡山回来了，一听他哥变卦了，心想这也不对劲啊，怎么好把他俩拆散了呢？他想救他们，就对他哥说："不在你这了，我领着他出去溜达溜达。"小伙跟着叔丈人走了。走了好几天，五叔才把他领到自己家去了。这里到处是花，遍地是草，他叔丈人说："这好吗？"他说："不错，挺好。""那你就跟我侄女在这里过吧！这里什么都有。"他乐坏了，使劲给叔丈人磕头。他叔丈人说："我去接你媳妇孩子去。"

他叔丈人把他媳妇和孩子接到这里。两口子在这里开荒种地，小日子也红红火火地过起来了。

讲述者：李万杰

采录者：孙敬斌　白增坤

　　　　孙守礼　王守江

整理者：张桂忠

---

① 指定：一定。

坤玛布库

在一个山谷里,住着一户人家,这家主人叫特依莫里根,他有一个美貌的妻子。妻子不仅貌美,还善骑善射。离特依莫里根家挺远的地方有个叫单开莫里根的。单开莫里根听说特依莫里根的妻子貌美就打算把她抢来。有一天,单开莫里根跟人说:"我非夺特依莫里根的妻子不可!"后来特依莫里根知道了这件事情,就准备找单开莫里根去报仇。这时候,侍奉特依莫里根的老头就领着特依莫里根去跟单开莫里根打仗。

特依莫里根有一匹宝马,这匹马不但长得非常俊,还会飞,但是,特依莫里根不骑马,要步行。他妻子怀孕快生了,不让他走,他说:"我怎能忍受这种耻辱!非要去报仇不可。"说完他们就步行走了。

走到半道上,就遇见一个叫卡拉道的强盗。这个人领着不少人马。特依莫里根就问卡拉道:"单开莫里根在哪里?"卡拉道指着东南说:"在那边。"特依莫里根问:"有多远?几天能到?"卡拉道说:"你要走着走,得三四个月才能走到。"这时候特依莫里根就有点慌了,他说:"哎呀!我得回去取马。"说完就转身走了。走到半道上,就看见对面飞来一个大雕,叼着什么东西,飞到近处一看,这才看清楚是他的妻子被这个大雕用爪抓着。他妻子说:"特依莫里根呀,特依莫里根,我不让你走,你偏走,你走了,我被大雕抓来啦。"

特依莫里根的妻子是怎样被大雕抓来的呢? 是这么一回事儿。

特依莫里根走后不久,他妻子就生了一个小男孩,生小孩那天,只听"呼"的一声飞来一只大雕落到他们的"撮罗子"顶上。大雕对特依莫里根的妻子说:"快穿衣衫吧! 我是来接你给单开莫里根做妻子的。"这时候特依莫里根的妻子吓得都不会说话啦。因为特依莫里根的妻子刚生完小孩,浑身一点劲也没有,也不能和大雕打仗,就这样一下子被大雕叼走了。叼在半道上就遇见了特依莫里根。特依莫里根拿起箭,上了弦,照着大雕就是一箭,一箭射去,射中了大雕的一条腿。大雕就用另一只爪子抓着他的妻子。他又射了第二箭,因为大雕飞得高,飞得远了,这一箭没射上。特依莫里根生气了,他也不回去取马啦,就徒步往东南走去。走啊、走啊,又走到了卡拉道那块儿。他就问卡拉道:"你们看没看见刚才飞过来的大雕叼着我的妻子?"卡拉道说:"我早知道。"卡拉道马上用很和气的口气说:"我领你找去吧!"特依莫里根很高兴地说:"太好啦! 走吧!"他们三个人一块儿走了。

走了不远,卡拉道心里想:我是单开莫里根的朋友,特依莫里根要是去了,没有单开莫里根的好,不如用我的宝贝鞭,把特依莫里根打死算了。主意已定,卡拉道在特依莫里根后面走着,都准备好了,才转到特依莫里根的左边,照准特依莫里根的脑袋就打了下来。这时候,卡拉道就对着侍奉特依莫里根的老头说:"你走你的吧!"侍奉特依莫里根的老头点点头,就走啦。他心里想,我上哪去? 听说特依莫里根的妻子刚生完小孩就被抢走了。我回去,找到孩子,把他抚养大,好给他父母报仇。他决定回特依莫里根原来住的地方。他走了很久,才到了他们原来住的地方。一看一个人也没有,四处长着有一人高的草。这时候,他找着找着,发现在一块小地方,好像有人爬过的印。这个印很大,他就顺着这个爬印去找,找呀找呀,顺着这个爬印找到一个小泡子,泡子里的水怎么都干了呢? 这一定是这小孩把这个泡子里的水都喝干啦。他又顺着泡子那边往上去找。一直找到一个草甸子里,就发现了小孩,光着膀在那块躺着。

这个老头找到小孩以后,就对小孩说:"跟我走吧!"拉着小孩的手慢慢走到原来住的地方。老头抚养着小孩,就在一起过日子。

这个小孩长得很猛,不几天的光景,就会说话了。老头问他:"你有箭和弓吗?"小孩回答说:"我没有。"小孩问老头:"我父亲没有箭和弓吗?"老头回答说:"有,在'鸥屋嫩'里有两副,我给你拿去。"老头给取来弓箭之后,小孩又问:"我爸爸妈妈怎么都没有了?"老头告诉他:"你爸爸被卡拉道强盗给打死了,你妈妈被单开莫里根的大雕叼去了,给单开莫里根当妻子。"

小孩听了什么话也没有说,拿起弓箭就出去打围去了。在山上打着一只小鹿,有一百来斤重,这小孩自己背回来了。

小孩把小鹿背回来以后,又问老头:"我父亲没有马吗?"老头回答说:"有!可能都被单开莫里根他们的人给牵走啦。"小孩又问:"没有一匹好马吗?"老头说:"有!有一匹好马在西山坡那块放着吃草,渴了就到南边大泡子去喝水。这匹马也许还能在那儿。可就是别人不敢惊动和使它。"小孩说:"马的主人也不敢使它吗?"老头说:"马的主人使它,它最老实了。"小孩又问:"那么我叫什么名字呢?"老头说:"你还没有名字呢,现起一个吧!叫什么呢?哎,有了,我是在草甸子上把你找到的,你长得又这么猛,起个名叫坤玛布库吧,怎么样?"小孩说:"我叫坤玛布库,行啊!"

坤玛布库自己就去找好马去了。

坤玛布库走着走着,看见有一匹马在那块儿趴着。他就慢慢地往好马跟前爬,爬到离好马还很远呢,他就想:我变个啥呢?我要不变个什么东西被好马要发现了,我惊动了它,它一定会飞上天的。哎,我变个草爬子吧。他在地上轻轻打了一个滚,就变成了一个草爬子。

草爬子很小,爬也没什么动静,爬了很长时间,才爬到好马的跟前儿。他想:从哪块爬到好马的身上去呢?好吧!从马尾巴上爬吧,他就开始爬了,刚爬到马尾巴根儿上,好马就发觉:好像有个什么东西在尾巴上。这时候,好马就站起来竖高、炮蹶子乱踢和打滚,折腾老半天,还没弄掉草爬子。这工夫好马就站住说话了:"自从我主人走了之后,连个草爬子都没看见过,这是什么玩意呢?"草爬子也说话了:"我就是特依莫里根的儿子,我叫坤玛布库,我就是你的主人啦。"好马说:"你为什么不早说呢?叫我费这么半天的劲。"这时坤玛布库变的草爬子从马尾巴下来,打了一个滚就变成人了。

坤玛布库走到好马跟前儿,摸摸好马的身子,好马像见着从前的主人一样那么高兴!坤玛布库把好马牵走了。

到家之后,就收拾好马鞍子,又找出一根宝贝鞭子,什么都收拾好了,坤玛布库就骑着这匹马出去打围。一出去就一千多里地,当天还能回来,他连着打了几天围之后,有一天,他就对老头说:"我要替我父母报仇去!"老头说:"你不行啊!人家势力大、能耐大,你去也是白去。"坤玛布库不管老头怎么说,他仍要去。

他收拾收拾,骑上他的好马就去了。走在路上,好马问坤玛布库:"你知道杀你父亲的仇人在哪儿吗?你知道抢你母亲的仇人在哪儿吗?"坤玛布库说:"不知道。"好马说:"我把你驮去吧。"不大一会儿,好马就到了卡拉道的家门前了。

坤玛布库下了马,就在外面招呼卡拉道:"特依莫里根的儿子——坤玛布库来啦!强盗卡拉道,你快出来吧!出来咱俩比试!"

这时候,卡拉道拿着宝贝鞭子,稳稳当当的,瞪着大眼睛说:"你这个小孩,不想多活几年吗?"坤玛布库说:"来吧,让你先打我吧!"卡拉道拿着宝贝鞭子就打坤玛布库,坤玛布库一下子就迎住了宝贝鞭子,又用自己的宝贝鞭子朝着卡拉道的腿上打去,一下子就把卡拉道的两腿打断了。他说:"我是特依莫里根的儿子,我是来报仇的。"说完用宝贝鞭子照着卡拉道又打了一下,一下子就把卡拉道打死了。

坤玛布库打死了卡拉道,又骑上马走了,去找单开莫里根报仇去了。

马在空中飞着,飞着飞着马又说话了:"单开莫里根有能耐,咱们打不死他,他的命有大雕保护着呢。大雕离单开莫里根住的地方能有二十多里路。这个大雕很奸猾,坤玛布库,你能不能变一个啄木鸟?我变一个'依拉克达鸟',就能把单开莫里根的命根子得着,得着他的命根子,你就能打败他了。"

坤玛布库说:"你落下吧,落在平地上我变个试试。"他说完了,马已经落到地上,他下了马就打滚变,一变变个啄木鸟。这时马也变了,变成一只"依拉克达鸟"。

他俩飞走了,飞到一个大山跟前儿,好马说:"那个大雕就在这个山上,就是它把你母亲叼来的。这个大雕很奸猾,它在窝里正躺着,腿被你父亲给射坏了,到现在还没好呢。咱们能得到它就得到了单开莫里根的命根子了。"坤玛布库问:"那怎么算得到单开莫里根的命根子呢?"好马说:"单开莫里根的命根子是一把三棱锉,这把三棱锉就在大雕的肚子里装着,打死大雕,就能得到三棱锉,得到三棱锉就能叫单开莫里根死亡,咱就能胜利。"

坤玛布库一听完就要去捉拿大雕,好马上前拦住他说:"让我先去吧!你在后边好打它。"好马变的"依拉克达鸟"飞去了,落在大雕跟前儿,坤玛布库变的啄木鸟落在离大雕较远的地方就"啄"着木头"哒哒……"直响。这时,大雕伸出来脑袋贼眉鼠眼地往四处看了一看,好马变的"依拉克达鸟"就对大雕说了:"你不要发疑,我们是从远方来的。因为远方涨了大水,也没有虫子,我们没有什么吃的,才飞到这里的。"他这么一说,大雕才缩脖啦。

这时候啄木鸟在旁边就慢慢地变,又变成了人形了。他拿出了箭,朝着大雕射去,一箭,就把大雕射下来了。

这时候好马也变回了原形。

坤玛布库用刀给大雕开了膛,从大雕肚子里拿出来一把三棱锉。好马说:"坤玛布库,你得把这大雕都割碎,若不然它还能活。"坤玛布库按着好马告诉的做完了,他才骑上马去找单开莫里根为母亲报仇去了。

坤玛布库来到了单开莫里根部落的跟前儿,正好遇见给单开莫里根去抢亲的一帮人。他一听就把这帮人给打死了好几个,有的跑回去了。一边跑还一边说:"可不好啦,快告诉单开莫里根去,仇人来啦!"坤玛布库说:"你们先报信去吧,就说特依莫里根的儿子报仇来了。"

给单开莫里根去抢亲的人跑回来了,向单开莫里根一说,单开莫里根就火了。他从家里大摇大摆地走出来,看见坤玛布库就说:"你不怕死吗?你这个小孩伢子还敢来和我打仗?真是来送死!好吧!"说完他就满不在乎地唱起来了。

"单目得咧,单目得咧。

蠢笨的人,给我拿弓去! 单目得咧;

细高挑的人,给我拿宝贝鞭子去! 单目得咧;

罗圈腿的人,给我拿马鞭子去! 单目得咧;

短粗胖的人,给我牵马去! 单目得咧;

单目得咧,单目得咧。"

单开莫里根吩咐完了,这些人把弓箭、宝贝鞭子、马鞭子都拿来了,把马也给他牵来了。什么都准备好了,他坐上马要和坤玛布库好好干一仗。坤玛布库质问他:"强盗单开,你为什么把我母亲抢来? 有什么仇? 有什么恨? 你这样折磨我母亲?"单开莫里根狰狞一笑地说:"难道你还能管得着吗?"说完用宝贝鞭子照着坤玛布库就打去,坤玛布库一躲躲过去了,他一还手就给单开一鞭子,也被单开躲过去了。

打了一阵,谁也没有分胜负,坤玛布库一回头,被单开扯下马了,单开刚要下毒手打死坤玛布库,坤玛布库因为摔倒了无法还手,就在这时候,他的好马说了一声:"三棱锉!"坤玛布库一听,马上从怀里抽出三棱锉给单开一看,单开一头就栽下马来,只听"扑通"一下子,就昏死过去了。停了一会他又活过来了,起来就想去夺三棱锉。坤玛布库把三棱锉往马鞍子上一摔,三棱锉断了,单开一蹬腿,眼一翻就死了。

坤玛布库进了院,到处找他母亲,找了半天,才碰见一个短粗胖的人,叫他告诉单开抢的人在哪儿,那个人领坤玛布库在一个石洞里找到了母亲。那个人给开了门,坤玛布库一看,母亲的四肢都被钉在墙壁上。在母亲面前还有一个人像鬼似的在逼问他母亲从不从单开莫里根? 坤玛布库进来他倒背脸没看见,坤玛布库看见那个家伙这么残忍,用鞭使劲一抽,就把逼他母亲的那个家伙打死了。跟着去的那个短粗胖的人帮助他把母亲救下来,就抬到一个地方叫那些人给看守着。

坤玛布库在这个地方给母亲养伤,又骑马去把抚养他的那个老头接来。他从此打围奉养他母亲和那个老头。

坤玛布库替父亲报了仇。他武艺高强,谁都知道他有能耐。他们住的这个部落再没有强盗敢逞能来了。

他们母子和那个老头子就在这地方过上太太平平的日子了。

讲述者:孟古善

口译者:李宝玉

搜集整理者:隋书今

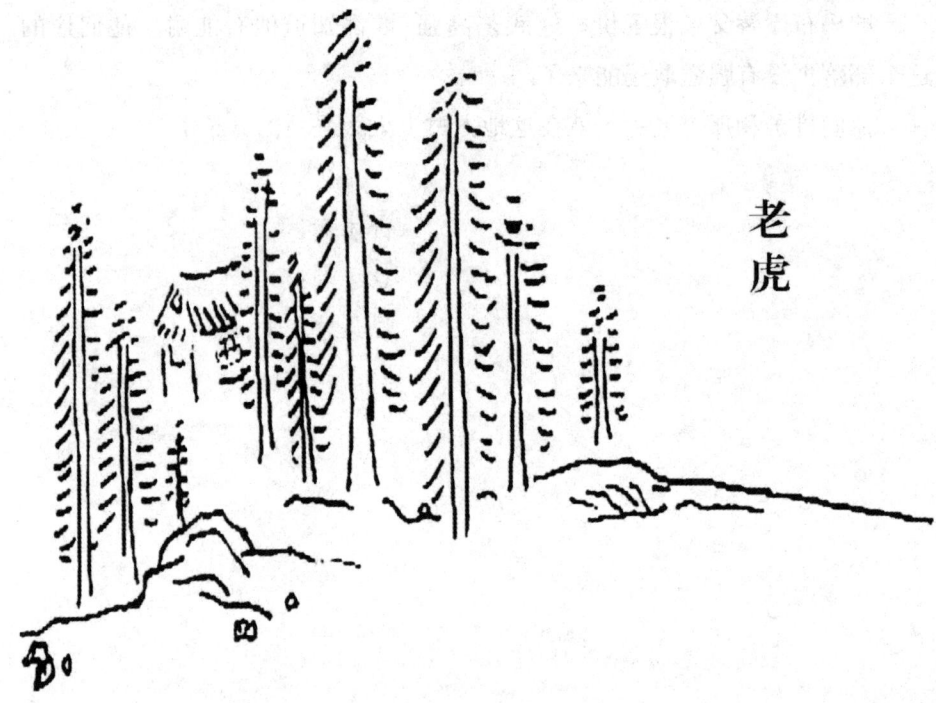

老虎

　　从前,有三个乌河汗,一起出去打猎。走到一片大森林里,不知道怎么的,得罪了老虎。老虎看见这三个人东出溜一趟、西出溜一趟,看见什么动物都打,打完了也不拜一拜它,就发起怒来。

　　三个乌河汗走道时总听见有一种奇怪的声音,瘆人巴拉的,听着头皮直发炸,吓得他们仨不敢往前走了。到了晚上,他们三个人都把自己的帽子摘下来放到树墩子上,然后藏了起来。第二天早晨到那儿一找,老三的帽子没了。老大老二就说老三把老虎得罪了,不让老三跟他们一起走,给了他一把小斧子说:"你把枪给我们,你得罪了老虎,别跟我们在一起了。"说完他俩就走了。

　　单说老三,一看他俩不管他了,枪也没了,拿把小斧啥事也不当,寻思回家吧。刚要走,就听呜的一声,一抬头,一只大老虎朝他扑来,吓得他抱住一棵大树就往上爬,老虎"嗖"一下子就扑过来,差一点够着他脚后跟。他左倒腾一下,右倒腾一下,都快尿裤兜子了,才爬到树尖顶上。老虎急眼了,"呼"一下子就窜上去了。说巧也巧,老虎爪子卡在了树杈上,上不去也下不来,疼得它连扑棱带叫,老三回头一看:"好哇!你挂这儿了,老虎哇老虎,这可不怪我,是你自个找死。"举起斧子就想劈死它,老虎眼巴巴地瞅着他,他心一下软下来,寻思:我放了它吧,对老虎说:"我不是故意得罪你,你再别吃我了。"老虎点点头,摇摇尾巴。

老三把树杈砍掉,老虎"扑通"一声掉在地上,打个滚就走了。

老三从树上溜下来,撒腿就往回跑,跑到半道累了,天也黑了,就找个避风的地方睡觉了。第二天早晨一睡醒,就看旁边有一大块肉,挺纳闷:怎么有一块肉呢?不管它,吃饱了再说。就点上火,把肉烤熟吃了。剩下的带在身上,接着往回走。连着几天早晨醒来,身旁都有一块肉,老三想:这八成是老虎给我送来的。

又走了两天,老三累得要死,寻思找个地方歇会儿,一瞅,前边道上趴着一只大老虎,又吓坏了,刚想撒腿跑,又一寻思,是不是我放的那个老虎来救我了?就壮着胆子走过去问它:"你是不是要送我回家?"老虎摇摇尾巴,他就骑上老虎,搂着它的脖子,老虎一阵风把他送到家,扭头就走了。

第二天老三发现跟他一起出去打猎的大哥家的马丢了一匹,二哥家的猪丢了一头。

故事读到最后似乎未完,但为了保持原貌,避免杜撰之嫌,只好这样,谅解!

讲述者:戈阿木杰

翻译者:孟桂珍

录音者:张坤　张桂忠

　　　　刘娜　刘成艳

整理者:张桂忠

俩好嘎一好

　　很久以前,有两个人,一个叫梁好,一个叫葛移,两家都是有钱财有势力的门庭,两人同桌拜师读书,结下了深厚的友谊。梁好的年龄长葛移一岁,随着年龄的增长,葛移已娶亲完婚,而梁好却尚无婚配。就在这年,梁好家惨遭天火,烧得片瓦无存,真是火烧当日穷。只剩下梁好同年迈的老母亲了,他母子二人为了生存只好漂泊流浪、沿街乞讨。这一天母子二人讨饭到了一个只有几十户人家的穷山村。村里的孩子们无钱念书,整天玩耍,互相打骂,善良的梁好就将顽童们召集在一起,用文雅的语言和礼教说服了这些孩子们。这时,碰巧被村长看见了。发现梁好是个有才华的书生,便劝慰梁好说:"你就不要东奔西讨了,就留在这村里教孩子们读书识字,村里各家轮流供你母子吃穿如何呢?"梁好心里想这样也比要饭强。答应下来开始教书。

　　再说葛移,这年完婚后,小日子过得火红,又生得一子,更是富中生喜,视为掌上明珠。话说这孩子渐渐长大了,到了该读书识字的时候了,葛移的心里总是惦念着寒窗好友梁大哥。这日他骑马找到了梁好教书的穷山村,兄弟俩亲热了一番，葛移本意是请梁好为孩子教书，但没好意思张口说，只是表示同情梁好母子的苦难生活，执意要将梁好母子接到葛府同享幸福的生活，梁好看葛移热情诚恳，便告辞了山村，母子俩跟随葛移来到了府上，安顿下来，不论是吃、穿、住、用样样换了新。梁好母子非常感激，梁好为了报恩答谢便想教葛移的孩子读书识字，以求报恩之门，当同葛移面谈此事之时，葛移的心里非常高兴，推谢了一番便答应下来。此后，梁好把所学和积累的才华全部倾吐给爱侄，经过一段时间后，葛移看到骄子大有长进，对梁好非常赏识，每天回府见到妻子都将梁大哥的才智、为人、长相对妻子夸赞一番，时间长了葛妻的心里产生了一种爱慕感，总想找个机会偷偷地看上梁好一眼。转眼到了春暖花开的季节，葛妻借丈夫贪睡早觉的机会，领着丫鬟偷偷地来到了书房的窗前假意观赏花草，寻待时机看看梁好究竟是个什么样子的人。

这时，书房中的梁好正在洗脸，但葛移的孩子忘记给先生拿毛巾了，回头去取又迟迟没来，梁好洗完脸后，等得不耐烦了，便顺手将脸上的水珠甩向窗外，就势将水泼洒出去。说来也巧，水溅在了葛妻的脸上和身上，弄脏了鞋子。顿时葛妻恼羞成怒地领着丫鬟回到房中，叫醒了丈夫。哭泣着述说梁好调戏她，弄脏了衣服，葛移这时火冒三丈赶他母子滚出葛府。梁好仔细回顾了一下来葛府之后自己并无不检点的地方，只是今早洗脸之时，听到有女人"哎呀"的惊叫声，想必是无意冒犯了尊夫人。但也只有离开府地，另寻出路了，顺手摊开纸张写下了几句诗句放置于桌上，扶着老母离开了葛移的家。

却说葛移看到梁家母子离开后，便来到书房静悉消怒，忽然发现桌子上有一首诗。"南京之宝一壶茶，耕牛救主皮鞭下，哑妇救夫竟挨打，隔挨洒水无知意，弟妹借刀把我杀。"读罢葛移并不解其中的含意，为求得明白葛移备马上路追赶梁好母子去了，工夫不大便追上了梁好，要求梁家母子留下，可是梁好心想既然把我们赶出来又何必要留下呢？葛移一看梁好不言只是低头赶路，便又乞求道："请梁大哥直言相告那五句诗的含意。"梁好便停下脚来道："好吧！我告诉你。"接着便搭坐路边向葛移讲述着……

　　"南京之宝一壶茶"说的是广东有家哥俩在一起过日子,家境贫寒,弟弟是个读过书的人,他把家中的部分财物变卖成钱,只身跑到南京做起了买卖。后来发展得越来越兴隆,买卖也越做越大,发了一笔不小的财。时间一长嫂子对哥哥就说了,你弟弟在外边可能发了大财,把咱们都忘了,你再不去看看连什么都捞不着的。哥哥一想也对,是得去看看。动身前嫂子告诉哥哥见到弟弟给带味的饭不能吃,带色的水不能喝,防止毒药害命,弟弟好独吞财产。哥哥牢记在心直奔南京而来,弟弟看到多年想念的哥哥来到府上,热情款待,把珍藏的上等好茶泡上给哥哥用。哥哥赶路是又饥又渴,接过来刚想要喝,一看味色全具,心想弟弟你可真狠那,竟要毒死于我,便跑到官府告状,告弟弟居心不良加害于他,独吞财产。官府衙门一听言之有理,传令将弟弟绑架上堂,弟弟质问判官为何居绑于我,判官将哥哥传令上堂当面对证,弟弟方晓知是哥哥错告而受的冤,便对判官陈述经过,经公堂验证确实是一壶色香味美的头等好茶。梁好讲到这里问葛移道:"弟弟为哥哥敬茶洗尘,而无辜受罪是不是好心人办了坏事情,因而受了委屈呢?"葛移答说:"是的。"

　　"耕牛救主皮鞭下"话说有位农夫赶着一头老牛,春天耕地时,主人看牛有些累了,便停下来给牛喂了点草料,自己便躺在地上睡着了。这时,荒野上窜来一只大灰狼,奔农夫而来,老牛看到狼要吃主人,便不顾一切地扑向前去,用犄角同狼撕战起来,狼败阵而逃。牛怕狼再来伤害主人,低头用犄角触醒了主人,农夫醒后埋怨老牛招惹了自己,连骂带打地抽了老牛一顿皮鞭,而后躺下又睡着了。过了一会这条狼果然又奔农夫而来,老牛同狼激战起来,惊醒了的农夫起来一看才明白了是牛救了他的性命。梁好问葛移:"老牛为救主人却挨了主人一顿皮鞭,你说老牛屈不屈呀?"葛移答:"屈。"

　　"哑妇救夫竟挨打"说的是过去有个商人娶了两个老婆。大老婆是个哑夫人,忠诚厚道,小老婆貌美风流背地里偷偷地搞了个情夫,商人外出做生意的时候小老婆就与情夫厮守鬼混,时间一长两人就想谋财害命,害死商人独霸财产。一次商人外出要回来时,两人商定用下毒的酒菜害死商人,说时不慎被哑夫人听到了,这天商人回来时,小老婆卖弄风情地端上了酒菜,供商人饮用,商人正饥肠辘辘,看到小老婆知疼知爱地侍奉非常高兴,可当他刚刚举起酒杯将要饮用的时候,哑妇突然闯进屋来,掀翻了桌子,酒菜撒了一地,这下可激怒了商人,拖过哑妇就是一顿痛打,事也凑巧家里喂养的一只小花猫抢吃了地上的食物当场死了。商人方知是食物有毒,而是哑妇救了自己。"说到这里梁好又问葛移:"哑妇救夫挨打冤不冤?"葛移回答:"冤。"

"隔挨洒水无知意,梁好我自从来到葛府后,潜待在书房教书于爱侄,大门不出,二门不进。再说也没有什么人来过书房,只是这早洗脸时梁侄儿忘记了拿毛巾,洗完脸后随手将脸上的水珠抹甩下去,并将盆中水一同倾置窗外,只听'哎呀'一声的女子惊叫。待我探头张望时,只是看到了一个妇人打扮和一个小丫鬟打扮的女人背影,猜想是冒犯了弟妹,回去同你说明,哪知你到书房骂赶于我。这不就是弟妹借故撵我走吗?"

听到这里,葛移如梦初醒,跪将下来,请梁好宽恕,并重新把梁家母子请回府中,从此便亲如一家地过着愉快的生活。

人们也从此有了"两好(梁好)嘎一(葛移)好"的说法。

搜集者:张福轩

整理者:孙国军

讲述者:张福轩

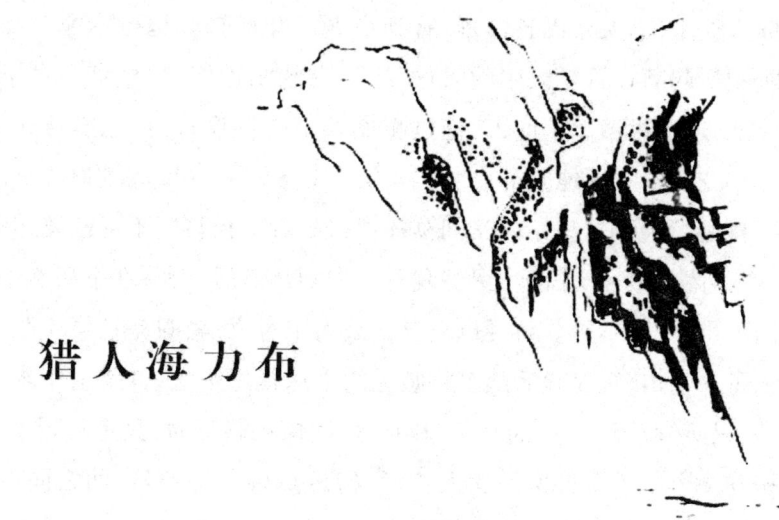

猎人海力布

　　传说在很早以前，山里住着一个猎人，名叫海力布，以打猎为生。海力布非常善良，常把猎取的兽皮、兽肉分给乡亲们，因此，很受乡亲们的尊重。

　　一天，海力布又进山打猎，走着走着，突然听见上空在喊："救命啊，救命！"海力布抬头一看，一只老鹰在追赶一条小白蛇。他急忙搭箭开弓，对准老鹰射去，这只老鹰带着箭头落地了。小白蛇对海力布说："你是我的救命恩人，我要酬谢你。我是龙王的女儿，你跟我到我父亲那里，我父亲会把你领到宝库，金银财宝任你挑。如果这些东西你都不愿意要，你还可以要我父亲嘴里含的那块小石头。这块石头含在嘴里，什么动物的话你都能听懂。可是千万不能跟外人说，只要一说，你就会从头到脚变成一块僵硬的石头。"海力布一一记下了，于是他跟着龙王的女儿来到了龙宫。

　　老龙王听了女儿的叙述，对海力布感激不尽，对海力布说："勇敢的猎人，你救了我的女儿，我要重重地报答你，你马上跟我到宝库，各种各样的财宝任你挑选。"海力布答到："谢谢你了，我是一个猎人，我不喜欢金银财宝，如果你一定要酬谢我的话，就把你嘴里含的那块石头送给我吧。"老龙王沉默了半晌,恋恋不舍地把嘴里含的那块宝石送给了海力布,临走的时候,一遍又一遍地嘱咐海力布,这件事情千万不要跟外人说,海力布点头答应告别了老龙王。

海力布有了这块宝石,从此打猎更方便了,山里所有动物的话他全能听懂。

一天,海力布又进山打猎了,在离他不远处,他听见一群鸟在说话:"咱们赶紧飞走吧,今晚这儿的山要崩裂,大地会涌出洪水,不知要淹死多少人呢。"海力布听后,大吃一惊,他马上赶到附近的村子里,对乡亲们说:"这不能住了,今晚大山要崩裂,大地会涌出洪水,你们赶快搬家吧。"可是乡亲们谁也不相信,认为海力布在说着玩呢。海力布急得掉下了眼泪,他又一次提醒乡亲们:"赶快搬家吧,我的话千真万确,你们不信,后悔该来不及了。"可是乡亲们还是没有一个相信的。海力布想,要想救乡亲们,只有牺牲自己。想到这,他就把怎样救小白蛇,怎样得到宝石和怎样听见小鸟们在说话从头说给乡亲们听。说着说着,海力布真的变了,从头到脚变成一块僵硬的石头了,看着海布变了,乡亲们才真的相信。他们含着眼泪,赶着牛羊,搬到很远的地方去了。

半夜里,只听"轰"的一声,大山崩裂了,大地涌出了洪水,把附近的村子全部淹没了,可是乡亲们都得救了。

后来,为了纪念海力布,他们把海力布变的石头保存起来了,据说现在还能找到这块石头呢。

搜集整理者:宋纪珍

伦吉太和白狐狸

很早,白嘎拉山上有一座斜仁柱,住着一位老实人,名字叫伦吉太。他很小的时候阿曼和阿妮就被黑熊害死了。据说黑熊用三叉树枝,扎着人的心肝肺烧着吃能补血清肺并强壮筋骨。所以"山岭上人"常常被它害死,并且心肝肺都做了黑熊的补品。

一天,伦吉太采集了许多野果回到山上。当他进到斜仁柱时突然吓呆了。原来一只大黑熊气喘嘘嘘地坐在斜仁柱口,疲惫不堪。

黑熊凶恶地盯着伦吉太说:"你赶快下山找一根三叉树枝来。"

伦吉太一听黑熊要三叉树枝就明白了,黑熊是要掏出自己的心肝肺扎在三叉树枝上烧着吃。他心中暗想,我假装答应黑熊去找三叉树枝,下山进到林子里,就可以逃走了。伦吉太转身刚要走,黑熊大吼一声:"站住!太阳落山的时候你不回来见我,我就捏死你的灵魂,让你死无葬身之地。"话音刚落,黑熊抬起熊掌往伦吉太胸口一拍,便取出了他的灵魂。

伦吉太忽忽悠悠地走下白嘎拉山,进到林中找到了一根三叉树枝。刚要转身进山,想起阿曼和阿妮惨死在黑熊的三叉树枝上,今天自己的心肝肺同样也要被黑熊扎上烧着吃掉，不禁放声大哭起来。

　　林中一只白狐狸听到哭声，来到伦吉太身旁，问他为什么哭得这样凄惨。伦吉太告诉白狐狸自己的灵魂让白嘎拉山上那个受伤的黑熊夺去了，太阳落山前得拿着三叉树枝回到山上"斜仁柱"里，黑熊将用这三叉树枝扎着他的心肝肺烧着吃。不然的话，灵魂就要被黑熊捏死，伦吉太说完哭得更伤心了。

　　白狐狸抬头一看，通红的太阳已经垂到白嘎拉山顶上。它急忙附在伦吉太的耳边如此这般地说了一些话。伦吉太听完了白狐狸的话，马上止住了哭声，急忙向山顶上跑去。伦吉太跑到山顶，通红的太阳已经落到山后。黑熊见到伦吉太勃然大怒道："该死的东西！太阳已经落山，三叉树枝你没取来，我让你死在眼前！"说着举起伦吉太的灵魂就要捏。

　　"等一等，猎人追上山来了，我死了可没人救你了。"伦吉太忙说。

　　"胡说！白嘎拉山遍地是石磴子，这里从来不是猎场。"黑熊惊诧地说。

　　"你听！"伦吉太指着山腰说。

　　"喂——！斜仁柱里藏着黑熊吧？"白狐狸率领着一群狐狸在山腰的石磴子后面喊道。

　　"快告诉他们，我不在这里。"黑熊哀求伦吉太说。

　　"你把灵魂还给我。"

　　"你要发誓一定救我。"

　　"行！我发誓。"

　　黑熊忙把灵魂还给了伦吉太，这时白狐狸在石磴子后面又喊了起来："伦吉太，你为什么不回话，我们要用乱箭射死你身旁的黑熊！"

　　伦吉太向山腰石磴子方向回答："别射箭，我这里没有黑熊。"

　　白狐狸又喊道："你身旁那个黑家伙是什么？"

　　伦吉太回答说："我身旁的黑家伙是树墩子。"

　　白狐狸紧接着喊："你用白嘎拉石头砸一下，我们听听是不是树墩子的声音。"

　　黑熊对伦吉太说："你使劲砸我屁股吧。"

伦吉太举起白嘎拉石头狠劲地往黑熊屁股上砸了一下,发出了"噗"的一声。

白狐狸又喊起来:"声音不对,你别骗我们了,躲开,我们要用乱箭射死它!"

黑熊慌了神,不知所措。伦吉太忙说:"你的脑门子很硬,能砸出叮咚的木头声音。"

黑熊忙对伦吉太说:"你轻轻砸一下吧。"

伦吉太从地下抓起一个大白嘎拉石头,高高举起,使足了力气,向黑熊的脑门子狠狠砸下去,只听"扑哧"一声,黑熊的脑袋开花了。

搜集整理者:向华

麻风病与白花蛇

　　很早以前，在东北某地有一青年商人，去南方经商。住在招商客店日子久了，与店老板的女儿相爱了。青年商人几次问店家女儿"为什么不可以结婚呢？"店家女儿说："你哪里知道，我们这多数女孩都患有麻风病，如与男子结婚，必将此不治之症传给男子，我们这里许多男子要想找媳妇，没结过婚的都不要。我爹是想让我们结婚，让我将病传给你，然后让我在本地找一婆家，可我哪里忍心这样做呢？"青年商人很为店家女儿为人正直而感动。

　　又过了一些日子，店老板硬逼着女儿跟青年商人结婚，再加上这对情人感情越来越深，也只好如此了。

　　青年商人与店家女儿结婚后，两三天时间就传染上了麻风病。首先是咽喉处发红，然后身上流水化脓开始溃烂，病势一天天沉重，这对情侣十分痛苦。一日青年商人对妻子说："看在我们夫妻一回，想办法把我送回东北老家去，别让我死在异乡！我就是在九泉之下也感谢你！"妻子一听丈夫如此话语，心中很是难过，悔不该与丈夫结婚，害得他染上不治之症。她想，我决不能做负义之妇，就说："我一定把你送回老家去，并向爹爹说明情况，明天咱们就起程。"

第二天，店掌柜在女儿再三恳求下，总算答应了女儿送丈夫回家的要求，并再三强调："将丈夫送回家后，马上回来，不许留在他家。"不管店掌柜如何说，可他女儿心中早就拿定了主意，于是租了两辆车，一辆车装上丈夫的东西，一辆车他们夫妻坐，向东北进发。晓行夜宿，非但一日，总算到了青年商人的家。父母看到儿子病得不成样子，很是着急和难过。看到儿媳聪明美丽，极为孝顺，又得到了一些安慰。青年商人妻子打发车老板回去时说："请转告我的父母，就说我决不回家了，就是死也与丈夫死在一块，让他们死了那份让我改嫁的心吧！"

青年回到家里，病一天比一天严重，浑身上下溃烂得没有好地方，又腥又臭。家里人一商量，决定把他放在仓房里养病，免得传染，也免得别人打扰。于是用门板打成铺，设在仓房内，把青年抬到仓房里。每日由妻子送水喂饭，端屎端尿，左邻右舍的人都夸这媳妇好。一天，村里来唱戏的，婆婆劝儿媳也去看看，儿媳不好谢绝老人的好意，于是随婆婆看戏去了。这样不要紧，看戏错过了送水送饭的时间，青年商人在病床上又饿又渴，他完全支持不住了，一头从床上滚到地下，他艰难地爬着，找着，终于在仓房一角发现一个坛子，里面装的存放多年的老酒，他一口气喝个饱。不大一会觉得很舒畅，于是就睡着了，等妻子看完戏回来给丈夫送水端饭，发现丈夫不见了，床上空空的，一细看原来他在屋角已经睡着了，妻子喊来公婆，七手八脚地将丈夫抬回床上，并嘱咐说："今后如果渴饿吱一声，可千万别自己下地了。"

过了几天，青年商人身上的溃烂处开始结痂了，流水出脓也少多了，病情明显好转。父母与妻子感到意外，心想自己回家来除了隔离外，也没用什么药，为什么病突然好起来了呢？于是问："你那天下床后吃了什么？喝了什么东西没有？"青年商人说："我别的什么也没喝，就把仓房屋角那坛子酒喝了些，之后觉得浑身发热发痒，精神也好多了。"

父母及妻子一听，都来查看那酒坛子，一看坛子里有条一尺来长的白花蛇，不知什么时候掉到里面，麻风病的好，与喝那白花蛇酒有关，青年商人终于痊愈，父母妻子及亲友们特别高兴。自此，就留下一个白花蛇泡酒可以治麻风病的民间传说,但并没有人进一步验证这种传说的真假。

搜集者:王作锋

卖马不卖笼头的由来

传说在很久很久以前,在一座大山的岩洞里,住着两个好朋友。一个是猫精,一个是兔精,他俩吃在一起,住在一起,形影不离。

有一天,住在对面山上的狗精,不知从什么地方弄来两块金元宝,他心里想着猫、兔二位兄弟,就把其中的一块送给猫、兔二精了。

猫、兔兄弟,见了这块金元宝,表面上说这块金元宝够咱俩享受一辈子,可心里却都想独占金元宝。

在一个伸手不见五指的黑夜,猫、兔开始了他们的争夺之战。

兔精变成了一只灵活的小鸟,想把金元宝叼走,猫精变成了凶猛的鹰,追逐小鸟,兔精一看有危险,又变成一只猛虎,猫精也随着变成了一头雄狮。他们相斗了很长时间,谁也没斗过谁,这块金元宝还得归他俩共同占有。

他们都装做什么也没有发生过的样子,平静地生活。不过,兔精想独吞金元宝的野心还没有死。

一天,他们去街市上玩,兔精发现了一个诚实可靠的中年汉子,兔精对这个汉子说:"你帮我做一件事,事成之后要什么有什么。"这个人一听要什么有什么就答应帮兔精做事。兔精说："我变成一匹骏马,你把我卖掉,要五千贯钱,多一个钱少一个钱都不卖,你千万记住,别把笼头卖给他人。"兔精变成了一匹骏马,戴着一副精制的笼头,汉子牵着它,到集市上去卖。

猫精正寻找兔精,看见这匹又大又肥的骏马,一下子就看出了兔精的诡计,就要买汉子的马,并要连笼头一起买,汉子想到兔精的话,说什么也不卖给他马笼头。猫精软硬兼施,又多给了汉子三千贯钱,汉子本来很穷,一见这么多钱,就答应了兔精。猫精牵住大白马说:"兔兄弟,你现在还有什么能耐,使吧。"兔精这时等于被绑上了一样,只好听猫精摆布了。

这个传说在流传的时候,不知为什么卖马不卖笼头的规矩也就延续下来了。

搜集整理者:张薪

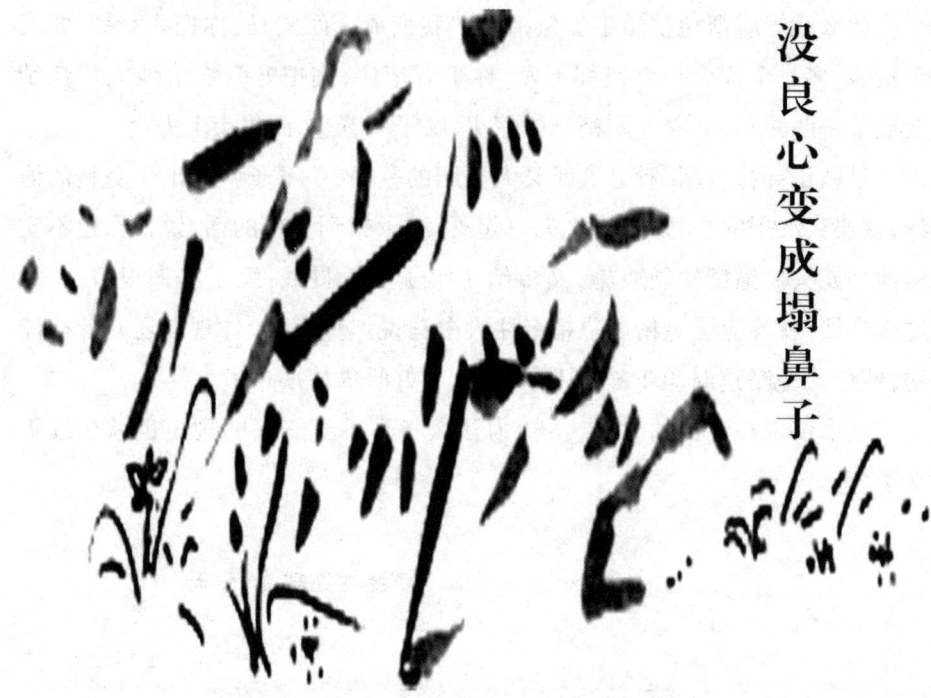

没良心变成塌鼻子

在一个前边有河后面靠山的小村子里，村西头住着一家老王家，老两口一辈子生了两个儿子，长得都挺像样的。可惜的是家里很穷念不上书。两个孩子从七八岁就开始跟着老爹上山砍柴、下地种庄稼。哥俩到十七八岁的时候，日子过得就挺红火了，一家四口人亲亲热热的。还接出一间房子。老两口商量托个媒婆，给老大找个媳妇。

村东头有个刘老汉，因为他挺懒混着过日子，别人给他起个外号叫二混子。老两口就生了一个丫头，起个名叫飞娥。丫头长到六岁的时候，她娘就死了。他爹一身懒肉，自来就不愿下苦大力，老伴死了以后，更不顾家了。种地马马虎虎，一天东走西串的。哪家有饭不让也吃，哪家有酒坐下就喝，时间长了，谁家看见二混子来了，饭也不往桌上端了，酒也不往外拿了。

丫头在家没人管，开头害怕，又哭又闹，日子长了，也就惯了。自己饿了就生一口熟一口地想法填饱肚子。就这样，丫头到了十六岁就像个大姑娘了。长得还挺秀气呢，高高的个头，黑黑的大眼睛。可是从小没受过老人的管教，有点野性，也跟他爹一样混着过日子。吃别人家的饭抹抹嘴就走，没说过谢字；用别人的东西，用完一扔，从来没送过。三天梳不了一次头，洗脸抹两把就行了。对别人说话连个老少辈也不懂，可是谁家姑娘出门子，小伙子娶媳妇，她准能挤到人群里凑热闹，长了她心里琢磨，姑娘长大了就得出门子找个小伙，两个到一块就算是个家了。她想老爹东走西串不着家，是因为我娘死了他没有家了。我没找个小伙也是没有家呀，她心里也想找个小伙子了。

村西老王家，托的媒婆来到了老刘家，对二混子说了给王家大小子保媒的事儿。

二混子问："老王家的小子多大了？"

"十九了。"

"家里过得怎么样啊？"

"不愁吃不愁喝的，还新接了一间房子。"

"他家几口人啊？"

"他家就有老两口和兄弟俩，总共四口人。"

"哎呀！还怪好的呢，我得问问飞娥愿不愿意呀。丫头你过来。"

飞娥答应着来到了爹的跟前，懒洋洋地问："干啥呀？"

"你大婶来给你保媒来了。"

"啊，我都听见你们说的了，老王家的大小子我早就看中了，就是还活着两个老家伙，还有一个半大小子，我可不愿意和他们在一起。"

媒婆为了保成这个媒赶紧说："那怕啥，过了门你就当家了，就你说了算了。公公婆婆能活几天，小叔子也得听你的呀。"

二混子咧着嘴说："你别看我这丫头才十六，可是当家的好手哪。没人给保媒，人家自己就看中了，你看这丫头多能耐呀！我这当爹的也就看中了。你就回去告诉老王家吧，就赶快操办吧，我早就馋酒喝了。"

媒婆听了二混子勒勒的这一大套，心里可乐得够呛，没想到这事办得这么痛快。可是她还是装模作样地说："你们爷俩都看中了，这是你们这一头，我还得问老王家大小子看中了丫头没有，要是也看中了，你们两头可就接上茬了。我这就去老王家，你们还有哪些说道，我好对老王家讲明白，省得我来回老跑腿。"

二混子说:"没啥说的,我又有个喝酒的地方了。"

飞娥没有好气地说:"你就知道喝酒,我就穿这露肉的衣裳去呀!得给我做两套新衣裳、两双绣花鞋,还得戴上耳坠子、手镯子吧,我能不抹桂花油,不擦胭粉就上轿吗?王家能把这些东西给我送来,我就跟着王家大小子算一家子了。"

媒婆说:"我这就去老王家,原原本本地说给他们,你们就等好信吧。"

媒婆对王家老两口子说:"我为你们大小子的事儿,咱村有姑娘的家我都跑遍了。末了我去了刘飞娥家,姑娘听说是我们王家的大小子倒是挺乐意的。她说有公婆过日子省心,有小叔子有帮手……"

王老汉听说刘飞娥,就打断媒婆的话问:"刘飞娥!她不是有个二混子爹吗?听说他长一身懒肉不爱干活,好吃好喝不正经,他的姑娘能好了吗?"

媒婆听了眨巴眨巴眼睛寻思了半天说:"就是因为二混子懒、好喝不顾家,他丫头才勤快了,也会过日子,能顶门户,胆子也大,炕上地下都行,这是从小给逼出来的。这门亲事要成了,你们老两口子可就省心了。"

媒婆的嘴呀,能把死人说活了,说得老两口乐哈哈的。她又接着说:

"有些人就是不识货,认为二混子的丫头一定也是二混子,哪曾想飞娥这丫头就是有出息,谁家能得这个丫头做媳妇,那真是有福气。"

老两口哎哟一声,"让你这一说呀,我们老王家来了福气了。中哇,再问问大小子认不认头啊。他大婶子,你别走了,等两个小子干活回家咱们一块吃饭,我去装上点酒来。"

在吃饭桌上王老汉把要娶二混子的姑娘做媳妇的事儿告诉了老大,问他中意不中意。老大吭哧了半天才说:

"爹娘看着中就中呗。"

老二一听急眼了,插嘴就说:"二混子的姑娘是个啥人,脖子黑得像车轴,不懂老小,管他爹也叫二混子。小时候经常在隔壁婶子大娘家吃饭,困了就睡在人家,这是人家可怜她,可是她背地里还是叫人家老蒯、老杂毛,连好赖都不懂,我们还要她?!"

媒婆听着气得眼珠子直翻楞。冲着二小子喊："你知道个啥？给你大哥说媳妇,你眼热了？干啥背后糟践人家姑娘!"

老二不服气,还要说。

老两口子气得也骂上了："你懂个屁事,大人说话你也插嘴,快吃你的饭得了。"

媒婆几盅酒下肚,脸通红。对老两口子说："你们快拿主意吧,别让我两头老跑了。"

"行啊,就这样定了吧。他婶子也够累的了,等他们过了门呀,一定好好谢谢你。"

"先别谢我,人家姑娘到咱家来,能让她穿着自己的衣裳上轿吗?"

老两口一听对呀,"咱得给做一套衣裳啊。"

"一套不行,得从里到外都换上新的。鞋子、袜子、衫子、褂子都得买,还有首饰、镯子、坠子呢,梳子、镜子、胭脂粉、梳头油也得置啊,还要做被裹、褥子,挂幔帐、门帘,落下啥也叫人家笑话呀。都张罗齐全了,再告诉界壁临右、亲戚老友的来帮忙、坐席①。还得扎花轿、迎新人、拜天地、入洞房,媳妇才算娶到家了呢。"

老两口边听边点头："多亏你想得周到,就请你帮忙帮到底吧,花多少钱咱们都认了。媳妇娶到家先给你磕头。"

媒婆说："行啊,明天我去对飞娥说去,要没别的说道了,咱们就操办东西吧。"

就这样,没几天就把媳妇娶到家了。老两口好多年积攒点钱,这一下子花得溜光。

媳妇进门也不拜公婆、也不进厨房做饭。日子长了,老两口子心里也不是滋味了。他俩把老大叫到跟前说："你媳妇也不下地干活、也不下厨房做饭,哪有婆婆天天做饭媳妇吃现成的。做媳妇的要孝顺公婆、伺候丈夫和小叔子。你媳妇进咱家门都俩月了,你还不管教她?"

---

① 坐席:请吃、赴宴。

老大听了老娘的数落心里挺不好受。他知道，自从飞娥进了门，对自己还是挺好的。她不孝顺公婆，不下地也不做饭，心里也觉着不对劲，可又不敢对飞娥说呀，咋办啊？他就说："娘啊，媳妇不好，你打她骂她我都不护着。"

"那好哇，今天咱们管教管教她，你去把她给我叫出来！"

老大进屋对媳妇说："娘叫你有事儿，去见见吧。"

"啊！这老蒯叫我干啥呀？好吧，去瞧瞧。"跟着老大来到了东屋，一屁股坐在炕沿上。没等婆婆出声呢，她先冲着婆婆问上了：

"你叫我来干啥呀？"

婆婆说："你过门到王家两个月了，也应该下厨房做饭了，大家一块把家管好。以后哇，这个家就指着你了。"

飞娥歪着头听完了，没好气地说："让我下厨房做饭！给谁吃？我嫁给你们老大了，也没嫁给你们一家呀！大家一起把家管好，和你们一起管谁的家？"

婆婆一听气不打一处来，指着飞娥问："你不给大家做饭，我这个当婆婆的给你做饭吃呀？谁家的媳妇像你这样呀？"

飞娥从炕沿上一下子站起来，对着婆婆喊："你做饭是给一家人吃的，也不是给我一个人吃的。我这个做媳妇的太老实了，要是厉害的早把桌子掀翻了。我嫁的男人是老大，别人都得听老大的，大媳妇就得当起家来。我跟你们挑亮了说吧，媒婆对我讲的，我过门就当家，两个老家伙活不了几天，半大小子也得听我的。可是我过门都两个月了，你们两个老家伙也没死，半大小子也没来问问我该干哪些活，我还没找你们算账，你们……"

王老汉听儿媳妇这些蛮不讲理的话，肚子都要气炸了，指着飞娥问："你还和我们算账？算什么账？"

"算什么账，我都过门两个月了，你们两个老家伙还活着，还要活多少天？吃多少饭？不得算算吗？"

老两口子气得一句话也说不出来，歪倒在炕上。

老大对着媳妇说："你算啥账啊？爹娘都要死了。"

老两口听到老大说的话，真是气上加气。两行眼泪顺着老眼流出来了。

又听飞娥对老大说："我要不提算账，两个老家伙还不想死呢，现在要是死了账也就不用算了"就听老两口嗓子眼里勾喽一声真的咽气了。

飞娥眼看老两口子真咽气了，心里这个乐呀。老大伤心地骂飞娥不懂理、没孝心。小叔子连骂带哭，她就像没听见一样。光顾着催哥俩快把两个死人拖出去埋了。

界壁邻右、老少爷们都嘀咕这个，儿媳妇太恶道了，公婆死了一个眼泪疙瘩也不掉。飞娥听了，冲大家说："人死了快点拖出去埋上还不对吗？能让臭在家里吗？你们说我不掉眼泪疙瘩，我不伤心怎么掉哇。"

把两个老人埋上以后，飞娥对小叔子说："今后剩咱们三个人过日子了，你大哥是窝囊废，要听我的，你也要听我的，我当家。"

老二心里想，我这个嫂子是不讲道理的人，不能和她说啥。

飞娥就这么着成了一家之主了。转眼快到年关了，飞娥把家管得还挺紧趁。可是下苦力干活的是老二，吃好一点的是老大，偷着吃小锅的是飞娥。起先老大心里也过不去，偷着拿鸡蛋、白馍给老二。要让飞娥看见了就臭骂一顿，说他吃里爬外。日子长了老大对老二也就不亲近了，自己喝着酒吃着菜，看着老二累一天在外屋啃糠窝头，心里也不难受了。

一天，飞娥对老大说："到年跟前儿了，让老二找个地方自己去过吧。咱们过年要吃点好的，让不让他上桌呀？让他也跟着吃，咱们啥时候能过好日子？"

老大听完心里怪难受的，不能快过年了把二弟撵走呀！他才十七岁，出去怎么过呀？飞娥看着老大不愿意，就大吵起来。

"啊！你心疼他了，你咋不心疼我呢？那就你俩在一块过吧。我刘飞娥哪不能去，不赖在你们老王家。"

飞娥的话，让干活回来的老二都听到耳朵里了，气得想推门进去和嫂子吵一顿。又一想嫂子不讲理，哥哥不言语①，吵吵也白搭。可是这样别别扭

---

① 不言语：就是不出声。

扭到哪天是个头呢？眼泪含在眼窝里。

老大不想撵老二，飞娥天天大吵大闹。今天骂他傻心眼，明天骂他糊涂虫，有时顺嘴胡说八道："我嫁给你老大，没嫁给你家老二，你们哥俩守我一个，占我的便宜呀，那可不行。"日子长了，老大也听着老婆说得有理了。心里想，要是没有老二，我们两口子不就平平安安地过日子了吗？老大心眼变了，还变成一副哭丧脸。

老二实在忍不住了，一天对大哥说："大哥，嫂子天天和你吵闹，就是想叫我出去自己过。我可也不小了，咱哥俩就分开过吧。"

老大听完，把眼珠子一瞪说："分开过，分什么？家是我和你嫂子的。"

老二心里这个难过呀，掉着泪对大哥说："那咱爹留下的家业呢？"

"爹娘死了是你嫂子张罗埋的，家业就是我和你嫂子的了。"

老二伤心地哭着说："大哥你没良心了。"

老大一听窜上去打老二一个耳光，大喊："你现在就给我走！"

飞娥听到院子里的吵闹和哭喊声，也出来给老大添油加醋地说："我早就说叫他出去自己过，你就是不让，这下好了，要想把家分一半去，你心疼他呀，我可不干。"

老大听了飞娥的话喊的声就更大了："别想那些美事，分我一半家，一根针也分不去。从今天起你老二就别进我的家门。"

这一吵不要紧，界壁邻右出来一帮人，都说老大良心变了。

老二哭着说："你不是我的大哥了，你没有良心。"说完扭头就走了。

打这以后，村里的人一提没良心，都知道是王老大。老二穿着破衣拉撒地离开了家门。上哪去呢？一点着落也没有。想起爹娘要是没死，说啥大哥也不敢撵我呀！打早我就说飞娥不能到王家来。爹娘还说我多嘴，眼下我遭殃了。咳！我也是十七八的男子汉了，听老人说过，车到山前必有路哇。顺着山道向上走吧。走哇走，天也黑了，风呜呜的响啊，心里胆儿突的。越往前走山还越陡了，满天的星星直眨眼。老二想起来了，今天是腊月三十啊，明天就是大年初一了。我和大哥在一块亲亲热热地过了十多个年了，就打飞娥来我家，大哥一点一点变了，变成没良心了。他心里发酸难过，还听到不远处有狼叫声，瘆得捞的。风一吹身上冷飕飕的，肚子也饿了。盼着能碰上人家暖和暖和。越害怕走得越快，上来陡山坡，前面平了，看见房子了。老二这个高兴啊！赶紧冲房子跑去，到跟前一看是个古庙。庙也好呀，进去背背风。庙里挺宽绰，立着关公、关平、周仓的泥像，瞪着眼睛，真瘆人。走得又乏又饿啥也不顾了，吃的是没有哇，钻进供桌底下躺一会儿吧。肚子饿也睡不着，盘算着明天初一，我怎么过这个年呢？这时，听外面有脚步声，一会进庙了。老二可吓坏了，憋着气，偷眼看着。是四个穿长袍的老人，四样颜色，红黄白绿。穿白袍的人说：

"咱们老哥四个又见面了。"

说着屋里唰的一下子亮了。

穿黄袍的又说："咱们四位坐下唠吧。"

说完地上摆出了一个八仙桌，一面还放了一个小圆凳。坐下以后，穿绿袍的拿出一个小木匣打开盖，从里面拿出四个小酒盅和四双筷子，说：

"咱们连喝带唠吧。"

穿红袍的人说："得有酒有菜呀。"说着从袍袖里拿出一个小竹筒，抽出一个小木槌。敲一下竹筒喊一声"来酒"，一壶酒就摆上桌了。又敲一下竹筒喊一声"来菜"，一盘菜就摆桌上了。敲了十几下就摆上了十几个菜。

四个人边吃边喝边唠起来了。

穿绿袍的说："年年腊月三十咱四位都要到这来见见面，喝一顿。"

穿黄袍的人接着说："是啊，一年到头了，我们是要坐在一起亲近亲近。"

穿红袍的人说："现在天下人有的越来越不老诚了，你坑我、我骗你，搞邪道的人多起来了。"

穿白袍的人说："度化天下人，让人人都行善，对作恶的人要给惩罚，这是咱们的责任啊。"

老二在供桌底下看着他们四个又吃又喝，肚里更觉着饿得慌，可是大气也不敢出，生怕让他们看见。天快亮了，四个人走了，屋里也黑了。老二赶紧爬出来，心想，快点去吃点剩的饭菜吧。黑糊的一摸，桌子还在，可是桌上酒菜没有了，用手一胡噜，就听"叭"的一声掉地下一个东西，趴地下摸半天摸到了,是竹筒!老二可乐坏了。他知道竹筒能来饭来菜呀。他拿起小木槌敲一下竹筒喊一声:"给我来一碗热汤面。"真的就来了一大碗。老二想放桌子上吃,可是竹筒一掉地下桌子就没了。他就端着碗摸着黑吃开了。吃得这个香呀,一大碗吃完了,可也吃饱了。天也快放亮了,老二想我上哪去呢?

老二正在发愁,就听庙门吱嘎一声推开了,走进来一个十六七岁的姑娘搀扶着一个四五十岁的半大老太太。两人看见老二吓得妈呀一声瘫倒在地上。

老二赶快上前扶起两个人问:"这大早就来这庙里,是哪个村子的?"

两个人不放心地问:"你咋在庙里?是人呀还是佛爷显灵啊?"

老二把自己让哥哥嫂子撵出来的前前后后说了一遍。

两个人听完才放下心来。老太太说:

"我就这么一个丫头,叫莲花,今年十六岁。一家指着租李员外的地活着。今年受了灾,交不上租,他们逼着让我女儿去顶债。我和她爹不答应,他们就领着一帮家丁,抬着轿来抢。她爹和他们讲理,狠心的李员外就叫家丁往死了打呀。我拉着莲花由后门跑出来了,跑了一宿碰上了这座庙,俺娘俩寻思进来歇歇。"说完就哭起来了。

老二劝说:"不要哭啊,我听老人说过,车到山前必有路哇。你娘俩走一宿了,一定也饿了,我给你俩弄点饭吃吧。"

两个人想,在这个庙里上哪弄饭去呀!不大一会儿,老二端两大碗热汤面放在了眼前。她俩早就饿了,闻着香,吃着可口,心里还觉着奇怪。娘俩想,这个人一定是老佛爷变的,可又没法问。

老二看娘俩吃饱了,就问:"大婶子,你娘俩还想上哪去呢?"

娘俩瞅着老二半天说不出话来。

老二说:"我送你俩回家吧。"

老太太掉着眼泪说:"唉!哪敢回家呀,李员外能饶了俺娘俩吗?家里的破草房我不惦念着,就是惦念着她爹不知是死是活呀?就是活着也爬不起来了,谁伺候他呢?"

老二说:"咱们回去看看,他们还敢抢人吗?再抢就到衙门告他们去。"

娘俩想,这个人一定不是凡人,好像有了主心骨。对老二说:"你这样帮助俺娘俩,咱又不沾亲带故,别人问起来你咋说呀?"

老二低头想了半天也没啥招。

老太太说:"我看这样吧,你十七,莲花十六,你俩成亲吧,他们再来抢人,去衙门告他们也能打赢。"

姑娘一听脸唰地红了,把脸扭旁边去了。

老二想,人家求咱们,两人成亲就成亲呗,反正我也没地方去,就说:"你们娘俩愿意,我就一定去你家帮着干活。"

两个人就在庙里对着关老爷像磕仨头,转过来又给老娘磕了仨头,小两口对着也磕了仨头。

老二跟着娘俩来到李家庄,界壁邻右的乡亲们都围上来,有人告诉娘俩:"莲花爹叫李员外的家丁打倒了就起不来了。他们闯进屋里找莲花,你娘俩不见了,他们气红了眼,让家丁在村口一直等到天亮才回去。折腾一宿可能乏了,现在没啥动静了。我们大伙才把莲花爹埋上了,不知你娘俩啥时候回来,也不敢等呀,怕尸体放不住呀!"

莲花娘俩跪在地上哭着说:"谢谢乡亲们啊,俺娘俩不能忘了大家的恩德呀!"

老二把娘俩拉起来说:"乡亲们这样帮着咱们,快请到屋里喝碗水吧。"

把七八个人让到屋里坐下,莲花娘说:"昨天李家来抬人,我领莲花从后门跑出去,是上前庄找老王家二小子。莲花从小就许配给他了。这回我让他俩拜了天地,把姑爷也领来了,李员外再不讲理就上衙门告他去!"

乡亲们看老二长得挺壮实,都说莲花得个好女婿。

老二说:"我岳父大人遭了大难,多亏大家帮忙了。我给大家弄点酒菜,感谢乡亲们。"

莲花娘俩可急坏了,上哪去弄酒菜呀!这不是寒碜人吗?

老二告诉莲花快摆桌子。他进里屋放下破门帘子,拿出竹筒敲一下说:"来两瓶子好酒",酒来了;又敲一下说:"来两大碗焖鱼和焖肉",肉来了,鱼来了。

莲花把桌子放好了，心里犯嘀咕，上哪拿酒去呀？老二跑哪去了？掀开破门帘一看，老二端着两碗肉正在向外走，莲花乐了，赶忙端鱼、拿酒。

乡亲们见了鱼肉和酒也不客气了，就吃喝起来。

老二给大家敬完了酒又进里屋，敲一下竹筒说："来一锅白米饭吧。"做饭的锅里就满了。等大家喝得差不多了，老二叫莲花盛饭。打开锅盖热腾腾的白饭打鼻子的香啊！乡亲们酒足饭饱一个个走了。

人里头总有好人坏人。不知谁向李员外报了信。李员外可气坏了，怎么着，莲花嫁人了，在哪找的野汉子！我非把她抢来不可。他带着一帮家丁就向莲花家来了。

莲花娘俩听说李员外又带着家丁来了，吓得不知咋好了。

老二心里也没底呀，求求竹筒看灵不灵。告诉莲花娘俩在门外望着，见他们来了就喊他。他赶紧进屋放下破门帘子。拿起竹筒敲一下说："我又碰上大灾大难了，你能搭救我吗？"就听竹筒里"嘎"的一声，出来一个小木匣，盖还封着，老二心里纳闷。

老太太在外大喊："天啊！他们来了。"刚喊完，小木匣盖"啪"的一声开了，从里飞出不少小石弹子，呜呜地响着就飞出去了。

这伙坏蛋眼看就要到跟前了，就听李员外哎哟一声，来个仰面朝天，两个手捂着两个眼睛嗷嗷叫，家丁们也都捂着左眼嚎嚎叫。小石弹又飞回小木匣，盖又封上了。

全村人差不多都围上来了。李员外的两只眼咕咕向外冒血，打着滚嗷嗷叫。每个家丁的左眼睛也都流着血，哼哼着。乡亲们可解了恨了，心里这个痛快。可是也有人上前哈着腰给擦血的，还有给李家报信的。打这以后，李员外成了双眼瞎，家丁伙计们，拿的拿、摸的摸、走的走、逃的逃，李家算完了。

老二和莲花过上了安定的日子。开春种地、上山打柴，小两口说说笑笑干得可欢了。莲花娘也不闲着，三口人可和气了。一年打的粮食吃不了，打的柴堆成小山，鸡鸭鹅蛋和喂的肥猪卖的钱花不完。老二把竹筒藏起来不用。他想，向竹筒要饭吃不是个好事，把人都变懒了，还是干活挣来的饭吃着心里踏实。

老二在李家庄的情况很快传到了前庄他大哥家。

飞娥听说了就和老大商量："咱俩上李家庄去一趟，看看老二是怎样发的财。"

老大说："人家发不发财有咱啥事？"

"哎呀！你真傻，咱们还没分家呢，他发财了也有咱们一份儿呀。"

"当初咱家家产没有他的份儿，眼下要提出分人家的家，那可咋说呀？"

"那好说，由我来说，你这个窝囊废。"

老大扭不过飞蛾，俩人来到了李家庄。

老二见哥哥嫂子来了，也挺高兴地接到了屋里。莲花也过来见过礼，给兄嫂倒上茶就去忙乎饭菜去了。

飞娥说："二弟呀，听说你发了财了，还娶了这样一个俊媳妇。当初哇，我就不愿让你走，你提出分家我就不想分，可是你自己走了，你哪知道哇，我哭了一宿。"

老二说："谢谢嫂子的好心肠。"

飞娥接着说："二弟呀，你怎么发的财？咋娶的媳妇？快告诉嫂子，让俺也喜欢喜欢。"

老二本来就是憨厚人，不会撒谎。就把怎样来到庙里，怎样得到竹筒，又怎样碰上莲花娘俩，咋样成的亲，都对大哥和嫂子说了一遍。

飞娥听完心里想，这个竹筒是个宝贝，我要把它弄到手可就不用干活了。对老二说：

"二弟呀，竹筒是个啥样子的？给嫂子要几个菜尝尝行不行啊？"

老二就是不愿意让别人看见竹筒，可是又不能不拿出来了，老二拿出竹筒，飞娥一把夺过去说：

"给我好好看看。"她拿起木槌敲一下喊一声："来一大碗肉。"啥也没来。又敲一下喊一声："来一盘鱼。"还是啥也没来。连敲十多下喊十多声，啥也没喊来。她气得把竹筒摔给了老二，说："你糊弄我，破竹筒还能炒菜做饭！

哪有这样的好事。"

老二拿过竹筒敲了几下叫来几个菜,请大哥嫂子尝尝。

飞娥这回傻了眼,心想:这个竹筒可真是宝贝,可是它听老二的不听我的。就对老二说:"二弟呀,嫂子盼望你发大财呀,咱们是一家人嘛。老人死得早,咱们也没分过家呀。我与你大哥也好好干,发了财也有你一半啊!"

老大说:"天快黑了,咱们该回去了。"

回到家里,飞娥对老大说:"老二的竹筒是腊月三十在关帝庙里得到的,就听他的使唤不听咱的喊叫。等到腊月三十你也去庙里等着,备不住也能得个竹筒就听你使唤了。咱们要是有了它呀,不干活也能发大财了。"

老大说:"咱哪有那个福分啊,到那就得个宝贝?"可是他架不住飞娥天天嘀咕,磨的他心也活了。天天盼,可盼到腊月三十了。他起个大早,带着干粮,顺着老二说的小道进山找庙去了。天都快黑了才看见庙的影子,可是快半夜了才进了庙门。天黑庙里更黑,阴森森的,他后悔不该来呀,咋整呀?好容易摸到供桌,钻到底下,浑身直哆嗦。这时,就听外面有人说话,庙里一下子亮了,真的进来穿红黄绿白袍的四个人。放上了八仙桌,摆上了碗筷。接着穿黄袍的人从袖筒里拿出一个小长匣,开开盖就往外端菜拿酒,四个人就吃喝起来了。一边吃一边唠。穿红袍的说:

"去年三十这天咱哥四个来喝酒,我的竹筒落这儿了,咋不见了呢?"

穿白袍的说:"是啊,如果竹筒在桌上不动,八仙桌也不动啊!"

穿绿袍的说:"对呀,是不是那天晚上这里有人,等咱们走了,他把竹筒拿跑了。"

穿黄袍的说:"今天这庙里是不是也有人听啊,咱们得小心着点。"

大伙说:"对呀,咱们先找一找,看有没有人。"

说着四个人站起来,各处翻开了,在供桌底下把老大拽出来了,问:"你是哪来的人,把竹筒给拿哪去了?"

老大磕头作揖地说:"竹筒是我们老二来庙里拿去的,我也想得个竹筒好发财享福才来等着的。"说完跪在地下求佛爷饶命。

四个人一听，这个王老大不是老实人，让他难堪一点吧。穿红袍的上去薅住老大的鼻子往外一拽，把鼻子抻得老长。

　　老大捂着鼻子连夜跑回了家，飞娥一看，摸着鼻子哭起来了。老大说："这样的大尖鼻子咋见人啊！都怨你。"

　　飞娥抹抹眼泪说："我上李家庄去找老二，让他把竹筒送回去，再问问你的鼻子是不是还能缩回去。"

　　老大说："人家得的宝贝能送回去吗？"

　　"咱们求求他呗。"

　　第二天飞娥来到了老二家。对老二说："你大哥到庙里去，碰上一个穿红袍的人，说竹筒丢了，赖你大哥拿去了，把鼻子给拽得老长。可咋见人啊！大年初一也猫在屋里不敢出来，可咋办呀？"

　　老二听完心里挺难过。跟着嫂子到大哥家，看见大哥的鼻子撅老高，急得在地下直打转。对嫂子说："这样吧，等到年三十我带着竹筒去庙里等着，那个穿红袍的来了我一定把竹筒还给他。再求求治大哥鼻子的方法。"

　　飞娥说："二弟心真好，当初你大哥丧良心把你撵走了，嫂子我可不愿意让你走哇。"

　　老二心里明白，使坏心眼的就是你，但嘴里却说："嫂子是个好人。"

　　老大和飞娥盼哪，老二更盼，好容易盼到了腊月三十。老二带着竹筒去庙里在供桌底下等着。

　　半夜了，四个穿长袍的人来了，还是摆八仙桌，拿出酒菜，边吃边喝边唠。

　　穿红袍的说："去年的年三十有个没良心的人，让咱们把鼻子揪出老长，一年了，够他难受的。"

　　穿白袍的问："他的鼻子还有方法让它缩回去吗？"

　　"有办法，就用我那个竹筒，在半夜人静的时候，让老二拿着竹筒在里屋敲一下叫一声没良心，老大站在外屋答应一声，鼻子就能缩回一骨碌。"

　　四个人听完哈哈大笑一阵。

最后,穿绿袍的说:"如今世上的人,做恶事的不报,做善事的不赏是不行的。我们度化恶人变成善人,还要察看民情,不能松懈呀。天时不早了,咱们该散了。"

四个人走了,庙里也黑了。

老二从供桌底下爬出来,心眼里高兴。赶紧往大哥家跑。下半晌到了老大家。

飞娥当头就问:"知道治你大哥鼻子的办法了吗?"

老二肚子饿得咕咕叫,看嫂子也没有让吃饭的样子。就说:"等我回家吃完饭,再回来告诉你。"

飞娥心想,还得搭顿饭,真倒霉。对老二说:"二弟呀,别回去吃了。我和你大哥刚吃完,还剩下点儿,你吃了吧。吃完了快给你大哥治鼻子。"

老二想,他们还是没有良心啊!啥时候能变好呢?吃完了剩饭,等到了半夜,老二拿着竹筒站在屋里,老大和飞娥站在外屋。老二敲一下竹筒叫一声大哥,老大答应一声,摸摸鼻子一点没动。老二又敲一下竹筒叫一声没良心,老大一愣!为了鼻子也不顾这些了,答应了一声,摸摸鼻子缩回了一骨碌。

飞娥高兴地说:"二弟呀,叫没良心管用啊,快叫吧。"

老二又敲一下竹筒,叫一声没良心,老大赶紧答应"唉",鼻子又缩回一骨碌。

飞娥站在旁边急得直蹿火,这样一下一下地哪百辈子能缩完啊!她几步跨进屋里,从老二手里夺过来竹筒和小木槌,连着敲起来——梆、梆、梆,嘴里喊着:没良心、没良心,没良心。外屋老大连着答应:唉、唉、唉,鼻子一骨碌、一骨碌地往回缩。鼻子缩到剩不一点儿了,竹筒还在敲,没良心、没良心。还在叫,老大还唉唉的答应着,鼻子还在一骨碌、一骨碌地往回缩。

老二看嫂子敲着竹筒不撒手,就到外屋看大哥的鼻子。

"哎呀!别敲了!"老二大喊。

飞娥停下手问:"咋的了?"

"鼻子进里头去了。"老二说。

飞娥到外屋一看，哎呀，我的妈呀，鼻子没有了，出了一个大深坑。

打这以后谁一说塌鼻子，就都知道是王老大。

讲述整理者：张吉顺

蒙克山的传说

在早,咱这蒙克山有个乌力嫩,方圆几百里,可大了!住着很多的鄂伦春人。他们一天到晚打猎,捕鱼,吃兽肉,喝泉水。姑娘个个长得水灵灵,小伙子长得虎虎实实。平分东西,均摊吃喝,日子过得红红火火、太太平平。

偏赶有这么一天,乌力嫩里男的都上山打猎去了,剩下一些老娘们和小孩看家。快到晌午了就瞅西边黑咕隆咚、遮天盖日的一股旋风朝乌力嫩刮来,飞沙走石吓得老婆孩子鬼哭狼嚎,东躲西藏。这股旋风围着乌力嫩左转三圈,右转三圈。不一会就听有小孩不是好声地叫唤,过了半天旋风没了,大伙出来一看,一个叫银花的小姑娘被卷走了。就这么一连几天,怪旋风见天晌午头来,吓得乌力嫩的人没法没法的,什么也看不见,也不知道是什么妖怪。

等全乌力嫩上山的男的都回来了,老娘们就哭哭啼啼地把这几天怪风卷走小孩的事说了。老爷们一听,觉着这是怪事,就合计咋样才能除掉这股怪旋风。

他们悄悄地准备好弓箭,挖了个大坑,在四外边趴着就等旋风来,可一连等了好几天也没见旋风来,把大伙气得够呛,收拾收拾、拆巴拆巴就回家睡觉去了。到了晚上,怪旋风又来了,嗷嗷直叫,老爷们都拿着弓箭出去一齐往旋风上射,啥也没射下来。

乌力嫩有个叫孟克的小伙子,长得五大三粗,聪明过人,还有一身超群的武功。这天,他把全乌力嫩的人叫到一起说:"我去找怪旋风,求大伙替我照顾老娘,我若是一个月回不来,就是死了,你们就赶紧离开这个地方。"说完给大伙磕了几个头就走了。

他走啊走,翻过了七七四十九座山,蹚过了九九八十一条河,来到了一座大山下。也累了,坐下来刚要眯一会儿,就听山上呜呜直响,觉着有东西奔他来了,他一激灵,赶忙拿起弓箭朝上射去。就听一声怪叫,下来一个上柱天下柱地的魔鬼,说:"你找我,我先吃了你!"孟克一听这话,知道它就是那股怪旋风。他使劲喘了几口气,和那魔鬼打起来了。打得天昏地暗,血流成河,一气打了九天九夜。孟克把吃奶的劲都使上了,最后一箭才把魔鬼射死。他也累得不行了,连站都站不起来,只好往回爬。爬了二九一十八天,终于爬回了乌力嫩。乌力嫩的人们天天出来看他,冷丁看他爬回来了,呼啦一下都围上去,把他抬回乌力嫩。他跟大伙说:"我不行了,你们替我照顾妈妈吧!"说完就死了。

打那以后,人们为了纪念他,把他爬过的那座山叫"孟克山",后来叫白了,才叫成了"蒙克山"。

搜集整理者:张桂忠　刘娜

螃蟹背上的牛脚印

　　在很久很久以前,螃蟹本是天上的一员大将,牛也是会说人话的天将,蚌原也是不带甲壳的飞蛾小将。

　　螃蟹在天上无恶不作,经常降灾于百姓,牛将军见此情景,便派手下飞蛾小将去禀报玉皇大帝,请他明察断案。于是,玉皇大帝便派顺风耳和千里眼二将前去查看,果然发现螃蟹正在行狂风暴雨,发洪水淹没田野、村庄,并以此取乐,便如实回禀玉皇大帝。玉皇大帝降旨于托塔天王捉拿螃蟹大将,并把它抛入海水中,命它永远听从龙王的调遣。从此,螃蟹就一直生活在水中了。

　　螃蟹来到海里仍然恶习不改,常常趁龙王不在,偷偷地发起洪水,还是给百姓带来灾难。

　　螃蟹为了报复牛将军和飞蛾小将,认为光发洪水太便宜了它们,所以又想出了一个坏计策。它在海里把一块生铁炼得红红的,就像一块鲜红的嫩肉,它带着这块炼成的红铁来到牛将军的府上,装出赔礼道歉的模样,假惺惺地对牛将军说:“过去我常降灾于百姓,作恶多端,是你和飞蛾小将禀报玉帝,使我改掉恶习,再也不做坏事了。因此,我从内心里感谢您,特意献上一块鲜嫩肉请您品尝。"牛将军认为螃蟹真的改邪归正了,高兴地接过螃蟹送给它的"鲜嫩肉"并毫不犹豫地一口吞了下去。谁知螃蟹炼成的这块生铁把牛将军的喉咙烫哑,使牛将军再也说不出人话了,只能发出哞——哞的叫声。牛将军被生铁烫得疼痛难忍,扬起四蹄乱刨,无意一脚踩在螃蟹的后背上,使螃蟹背上永远留下一个深深的牛脚印。

螃蟹报复了牛将军,心中非常得意,回到海里又用石头打了一副甲壳,又来到飞蛾小将家中,同样用骗取牛将军信任的那番花言巧语来骗飞蛾小将,并趁它不注意时,将甲壳猛地夹在飞蛾的身上,使飞蛾永远不能摆脱沉重的甲壳再也飞不起来了。螃蟹仍然害怕飞蛾有朝一日脱下甲壳飞上天空禀报玉皇大帝,因此,将带着甲壳的飞蛾抛入海中,飞蛾即使脱下甲壳,因翅膀沾上了水,也飞不起来了。从此,飞蛾小将就变成了海里的蚌。

搜集整理者:阎秀霞

七星山与黑龙江

　　在漠河与黑龙江之间，也就是刚一进村，有一座山。此山就是七星山，山上长满了美人松和杜鹃。每当春风吹来的时候，七星山的树绿了，杜鹃花红了。好一派壮丽的景色，使人陶醉。为什么此山叫七星山呢？流传着这样一个故事。

　　不知是什么年月间，这座山和其他山一样耸立在大兴安岭北坡。山上是樟子松入云，白桦树亭亭。那时这里根本没有黑龙江，是一片深山老林，獐、狍、鹿、熊出没林间，草甸子可以开荒种地，春天下种，秋天收粮。虽然不能大囤子小囤子都满，可也过得去。若是丰收年，粮食也吃不光用不尽。

　　就在这山上住着两位老人，老人姓乔，老两口是吃不愁、穿不愁。可乔大娘一辈子没开怀，连半个儿子都没有。

　　常言说："人过五十五，身埋半截土。"乔大爷一天吃完饭没事"磨豆腐"，埋怨老蒯没用，一辈子属骡子的，不会生孩子。眼看土都埋脖子了，连个孩子影都没看见。

　　可是乔大娘也不让劲，数叨老头子没儿子命："你别总怨我，你怎么不说你是尿鳖子装米汤,清水罐一个,没种葫芦籽,难长葫芦苗。"为这老两口没少咯叽,想上庙烧香吧,可连座小庙都没有。这天,乔大爷和乔大娘商量说:"别看咱俩老了,也去求求神仙,要是真能帮忙也许能鼓叨出个孩子,晚年兴许能指上。"

"上哪去求神?连烧香的地方都没有。"乔大娘说。

"月牙湖边有座龙王庙,人们常去求雨,我们去求子,你看怎么样?"

老两口商量好,第二天,乔大爷套上马车,乔大娘收拾点东西,上车走了。

从他家到月牙湖有一段路程,马车走了小半天才到龙王庙。到是到了,可把乔大娘累坏了。她一屁股坐在地上,骂老头子:"老不死的鬼,真没正事,老了老了闲心不少,想什么外蒯,烧的哪辈香,求哪家神?这回你来着了,回去我给你生一大帮姑娘。"老婆越气越骂,老头越听越笑,他一边乐,一边用手掐了七根草棍,插在地上,拉老蒯跪下。乔大娘没办法,就和乔大爷跪在月牙湖边,乔大爷说:"过往神灵,我老乔一辈子没做过缺德事,借老蒯吉言,不用生一帮姑娘,生几个我就烧高香,磕响头。"他这一叨念不要紧,正赶上王母娘娘的七个丫鬟来月牙湖洗澡,她们一看乔大爷和乔大娘,心里憋不住笑,这么大岁数还求什么儿子,要求姑娘我们不就去了。老大说:"你们没听刚才那位老太太说回去给老头养活一帮姑娘吗?你们谁愿去凡间这回可有地方去了。"说完一阵哄笑。老二说:"我看咱们姐七人都去,整天在天上真没趣,凡间才是福地,到那时我们可以经常来月牙湖洗澡了。"老三说:"行是行,让王母知道决不会饶我们的。"老七说:"王母身边宫女无数,我们偷下凡间她根本不能知道。"大家齐声说:"对,好主意,我们去凡间一游。"

老头和老婆磕头已毕,站起来,乔大娘感觉口渴。乔大爷拿碗舀了半碗水,递给乔大娘。乔大娘端碗刚想喝,只见水碗里冒了七个水泡,乔大娘也没在意,把半碗水喝了。老两口赶马车回家了。

转眼两个月过去了,乔大娘的肚子一天比一天见长,老两口起初挺乐,真是神灵有显那,认为得喜了。请个老中医号号脉,想看看是丫头还是小子。老大夫号完脉说:"从脉上品,腹里不是胎,而是病。"乔大爷一听这话蚂蚱眼睛长长了。先生也不给药吃，病人等死吧。一晃五个月了，乔大娘肚子天天见长，最后连炕都上不去了。乔大娘心想这回准没好了，一劲儿埋怨老头子。乔大爷也非常伤心，要知道求不来儿子，反把老伴搭上，说啥也不能扯这个哩根唥。后悔也晚了，不管啥样，等着吧。这是俩兽医抬个鼻饲骡子——没治了。

这天，傍晚擦黑儿前，乔大娘突然病重了，就觉得肚子里胀乎乎地，像有东西从里面往外拱似的，要两半那么疼，她两手捂着肚子，脑袋顶着墙，汗珠像黄豆粒那么大顺着脸往下淌。脸煞白，直翻白眼，出气多，入气少，眼看着就不行了。这是捂着眼睛擤鼻涕——有劲使不上。乔大爷是肠子都悔青了，说话都不是动静了。邻居们过来一看，人不行了，就动手给穿装老衣裳。折腾了小半夜，乔大娘大概是累乏了，一点儿筋骨嚷都没有了。都以为她死了，趁尸首没硬，抬到排子上停着。乔大爷打发别人回家去睡一会儿，他自己看着也就行了。邻居们都走了，他一个人看着老伴儿，是老泪横流咧着大嘴哭起来了。哭着哭着，哭累了，打个盹，就见半悬空一道彩虹，把半边天都照红了，传来一阵笙管箫笛，吹打弹拉声。然后从彩云里飞出七只蝴蝶，穿过房笆，变成七个水珠，越变越小，最后没有了。不一会从老蒯的怀里一块出来七个小姑娘蛋儿，一水水戴着黄兜肚，金锁链儿，白胖白胖的，真招人喜欢。他以为人老眼花，没看准称，刚要细看，就听有人连喊带叫他："老头子！老头子！快醒醒！"

他睁眼往炕上一看，吓得他头皮直发麻，浑身直酥酥。他老伴儿在排子上没有了，穿一身装老衣裳在炕上坐着那，肚子也瘪了，跟好人一样。他胆突地问："我说老伴儿啊，咱俩可过半辈了，虽然这事是我不对，可也是为咱俩好哇！你要是炸尸可别吓唬我啊。""你才炸尸呢！你看看咱炕上……"，他顺着老伴儿的手往炕一看，吓！七个大姑娘，像七朵牡丹花似的。这个叫爹，那个叫妈；这个要裤子，那个要袄；这个要胭粉，那个要花……，把房盖都要抬起来了。这老两口半辈子的儿女瘾，这一下子都过了。老两口忙翻箱倒柜，把她装新的衣裳都拿出来，秋天的葫芦都穿上了。当时把老两口喜的是骑毛驴吃豆包，都乐颠馅了。

乔大娘让乔大爷给七个姑娘起名儿,这下可把老头给难住了。他琢磨来琢磨去,还是琢磨不出什么名堂来。老太太冷不丁一拍巴掌说:"有了。"老头儿吓得一激灵,老太太接着说:"上庙求子,咱俩是什么时间商量的?"老头说:"是三星平西吧?"老太太说:"那咱们就以星字为头往下叫。"老头说:"那! 老大就叫星梅,老二叫星玉,老三叫星红,老四叫星慧,老五叫星辉,老六叫星波,老七叫星翠。"七个姑娘都有了小名,老太太刚才的狼狈相没了,挺高兴,直夸老头:"没想到,跟你过半辈子,还留一手,有点学问,这名字起得又漂亮,又好听。那我就替孩子给你磕个带把头吧。"乔大爷这会儿后脑勺搽胭粉美翻背了,说:"快做饭去吧,孩子都饿了。"老太太刚出门口,正好碰上来打墓的邻居扔了锹镐就跑。乔大爷把人叫住,把事情来龙去脉跟大伙说清楚人才不害怕了。

　　老乔家两个老绝户气,一宿工夫,拣了七个大姑娘,像一阵风儿似传遍十里八村,从东庄传到西庄,从地下传到天堂。顺着南天门一直吹到凌霄殿,玉皇大帝见下边神仙一个个交头接耳,问太白金星才知道这码事,是王母娘娘七个丫鬟不见了。

　　原来,老两口上庙那天,正是天上蟠桃会,王母娘娘赴会,七个丫鬟没事偷着来到凡间,上月牙湖洗澡,投胎乔大爷家了。玉皇大帝一听七个仙女竟敢私自下凡,违反天规,让火龙下界,去惩治不守天规的丫头。如不制服不准回天交旨。

　　火龙领旨,张牙舞爪来到人间,所过之处是一片火海。在这座山上与乔家七姐妹展开了一场恶斗。姐妹七人为了征服火龙,在山上分七路阻劫火龙放火烧山。一来二去,两个月时间过去了。这日,火龙来烧老七的防线,因星翠劳累而刚一眨眼的工夫,火龙吐火烧毁了乔大爷的房子,老两口也被火烧死了。火龙一看烧了乔家的草房,烧死乔家的两位老人,就对七姐妹说:"玉皇大帝旨意,如你姐妹七人不回天宫,就继续放火烧山。"姐妹七人见爹妈已被火龙烧死,房屋被大火烧没了,姐妹在邻居的帮助下,埋了爹妈的骨灰,搭个小窝棚暂住。姐妹七人想爹妈,黑天白天哭。婶子大娘都来劝她们:"死了就是死了。死人是哭不活的,还得顾活的,可别把身子哭坏了。有啥为难事只管吱声。"姐七人一想："都怨咱们好信，不是咱们偷下凡间，二老怎么能被烧死。"星梅一想："可也是，家有长子，国有大臣，爹妈没有了，我是老大，得领着妹妹们生活呀，光哭有啥用？找火龙给爹妈报仇才是正理儿。"想到这儿，她擦擦眼泪说："妹妹们，别哭了，得想办法儿给爹妈报仇啊。"姐六个一听，有理儿，都擦干眼泪，不哭了。大眼瞪小眼，等着大姐星梅拿主意。星梅说："我叫大伙想办法，你们都不吱声，光看我干啥？"姐六个说："爹妈都死了，连个主心骨儿都没有了，你是大姐，什么事都靠你了，你说咋的就咋的，谁不听，大伙儿收拾她！"星梅说："都怨我们下凡害死爹妈。我们死也再不能回天宫，火龙太狠了。我们一定要打败火龙，给爹妈报仇。常言说，'三个臭皮匠，赛过诸葛亮'，大伙都想办法，谁的主意高就听谁的。"姐六个皱着眉头，有的挠脑袋，有的托着下巴儿，想来想去，憋得脑瓜仁子直疼，也没想出高招。老七星翠说："要不是火龙烧死爹妈，我们吃不愁、穿不愁，还能去月牙湖洗澡，哪能受这个难？"老七这么一说大家又都伤心地哭了起来。哭不要紧，感动了这方土地老。土地老变个白胡子老头儿，来到小窝棚，对七姐妹说："我看你们还是回天去吧！免得在这受苦。"老大星梅一听就急了，说道："土地老！我们之事不用你管，该干啥你快干啥去吧！"土地老又说："你们不回天宫，又打不过火龙，自己受苦不算，还连累这方百姓。就是南海观音也不一定能胜了火龙啊！"土地老是故意把观音讲出来指示七姐妹，他不敢明说，怕玉皇怪罪他担当不起，说完走人了。一提南海观音，大伙当时就不哭了。老二星玉说："大姐不要哭了。前年蟠桃会南海观音怀中抱一个白瓷瓶子，里面装有五湖四海九江八河一百零八沟的水。水能制火，火龙不能不怕这玩意儿。"老二说完把大伙又难住了，因为去南海，得从这往南走九万九千九百九十九里路，要爬九十九座山，得过九十九条河，才能到南海海边。就是去得了，还不知观音能不能把宝瓶借给咱们。老二星玉说："要去还得我去，因前年蟠桃会我一直侍候她了，她非常喜欢我，成和不成就只能试试看了。"老七一听也非要去不可。大姐星梅说："老妹，你不能去，路很远，我们现在已是凡胎，不能腾云驾雾，道远，遭罪，你寻思好事儿呢？"大姐六个都不让小嘎去，她也就泄气了。她不去也不让大姐去，争来争去，大姐星梅在家领着不去的人和火龙斗。老二星玉和老四星慧高高兴兴收拾东西。星梅给妹妹蒸了几锅干粮，又带点咸肉干儿，一人灌一葫芦水。邻居们听说星玉、星慧要去南海借宝瓶，都来送行，嘱咐她俩一定要路上小心，早去早回。

星玉、星慧辞别姐妹们，离家去那么远的门，真是难分难舍，心里不是滋味，总觉得难受巴拉的。星慧抹着眼泪蒿子，那姐六个也都鼻子一酸眼泪像断线似的往下掉。星玉、星慧硬着心肠，一步三回首地往前走。她俩逢山登峰，遇河蹚水。干粮吃光了，咸肉啃尽了。逢村讨口热乎饭，无店青山吃草根儿。衣服刮烂了，鞋磨破了，脚掌出了血泡，泡一破顺脚趾直淌血水。身上刮得净口子，往前走一步都十分困难。为了给爹妈报仇，给乡亲们解难，心一横，牙一咬，一步步往南走……

这天，连累带饿，姐俩实在是半步也走不动了，就脸对脸倒在地下倒气。忽然，隐隐约约地听着一阵水声，不是江，也不是河，那么，是海吧！她俩也不知从什么地方来了一股急劲，一起从地上蹦起来，向前猛跑，水声越来越近了，啊！非常大的一片水呀！一眼看不到边。就看那浪头一下撞在石头上，摔个稀零碎，哗哗山响，怪瘆人的。姐俩乐得抱着大腿在海边上等船，一连气等了三天三宿，连个屁大的船都没看见。第四天头上，从浪里钻出一个小姑娘蛋儿，摆一个像树叶样的小船。姐俩叫过来一看，还没有底儿，小姑娘蛋儿看俩人意意思思的，转头就要走。星玉扯着星慧不管三七二十一，两眼一闭就蹦上去了。到处都是大水，根本分不清哪是水，哪是天，白茫茫的一片。船在水里一会漂上来，一会游下去，真吓死人，要不是她俩还是半仙之体，不然早就没命了。船一会上来，一会下去，把她俩颠得头昏脑涨，反肠子倒肚子好顿吐，不大工夫就昏昏沉沉啥都不知道了。

也不知过了多长时间，她俩觉得一阵冷风吹的凉飕飕地直打嘚嘚。激灵一下子，揉揉眼睛坐起来一看，船没有了，俩人在地上坐着，前面是茫茫大海，后边是片竹林。她俩急忙起来，顺着竹林往前走，就听竹林里百鸟齐鸣，云雾缭绕，真敢和天堂比美。往前走不大工夫，看见紧靠山根的阳坡，盖两间草房，夹一溜秫秸障子。她俩悄手蹑脚地进了院。隔窗户往里一看，有个老太太正纺线,旁边坐个小丫头打棉花瓜,正是摆船那个小姑娘。老太太可到岁数了,耳朵背,不知道她俩进来似的,头也没抬,眼也没睁,自己一门纺线。小丫头冲她俩一笑说:"刚到哇?饿了吧?锅里还有半张饼,还热乎——我才吃完。"

她俩实在是饿了,赶忙到锅台前儿,揭开锅一看,锅里有大半张饼,半碗空汤,热乎倒是挺热乎,喷香,逗得肚子里咕咕直叫。锅台后面有个破碗架子,里面放着一个粗瓷大碗,两双竹筷子,破笊篱一把,一个半拉勺子。星玉想:"这老太太也小气大劲了,想当年你蟠桃会赴宴,我也没这样待承你呀!再说,我还没得罪你,桌上桌下对你不大离儿呀?看今天这个样子宝瓶还不一定能借给我们,事在三悬哪!"这阵子老四星慧可饿了,她用半拉破勺子从锅里舀两碗空汤吱喽吱喽灌开大肠了。小丫头看着她笑了:"光喝汤有啥用,撒两泡尿没了,那不还有半张饼吗?"星玉拿起饼想:这半张饼怎么吃哪?我吃让星慧看着,还是星慧吃我看着!还是可一个饱哇,她把饼递给了妹妹。星慧一看姐姐不吃饼把给我了,我也不能吃呀,又把饼退给姐姐。小丫头看她俩不吃就过来,把饼接过来一扯两半递给她俩每人手一半说:"别看饼小,肚子也小,千军万马吃不了。"说完瞅她俩嘿嘿一笑,又回老太太身边坐下了。她俩这些天也没吃东西,一气吃到都顶嗓子眼了,可每人手里还是半拉饼。星玉这才醒过腔来,观音菩萨是逗我俩呀!她俩跪在老太太面前,把事从根到梢和观音说了一遍。老太太听完打个唉声说:"善门难开,善门难开,真是多了一事,不如少一事。你七姐妹本应在天宫好好侍候王母,不该留恋人间,此凡间一行,害死乔家老两口,是不应当的。不过,玉皇大帝派火龙是招你姐妹回天而已,错误地放火烧人、烧山,让天下人不得安宁。宝瓶可以借给你们,看在每年蟠桃会上你对我的一片敬意。咱们先小人后君子,把丑话讲在前面。你把宝瓶借去只能灭火,不准用它伤害火龙,从你们到家算起,只能用三天。如果不按我讲的办,我要处罚你们。"星玉说:"您只管放心,我们只要降住火龙,但决不伤害它,灭火后按期交回你看怎么样?"观音说:"好!一言为定,还有一条,灭火时不要将宝瓶里的水用净,更不准弄坏宝瓶。如不按我说的办,我就叫你姐妹七人化为庙守山,叫你永生永世不能回天。"她俩说:"如果我们不按您老说的去做,情愿化成土庙,留守山间。"老太太叫小丫蛋儿抱来宝瓶,姐俩接过来,正要辞别,又听观世音道:"童儿!你把她俩送回去吧!"说完老太太不见了。

　　自从星玉、星慧借宝瓶去南海,火龙天天逼着姐妹回天,还说:"你们一再违反玉帝旨意,不但不回反而求观音菩萨借宝瓶来对付我,我怎能饶你们。"赌气把山上松树、村中房子全烧成一片火海。星梅领着姐几个,抻着脖子往南看,眼睛都看穿了,还不见人影儿,可把大家急坏了。大家都准备了钩杆铁齿,要和火龙拼命的时候,她俩抱着宝瓶赶回来了。火龙一看真把宝瓶借回来了,毛头竖尾地说:"我寻思淘登啥厉害玩意儿,原来是个破瓶子,就是真的你也不敢倒,我是玉帝钦差。"老七星翠报仇心切,忙叫二姐:"快往他身上倒,别听他说大话救命,水能淹死人,吐沫再大也淹不死人,给咱爹妈报仇!"老七一句话把老二星玉旧仇当时勾起来了,把观音菩萨的话早忘脑后去了。用柳枝儿蘸着宝瓶里的水朝火龙掉去。如一阵大雨瓢泼而下。"雨"一过,火又复燃了,火龙一看,急了,口吐大火向星玉而来。老大星梅喊:"星玉倒!"可星玉不敢倒,因观音有话。老七一看急了,一步上前抢过宝瓶,口朝下就倒。这时就觉得天昏地暗,眼前全是水,是天连水,水连天,分不清天地。就听耳边哗哗山响,过了足有一个时辰,才渐渐平静下来。再一看,山下一大块平地这回是一条长江了。老七把宝瓶里五湖四海九江八河一百零八沟的水一下差不多全倒这了。火龙精神头也焉了,从地上爬起来要回天,一边起一边说:"好你们这帮黄毛丫头,我回到天宫禀奏玉帝一定惩罚你们。"老七想你没死还嘴硬,就说:"火龙不要口吐狂言,你姑奶奶今天要你命,给死去的爹妈报仇!"说着,冷不防举起宝瓶向火龙头上砸去,火龙万没想到她敢用宝瓶砸他,往前一蹿,躲过脑袋,可宝瓶正打他后心上,把宝瓶砸个稀碎。顿时银光四起,耀人眼目。火龙失去上天的本领,一头掉进江里变成了一条水龙,在江里再也回不去天了。因他经常被水洗涮,慢慢就变成白色了,后来人称白龙。老七扔了宝瓶,违背观音菩萨的意图。老大星梅、老二星玉、老三星红、老四星慧、老五星辉、老六星波、老七星翠变成七个小土庙留在山上永生永世守山了。人们为纪念她姐妹七人,将此山称为七星山。老七星翠用宝瓶砸火龙的银光从下午一直到半夜才渐渐消失,所以这里一到每年这个季节是日长夜短,被人们称为不夜城!

姐妹七人虽然变成了守山仙女,永世不能回天了。可她们高兴的是,终于战胜了火龙,给爹妈报了仇,给乡亲们解了恨。而且每天都能在山上看见火龙在江里游来游去。为了纪念这个日子,每年夏至姐妹七人都要到月牙湖洗澡庆祝胜利!这是她们最高兴的一天,姐妹七人手舞银绸,欢歌笑语,借着宝瓶的银光一直洗到很晚很晚,彩绸的光和宝瓶的光碰到一起发出一股奇特的光,被人们称为北极光。

时间一天天过去了,又不知过了多少年。火龙在江里练就一身呼风唤雨、借雾行雹的本领。他为报老七星翠的一瓶之仇,总要水漫七星山,可是年年都没得呈。但这里百姓又遭殃了,春天下种,等不到秋天不是雹子打,就是洪水淹,到处是受洪水淹过的残景。七星山上的姐妹只能望洋兴叹,没有办法再制恶龙。

有一年春天,从远方来了一老一小两个人。长辈五十开外,说话一口的山东腔,领着一个十三四岁的黑小子,大小伙子是宽肩膀,黑脸膛,一对球眼,是个车轴汉子。来人自我介绍说"他姓宋,是关里人,小伙是他侄子,叫龙儿。要过江对面去,现在春水太大,等秋后再过江。想和大伙一起先开荒种地"。有个好心人对他说:"壮士,你还不知道吧?近些年在这江里出现一条白龙,年年涨水淹庄稼,我们走还无处去哪!你怎么还想在这里种地?真是自找苦吃。"等把话说完了,就看黑小子一门嘿嘿笑。姓宋的不紧不慢地说:"天老爷饿不死瞎家雀,天不能绝人之路吧。"老宋和黑小子开始开荒种地了。老乡们一看他俩能种,咱们也试一年,收不收,凭天由命吧。还没到夏至,就和往年一样,满天一片大雾,伸手不见五指,又开始跑水了。"快跑吧!涨水了!"大伙路过老宋住的地方一看,他不但不想跑,正在房里喝酒,黑小子没有了。他一边喝一边说:"没关系,没关系,几天就会好的。"七八天后不但没涨水,天还晴了,大家都非常纳闷。一直到秋天,也没涨水,获得了第一个丰收年。正在大家收割的时候,江里又要涨水了。就听老宋对黑小子说:"孩子,有本事去和恶龙斗吧,可不能给乡亲们和咱山东人丢脸啊!"只见黑小子借着大雾变成一条黑龙,把江岸上涨出的洪水一气吸干,一跃身就跳进大江里去了。这时,老宋和乡亲们把黑龙是怎么到江边来,和他母亲怀他九年才生下他,在吃奶的时候被他父亲用菜刀割下半截尾巴一事讲给大伙听,大伙才知道黑小子的来历。大伙一同在江边敲鼓助威。只见江里,波浪滔天,翻上翻下,一会儿白浪上来,一会儿黑浪上来。江里就像开锅一样,一直到天黑,黑小子才借一团黑云,跑到岸上对老宋说:"这白龙真不好斗。他有的是吃的,又有一大帮帮手,我现在是又累又饿,给我些吃的吧!"老乡们给黑龙蒸好馒头,黑龙吃饱,休息一夜,第二天又跳进江里,接着几声响雷,他俩在江里又打了起来。

一会黑浪卷上来,老乡们就往江里成筐倒馒头;一会白浪上来,老宋就让大伙往江里倒白灰。黑龙吃上馒头,不饿劲也大了。可白龙身上被白灰一烧,是遍体鳞伤,渐渐招架不住了。抽出个空子,只听"呼隆"一声,他向西南跑了。江面不大一会由白变黑了。可黑小子再也不出来了,人们从那时起把这条龙叫作黑龙江。从此人们过上安居乐业的幸福的生活。

搜集整理者:宿庆和

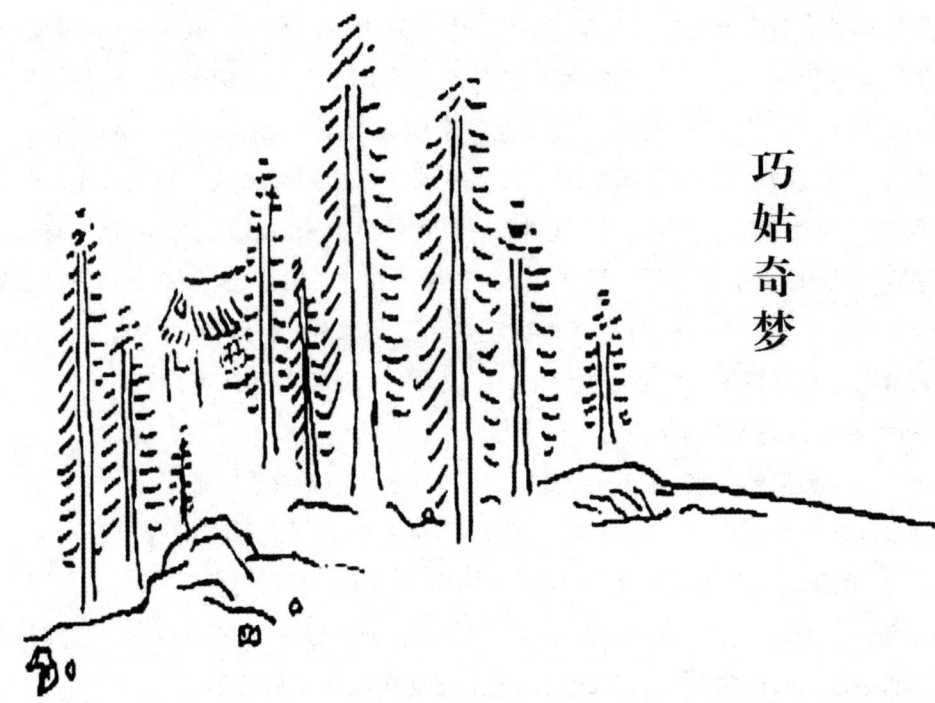

巧姑奇梦

　　早些年间,在黑龙江边住着一户闯关东的人家。因在路上劳累,刚到不久当家的就死了。娘带着一儿一女靠给淘金人洗衣服生活。

　　女儿叫巧姑,这年已经十六岁了,生得心灵手巧。有一天,巧姑正在做针线活,天非常热,她觉得有点困,就倒在炕上迷迷糊糊地睡着了。忽然在朦胧中听见有人喊她:"大姐!大姐!快救命啊!"她仔细一看,有一个身穿红色衣服的小姑娘拉着她的手一声紧一声地叫她。

　　巧姑心里一急坐了起来。原来是梦,吓得她出了一身冷汗。

　　这时,巧姑又听到外面她娘和哥哥大声吵嚷声。

　　哥哥说:"在哪?"

　　母亲说:"在这儿,可吓死我了,在韭菜地里哪。"

　　巧姑忙下炕跑到菜地,看见一条蛇,哥哥正拿铁锹要砍了这条小蛇。

　　巧姑忙拦住哥哥说:"哥哥!它没伤人,把它挑到一边算了。"

　　哥哥一听也有道理,用铁锹挑到江边扔到江里去了。

　　转眼又过了一年,正好这年黑龙江涨大水,江水猛涨淹了很多房屋和庄稿。巧姑一家也搬到了一个比较高的地窖子里住。

有天晚上，看着黑龙江水不太急了，一家三口就都睡觉了：睡到半夜，巧姑忽然又看到了那个穿红衣服的小姑娘大声叫她："大姐！快起来……"

巧姑一看，心想："你怎么又来了。"心里一惊，猛然醒了。脚一下地，哎呀！可不好了！大水进来了！已出不去门了。她忙叫醒妈妈和哥哥，推开后窗跳出去。

他们刚离开窖子，轰的一声窖子塌了，把他们娘仁吓一跳。你看我，我看你，说不出话来。

巧姑把刚才做的梦告诉了母亲，才知道那条蛇知恩图报救了他们。

搜集者：张新珍

整理者：宿庆和

巧妹

　　在早些时候,有个姑娘叫巧妹。巧妹心灵手巧,为人老实忠厚。

　　巧妹十七岁那年,她妈妈得了一场急病死了,撇下父女俩。不久,她爹就给她娶了个后妈。这个后妈心狠手毒。打她来到这个家,巧妹就受气,整天指鸡骂狗的,巧妹气得也不吱声,只好憋在心里。

　　她爹是个商人,出去一次就得个年八的才回来。她后妈就趁她爹不在家,和一个和尚勾搭上了。时间长了,他们就嫌巧妹碍眼,就琢磨着怎么才能把她赶走。这天,她后妈约么她爹快回来了,就叫和尚过两天来,这些巧妹都看得清清楚楚,寻思她爹回来,再把这些丑事告诉他。

　　没过两天,爹真的回来了。巧妹看爹挺累的,就想明天告诉。坐了一会,她后妈就让她回自己屋去了。她后妈又端水又端饭的,一边扇扇子一边问:"这趟回来还走吗?""不走啦!""吆! 这下可好啦!"就出去偷着又和和尚见了面,他二人嘀咕了一会就分手了。

　　晚上,丈夫先睡下了,这后老婆屋里屋外的也不知在忙乎什么。和尚早早地就来了,在外面看姑娘屋里的灯灭了,就悄悄地溜进了后院里,又悄悄地来到巧妹的窗户底下听了一会,就轻轻地把门给划开进去。这头,她后妈看得特别清楚,不一会看和尚从屋里出来,快到墙根了,她后妈才大声喊:"有贼!抓贼呀!"这一招呼,巧妹爹马财惊醒了,赶忙跑到院里,等弄明白怎么回事,这老和尚早跳墙跑了。她后妈扯着她爹就上巧妹这屋来了。后妈一步迈进屋里,故意大声招呼:"她爹,快来看,你这闺女怎么了,这闺女俺可管不了啦!"巧妹睡得毛楞三光地坐了起来,也不知出了啥事啦!她爹进屋一看,这床上又是和尚的袈裟,又是和尚的袜子,气得要命:"你这贱货!"巧妹也被眼前的这一切给弄糊涂了。她爹转身出去了,不一会拎着条绳子拿了把刀,进屋往地上一扔,说:"败坏门风,我没你这闺女,你自己选择吧!"说完就和她后妈出去了。巧妹委屈地只顾哭,她知道这是后妈怕自己把她跟和尚的事告诉爹,才使出这个绝招。可眼前能说什么呢,只是哭,她不愿死,满肚子的委屈要跟她爹说。

后老婆跟马财出来,就说:"反正你知道你闺女了,你就别管了,这事交给我了,让她走吧!咱就算没这个不要脸的闺女啦!你要是杀了她,这对外头也不好听。"马财想:自己看着巧妹长大的,也不是那种人哪,可东西在那摆着,能不信吗?他心里也不好受,就说:"唉!这个不争气的,随你的便,就算我没养活她!"

后妈来到巧妹屋里,看到她还在委屈地哭呢!就黑着脸说:"把你的衣服包好,乐意上哪就去吧,这丑名在外的,你爹是不会让你在家待啦!你爹叫你死,可我放你条生路,你翻墙逃走吧!"巧妹抬起哭红了的眼睛:"逃走?翻墙怎么走?""要是从大门走,让你爹看见就麻烦了。我送你!""好吧!"巧妹不知她又要什么招,就跟着后妈来到了墙根下,看见梯子立在墙头上。过去的女人都是小脚,她上得挺慢的,后妈催她:"快点,别让你爹听见了!"巧妹趴在墙头上不敢跳,后妈说:"把包袱挎好,我拽住你的手反正离地不远也摔不疼!"她后妈站在梯子上,拽着巧妹的双手,瞅着巧妹往下看的工夫,松开一只手,从腰后"嗖"地抽出一把刀来,巧妹一只手被后妈死死拽着。她想跳,可又不敢跳。她抬起头,正好她后妈瞪着眼睛,咬着牙举起了刀要砍她,她吓得"啊"的一声,只听"咔嚓"两只手剁了下来,"扑通"就摔了下去。她后妈赶紧下了梯子,把两只手塞进墙根的茅草堆里,又着急忙慌地往外走,一下撞在大树上,撞的头都出血了,她也不在乎,连跑带颠地打开了大门,把疼得满地打滚的巧妹一按,又弄瞎了她的眼睛。巧妹不停地喊着,疼得在地上直轱辘,不一会就迷糊过去了。

马财听到外面的叫声,赶紧跨出屋门,正好跟做歹事吓得要命的后老婆撞个满怀。"你慌了慌张的干什么去了?""哦,我让巧妹走了!""那她喊什么?你这满手的血又是怎么回事?""我撞到树上了,头撞破了,弄了我一手血。""唉!这个贱货。"转身就进屋了。

工夫不大,巧妹"哼哼"地缓了过来,她晃晃悠悠地站了起来,像掉了魂似的。这没眼了,没手了,家也不能回了,她哭着、走着,也不知东南西北。这样昏走了一宿的工夫,也不知走了多远。快亮天了,她走到一家门口,从里面走出个学生,要去上学,看见巧妹没眼没手,浑身血糊糊的。这小子吓了一跳,就问:"你是人?还是鬼?"巧妹说:"我是个人,你可怜可怜我吧!我是又渴又饿,给我口饭吃,我再走,我这少眼没手的,行行好,积积德,以后你能做大官。"这小子叫王生,心眼好,就说:"好吧!大姐你跟我走吧。"把巧妹扶到了他家,王生跟他妈说:"妈她怪可怜的,整点水洗洗,我去买点药。"他妈说:"去吧!孩子。"王生把药买回来,给她上上,又包好了,他妈又给做的饭吃。"妈!你看她少眼没手的,让她往哪里走哇,咱养着她吧?我现在管她叫姐,赶长大了她就是我媳妇!"爹妈就这么一个儿子,他妈说:"往后你不能嫌弃她吗?""不能!"爹妈一看孩子这么诚心就答应了。

巧妹就在王家住下了。母子俩精心地照料她,帮她擦屎擦尿的什么都干,侍候得可好了。巧妹心里有说不出的感激。没多少天刀口都好了,可就是不能干活。巧妹急的,心里也过意不去呀。就这样待了两年。一天王生对爹妈说:"我都十七了,也不太方便了,让我们成亲吧!"爹妈看到孩子对姑娘真好,就同意了。他们成了亲,紧接着就开考了,王生应考去了。那时连考三考才进考。一考后,他回来看媳妇,媳妇怀了孕,他又走了,一晃孩子生下来已有七八个月了,王生也进考了,中了状元。他就给爹妈写了封信,派一个官差连报喜带送信,就上他家去了。

自打巧妹离家后，马财和后老婆就开了个店铺。这天，官差正好到他这个店门口就进去了，寻思住一宿，天亮好赶路。晚上，那差役喝了点酒，等睡了，这后老婆就打开包袱想得点银两。一看里面有封信，她把这信偷偷打开看了。上面写着少眼没手的夫人，她嘀咕着："好哇，当状元的媳妇了，万一把以前的事抖搂出来……不行，不能让她做掌印夫人。"她就把信给换了。

第二天，差役来到王家报了喜，爹妈听了可高兴了。差役把信交给他们就回去了。可打开信一看，信上写着：父母二老，我已中了状元了，暂时不能回家。巧妹没眼没手的不能做掌印夫人，把她娘俩赶走吧，过些日子回家接您二老……这也舍不得呀，让她娘俩往哪走哇，这个没心肝的。老两口哭成了泪人，巧妹听见了就出来问："妈、爹，这大喜的日子哭啥呀？"爹就对她说了，巧妹站了一会说："爹、妈，为我，你们别为难，我确实不能给掌印，他对我的恩我一辈子也不忘。我带着孩子走，等孩子大了也能照顾我了，王生中了状元，以后我们还以姐弟相称吧！我不会忘了他的，他就是我的兄弟。您二老也不要太难过，俺娘俩日后啊，走哪算哪。"说完就跪在地上说："爹妈救命之恩永不忘。"老两口不忍，就弄了些碎银子缝在一个小枕头里装在包里了。老公公就送她来到了一个三岔道口，说："你娘俩有三条道，自己选一条道吧，愿往哪走就往哪走吧！我回去了。"说完抱过孙子亲了亲，把孙子递过去哭着就走了。

巧妹抱着孩子，顺着一条道就走了，天挺热的，她也走不动了，就摸索着来到一棵树下凉快一会，歇歇脚。她把孩子撂地上，自己依在树上。寻思歇一歇，刚坐不一会就听"扑通"一声，她心咯噔一下子赶紧去摸孩子，一摸孩子没了，这下可把她吓坏了，孩子掉井里了，我还活着干什么呀，就去摸井，想投井死了，这一摸摸着一洼水，她就用半截手腕在水里摸。这一和愣水，手出来了，又撩了一把水擦了擦眼睛，眼睛也睁开了，她四周一看，这孩子在旁边坐着呢，也没井，就这一洼水。她乐的，跪下就磕头，谢天谢地，这回可有了手，眼睛又睁开了！她哭了，心里也想着报仇。她把孩子抱过来，喂喂奶，凉快着，也踏实了。

待了一会，来了一个卖豆腐的老头。老头也坐下歇凉，巧妹问："大爷，你在哪住哇？""不远，就在前面那个屯子里。""几口人哪？""唉！说起我来吗？太不好了。""咋了？""我和老婆子一辈子没儿没女太孤单了。""大爷，你这么盼儿女，你不会认个干闺女吗？""谁认我呀，怪穷的。""大爷，你要不嫌弃我，我就认您做爹，您就收我做闺女吧！"老头说："那感情好，你有什么人？""我就这么一个孩子，没别人。""那好吧！"巧妹跪下就认爹。这老头一辈子也没人叫他一声爹，巧妹这一叫，老头乐坏了。老头说："好，咱赶紧回家吧，咱爷俩给你妈报喜去。"

老头一头挑着外孙子，一头挑着包袱不一会就到了家门口。还没等进院，老头就喊："老婆子，快出来接闺女！""你疯了，咱这辈子也没个闺女，哪来的闺女呀！"老太太边说边叹气，也不管真的假的就出来了。一眼就看到挑里坐着个胖小子，又看见站着个媳妇。就把他们接进屋了，进了屋，巧妹就跪下了叫："妈！""哎——！快起来快起来。"老太太一看，这回可有闺女啦！乐坏了。巧妹没把自己的事告诉他们，就说："妈，我也没投奔了，我们娘俩就在这侍候您二老吧！"老太太看巧妹长得这么好看，这么年轻就问："那你不找婆家了？""不找了，就守着你们过。"这下老两口可乐坏了，有闺女和外孙子了，就请客，摆席，邻邻居居的都说："二老老来福哇！"老头老太太也不知说什么好了。

巧妹勤快能干，一家人处得可好了。

一天，巧妹对老头老太太说："别用人推磨了，我这还有些碎银子，咱买个毛驴吧！再多积点豆子，咱就不指买了，这样本钱就大点了。"老两口更乐了，就买了毛驴买豆子，这豆腐坊就开大了。豆腐也越做越好，老两口对巧妹和孩子可好了。

第二年，王生中了状元后回来祭祖，再把家人接走。到了家，爹妈都不出来迎他。这王生就纳闷了，他个人就进屋了。进屋一看，爹也哭，妈也哭，也不理他。他问："你们哭啥呀？"他爹说："就凭你这良心，还叫你中状元，哪个官瞎了眼，点了你这个状元了，做了官啦，媳妇也忘了，孩子也不要了。"他妈又说："你这没良心的，我可怜的孙儿也不知在哪呢。""妈！他娘俩呢？""你还问我，你捎来的信上说，让我们把她和孩子赶走，作孽呀！""这没有的事儿,我在信上写着,让二老好好照顾她们娘俩。"他爹把信拿给他看。他接过信一看,说:"爹,你看看,这封信上的字和皮上的字是一样的吗?信皮是我写的,这信谁给换了!"他爹一看:"可不是吗!"一下子瘫坐在地上了。"传送信的!"王生问:"你送信时都在哪落过脚,住过哪个店?"王生又说:"你赶快去查信,我去找夫人!"就可哪地贴开了告示,他骑着马,抬着轿到处找,一连找了三天,也没个人影。

这一天,他又在附近找,走到了这豆腐坊的门口,看人就打听。这老头就家去对她们说:"你们快出去看个热闹,有个状元在找一个少眼没手的夫人和一个孩子,说要把他们接回去,还贴了不少告示!"巧妹寻思了一会说:"爹,你快去揭去,你去告诉他我就是!"老头说:"你这不是有眼有手的吗?""等状元来了,我再告诉你。"这老头就去了。他一揭告示,就有人看着了,把他领到状元眼前,王生忙问:"您知道吗?""我知道,在俺家呢!""那好,您老人家坐轿,赶快上你家去!"巧妹从来也没见过王生的模样,也不认得。王生认识巧妹,一看有眼睛了,也有手了,也闹不清怎么回事,问:"我媳妇没眼没手。"巧妹哭了:"你信上说我不能做掌印夫人,让我和孩子走,我怕为难爹妈就抱着孩子走了。"接着她又把怎么到这家来的说了一遍。王生又高兴又难过地说:"那封信不是我写的,让别人给换了。查信的还没回来,咱们回家吧,二老一起去吧!你和爹坐车,妈坐轿,咱们都回去吧!"这老头老太太可乐了,又有姑爷了闺女又是夫人,这豆腐坊也不开了,就一起来到了王家。进了院,公公和婆婆一看,儿媳妇眼睛也有了,手也长出来了,可真漂亮,满够做夫人的,孙子也会走了,一家人可高兴了。这公公也不哭了,婆婆也乐了,这会正好查信的回来了,一说店主的名字,巧妹说是她爹开的店,马财和后老婆给抓来了,他俩扑通地跪在地上,巧妹说:"还认识我吗?"她后妈抬起头一看,吓得要命。王生问:"信是你换的吗?""是!""你们为什么把你闺女的眼睛剜了,手给剁掉?"马财一听就问后老婆:"你不是让她走了吗?""你不是叫我处死她吗?我就……"巧妹说:"爹!自从娶了这个后老婆,你就经商在外,她瞅着你不在家,就和一个和尚勾搭上了。那老和尚整天来家里和她鬼混,我当儿女的也不能说啥,寻思爹回来再告诉爹。可你回来的那天晚上,也不知咋地把和尚的衣服和袜子放到我的床上了,我正睡觉呢叫你们给召唤醒了。"马财听完才知委屈了闺女,气得照他后老婆就是一脚,正好把她的大门牙踹掉了两颗,嘴里骂道:"贱货,还敢害我闺女,欺骗我!"说完伸手就要揍她,王生没有让他打。马财走到巧妹跟前说:"孩子,爹委屈你了,让你受了不少罪,爹对不起你呀!"王生说:"岳父还是个好岳父,这个岳母实在不良,抓和尚!"等把和尚抓来一问,和尚说:"是她让我干的,她说,要是把巧妹赶走,我们以后还能在一起。"王生说:"来人把这个贱妇和这个和尚处死。"

讲述者:李万杰　曲银霞
搜集者:孙敬斌　王守江
整理者:刘成艳

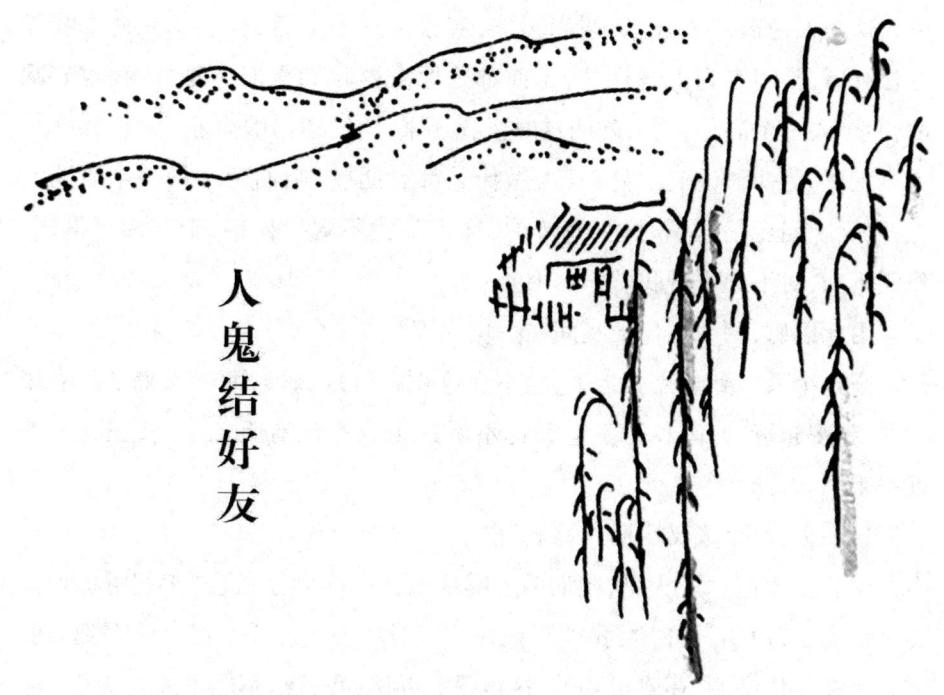

人鬼结好友

　　从前,有一个人姓王,名世元,为人忠诚老实,孤身一人,无儿无女。到了六十多岁,自己在河沿盖了一间小房,又刨了点地自己种,有时间到河里打点儿鱼,打多卖点儿,少了自己吃,每天自己必须喝三顿酒,他在河沿住了两年多了。这天晚间,他正在喝酒,就听门一响,由外面进来一个人,一看进来的这个人,不认识,看年岁也有四十多岁,一身青衣服,来到他面前。

　　王世元说道:"兄弟,请坐吧,来,喝点儿。"说着,下地给拿过来酒盅和筷子,放在桌上,给这个人倒上一盅酒。

　　这个人就坐在王世元对面儿,两个人就喝上了。

　　王世元一边儿喝酒,一边儿和来的人唠着。他细看来的这个人,吓了一大跳,心中暗想:这个人怎么没有下巴呢? 又一想:不对,人没有没下巴的,我是喝多了,眼睛花了。自己擦了擦眼睛,又仔细看了看这个人,这回看明白了是真没有下巴。王世元这个人胆子还真挺大,虽说胆子大也有点儿发毛,仗着胆问道:"兄弟,你姓什么? 家在什么地方住? 怎么天黑了来这呢?来到这有什么事呢?"

这个人说道:"我姓米,叫米云桂,我家离这不太远,住在米家庄。我没有什么事,是闲走到大哥你这,见面都是朋友。咱们哥们有缘分,我也好喝酒,两个人一个酒伴,明天晚间这时候我还来,咱们还得喝酒。"

王世元一听,说道:"好吧,人做什么都有朋友,咱们两个做一个酒朋友吧,明天晚间还是这个时间,我等你,你不到我不喝!兄弟,千万你可得来,你要不来,对不起哥哥我。"

由此以后,两个人每天晚间在一块喝酒。

来这个人一到半夜就走了,也不在这住。就这么样,两个人喝了足有半年多,越喝越近,时间长了王世元也不看这个人有没有下巴了,反正在一块就是喝酒。

这一天,两个人又喝酒,喝到半夜了。

米云桂说道:"王大哥,咱们两个喝这么长时间酒了,这回咱们哥俩不能在一块喝了,由明天开始,我就不能来了。这一回,大哥你就自己喝吧。我和大哥在一块喝酒,还真没喝够,这也没有办法,我就是不能再来了。"

王世元问道:"兄弟,你为什么不来了呢?我和你在一块真没喝够,兄弟你别多心,你也别不来,哥哥我不怕你来喝酒,你来了我是太高兴了,千万你可来,别不来呀!"

米云桂说道:"王大哥,你知道我为什么不来吗?王大哥,你是不知道,咱们兄弟要久别了,你说兄弟我是人还是鬼呢?"

王世元一听大笑,说道:"兄弟,你这不是和我开玩笑吗?是人是鬼我能不认得吗?兄弟你是个人,你不是个鬼,你是一个好人。"

米云桂说道:"王大哥,你说错了,我不是人,是一个鬼。你不用怕我,兄弟不害你,咱们两个没有仇,我能害大哥你吗?我是一个淹死鬼,到明天我死三年了,正是我抓替生的日子到了,抓完替生我就走了。要抓不住替生,还得三年,这是兄弟我出头的日子到了。这是我一件大喜的事情,今天兄弟我和大哥辞行来了。"

王世元问道:"兄弟你明天抓替生,是抓什么人呢?这个人是干什么的?这个人为人怎么样?要是坏人可以抓,要是好人不该抓替生。"

米云桂说道："这个人很好，为人也正，对他母亲也很孝。这个人二十多岁，在街上买了一口锅，他是河南岸郭家庄的人，名叫郭喜龙。他用脑袋顶着锅，上船过河，一上跳板，我就把他推到河里去，他就淹死了。他就是我的替生，他死以后，我就走了。他到三年也和我一样，他再抓替生。大哥，天不早了，我得走了，明天午时正是我抓替生的时间。"说走，站起来就走了。

王世元一看米云桂走了，心中暗想："他抓替生这个人，是一个好人，又有他娘在世，郭喜龙真要死了，他妈想儿子也得想死了。你这不是抓一个替生，这不是成了抓两个了吗？这件儿事我得管，不能见死不救。"

第二天饭后，他什么活也没干，就来到了老龙渡的渡口，找一个地方一坐，等候顶锅的人。眼看要到中午了，大船在河内候客，人都上船了，正在这时，一个头顶着一口锅的人奔大船来了。

王世元来到这个顶锅人的对面儿，高声叫道："谁叫你偷我的锅！"上前夺下锅，往地上一扔，把锅就给摔碎了。二话没说，上前就给顶锅的一个嘴巴，"我叫你偷我的锅！"

郭喜龙这时候也没明白，心中暗想："方才我心里不明白，这是怎么一回事呢？"

这时候，王世元又打郭喜龙一个嘴巴。高声说道："你还偷不偷我的锅了？"

郭喜龙心中暗想：你这个老头，这不是欺负人吗？我买的锅，怎么成了偷你的锅呢？说道："大叔，你别生气，你打了我，我不怪你。你是上年岁的人了，你的眼睛也花了，你是认错人了，我也不用你包锅，这位大叔你快走吧，这口锅是我在城里买的，不是偷你的锅。"

王世元说道："我叫你这个贼小子嘴硬！"

郭喜龙一看没办法，我是一个二十多岁的小伙子，谁家都有老人，我能和他动手打吗？没办法，就躲着他吧。

这么一来，到时间船也开了，王世元也不打了，也不骂了，坐在地上只顾喘了。

郭喜龙说道："大叔，你也累了吧，我真没偷你的锅。你老人家贵姓？在

大
兴
安
岭
卷

189

什么地方住?"

王世元说道:"郭喜龙,你这个小伙子,是一个真正的好人。我说你偷锅,还打你,这是救你的命哪!我不救你,你早就掉河里淹死了,我可是你的救命恩人!"

郭喜龙一听,自己又气又乐。心中暗想:"这个老头子是个疯子,这么一会儿我又成了好人了,你闹得我真不明白。"

王世元叫道:"郭喜龙,我叫王世元,无有儿女,就我一个人,住在那个小房里面。"

"为什么说我救了你命呢?是这么一回事……"才把抓替生的事说了一遍。

郭喜龙一听方才明白,急忙跪下叩头。

王世元到晚间又喝上酒了,这时候米云桂又来了。

米云桂一进屋,面带不悦。说道:"王大哥你可真对得起我抓替生的事,你给我破坏了,咱们二人是朋友,这一次我不怪你。明天已时我还抓替生,我还告诉你,我看还给我破坏不破坏。这个人是阎家村的,他叫阎斌,今年二十岁,他是恶霸阎成太的儿子。阎成太两个姑娘,就这么一个儿子,阎斌仗他爹的势力不作好事。他到河南季家庄去,我把他推到河里淹死,抓他替生,你看看行吧?"

王世元说道:"对!明天我也去看热闹,这么抓替生太对了!应当抓阎斌。因为他是坏人,应当抓,你推不动,明天我也帮你推去!"

就这么,米云桂抓了替生。

又过了五天,郭喜龙和他娘,拿着礼品来到王世元家中,郭喜龙还认了王世元当干爹。

讲述者:石同君

整理者:宋振中

人　杰

有个十七八岁的小伙子叫人杰,他靠给财主家扛活养着老娘,紧紧巴巴地度日。

一天中午,人杰从财主家往地里给长工送饭,走到半路上,刮来一股旋风围着他转个不停,他就放下挑子,从桶里连饭带汤舀了一勺,冲旋风扬了过去,这旋风又围他转了三圈就走了。

人杰送完饭往回走,看见街上贴了一张皇榜,说在这东南方离这二十多里路有一座白碴子山,这山上有一个洞,这洞里每天往外冒黑烟,弄得跟前的村庄每天都烟气冲天,没人能治得了。他们就上报朝廷了。皇帝下旨说谁要是能不让山洞再往外冒黑烟,就赏黄金百两。他看完了也没往心里去,就回财主干活去了。

晚上,他做梦。梦见白天见的那股旋风又来了,风停了,出来个人告诉他去揭皇榜,到那个山洞里去整治黑烟,一定能治好。这样他们娘俩就能得百两黄金。他一连做了三次梦都是这样说的。他醒了以后就跟他娘说了,他娘说:"孩子,你不能去,你要有个三长两短,娘可怎么办哪。"

人杰就劝他娘说："娘，你放心吧，备不住就没事呢，这样我们就能得黄金百两，咱娘俩也不用再过这苦日子了。"

他娘看犟不过他，只好由他去了。

人杰吃了早饭，就到街上揭了皇榜。看榜的人一看，这小孩怎么把皇榜揭了？人杰说：

"我能制得了这山洞里的妖气，你们快去禀报吧，给我派些人来。"看榜的禀报了朝廷，朝廷就派了许多人。到了山洞，用绳子拴在人杰腰上，就把他放到山洞里了。

人杰到了洞底，里面漆黑一片，他摸着朝前走，越走越觉得有点光亮了。又走了一会，前面就大亮了，就看有扇石头门，旁边还有两个蝎子把守着，人杰冲它们施个礼说：

"蝎子大哥，你放我过去吧，我要到里面看看去。"

两个蝎子把头缩了回去，给他闪了条路，他就过了石头门，继续往前走。走了一会，又看到有一道门，有两条大长虫把守着，人杰又冲它们施了个礼说：

"长虫大哥，给我闪条路，让我过去吧，我要到里面看看。"

这两条长虫一听，就给他让了条路，他就过去了。

又过了一会，就看前面有条小河，河面上搭根木头，人杰就踩着木头过去了，到河那边看看没啥，他就又踩着木头回来了。心里想：这洞也没有往外冒黑烟的地方啊？可是我就这样回去，皇上能相信我下到洞底了吗？我把这根木头拿上去，他们也就信我真到洞底了。他到河边上把这根木头扛起来了。

到了洞口，他先把木头让上面人拽上去，然后他也上去了。上边的人就问：

"洞里有啥？黑烟是从哪冒出来的？"

人杰说："洞里啥也没有，我下去了，这洞里也不冒黑烟了，我看没啥拿的就把这根木头拿上来了，你们给我拿斧子来，我劈开看看里面有啥！"

有人递上一把斧子，他把木头劈开了，从里面出来一条二尺来长的小长虫,这小长虫眨眼间就长到有一搂多粗,三丈多长,张着大嘴,嘴里冒着黑烟,这洞口的人都吓得"妈呀"一声,四处跑了,只剩下人杰。

原来这条大长虫是南海观音大士的二徒弟,因为惹了祸,被观世音给压到这洞里,黑烟就是从它嘴里冒出来的。人杰把它弄出洞口,劈开了木头,正是救了它。这大虫对人杰说:

"兄弟,咱俩拜个把兄弟吧,今天你救了我,我得报答你。"

人杰这时也不害怕了,回答说:"那好吧,你再变回到原来的样子,我把你拎到我家去。"

大长虫又变回到二尺来长,人杰拎着它回家了,到了家,把它放水缸后面了。他把到山洞里去的经过跟他妈说了一遍,告诉他妈你就在家等着他们把金银给咱送来吧。

第二天,小长虫对人杰说:"总在屋里待着多憋闷哪!我带你到外面逛逛去,你骑到我身上,我能腾云驾雾,咱俩玩一会,再回来。"

人杰一听说:"那好吧。"长虫又长到一搂多粗三丈多长,人杰骑到它身上,他俩腾云驾雾来到了南海观世音那,南海观世音一看说:

"好你个孽物,你不好好地在那认罚,又跑来干什么!"大长虫一听,吓得掉头就跑,把人杰甩到了一片草地上。

人杰落到地上,一看四周都是草,他就往前走,走了没多远就看前面有两棵桃树,一棵结红桃,一棵结绿桃,那绿桃上还结了一个罗罗网,风一刮呜呜直响,这时候就看一个蜘蛛爬过来,叼着一块石头,塞那网眼上了,那罗罗网就不响了。人杰看着挺有意思的,就把石头够下来,揣到兜里了。然后走到红桃树下摘了一个红桃,闻一闻香极了,吃了一口真好吃,吃完了一个,再看自己的身体一下子长了有一丈多高,浑身长满了毛,像个怪物。人杰吓傻了,这可怎么整!左寻思,右寻思想不出办法,把心一横,左溜我也是这样了,我再摘个绿桃吃吧,他又摘了一个绿桃,闻一闻还是香气喷鼻,他就吃了。刚吃完,就看自己的身体慢慢地缩小,又恢复了原状。他一看,这挺好,就又摘了一个红桃一个绿桃揣到兜里了。这时候天已经快黑了,他看四周也没人家,就躺在草地上睡着了。

忽地一股旋风刮到了他的身边,原来这股旋风就是上次人杰送饭时半路刮的那股旋风,他是酆都城的调查官,上次他走得又渴又饿,幸亏人杰给了他一勺饭。现在他到这桃树底下看躺一个人,仔细一看,这不是给自己一勺饭的人吗！怎么到这来了？这我得救救他,就把人杰叫醒了,说:

"兄弟呀,你赶快回家吧,这地方不是你待的,我送你回去吧。"

人杰醒了一看,这人我也不认识呀,调查官就把他的来历跟人杰说了一遍,人杰一听,那好吧,你送我回去吧。

调查官和人杰走到一条江边,又乘船往家走,谁知船驶到江心就刮起了一股台风,这可吓坏了船主,谁知台风刮到船跟前却稳稳当当的,一丝风也没了,船上的人看了,觉得奇怪,船老大是个见过世面的人,见此情景就说话了:

"各位老少爷们,你们谁身上带宝了,我愿出万两黄金买它。"

船上的人谁也没吱声,这时候调查官就推推人杰,小声说:

"把你兜里的石头给他,让他出十万两黄金。"

人杰把石子掏了出来,递给了船主,船主仔细一看,真的是个宝贝,就问人杰:

"你打算要多少钱?"

人杰说:"我要十万两,要不我就不卖。"

"那好,船到岸,我就派人给你十万两黄金。"

人杰回到家,船主派人把十万两黄金送来了。人杰这下子发了。把他娘乐得不知说啥好了。就张罗盖房子,买要用的东西。

调查官对人杰说:"我帮人帮到底,你还没有媳妇,本村有个刘员外,他有个女儿聪明贤惠,你何不娶来为妻?"

人杰一听,说:"那哪成！人家是刘员外的女儿,怎么能跟我?"

调查官说:"我有办法,我变成个卖绒线的老太婆,到他府里卖线,你装成我孙子,要领你到小姐闺房里,你把红桃放小姐桌上,小姐肯定能吃,吃了就变成人不人鬼不鬼的,她爹一定会贴告示招先生给他姑娘治病,这时候你就揭了告示,装成治病先生,把绿桃给她吃了,刘员外看你医术高明,人又机灵,一定能招你为婿。"

人杰一听说:"那好吧,我们现在就去吧。"

调查官变成个老太太,人杰装成是她孙子,两人到刘员外门前去卖绒线,刘小姐打发人叫进去,她要买些绒线,两人随丫鬟进了小姐的闺房,小姐挑了几样绒线,人杰趁人不注意,把红桃偷偷放小姐的琴桌上了。小姐挑够了线,打发丫鬟送他们走了。

这时,小姐看见琴桌上有一只红桃,闻一闻香极了,恨不能一口把它吃下去,她慢慢地一口一口就把红桃吃了,觉得好吃极了。可是过了一会,就觉自己的身体在往上长,不一会就长了一丈多高,浑身长满了毛,丫鬟一看小姐变成这个样了,吓得赶忙去找刘员外,刘员外老两口来到小姐房里一看,小姐成了一个怪物,也傻了眼,刘员外说:

"这可如何是好,不如把她杀了,埋掉算了。"

他老伴听了可不干了,女儿是她的心头肉啊,她怎么舍得把她杀了呢,她就给刘员外出主意说:"不如我们贴一个告示,要是有能医好我女儿病的,小伙子我们就招他为婿,老和尚我们就送他银两,你看如何?"

刘员外一听,也觉得在理,就答应了,这就派家人贴出了告示。

人杰看刘员外家贴出了告示,就装扮成郎中的样子,揭了告示,到了刘员外家。

刘员外一看来的先生是一个年轻小伙子,就有点不相信他,刘员外问:"你打算怎么治呀?"

人杰说:"我这有一根绒线,你把那头拴到小姐胳膊上,我就能摸出她得了什么病。"

刘员外一听,说:"好!"他就到小姐屋里,把线头拴到琴桌腿上,他是想试一试人杰是不是在骗人。

人杰在这头拉了拉绒线,怎么这么硬,知道是刘员外不相信他,把线拴到桌腿上了,他说:

"刘员外,你怎么把线拴到桌腿上了?"

刘员外一听,哎呀,这年轻郎中真了不起呀!我把线拴到桌腿上他都知道,就赶忙把线解下来,拴到小姐胳膊上。

人杰在这头假装摸了摸说:"你女儿得的病已经没法治了,不过呢,吃了我的仙丹兴许能好,可我有个条件,你必须找十个童男童女,按男左女右分站到小姐两旁,我给她吃仙丹,这十个童男童女得一起喊:'小姐身体归位。'"

刘员外听了,赶紧派家人找了十个童男童女,分站到小姐两旁,人杰掏出绿桃就给小姐吃了,小姐的身体马上就恢复到原来的样子了,刘员外一看,乐坏了,赶快派家人摆酒席让小姐和人杰成亲。

人杰和小姐成了亲,就把媳妇带回家,一家人过上了幸福的日子。

讲述者:白玉福

采集者:凌志伟

整理者:刘绍红

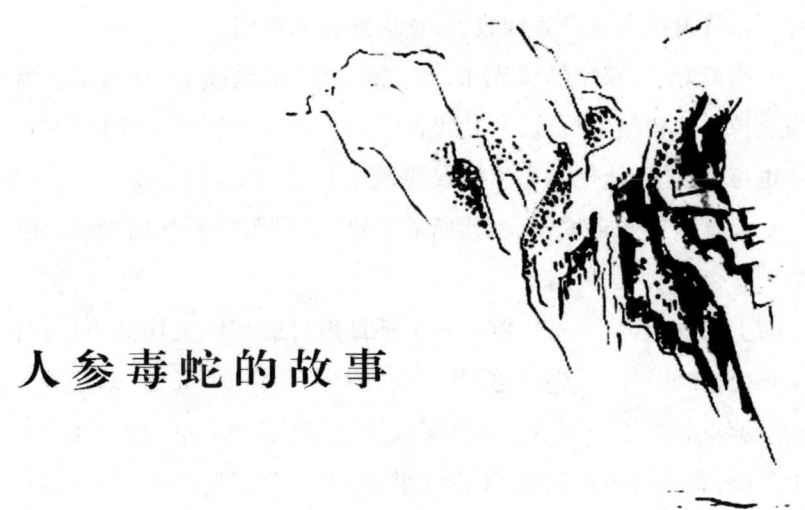

人参毒蛇的故事

　　很早的时候，有那么一座山，叫天长山。天长山山顶有一盆口大的山泉眼。说来也神奇，这泉眼雨天不漫，旱天不干，常年流水，叮咚作响。在山的南面半山腰有座龙王庙，山下有一石潭，潭水清澈见底。从山下到山泉，得翻三道梁，爬三堵崖，跨三条涧，历经千难万险才能攀上山顶，到达泉边。庙里的人要吃水，必得下三百零八蹬到潭边背水。泉水从一深深的石缝中流进石潭，潭水溢出，汇成一条溪流，弯弯曲曲地流向山外。山外坐落着一个小小的村庄，溪水绕村流过。

　　这山每天都在增高，这泉、这庙、这潭也跟着往高里长，因此人们就管这山叫天长山，这泉叫天长泉，这潭叫天长潭了。山外的小村虽说没跟着山往高里长，却因天长潭里淌出来的泉水绕村流过，这个小村也就叫天长村了。

　　这里的故事像天长泉的流水一样流传着。

　　有一年，天长山山洪暴发，把小村子里的三十几户人家冲得房倒屋塌。本村财主钱三麻子硬说是天长山哭了，是这方百姓的灾难，要想消灭灾难，必得在山腰处修一座龙王庙镇守天长山泉泉口，人们半信半疑。于是，钱三麻子派管家挨家逐户齐钱收粮，作为盖庙的费用。

庙修好了，家家的钱光了，钱三麻子的腰包鼓了，仓满了。为了让龙王庙这棵摇钱树接着掉钱，他就叫自己的二哥钱歪脖子去看庙，并把放牛娃天草也打发去了，让他在庙里侍奉钱歪脖子。

天草这年才十岁，从小就死了爹娘，七岁那年就开始给钱三麻子打杂放牛了。

上山这一天，天草哭着离开了平日里打成帮练成块的小伙伴们，来到了龙王庙，在庙里除了整天陪伴天草的龇牙咧嘴的神像外，就是那个待人狠毒的歪脖子。歪脖子还给天草订了些穷规矩，不许天草随便出庙；不许随便上山下山；在庙内不准偷嘴，不准睡懒觉，不准天草回家……

天草除了每天给歪脖子做饭、烧水打茶外，还天天早起打扫庙院。天天必得到山下的天长泉往庙里背满一缸水，上上下下得背十几回。天草在庙里稍有不周，就遭歪脖子的毒打。有一次，当太阳快要落山的时候，天草正在炉旁烧水，眼睛瞅着炉膛里的火苗跳呀跳的，眼皮像两片慢慢合拢的贝壳，怎么也睁不开了——他睡得是那么香、那么甜，歪脖子在卧房等天草提水沏茶，左等不来，右等不来，于是暴怒起来，一边骂着，一边往厨房走来。歪脖子走进厨房见天草睡倒在柴堆上，咬着牙，恶狠狠地揪着天草的耳朵，使劲往起拎。天草从梦中疼醒，见是歪脖子，咬着嘴唇，一声没哼。歪脖子把天草打了一顿，并让他跪在两块石头上，直到歪脖子有了倦意，惩罚才算结束。

庙院里的那棵茶树的叶子绿了又黄——天草在山上快熬过一年了。他是多么想念和自己一块玩耍的小朋友啊！那经常和他一起放牛的春妮、石头……他们的影子老是在眼前晃动。这些孩子们曾几次上山来看望天草，都被无情的歪脖子骂了回去。天草就像小鸟被关进了笼子里，别提有多孤单、多痛苦了，每次下潭背水，眼泪总要流出来。

有一天，太阳还没有出来，天草就扫完了庙院，做好了饭，烧开了水，沏好茶，背上木桶下潭水去背水。来到潭边，眼望着家乡屋顶飘着的炊烟，又思念起小伙伴们来，泪珠簌簌地滚了下来，滴落在潭水里，潭里立刻开出了几朵莲花,眼泪也不知淌了多少,潭里的莲花满了,忽然金光一闪,从莲花中蹦出一个穿红肚兜的娃娃来。

红娃娃三步两跳来到天草跟前说:"小哥哥,你别愁,我来陪你玩。"

天草见来了一个天真活泼的红娃娃,从心里往外高兴。急忙迎上前去,抱起红娃娃,亲切地问:"小弟弟,你叫啥名字,家住在哪儿? 来这做什么?"

红娃娃搂着天草的脖子说:"小哥哥,我叫人参娃,家住这山里,来这为小哥哥分忧愁。"

于是,他们俩在潭里洗澡,互相泼水嬉戏,光着腚在潭边互相追逐、玩耍……真是痛快极了。不知不觉太阳偏了西,天草这才想起要到烧水做饭的时候了,可是,水还没背回一桶,这可怎么办呢? 天草急忙穿好衣服,拿起水桶去打水。

人参娃撒娇地拦着天草,商量说:"好哥哥,再玩一会嘛。"抱住天草不放。

天草着急地说:"好弟弟,别玩了,该到烧水做饭的时候了,缸里还没有水,回去晚了该挨揍了。"

人参娃撒开天草,认真地说:"请小哥哥放心,这点事不算啥,我来帮你做!"

人参娃蹦到荷花上,掐下一片荷叶,做成一个小水桶,又用荷叶桶打满了潭水,人参娃欢快地说:"小哥哥快走哇!"

天草看着人参娃手里拎着小荷叶桶还没有酒杯大,心想,里边装的水还不够一口喝的,能顶什么用! 可是人参娃一定要跟着他上山。天草心里倒是挺高兴,就是担心让歪脖子知道了,怕连累了小弟弟,天草告诉人参娃到庙里别乱跑,要听话,两个人说笑着往山上攀登。

天草背着水和人参娃从小角门走进厨房。天草把桶里的水往缸里一倒,才盖住缸底。天草瞪着两只眼睛,瞅着缸底水发愣。人参娃提起荷叶桶就往缸里倒水,说也奇怪,别看桶里装的水少,却倒不空,一会缸就满了。人参娃看看天草会心地笑了,天草又是惊奇,又是感动,不知说什么好,一下子把人参娃抱了起来,别提有多亲热了。天草在锅上淘米,人参娃在锅下烧火。一会儿,水烧出来了,饭做好了,天草从心里往外高兴。从此,人参娃每天都伴随着天草玩,帮天草干活,天草就像出笼的小鸟,活蹦乱跳的。有时一边干活,还一边哼着放牛时常哼的山歌。

头几天歪脖子没有在意,也没有发现什么,时间长了歪脖子看到天草那种轻松高兴劲,感到非常奇怪,就暗暗偷偷观察天草的动静。

一天,人参娃又帮天草拎水回来,一进院,歪脖子从门缝往外一瞧,惊得目瞪口呆。"啊! 这不是人们传说的那棵宝参吗? 我找了这些年都没有找着,今天竟送上门来了,真该我歪脖子有福气,要能得此宝,甭说歪脖子能直过来,还能长生不老呢!"于是歪脖子急忙找了根绳子,蹑手蹑脚地向厨房走去,人参娃和天草正往缸里倒水,歪脖子突然出现在门口,大声说:"小兔崽子,谁让你把野孩子领进来踏破了我的庙规,赶快把他给我绑上。"

天草一看不好,急忙上前说:"他是我弟弟,就饶了这一次吧!"

歪脖子一脚踢开天草,向人参娃扑去,天草一下子抱住歪脖子的大腿,大声喊着:"小弟弟快跑! 快跑!"

人参娃跑到院中着急地回答说:"我走了,你怎么办?"

"快跑! 别管我!"天草迫不及待地喊着。

歪脖子没命地挣扎着,可怎么也挣不脱,照着天草的太阳穴打了两拳,天草立刻昏了过去。歪脖子挣脱了天草向人参娃跑去。

人参娃前钻后跳,左藏右躲,歪脖子跟头把式,摔得鼻青脸肿,累得呼呼直喘粗气,怎么也抓不着人参娃。在上一个陡坡的时候,人参娃跑到前面,歪脖子紧追着,眼看要追上了,歪脖子脚下一滑,滚下山坡,衣服撕破了,脑袋鼓起了鸡蛋大的包,差点丧了命。歪脖子爬起来向上看了看,人参娃无影无踪了,像斗败的公鸡似的往回走去。

歪脖子抓不住人参娃,把气都撒在天草身上。扒掉天草的衣服,又踢又打,把天草打得皮开肉绽,死去活来,最后把他拖进一间屋子里,锁上门,睡觉去了。

天草在昏迷中醒来,已是深夜了,屋里黑洞洞的,只有那方形的小石窗投进一缕清冷的月光。天草忍着疼痛坐了起来,摇摇头又躺了下去,那一缕月光照在天草身上。

　　天草一天没有吃饭了，疼痛、饥饿像毒蛇一样缠绕着他，但他没有屈服。咬着牙爬了起来，蹒跚地来到小窗下踮着脚使劲地往外看，心里在想：人参娃也不知怎么样了，他赶回家了吗？半路上别碰着野兽。突然，日光下，从院墙里的阴影处蹦蹦跳跳地跑来一个小孩，天草看着看着惊奇地喊了起来："小弟弟！我在这。"声音是那么轻，而又那么清晰。

　　人参娃向小窗跑过来，窗口高，他个子矮，看不见天草，就搬块石头垫上，再蹬在石头上，把手伸过去，一下扯住天草的手说："小哥哥，你疼吗？"

　　"看见你就好了，我不怕疼。"天草说。

　　人参娃急忙从兜里掏出一颗红薯，递给天草说："给，快吃吧！"

　　人参娃担心地说："你能出来吗？"

　　人参娃从头上摸下一颗珠子递给天草说："我去找老歪算账，给你报仇，我要回不来，你就把这颗珠子埋在地里，我就会回来。"

　　钱老歪扒着门缝，见人参娃自己送上门来，心里暗暗高兴，早就准备好了老黄醋、桃木针等东西，人参娃一进门，钱老歪立刻把老黄醋泼了出去，人参娃全身洒满了老黄醋，浑身发软瘫了下去。老歪又拿出两根桃木针，一根穿住人参娃的手，一根穿住人参娃的脚，人参娃立刻变了原形，变成一颗千年的宝参。钱老歪用红布把宝参包好放进柜里锁上，这才长长地出了一口气。

　　钱歪脖子抓住了人参娃，得到了宝参，才又想起了天草，心想：别让这小子便宜了，还得让他给我干活。于是把天草放了出来，钱老歪假惺惺地对天草说："天草啊，你在我家也待了好几年了，别总那么任性，这回也该你有点福气，那个小娃子是颗宝参，你把锅里的水烧开了，等我回来做人参汤，你小子也尝尝"，天草这才知道人参娃被捉住了。

　　歪脖子下山后，天草哪有心烧水。这翻那找怎么也找不到人参娃……

　　东方露出了鱼肚白，钱老歪和钱二麻子正向庙院的大门走来，天草非常着急，忽然想起人参娃告诉他的话，他掏出珠子，埋在土里，只听轰隆一声巨响，烟雾升腾，直冲云霄。太阳渐渐升起来，不多时，烟消云散，再看天长山高插入云,山腰白云缭绕,满山的人参花鲜红耀眼,人参娃、天草在花丛中追逐着。

钱老歪和钱二麻子在响声与烟雾中掉进了山谷,变成了两条毒蛇。

搜集整理者:裴洪义

三十六郎庄的传说

在伊勒呼里山脚下住着一个姓王的人家,祖籍河北省河间县三十六郎庄。

据他说二百多年前,河北河间某地有一对新婚夫妇,家里虽然贫穷但十分恩爱。婚后第二年生了个双胞胎,接着每年一对,一直生了九年,二九一十八个儿子。王家的日子更加清苦,朝不保夕,孩子大的九岁,小的一岁,负债很多。当父亲的愁眉苦脸,当母亲的唉声叹气,孩子们每天吱哇乱叫,要吃要穿,愁死了当家人。

有一天,老王听说村里有人外出去做短工挣了些钱,使他突然想到,干脆脚底抹油——溜吧,免得遭这份罪。他谁也没告诉,和老婆亲热了多半宿,嘱咐她带好孩子,使他老婆也感到有点蹊跷。第二天早晨,又挨着个把十八个儿子亲了一遍,和往常一样下地了。老王一去不复返,王家一母十八子更艰难了,开始几年连粥都喝不上,过着吃糠咽菜的日子。孩子一天天大起来,转眼几年,十八个壮壮实实的大小伙子长起来了,王家也由穷逐渐富起来了。后来,骡马成群,成了当地比较富有的人家。

再说老王流落东北现在的沈阳一带，三四年过去了，家里日子过得不错，有人提亲，开始老王不干，总想积攒几个钱，然后回老家寻找亲人。但天长日久，凭着媒婆的三寸不烂之舌，把老王说活心了，就认为这么多年自己老婆一定累死了，也就同意再婚，又娶了一个媳妇。无巧不成书，这个媳妇过门像外甥打灯笼——照舅（旧），又是一年一对小子，九年又是十八个儿子。但今非昔比，现在吃穿不愁。

光阴似箭，岁月如流，转眼十年过去了，老王的日子流金淌银似的，很快成了当地的富户。有一天，夫妻对饮，老王多喝了几杯，把心事全倒了出来。媳妇一听，说："你怎么不早说，咱们赶快变卖家产，回河间去与大姐团圆。"老王看妻子这般贤惠，深为感动，表示不愿回河间去见那边受苦的母子们。怎奈妻子真心诚意坚持要回去，不几日将家产变卖，打点了十车行装，起程回河间去了。

晓行夜宿来到河间家乡地界，老王吩咐二里之外找个客栈住下，自己脱去长袍缎褂，穿上粗布衣衫，想先回家看看。刚进村口被老牛倌认出："你媳妇打发孩子到处找你，你可来了，真是福祸有数，你的儿子都长大了，日子非比寻常，快回去看看吧。"老王心中有愧，撕撕扯扯来到家中。老伴悲喜交加，泪水像断线珠子落满前襟，边亲昵地数落，边让儿媳妇烧火做饭。

饭后老王还是要走，全家人都给他跪下了，连儿子带媳妇黑压压一大片，无奈，老王只好留下。更深人静之时，老伴要说点体己话，办点体己事，老王执意不从，并说明天要走，说什么"看看放心了""对不起她"之类的话。老伴越发伤心，痛哭不止，老王只好说出自己再婚经过。意料之外，老伴非但没有生气，反而马上吩咐儿子们套车去接"二妈"。孩子们多有惊奇，老伴一摆手，全家人前呼后拥就去了。

到了客栈，老王的原配老伴首先步入老王后老伴的房间，说道："妹妹安好。"老王的再婚老伴一下跪在地中央，称道："妹妹给姐姐请安了。"然后二人紧紧拥抱。姐姐招呼儿子们给二妈见礼，孩子们齐刷刷地跪下，又吩咐接二夫人回府。

在姐妹共同商议下两家合为一家，共三十六个儿子，加上已过门的媳妇们,孙子、孙女们七八十口子人,日子红红火火,没人不称赞的,自此,这个村子改叫三十六郎庄。

几辈子过去后,老王的后代们各有各的志向,又分道扬镳,遍及全国十几个省,其中一支辗转来到了伊勒呼里山下。

搜集整理:郑殿君

山峰莫日根①

很早以前，多布库尔河岸上住着一位老猎人，他有一个儿子叫山峰莫日根。

山峰莫日根从小跟阿玛学了一手打猎的好本事，再加上有一把祖传的弓箭，这一带猎人都说他是神箭莫日根。

一天，山峰出去打猎，走了一上午什么动物也没碰见，来到一条小河边，刚坐下歇一会，看见对岸有一个姑娘。姑娘唱着歌，还向山峰招手。姑娘手里拎着用桦树皮编织的小筐，上面插着一朵小红花，她望着山峰唱：

"多布库尔河的猎手啊，
有动物怎么不去猎取？
你的箭法那样好，
只要付出辛勤的汗水，
幸福就一定属于你！"

---

① 莫日根：狩猎劳动生活的鄂伦春族的英雄猎手。

山峰什么话也没说，拉开弓，一箭就射中了筐上的小红花。姑娘望着被射掉的小红花说："这算什么本事？如果你真是好样的，一箭能射下十五只飞雁，我才佩服你呢！"说着话，天上飞过来一群雁，飞的是人字形，山峰说："这也没办法射呀！"大雁又排成一字，不多不少正好是十五只，他用力拉满了弓，一箭射去，十五只飞雁从空中掉下来。姑娘看了又说："这算什么本事？你能到大白山把山魈①打死，我才佩服你。"姑娘说完话就不见了。

山峰回到家就问阿玛："听说大白山有山魈，它在什么地方，我要把它打死。"老人说："这几年不知让它吃掉了多少好猎手，现在猎人谁也不敢去大白山。"山峰非要去不可，老人说："山魈经常是在天黑以后从洞里出来找吃的，山的南面有一棵最粗最高的杨树，它就在那附近活动。"

山峰准备好了弓箭、猎刀和一切东西。第二天一早，骑上马直奔大白山。

不知走了多少天，有一条河挡住了去路，山峰正愁着没法过河，这时骏马在岸边扬着头高叫一声，就在背上长出一对翅膀，腾空飞过了一层一层白云。成群的小鸟在马蹄下飞过来，飞过去。

来到山跟底下，马收了翅膀。山峰找到了大杨树，又找一个好地方等着山魈出来。三天过去了，也没看见山魈的影儿。他躺在山上睡着了。不知睡了多长时间，被一阵大风惊醒，睁开眼睛一看，站着一个红鼻子、白嘴巴，比马还高的怪物，它浑身是紫黑色的长毛。山峰猜想这就是山魈。这时候他想用箭射，来不及了，他就拔出猎刀照准它的心窝，可这时山魈张开盆口那么大的嘴，一口吞下了山峰。山峰在它的肚子里就用猎刀猛刺，刺得山魈满地滚，嗷嗷直叫，不一会就死了。山峰用猎刀在肚子里割开一个口，从里面钻了出来。山峰收拾好东西，没等骑马走呢，那个姑娘又站在他面前。姑娘说："你把山魈除掉了，这也算不了什么。如果你真是个好样的，你就到三千里的乌尔逊河岸去找阿依杰姑娘，她能帮助你照顾好老父亲一辈子。"姑娘说完又不见了。

---

① 山魈：传说中山里的独脚鬼怪。

这一天早晨,山峰回来了。山峰说:"阿玛,那个山魈让我打死了。"老人高兴地说:"你真为咱鄂家除了个大害呀!"

山峰对老人说:"阿玛,乌尔逊河岸有个阿依杰姑娘等我去娶她,来照顾您老,让我去吧!"老人一听马上摆了摆手说:"那地方可去不得,那是一条有去无回的路,有多少人不是走一半就回来了,你还是去打只狍子回来吃吃吧! 叫别人娶那个阿依杰吧。"

山峰一宿也没睡着觉,当天边刚刚发白的时候,他就走出仙仁柱①,骑上马,奔乌尔逊河方向跑去。

跑了五天五夜,刚来到伊敏河畔,就刮来一阵旋风,旋风从他身边过去时,听到旋风里有女人哭叫声,山峰拔出猎刀使劲往旋风甩去,只听到不是好声地叫了一下,旋风刮了不远,在原地旋了一阵就没有了,哭声也听不到了。山峰跑到旋风消失的地方去看,是一个很深很深的洞,黑咕隆咚的看不到底。山峰想一定要下去救出那女人,若不她的命就没了。可是这么深的洞怎么下去呢? 这时候他的马说:"你就在我的颈上拔几根鬃毛,我吹一口气,你就变成了虫子,可以爬到里面去了,我在上面等着你。"

山峰爬到底下一看,一个满盖②躺在那里,身上还插着一把猎刀,这猎刀正是自己的,他拔下猎刀,又连刺了几刀,看满盖死了,又去找那位姑娘。他在一间房子里找到那个姑娘,当她发现有人拿着猎刀进屋时,吓得抱着头大哭起来。这时他对姑娘说:"我是猎手,叫山峰莫日根,刚才旋风卷着你过来的时候,正好从我身边过去,我听见了有人哭,就拔出猎刀向旋风里刺了一下,刚才我已把满盖杀死了,咱们快出去吧!"姑娘听到这些话后放心了。赶忙来到洞口。可是这么深的洞没法出去,这时,山峰就用猎刀在洞壁上挖小坑,不知挖了多长时间,让姑娘蹬着小坑往上爬。姑娘爬出去了,山峰又踏着小坑往上爬,他爬到洞上面时,姑娘已经不见了。他四处寻找也没找到。这时,马和山峰说:"她已经走了,咱们还是赶路吧!"

---

① 仙仁柱:鄂伦春族人游猎时用木杆搭的住屋,上面围着兽皮和桦树皮。
② 满盖:传说中的魔鬼。

山峰一路又来到一座大青山跟底下，被山霸王的喽啰挡住了去路，说这是山霸王的地盘，不让过去。山峰说了许多好话，怎么也不行。山峰拔出猎刀把两个喽啰砍倒了。又走不多远，又遇到两个喽啰。山峰拔出猎刀又都砍倒了，这时，已来到半山腰，又遇到两个小喽啰。一个胖墩墩的小喽啰说："来个生人，我回去报告山霸王，你在这守着，不能让他闯进去。"山峰看报信的喽啰刚走，就把那个大个的喽啰砍死了，就跟在胖墩墩的喽啰后面走。他看着小喽啰走进了山霸王的院里后，山峰就躲起来了。

山霸王听小喽啰报告，骂了一声："真是个废物！"然后就走出了屋子。山峰早已做好了准备，用足了劲，拉满了弓，一箭正射中山霸王的前胸，嗷的一声，山霸王倒下了。那些喽啰光顾往回抬山霸王了，等他们想起来找箭是哪射来的时候，山峰已经走了。

山峰穿过了大青山，终于来到了乌尔逊河岸，见到了阿依杰姑娘。两个人见面后流下热泪，随后就骑着马回到家中。从那以后，山峰每天出去打猎，阿依杰照顾老人和做家务活，一家人过上了好日子。

搜集整理者：管仲恒

山神爷的传说

　　在很早很早以前，也不知道是什么年间了，一直到现在，大兴安岭还流传着山神爷的故事。

　　过去，在伐木人居住的地方，有很多山规。上山伐树，休息时不许坐树墩，吃饭不许敲筷子，打碎个碗也是不吉利的……进山的人们都不约而同地遵守着这些山规。要说故事，还得从头说起。

　　在大兴安岭的南坡，坐落着一个村庄，村里住着几十户人家。他们以伐树、打猎、种庄稼为生。虽说是深山老林，生活却过得很美满。村东头郑家，老两口守着一个十八岁的儿子生活。一天，突然来了一个大汉，黑头发，红脸膛，浓眉大眼，到村中讨饭吃。他来到郑家，老两口急忙端出剩饭，这人狼吞虎咽，不一会就足足吃完了一盆饭。饭没了，盆光了，他筷子一放，身子一歪，呼呼地睡着了，呼噜打得山响，一会儿，说起梦话来："你们这些人，破坏了山神爷的规矩，乱伐树、乱打猎，如果不改的话，在三月三这天就叫你们遭灾遭难。……"大汉整整睡了一个时辰，起来二话没说就走了。

　　第二天一早，郑家三口人就分头挨家挨户地告诉大伙，把大汉的梦话一五一十地说给乡亲们听。可是人们都不信，照常上山砍树、伐木、打猎。就这样一天天地过去了，没有发生什么意外的事。到了三月三这天上午，突然满天乌云，狂风大作，飞沙走石，随着风声来了一个怪物，胆大的人偷偷地睁开眼一看，不知是什么东西，人们吓得逃的逃、跑的跑，跑不动的就被吃掉了。傍晚时分，死里逃生的人才往家里走，从此人们才相信山神爷的存在。每逢三月三，人们都到山神庙里烧香磕头。临上山伐树、打猎时，也要先敬敬山神，三月三这天，山神庙里的香火就更加兴旺了。

据山里的老人说，山神就是老虎。

口述者：李化

搜集整理者：许德林　宿庆和

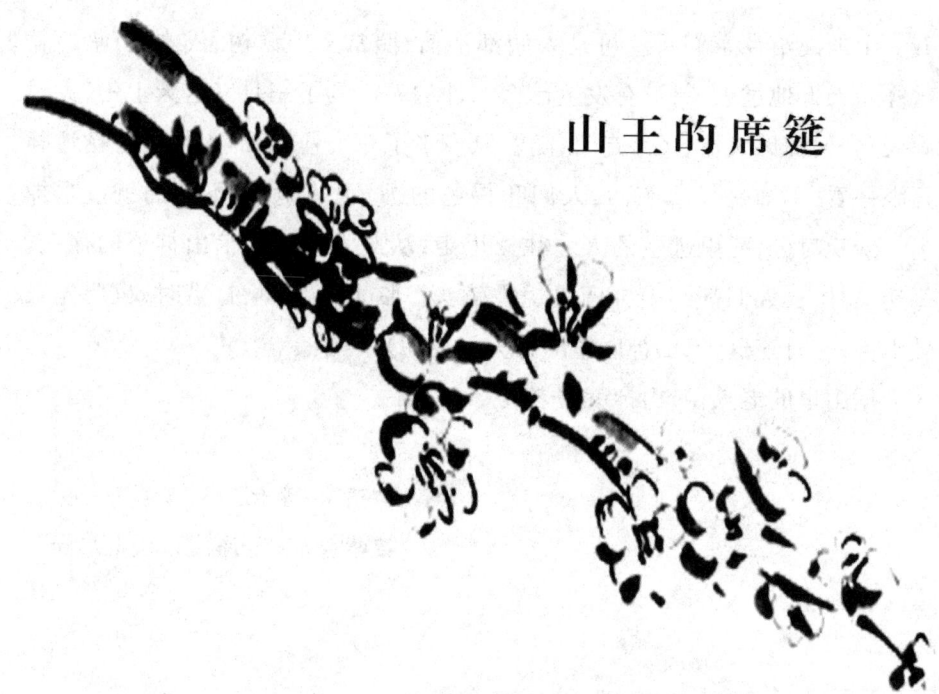

山王的席筵

在远古时代,大兴安岭经过两次沧桑之变以后,展现出一派生机勃勃的景象。骄阳直照、赤道毗邻、果树繁生、鲜花盛开、百鸟欢唱、群兽聚居,真是一个富饶美丽的地方。

聚居在大兴安岭的鸟兽应有尽有,它们天然地汇成一个动物群体。然而,在这里也有生存的斗争,鸟兽深受鳄鱼、巨蟒、河马三害的威胁。在孔雀、锦鸡的献策下,老虎带领猛犸、黑熊、野猪、金钱豹等,经过英勇奋战,终于把三害杀死大半,剩下的逃往南方去了。在这场战争中,鸟兽一致推选老虎为山王。山王老虎按照鸟兽特点和战功对下属的鸟兽加封了一批"官爵"。封孔雀为右丞相,锦鸡为左丞相,猕猴为殿阁大学士,鹦鹉为翻译,小兔为近侍,百灵鸟为乐师,青蛙为司鼓,封猛犸为大元帅,黑熊为先锋,野猪、金钱豹、犀牛为大将军,又封狐狸为参谋,狼为内侍兼管家。山王的众卿绝大多数恭敬正业、秉公无私。可是狐狸自以为聪明,狡诈多端,狐假虎威;狼以为自己是内侍兼管家,成天恭奉山王,就贪心滋长,横行无忌,它俩的名声越来越坏。但是这个动物的群体还是生机盎然。

黑龙江民间文学丛书

日月荏苒，转眼过去几十年。山王的五十大寿就要到来。在这前几天，参谋狐狸和内侍管家狼进行了一番布置后，并向山王启奏：大王勇武外刃、威震山林，今值大王五十大寿，一定要隆重地庆祝一番。文武官员早就为大王准备了甘甜的果酒，醇香的鳇鱼肉，还有各种美味佳肴，请大王让鹦鹉代你写好请柬，邀请文官武将前来赴筵，以示大王的恩典，岂不美哉！壮哉！山王老虎见参谋管家为自己如此尽心，乐不可支。不但采纳了狐狸参谋的谏言，还将"群臣"准备的最好的美酒和大块鳇鱼肉提前赏赐给狐狸与狼。此情此景，被近侍小兔全部看在眼里，并告诉了鹦鹉。

紧接着山王的五十大寿的吉日良辰来到了，被邀请的文官武将纷纷前来朝贺拜寿。豹将军见席面上并无请柬中所说的最好的美酒佳肴，首先向鹦鹉发问："这是怎么回事？上等果酒、鳇鱼肉何在？"鹦鹉说："我写请柬时，美酒佳肴一样不少，听近侍小兔禀知，是大王把甘甜果酒和醇香的鳇鱼肉提前特批赏赐给了内侍管家和参谋了。"

猛犸元帅听了，嗷的一声叫喊，一手掀翻了桌子；黑熊先锋一拳打碎椅子；野猪大将军挥动锋利齿剑向管家刺去；金钱豹大将军扑向狐狸参谋格斗；锦鸡、孔雀左右丞相急得干扎撒着手，无力阻止这场冲突；百灵鸟乐师本想开筵后欢奏喜乐，见这种情形也傻了眼；胆小的近侍小白兔也吓得跑出宴会大厅，逃进密林；犀牛将军虽然也很生气，但它怕乱子闹大了不好收拾，只好出来调和解围。山王老虎大吼一声："这成什么体统？我是山王，美酒佳肴赏赐给谁是我的权力，况且我赏赐给的是有功有谋之臣。"众官员多是不服。

右丞相孔雀摇动着美丽的羽翎扇让文官武将们静下来，山王老虎大啸一声："众爱卿肃静，请右丞相说句公道话。"

孔雀丞相说："论勇武善战应数黑熊先锋和诸位大将军；论文才韬略应数左丞相锦鸡、殿阁大学士猕猴；论口才讲演应数翻译鹦鹉和乐师百灵鸟。这些功臣谋士应当优先奖赏，而狡猾奸诈的狐狸参谋和贪心横行的狼管家，他们不干有益群体的功业，只想献媚山王，狐假虎威，狼狈为奸，追名逐利……"山王老虎没等丞相孔雀说完就怒吼道："岂有此理！气杀孤王！你这个不识抬举的丞相，竟敢在大庭广众之下混淆视听，颠倒黑白，这是有意中伤孤王的爱卿。让众人扫兴、出丑！你……你这是……"说着，恼羞成怒，向右丞相孔雀扑去，孔雀哈哈大笑，展翅高飞。锦鸡、鹦鹉、百灵鸟也随着孔雀向南方飞去。

猛犸元帅气怒不过，与山王老虎格斗起来。猛犸说："我要用利刀挑死你这贤愚不分、赏罚不明的山大王。"一场恶战，老虎被猛犸挑的满身伤痕，险些死去。猛犸身上仅有的几根毛被老虎拔掉。

据传说，山王的这场筵席造成了极坏的后果，不欢而散的筵席使一些名鸟南飞，珍兽远奔。这就是大兴安岭现在没有孔雀、锦鸡、鹦鹉、百灵鸟、猛犸、金钱豹、犀牛的缘故。也是因为这场筵席造成野猪、黑熊不服山王老虎，相遇时常格斗，同时造成了狐狸、狼和小白兔的仇恨。狐狸和狼常常以吃掉小白兔来撒气。高悬在天空的骄阳看清了山王老虎的愚蠢，一气之下把赤道南移 3 万里，使大兴安岭一年长寒 7 个月，以示对这里的山王老虎、狼和狐狸的惩罚。山王老虎见"群臣"远遁，天气严寒，自觉孤独无趣，也只好奔走小兴安岭和长白山去居住了。有时大兴安岭也出现山王老虎的踪迹，这不过是山王老虎回来看看有什么变化没有。

搜集者：王作锋

善女儿与恶继母

很久很久以前，在漠河县北边的黑龙江畔，有个大王村。村里有一户人家，家中只有父女两人——老汉王成和十岁的女儿英莲。父女俩相依为命，靠种田为生，虽然日子清苦一些，但也还能吃饱肚子。

英莲自幼失去亲娘，命很苦。但她却很勤劳，孝顺，不管日子再苦，也从来都不叫屈。每天晚上，王成睡不着，想起白天女儿做饭、洗衣服、收拾屋子、耕种，看见累了一天的女儿睡得正香的时候，就觉得对不起死去的老伴，对不起女儿，就琢磨着给英莲找一个继母来帮助她。

于是，王成就给英莲找了一位继母——刘氏。自从刘氏做了英莲的后娘以后，英莲的命更苦了，父女俩的日子更艰难了。刘氏对英莲非常刻薄，天不亮就叫英莲去挑水、做饭、洗衣服，晚上织布到深夜。

不久，王成就让刘氏气死了。临死时，将英莲叫到床前，将家业交给她，并且叮嘱她："刘氏好歹是你的母亲，不要和她闹翻了，慢慢她会对你好起来的，不然就没人照顾你了，能忍的你就忍一下吧。"刘氏听说了，从外面跑进来，大骂王成："老不死的，将家业交给一个这样的小姑娘，你是看她是你的亲骨肉咋的?"老汉王成一口气没上来,含恨死去。从此,刘氏将英莲看作眼中钉、肉中刺,总想拔掉,就加倍地折磨英莲。

这一天,英莲从早忙到晚,感到非常疲乏,想躺下休息。可刘氏却将一半沙子和一半谷子掺在一起,倒在一间黑屋子里,叫英莲不许点灯在天亮之前把沙和谷分开。之后,将英莲凶狠地推进黑屋,锁上门。在这间不见一丝光亮的黑屋里,面对着沙谷堆,英莲不由想起死去的爹娘,伤心地哭了。这时,有一个声音对她说:"勤劳善良的英莲姑娘,不要伤心,我们来帮你。"英莲一看,原来是一群萤火虫和蚂蚁。"你先睡觉吧,明天后娘一定会有什么事让你做去呢!"英莲就找了个地方和衣睡着了。

第二天,刘氏开门一看,气得直哆嗦。原来沙、谷已分开了,英莲还睡得非常香。刘氏气不打一处来,操起一根木棍照英莲身上打去,英莲被打得遍体鳞伤。刘氏恶狠狠地递给她一只桶说:"只用这只桶去屋后井里提水,把水缸装满!"英莲想起爹爹临死时说的话,就忍气吞声地去屋后打水。到了屋后她犯了愁,水离地面这么高,只有一只桶,其他什么也没有,怎么办?她急哭了,眼泪滴入井里,井水立即满了。英莲高兴地把水缸打满了水,刘氏见了说:"你是用绳子提的,想哄我,没那么便宜! 哼,三天不给你饭吃。光吃饭不干活,那还了得! 快去把那缸水变得像蜜那样甜,不准放糖。"说完进屋睡觉去了。

英莲看着一缸水,怎么办?她急得团团转,她恨继母不该这样无理。一只小蜜蜂对她说:"不要着急,我们来帮你。"说完飞走了。一会儿,一群蜜蜂飞来了,把酿好的蜂蜜抖落到水缸里。刘氏从屋里伸伸懒腰走出来,尝一尝缸里水,啊,又香又甜,如蜂蜜似的。刘氏又对英莲说:"你到屋后去种地。"英莲到了屋后。从早晨到现在她还没有吃饭呢,没干活就饿得眼冒金花、头发昏。这时,有一只小鸟落在井沿上,对她直叫,并且送给她一粒红豆,英莲吃了后,立刻感到不饿了。她高兴地干起活来,小鸟则在一边唱歌,天天如此。

却说三天过去了,英莲回到家。刘氏想一定把她给饿坏了,非常高兴,谁知一瞧她比以前更白了,更胖了,刘氏觉得奇怪。第三天,她就偷偷地躲在一棵大树后。小鸟又来了,眼睛里含着泪水,把一粒红豆送到英莲手里,英莲吃了后,小鸟说:"我活不长了,这是给你的最后一粒红豆,等我死后,你就将我埋在这里。"说完小鸟伤心地哭了。突然,小鸟说:"后娘来瞅、后娘来瞅。"刘氏从树后跳出来,把小鸟打死了。英莲伤心地将小鸟埋在井边,哭昏了,泪水滴在小鸟的坟上,长出了一棵枣树苗,见风便长,很快长成了一棵大枣树,开花、结果了。

英莲从此失去了一个忠诚的朋友,也没有人每天给她送吃的了。每当她干活累了、饿了的时候,便想起了那只可爱的小鸟。想起了小鸟,她就扑在树上伤心地哭一阵子。枣树上经常落下一些果子,英莲吃了后,不累也不饿了。时间长了,刘氏知道了,就把枣树锯掉了。英莲就用枣树做了一个枣木棒槌,天天用它来敲打刚洗过的衣服。英莲一打一大朵莲花。刘氏看见了,就强装笑脸地向英莲借棒槌。她拿出自己最好的衣服来,一打一个大窟窿,一打一个大窟窿。刘氏气得跳起来,把棒槌扔进火坑。三天了,也没有烧坏。就在她低头去看时,一颗火星崩瞎了她的双眼,不几天就死了。英莲便和本村的一位勤劳的小伙子成了亲。从此,过上了幸福的生活。

整理者:梅玉静

神箭手的奇遇

很早以前，在长白山一个满族部落里有个叫智理化雄的猎人。由于他勇骑善猎、箭法神奇、聪明勇敢，深受部落长的宠爱和部族的尊敬。

智理化雄年轻勇敢，在部族猎手中号称神箭手。

一年冬天，神箭手智理化雄带着强弓和铁箭，背上行囊和食物，从部落里向长白山深处进发了。第三天，他发现一群虎踪，仔细察看足踪，这群虎足有十只，以他多年狩猎的经验，断定是一个特大虎种中的一个家族，其中一只是身躯巨大具有统领虎族权威的虎王。神箭手智理化雄喜出望外，于是就跟踪下去。智理化雄他行走如飞，只用了三个时辰就赶上了虎群。他为了安全，一跃飞上一株千年古松，蹲在树丫上，从身上摘下强弓，从壶中拔出铁箭，刚想射虎。这时，一件奇怪的事情发生了：只听一声尖厉怪叫，群虎一齐伏在地下，一动也不敢动，好像被这一声怪叫吓破了胆，伏首待毙。叫声一停，这时只见从大松树上跳下一个金毛怪兽，看上去像猿而非猿，像狗又不是狗。这怪物跳到一只虎的头上，用利爪首先抓掉虎的头皮，然后抓漏虎的头盖骨，用嘴吮食虎的脑汁。说也怪，当怪物吮食那只虎的脑汁时，其他的虎既不逃跑，也不群起反击。等怪物吮食完第一只虎脑时，又跳到另一只虎的背上，在吮食中十分贪婪和得意。

这时，智理化雄看到群虎里有一只身躯特大的虎，双目流着泪，看看被怪物吃的死虎，又看看未被吃而一点反抗力没有的虎，然后连连向神箭手叩头，智理化雄凭多年的狩猎经验知道，这怪物是深山密林里少有的猰貐，是虎的天敌，如不援救，这一虎族将被猰貐食尽，何况那大虎哀求之叩头，足见爱子之心。他决定救援虎群，杀死猰貐。于是他持弓搭箭，箭如流星，只见"嗖"，"嗖"两箭，射死了刚刚跳到大老虎背上的猰貐。

猰貐被射死了，虎群得救了，智理化雄心中感到格外快慰。这时，见虎王欢快地一声叫，其他的几只虎都站了起来，一再向神箭手点头晃尾。智理化雄说："你们走吧，我决不伤害你们，希望你们也不要伤人才好。"虎王领着它的家族，走进了密林的深处。

智理化雄跳下大松树，剥下猰貐的皮后就往家中走。不几日，他就回到家。有天，智理化雄清晨起来，发现他家的院内放着两只野猪，每只足有三四百斤重。智理化雄把这事告诉给父亲。智理化雄的父亲说："听老人讲，野兽中以虎为王，虎虽然凶猛，但它们也懂得思想和富有情感。如此看来，这两只野猪一定是你救过的那群虎为你送来的，以示酬谢。"智理化雄听完父亲的一番话后，觉得虎是值得保护的。神箭手找来几位部落猎友将野猪收拾完后，全部煮上，请部落的人都来品尝味道。大家都说："这野猪的肉味真好，如果我们能把它捉来家养，啥时想吃，就杀一只，这该有多好啊！"部落长对智理化雄说："你能把野猪捉来家养，造福于我部族吗？"神箭手说："我愿为部族人做事，不管怎么危险和辛苦，我在所不辞。"品尝野味的酒会在欢乐中结束。

第二天，神箭手又带上弓箭与行囊出发了。这次，他是带着部族的重托去猎取活野猪的，任务十分艰难。神箭手在长白山寻找野猪的踪迹，已经渡过了七天七夜的时光，但是一点收获没有。但他仍不灰心，继续搜索，可是因为多日来吃不好睡不好，过于劳累，他依偎在山石旁睡着了。在梦中，忽然一声野兽的吼叫，神箭手机警地跃身而起，拿起弓箭一看，一只躯体硕大老虎正伏在自己的身前,仔细看来,这正是他救过的那群虎中的王子,因为头顶皮被怪物撕的伤尚未全好。只听那只虎王低声叫着,并用嘴拉扯着神箭手的腰带。聪明的神箭手于是就跟虎王走了。走过一片密林,见一座小山前有十多只虎围住一群野猪。神箭手马上明白了,虎王正带领虎族在为自己助猎。

神箭手刚要拉弓搭箭,但又停了下来,他想,我要猎取的是活野猪,哪能用箭射呢?但活野猪猎到了,我怎么往回带呢?虎王看到救命恩人的为难,于是低叫几声,说也怪,十几只虎赶着几只野猪向神箭手的家乡方向走了,虎王也随后跟着去了。神箭手一想,也就跟着群虎去了。

群虎将几只野猪赶到神箭手家的村落外停住了。猎人马上飞跑到村落,召集几十名青年猎友,拿着套索赶到村外。这时虎王一声欢吼,带领虎族们走了。十几位青年,在神箭手的指挥下,套住了老虎赶来的野猪,放到事先准备好圈里饲养起来,越繁殖越多,于是在这个满族部落中兴起养猪风。不久,远近的满族部落也来这里求换仔猪。于是猪则成为满族人家中主要饲畜。后来,满族人的财富多少也曾用家中养多少猪而论。据说,杀完猪,吃完肉,将猪下巴骨挂在屋外显眼处,哪家屋外挂的猪下巴骨多,哪家就是最富有的。自那以后,满族部落则以养猪擅长名扬华夏,以流传给其他不善养猪民族所效仿。

搜集整理者:王作锋

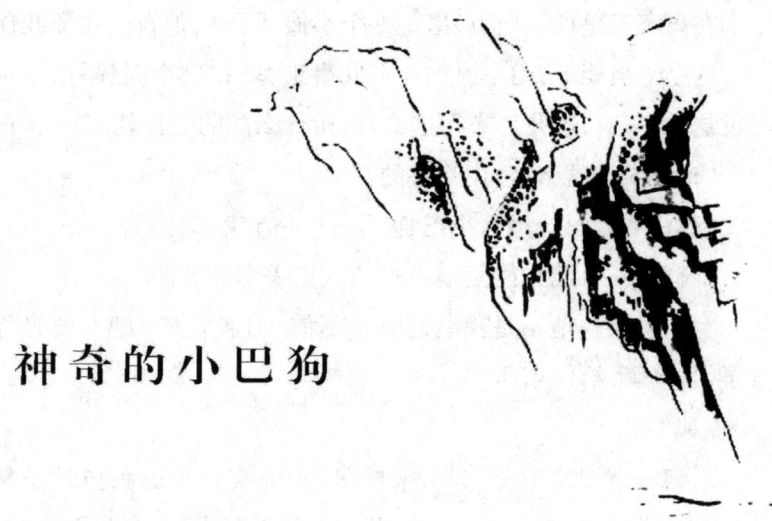

神奇的小巴狗

从前,有这么一家,一共三口人。哥哥、嫂子和小叔子。他家日子过得还可以。

他嫂子看不上小叔子,嫌他吃得多,又不能干活。其实这小子也不少干活。当他上山砍柴时,哥哥和嫂子就背着他吃饭,当他回来时,啥吃的都没有了,只剩一点半点的疙瘩,吃点垫吧垫吧也就拉倒了。

时间长了,他嫂子更看不上他,嫌他碍手碍脚的,和他哥哥商量分家。开始哥哥挺可怜他弟弟,后来,经不住嫂子常唠叨,也就变心了,同意和弟弟分家。

弟弟寻思,分家就分家吧,在哪儿都是干活,命大了,命小了,死就死吧!就这样,他们就分家了。

分家的时候,哥哥给了他一条小巴狗,一个马犁子,一套破行李。

在离家三里地的地方,搭了一个小撮罗子①,他自己在那儿住。

这小子挺能干,用小巴狗在那儿翻地,就在这个时候,来了一大帮商人,路过这儿,一看,这儿地犁得这么好,用什么翻的呢! 就问这小子:

"这地翻得这么好,用啥整的?"

"你没看到吗? 用这小巴狗,犁子,还有我。"

"哪能呢,小巴狗能翻地吗?"商人们表示怀疑。

"咋不能,这地不是我翻的吗? 不信,咱们轧东②吧。要是你输了,给我金子,我输了,给你东西。"

"那好吧!"

不到一袋烟的工夫,翻出来好多地,确实是小巴狗拉犁子翻的,商人们输了,就给他一些金子。这小子得到金子以后,买点吃的,买点穿的,日子过得挺好。

他嫂子以为小叔子已经冻死了,饿死了,想不到他还活着呢! 对他哥哥说:"你去看看你弟弟吧,他吃啥呢,怎么还活着呢?"

哥哥听了老婆的话,就到弟弟家去看了,他一看,弟弟还挺好的呢,吃的、用的啥都有,就问他弟弟:"这些东西从哪儿来的?"他就把怎么来怎么去的告诉了哥哥。

他哥哥回家跟他嫂子一说,把他嫂子气坏了,对他哥哥说:"咱们把小巴狗整死!"他们商量好了,趁弟弟不在家时,把狗给整死了。

他弟弟回到撮罗子里,发现唯一的伙伴——小巴狗没有了,感到很伤心,找来找去也找不着。他想了想可能是让嫂子给整死了,就到哥哥家去问了问,哥哥蛮不讲理地说:"叫我整死了!"

"整死的狗,放哪儿啦?"

"上西天去了!"

他跑到林子里,找到了那条心爱的狗,给它挖了个坑,埋上了土,使劲地

---

① 撮罗子:鄂伦春语称"斜仁柱",是一种用木杆搭成圆锥骨架,外蒙兽皮或桦皮,顶尖留孔的帐篷。

② 轧东:泛指争输赢。

哭啊哭啊。

自此以后，他天天上那儿去看一遍。

有一天，小狗的坟头上长出一棵小松树正在滴答滴答地滴金子。他感到很奇怪，树上怎么会滴金子呢？他就天天去接金子，日子长了，接回来不少金子，够吃够喝的，还盖了房，添了马，又买了不少干活的工具。

这事，又给哥哥嫂嫂知道了，他们寻思：小巴狗已经整死了，弟弟怎么还是那么有钱，这是怎么回事呢？他嫂子又打发他哥哥上他家去了。

他对哥哥还是很尊重的，如实地告诉了哥哥。他哥哥回家之后和老婆一说，老婆气得够呛。对他哥哥说：

"你把小松树给我拔掉！"

他哥哥就照着老婆的意思办了，把小松树拔了，放在炉子里烧了。

他弟弟又去给小巴狗上坟，一看小松树没有了，金子也没了，这可把他气坏了。他知道，这是他嫂子干的事，就去找他嫂子，他挺生气地说："我的那棵小松树呢！"

她嫂子说："我扔炉子里烧了！"

他一边哭一边扒拉炭灰，扒拉扒拉就找到像黄豆粒似的铮亮的东西，他寻思寻思可能是宝贝，就填嘴里咽肚了。

吃了不大一会儿，他就想放屁了。他寻思：放屁是咋回事呢？可能是宝贝在作怪呢！他把白布放在炕上，坐在那儿放屁。一会儿，白布变成花布了，那图案各色各样，可带劲了。他想：这下可来钱了。

他跑到街里，使劲地喊："谁家有白布请拿来，我一放屁，就会变成好看的花布。"大伙不相信啊，他说："不信就试试！"有人拿出白布来试试。他一放屁，真的就能使白布变成花布，那花纹还特别好看。大伙一看，确实是像他所说的都拿出白布求他放屁，放个屁，给不少金子，他得了不少金子，又能维持生活了。

他嫂子寻思小叔子的小巴狗死了，小松树也烧了，怎么日子过得还挺富裕呢？这是什么缘故呢？他嫂子打发他哥哥上他家去问问。

他哥哥对他说："你哪来这么多的钱呢，还吃得这么好？"

这回他长了一个心眼,不给他哥哥说实话了,对他哥哥撒了个谎说:"我在大锅里烀了一锅面糊,半生不熟的,我都吃了,吃了以后,我能放屁,使白布变成了花布,这不就有钱了嘛!"

他哥哥寻思:"这倒是挺好的活,又省劲又能挣钱。"回家就和老婆一起烀了一大锅面糊,半生不熟地都吃了。吃了之后,他哥哥就到街里卖屁了。

他哥哥到街里也像他那样地喊:"谁家有白布,请拿来,我一放屁,白布就会变成好看的花布。"大伙寻思,又是他来了,拿出白布让他哥哥崩花纹。

他这一使劲,遭了,窜稀①了,把白布都给整埋汰了。大伙一看,都挺生气的,就把他哥哥好顿揍。他哥哥身上被打得没有一块好地方,好容易才走到家。

以后,他哥哥体格不好了,日子也就越来越穷了,就上弟弟家要饭。弟弟看哥哥挺可怜的,就给他一点吃的,从此他哥哥就依靠着他过日子,他嫂子也非常后悔。

讲述者:孟玉花

采集整理者:叶磊

---

① 窜稀:拉肚子。

受气的媳妇回娘家

寒风吹断河边柳，

冰雹打落迎春花，

受气的媳妇乌娜吉，

跳出苦海回娘家，

哪依耶，哪依斯耶，

跳出苦海回娘家。

故事发生在很久很久以前的古老松林里，传说那时天无晴日，地无绿容，林木枯萎，群兽远逃。猎民们半月二十天也打不着一头野兽，孩子们饿得直叫唤，老人们瘦得皮包骨。

游猎在青山里的库玛哈乌力楞的猎民们，更是难上加难。只有酒鬼巴拉黑，因为靠上了外国富商，当上了通事，才整天酒肉不离口，撑得咯嘎乱叫。巴拉黑虽说也是鄂伦春人，可他三天一趟江东，五天一趟河西，早让外国富商的老酒糊住了心，替他们盘剥穷苦猎人。

两年前他用两瓶老酒把茨尔滨的老猎人孟古呼特灌醉，没花一文钱，就把老猎人的独生女儿骗娶过来,这姑娘就是乌娜吉。乌娜吉虽说心灵手巧,可嫁给了没良心的巴拉黑也少不了处处受气。

那巴拉黑整天泡在酒缸里,却不给乌娜吉一顿饱饭吃,张口就骂,抬手就打。这媳妇实在受不了饥饿毒打的苦难生活,就打定主意逃回娘家去。一天巴拉黑又喝了个酩酊大醉,打了乌娜吉一顿之后就睡了。乌娜吉赶忙收拾一下自己的东西走出部落,一口气跑过了几个山头,回头一看离巴拉黑的撮罗子越来越远了,才站在山顶唱起来:

> 失群的小鹿哟,
>
> 回到了森林;
>
> 入笼的飞龙鸟哟,
>
> 打开了笼门;
>
> 天神恩都力呀!
>
> 保佑我见到亲人。

乌娜吉边唱边走,转眼间天阴下来,雷声隆隆,大雨哗哗地打在她的身上。受气的媳妇只好找个山坡平地,砍来八根木棍搭起一个撮罗子,又累又饿的乌娜吉刚一倒下就睡着了,睡到半夜忽然觉得有个东西伸进来碰她。外面狂风刮得吼吼直叫,撮罗子里一片漆黑,伸手不见五指,受气的媳妇真是害怕得不得了。她伸手一摸,啊!原来是只虎爪。乌娜吉心想这下可完了,刚刚跳出了苦海又要落入虎口……不由得落下了眼泪。

过了一会往外一听,觉得那老虎也像是在哭,眼泪像雨点一样吧嗒吧嗒地打在乌娜吉的撮罗子上。乌娜吉心里很纳闷儿,老虎不吃我反倒哭起来是什么原因呢? 又待了一会儿她感到老虎没有伤害她的意思,就仗着胆说话了:

> 虎大哥,虎大哥,
>
> 你为啥落泪,为啥伤心,
>
> 难道你也和我一样,受人欺凌?

老虎道:

> 善良的人哪,

你有一颗金子一样的心，

如果你没忘记自己的苦处，

就该救救遇难的"山神"。

受气的媳妇听了老虎的话就鼓起了勇气，打着了火镰，点起松树明子，来到了老虎跟前。只见那只斑斓大虎胸前带着一支利箭，伤口流着鲜血。又见那老虎向她投来恳求的目光，心里着实地可怜起来。于是她赶忙拔出箭头，为老虎擦洗好伤口，又上了些刀伤药。那老虎得救之后站起来向受气媳妇点点头，摇摇尾巴就走了。

第二天太阳还没出来，受气媳妇就起来了，推门一看，在她的撮罗子门前放着一只烤熟了的狍子。于是她唱道：

背阴坡上长毒草，

向阳坡上开奇花，

受苦的人哪，

总会遇上山神"白那恰"。

受气媳妇唱完了歌，朝天上拜谢了天神恩都力，朝山上拜谢了山神白那恰，饱饱地吃了一顿狍子肉就上路了。她刚翻过一道山梁往山下一看……可不好啦！只见巴拉黑骑着快马追上来了。乌娜吉不顾一切往树林子里猛跑……可是人怎么能跑过马呢，那巴拉黑穷追不放，很快就堵住了乌娜吉的去路。狠心的巴拉黑，拔出猎刀朝乌娜吉猛刺过去。就在这千钧一发之际，忽听石砬子上一阵长风平地而起，直扑巴拉黑而来，就听啪啪两声巨响，那巴拉黑连人带马被打下山崖。当受气媳妇睁开眼睛时，就看见巴拉黑已摔死在山脚下，一只斑斓大虎卧在乌娜吉面前，她一看明白了，这虎大哥救了她，要驮她回家……

受气媳妇跨上了虎背，拍拍虎头就上路了。她骑在虎背上只觉得两耳生风，大树一排排地往后倒下。不多一会就到了茨尔滨河，回到了娘家。

讲述者：孟南杰

整理者：暴侠

狻猊

早先，有个佐领，他有个乌娜吉长得水灵灵的，还练了一身好武艺，不少乌河汗想娶她，她的心可高了，谁也靠不上边。

有一天，乌娜吉正练武，冷不丁刮起一阵大旋风，上柱天，下柱地，黑乎乎，把乌娜吉卷起来就往西北去了。佐领一看乌娜吉给刮走了，差点昏过去，赶忙下令所有的人去找乌娜吉，找不着回来杀头。

佐领手下的人都去找了，好几天也没找着，回来的人叫佐领杀了不少，吓得那些找不着乌娜吉的人也不敢回来了，就躲在外边。佐领急得满嘴起大泡，一个月过去了人也没找回来。

北边有个乌力嫩，住着老两口，六十多岁了，没孩子，他俩想孩子都快想疯了。一天，老太太跟老头说："实在不行，咱们跟天神要个孩子吧？"老头一寻思也行，老两口就跪在地下拜天神，老太太说："我愿把大拇指剁下，变成小孩，求天神保佑。"说完一刀就剁下了大拇指，用布包好，装在桦皮盒里。老两口天天磕头作揖的。赶到第七天，小桦皮盒里有人说话了："哎呀！闷死我了,快把我放出来。"老太太一听乐坏了,赶忙打开小盒,一看里边有个小小子,老两口抢着抱,咋也稀罕不够。一寻思是天神赏给他们的,又使劲给天神磕了三个响头。打这以后,老两口像得了宝似的,天天嘴都合不上,给孩子起了个名叫乌伦都善。乌伦都善长得可快了,一天长一寸,本事可大啦!有一天他上山溜达,猛地看见刮过来一阵大旋风,他捡起一根棍子照风打去,眼瞅着掉下一撮毛,又听着风卷着说话声:"我才十八岁就要死了,谁能救我,我就嫁给谁,我的阿曼是佐领。"一边哭一边叫风给卷走了。

乌伦都善回家跟俄聂说:"我看见佐领的乌娜吉叫风给卷走了,我能救她,我这就去告诉佐领。"说完就去找佐领,说他能救乌娜吉。佐领听了挺乐,就派两个人跟他去。他领着那两人先回到家,俄聂给他拧了根长长的马鬃绳子,编个筐,带着三个飞鼠,就往山里去了。走了好几天,看见一个山洞,里边黢黑的,啥也看不着,乌伦都善说:"我下去看看,你俩用绳子把我放下去,我带着飞鼠,你们看第一个飞鼠上来就是找着乌娜吉了,见着第二个就快往下放筐,把乌娜吉拽上来,见着第三个,再放下去筐把我拽上来。"那两人说记住了。乌伦都善就下去了,到了底儿,越往前走越亮,跟白天似的,有条小河,乌娜吉正坐在河边梳头。乌伦都善变成个小苍蝇落在她肩上说:"佐领派我救你来了!"乌娜吉说:"狻猊把我抓这儿来,它可厉害了,你能打过它吗?"乌伦都善说:"我拼死也要把你救出去!"乌娜吉说:"等到半夜,你再来,狻猊睡觉睡得两眼发红光,它那屋挂着一把大刀,你拿刀把那头大黑猪杀了,狻猊的灵魂就在黑猪肚子里,是个铮亮的圆球,把它打碎了,狻猊才能死。"说完乌娜吉就回去了。

天一黑下来,乌伦都善猫在狻猊的门外,到了半夜,看狻猊的眼睛像盆那么大,通红。他就进屋拿起大刀把那个黑猪杀了,把肚子里的圆球拿出来砸碎了,再进屋看看狻猊,死了。乌娜吉跑过来跪在乌伦都善跟前说:"谢谢你的救命之恩,我愿意做你的阿提坎。"乌伦都善一连气放上来两个飞鼠,上边那两个人把筐放下来,乌娜吉坐在筐里上去了。乌伦都善又放上去最后那个飞鼠,干等也不见绳子放下来,一直到天黑了也没把绳子放下来,乌伦都善一看没招,就在这儿待着吧!

那俩人把乌娜吉拽上去,就说:"猰㺄来了,快跑啊!"乌娜吉不知咋回事,就跟着跑,跑到半道,他俩就抢乌娜吉,都要她做自个的阿提坎。乌娜吉说:"你俩别打了,我先见我阿曼再说。"三个人就回去了。

乌娜吉见了阿曼,哭得泪人一样,说乌伦都善人胆大、心眼好,又说那两个人心坏,要阿曼处死他俩。佐领听了,就杀了那两个人,又叫人出去找乌伦都善。

再说乌伦都善坐在乌娜吉梳头的小河边,一抬头看见两条长虫打仗,一白一黑,眼瞅黑长虫快叫白长虫咬死了。他捡块大石头一下子就把白长虫打死了,黑长虫在地上扑棱了三个滚,变成一个小伙儿,跪下就给乌伦都善磕头说:"谢谢大哥救了我的命。"俩人唠了半天,拜了干兄弟,小伙子叫敖罗木都可产,比乌伦都善大两岁,是哥哥。乌伦都善把救乌娜吉的前后咋回事说了,完了才说:"我落到这儿也是咱俩有缘,往后咱俩就在一堆吧!"敖罗木都可产说:"你的事先别愁,慢慢想招,现在我先领你见我俄聂阿曼去。我背着你,你闭上眼,我不叫你睁你千万别睁。到了家,阿曼一看你救了我,必得重谢你,把全部家产送你一半,到时候你别的啥也别要,就要一个小盒,那是个宝盒,他会给你的。"说完就背着乌伦都善走了。只听耳边风呼呼直响,不大一会,敖罗木都可产说:"兄弟! 到家了!"乌伦都善睁开眼一看:清堂瓦舍的大院,就进去了,见了阿曼俄聂。他们一看这是儿子的救命恩人,不知咋谢他好,认乌伦都善做干儿子,又说:"你救了我儿子的命,这家产给你一半。"乌伦都善说:"阿曼俄聂,我一个人,没家没业,成天在外面打猎,给我那些东西我也管不过来,你们要是愿意就给我一个小盒,留个念想。"老两口一听,二话没说,就从房梁上拿下小盒,给了他,说:"就把它送给你,要开时你就说,'宝贝活罗,沙仁特葛',就要啥有啥。打开的时候千万别叫别人看见,别人看见你有宝,会害死你的。"

他们住了一宿，第二天早起敖罗木都可产背着乌伦都善，把他送到山下，说："兄弟，我不能再送你了，剩下的道你自个走吧。"哥俩眼泪巴叉地分了手。乌伦都善顺着道往回走，走到天黑了，正好碰着一户人家，他就在人家边上住下，掏出小盒说："宝贝活罗，沙仁特葛，我要房子、被褥。"刚说完，就变出个斜仁柱，还有狍皮褥子。这工夫旁边正好有个人，把这些都看着了，寻思这小盒是个宝，等乌伦都善进去睡觉了，他就拿把大斧子把乌伦都善劈死，拿着小盒跑了。

敖罗木都可产在家待着没事，冷不丁觉得不得劲，一算，知道乌伦都善让人害死了，宝盒让人抢走了。他用法术一勾，就把小盒勾回来，带着它就去找乌伦都善。走到那儿一看，他的尸首都分家了，赶紧变出一挂车，八匹马，拉着乌伦都善就往乌伦都善救过的乌娜吉的乌力嫩去了，到了佐领的斜仁柱外面，就喊："谁能救我的弟弟乌伦都善，他让人给害死了。"乌娜吉在斜仁柱里坐着，就觉着闹心，想出去溜达溜达，刚迈出门口，看见车上的乌伦都善，差点昏过去，一下子扑上去抱住尸首大哭："我的丈夫，你这是叫谁给害死了。"哭得死去活来，敖罗木都可产一看这乌娜吉是真心实意地哭，就把她拽上车来，赶着车到树林子里，把乌伦都善搁到地上，围着他左转三圈，右转三圈，嘴里叨咕着，拿出一粒仙丹，塞进他嘴里，转眼工夫，只听"哎呀！真累，疼死我了。"乌伦都善慢慢睁开了眼睛，活了，一下子看见干哥哥。敖罗木都可产说："你看看谁来了？"乌论都善一看乌娜吉站在旁边，不知咋回事。他干哥哥说："俄聂给你小盒时告诉你别让人看着，你咋不小心，让人给害死了，我赶车去拉你，又去找乌娜吉，她对你真心实意，差点哭死，往后你的小盒千万收好，别再让人看着，我走了，你俩好好过日子吧。"他就走了。

乌伦都善领着乌娜吉去见佐领，佐领见了他别提多乐呵了，赶忙摆上酒肉，让他俩拜堂成了亲，全乌力嫩的人都来喝喜酒。

过了三天，乌伦都善领着乌娜吉回自个的乌力嫩，见了俄聂，俄聂的俩眼都哭瞎了，就是想他想的，乌伦都善说："俄聂，我回来了，给你领来了阿提坎,她就是大佐领的乌娜吉。"俄聂听了,乐得赶紧用手摸乌娜吉的脸,说:"这回我可放心了,我的孩子,让我想得好苦啊!"乌伦都善说:"俄聂这回不用愁了,我的干哥哥给了我宝盒,咱们能过上好日子了!"说完拿出宝盒,变出来了房子和金银财宝。打这以后,三口人过上了好日子。

讲述者:丁秀琴

翻译搜集者:孟秀森

整理者:张桂忠

他爹十七儿十八

过去有一个学生上的是私学，学堂离家挺远，天天带馒头。他每天把馒头放到学堂的厨房里。有一次去拿馒头，馒头没有了。第二天又放到那，馒头又没有了。他心想：这可怪了，我带的馒头昨天没有了，今天又没有了，我见天①挨饿还行了！

这一天，他想，我倒要看看，是谁把我的馒头偷吃了。他把馒头放在盆子里，盆子上边摞盆子，反摞一个，正摞一个，反摞一个，正摞一个，一摞摞挺高。他想，拿我的馒头时不注意盆子稀里哗啦掉下来，我就能听见有人拿我的馒头。

到了晌午，放学了，学生都走了，他就扒门听着，想看看到底是什么玩意儿。正好到了正当午时，听见盆子稀里哗啦就响了，他开开门就跑过去了，一看是个白胡子老头儿。穿得破衣拉撒的，手里拿一把破扇子，腰上系条破腰带子。他说："老爷爷你也不像话呀，我见天带的馒头你给我吃了，我见天

① 见天：每天。

挨饿,你要吃的话我明天多带点儿,把你这份也给你带出来。"

白胡子老头说:"孩子,你也不用带了,我也不白吃你的馒头,我送给你两件礼物吧。"说着,老头就把腰带子解下来,送给他。

他一看这腰带子破得一缕缕的像线似的了。他说:"我不要你这破腰带子,我家的腰带子都比你这新哪!"

老头说:"你要着吧! 这腰带子要系到身上啊,人死了一辈子不带烂的。"

"哎哟! 这可是个宝玩意儿啊!"

老头儿又说:"这把扇子呢,你要是说上哪去,叫声小扇儿小扇儿我要上哪去,这小扇儿一扇能飞起来;人要是死了,小扇儿一扇还能活。"

"哎呀! 这又是一件宝物。"这学生接过来揣到怀里回家了。

日久天长,这小孩也能作妖①啊,一天放学后,日头快下山了,他就琢磨:说这小扇儿会飞,我看它会不会飞,他拿出小扇儿,把腰带也系上,说:"小扇儿小扇儿你给我飞!"呼的一声,他腾空驾云就飞起来了,飞呀,飞呀,越飞天越黑了,他也不熟悉路还切②飞呢! 一看这哪行,说:"小扇儿小扇儿你给我落!"这一落落到一个员外家院子里,这里是青堂瓦舍。他也不认识这是谁家,咋出去呢? 犯愁了。一看楼上有个灯亮,便说:"小扇儿小扇儿我要上楼。"呼一声,他就飞起来了,飞到楼上走廊,从纸格子窗往里看,里头点着灯看不清是什么人。他用舌头把纸舔破了点儿,一看是小姐的屋。

小姐在屋里看书,听到窗外有人走动声。开门出来一看,是一个十七八岁的学生,就把他让到屋里。小姐想,在我屋里窝藏男人让老人知道了可了不得。怎么办呢? 屋里有个大装衣柜,对! 把他藏到柜子里。

小姐对丫鬟说:"给我拿两个馒头,我饭量增加了。多拿点儿!"这样每天让丫鬟多拿饭,一待半月有余了。

一天,小姐姥姥想念外孙女,让人来接去住几天。丫鬟来禀报小姐,小

---

① 作妖:淘气。
② 还切:一个劲、不停。

姐一听,这可不能去住,柜子里还有一个人呢!

夫人听说女儿不想去姥姥家,就上楼对小姐说:"儿啊,姥姥想你,你得去啊。"

小姐以为当天就能回来,告诉丫鬟说:"你去买几斤点心,我去看望姥姥。"临走前把买来的点心都塞在柜子里了。

小姐坐轿走了,眼看要到姥姥家了。西边上来云了,一会儿就瓢泼大雨下起来了。这雨下了七七四十九天。姥姥说啥也不让小姐回去,愁得姑娘面黄肌瘦,眼看就要不行了,这时雨也住了,外头像发大水似的,摆着小船把小姐送回来了。

小姐到家一看人饿死了。这怎么办呢? 正在发愁,丫鬟上楼来了。她看见小姐说:"小姐,你怎么瘦成这样了?"小姐说:"着凉了,身体不好。"小姐一再琢磨。要不让丫鬟帮我想道儿? 尸体老在柜子里放着也不行呀! 就把这事和丫鬟说了。丫鬟听完说:"那好办,找几条带子接上,把他捆上系到楼下。后花园里有个多年的秫秸垛,把他埋到秫秸垛底下就拉倒了。"小姐一听觉得也对,就找几条各样的带子接起来。把学生竖下楼了,然后把他抬到秫秸垛底下埋上了。

再说小姐已身怀有孕了。就把这事告诉了丫鬟,丫鬟道道儿挺多,说:"那好说呀,等你生了孩子,咱们把他扔大街上,后脚领着老太太上街逛逛,不就把孩子捡回来了吗?"

不久小姐就生了,丫鬟包吧包吧抱着扔到大道边儿上,然后领着老太太去串门,一看道边儿上有个有红似白的胖小子,就抱回去了。后来又把孩子送到小姐的姨家去抚养。

这孩子特别灵,十六岁当秀才,十八岁当状元,当状元后回来上坟祭祖,来到了老员外家,相隔已十八年了,老员外和夫人相继去世了。当年的小姐还没出嫁,因为她心中有自己的后代。

状元来见姐姐时,小姐一看这是自己的亲生儿子。已长成人,眼泪就憋不住了,一对儿一对儿往下掉。状元见姐姐这样伤感,便问原因。姐姐不说,哭着哭着就不由得叫了声:"儿啊!"状元听愣住了,便问:"姐姐,我怎么成了你的儿子呢?"她就把来龙去脉都讲了。状元说:"那么我父亲是谁?现在在哪?"她说:"你父亲是一个学生,就在咱们楼下秫秸垛底下,现在可能烂得光剩下骨头棒子了。"状元说:"把父亲的骨头挖出来,给他好好修个坟墓。"说着就下楼去了。

老员外家的秫秸垛已不像样子了。状元在那扒呀扒呀。他妈告诉他这样扒那样扒。三扒两扒扒出一把扇子来。正好用扇子扒,忽噜一下子扇子打开了,扇乎扇乎他父亲就活了,起来了!他上去抱住了父亲的腿。

十八年了啊。他父亲擦去脸上的沙子,揉揉眼睛打了个哈欠,说:"哎呀,这一觉儿睡的!"当年他爹死时年十七,现在状元已经十八岁了。

讲述者:陈伯年

整理采录者:凌志伟

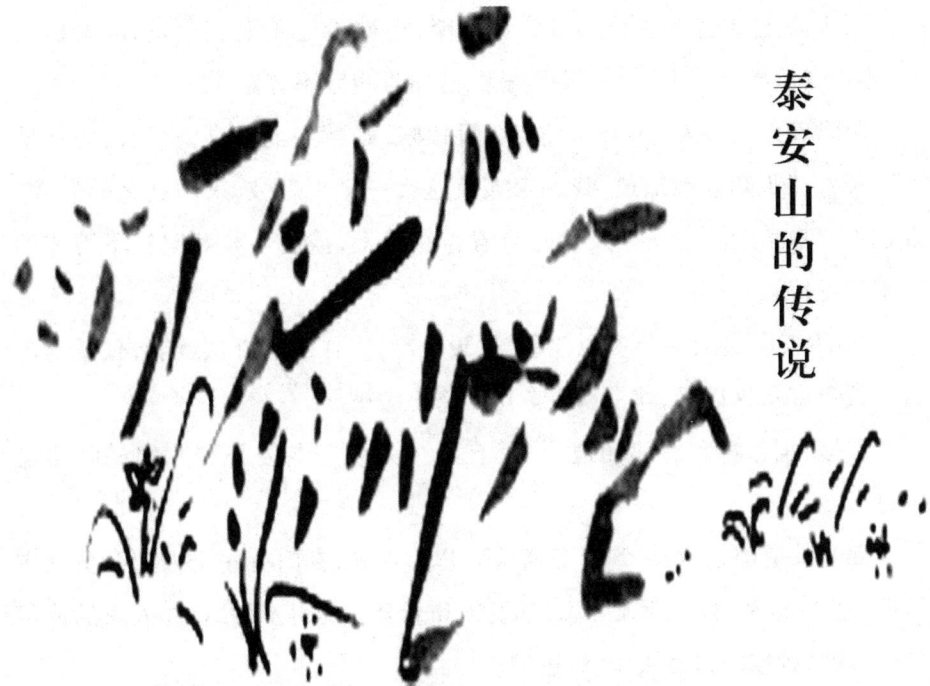

泰安山的传说

有这么一家子四口人,老少三辈,老头领着儿子儿媳和一个小孙子,日子过得可穷啦!

穷得没有招哇,儿媳妇领着将近三岁的小儿子整天出去要饭。他男人一看,上有老下有小,挣钱没地方挣,种地又没有地,这日子可怎么过呀!他愁得没法,一狠心扔下一家人,偷着跑东北去闯关东了。

他媳妇领着孩子跟老公公在家苦熬着,她每天领着孩子出去要饭——关里那饭不好要哇!就要点胡萝卜根、红薯叶什么的,对付着活。

晚上睡觉,全家就有一条小破被,夏天还好混,冬天就不好办了。她把这被给公爹盖上,自己搂着三岁的小小儿趴在锅灶上。半夜孩子冻醒了,哇哇直哭。她公爹一看这娘俩冻得这样,就把被拿过来,蹑手蹑脚地给儿媳和小孙子盖上了。儿媳妇出去要了一天饭也累了,睡得迷迷糊糊的也不知道。

天快亮时她醒了,听见公爹冻得哆哆嗦嗦地直打牙帮骨,一摸这小被给她娘俩盖上了。她赶紧爬起来,又把被给公爹盖上了。

天天晚上就这么过。她怕冻着公爹,把被给他盖上;公爹怕冻着她娘俩,半夜又给她们盖上,折腾来折腾去,冻得谁也睡不好觉。

眼瞅着天气一天比一天冷,实在没招啦,她就点上一支诚子香,跪在地上念叨着:"天知道地知道,我一家人就这么一床小破被,来回这么轮着盖,谁也不得暖和。俺们三口人只好合着盖在身上,挨着不暖和吗?不管咋的冻不死呀!"

念叨完了,她就对公爹说:"爹呀,天太冷,实在没有办法,咱爷仨就合着盖这被吧!"从这以后,就三口人盖这一床小破被。

慢慢,东邻西舍的都知道了,就有不少人说这老公公和儿媳妇闹得可不好。

那时有道德会,每年到泰安老母那儿降香去,专门有一个人到会员家齐钱①。经过她家门口,那人寻思,都说她和老公公闹得不好,这样人家的钱不能要,就从她家门口过去了,没进屋。

她也不知怎么回事,心里想:"真看我没有钱了!到我们门口都不进屋。我呀,管他咋的呢,也得想法攒几个钱给泰安老母降香去!"

过了几年,可下攒两个钱。这天,齐钱的又从她门口过去了,她出来说:"大娘啊,你别走,我还有三毛香钱呢,快溜给泰安老母买封香!"

齐钱的用眼睛一夹她:"不要!"

她不明白怎么回事,心想:"看我没钱,还是瞧不起我呀?"

这时正好东院的大婶子走出来,她就问:"大婶子,你去降香吗?"

"是啊,我也去降香。"

"你看,我要去降香,刚才齐钱的来,我给她三毛钱买香,她不要,还用眼睛那么一夹我。"

那大婶子说:"咳,你这媳妇就别去了。那降香得真人、鲜亮人,就你这样的能降香吗?"

---

① 齐钱:收钱。

她忙问："婶子,我咋的啦?"

"你咋的啦? 你跟你公爹盖一个被谁还不知道哇!"

这媳妇一听就火了! 转身拿着钱自个就上泰安山去了。走在道上,前头的人用眼睛夹她,后面的人用手指她的脊梁骨,心里头都寻思:别人降香,她这样的也来降香?

到山上,她买了香,磕完头,就一家伙栽到舍身沟子里了!

人们都围上来,七嘴八舌地说:"看没看着? 她心不诚来降香,这下子怎么样,泰安老母一下子把她推到沟里去了吧?"

这时有人说:"不管咋的,咱们都是一个庄上的,她家里还有公爹和孩子,咱们把她的尸首抬回去吧。"

这些人心都挺好,凑钱买了个小薄皮棺材,把她装进去,他们抬着就往回走。越往前走这棺材越沉,越走越沉,走到庄头了,大伙都说:"歇歇吧,这棺材太沉啦!"

这边刚撂下棺材,就看见这媳妇夹着个簸箕拿着个小笤帚,正从磨房里往外走出来。她冲这帮人就问:"你们抬的啥呀?"

大伙都愣了:"哟! 这是怎么的,活见鬼了! 抬的是她,她怎么又从磨房出来了?"

大伙赶紧掀开棺材盖,一看里面人没了,只见一块明晃晃的金匾,上面写着"贤孝牌"。

大伙这才明白这媳妇是清白的,就把金匾抬到她家。正在挂匾,就看来了一乘轿,前呼后拥的一帮人跟着,一看就是个官老爷。

这轿抬到她家门前就落下了,走出一位大官。大伙仔细一看,原来是她男人!

原来,她男人跑到东北,因为穷,他一股怒气支着,发奋努力,后来就当上了官。

从此以后,这一家人又团圆了,他家盖了一座前出狼牙后出梢的大瓦房,过上了好日子。

　　　　　　　　讲述者:王义香

　　　　　　　　采集者:谷丽辉

　　　　　　　　整理者:高志刚　　殷国善

天狗吃月亮

好多年以前,有这么一个村庄。村里有一个好心的小伙儿,心肠特别好。

这天他出门路过一片草塘,走着走着冷不丁看到一条蛇。起初,把他吓得一愣,往后退了好几步。

再仔细一看,这蛇有碗口来粗,一丈多长,肚皮底下有条一尺来长的口子。它正围着一棵草来回蹭。蹭一下,它伤口就好点。蹭过几下,伤口就全好了。这条蛇就走开了。

这小伙子一看,哎呀,这简直是宝草! 就到跟前一看,这不是灵芝草吗? 就把它薅下来了。

他拿了灵芝草,就高高兴兴往家走。走着走着,忽然看见路边草堆里有一只乌鸦。他捡起一块石头往那一撇——乌鸦没飞。他走到跟前一看,乌鸦是个死的。他寻思:我为啥不把它救活呢? 就用灵芝草蹭了几下,乌鸦就活了。乌鸦活了,对他说:"朋友谢谢你! 你救活了我。如果以后有什么为难遭灾的时候,你冲着树林喊三声乌鸦,我马上就到!"

这小伙子又接着往前走。走着走着,看路边躺着一只马鹿,好像在睡觉。他捡起一根棍子打了一下,马鹿没动。到跟前一看:马鹿是死的。他想:我为什么不把它救活呢?他又拿出了灵芝草,蹭了几下,马鹿又活了。

马鹿说:"太谢谢你啦,朋友!你救了我。如果你以后有什么为难遭灾的时候,就冲着草原喊三声马鹿,我马上就到!"说完马鹿就跑了。

小伙子拿着灵芝草回到家,开始为平民百姓治病。治一个,好一个,附近屯子里的病人,都让他给治好了。后来,他就走到很远的地方去给百姓治病去了。

这一天,他来到一个城里。看见一个老婆婆慌里慌张地从一个有钱人家屋里跑出来。他就上前问:

"老婆婆,你跑啥?"

"这家员外的姑娘死了,老员外就这么一个姑娘还死了,心疼坏了!"

小伙子一听就说:"老婆婆你别跑,我能叫死人复生!"

老婆婆说:"真是瞎说!死人哪能复活呢?"

小伙子拿着灵芝草朝老婆婆晃了几下说:"你看,我有它,就能让死人复活!"

老婆婆说:"那好。我脚脖上有疮,如果你能给我治好了,我就领你进去。"

他就拿了灵芝草朝老婆婆晃了几下,脚脖上的疮真的好了。老婆婆高高兴兴地领着这小伙子进了老员外的家。

这时,老员外正因为姑娘的死而愁眉苦脸,在屋里来回地走哇。

老婆婆领着他进了屋,对老员外说:"这位小伙子能把你姑娘救活。"

老员外没在意地回答说:"他要是能把姑娘救活,就把姑娘给他做媳妇,让他给治治吧!"

老婆婆就把他带进姑娘的屋。

他看到姑娘静静地躺在灵床上,脸色苍白,周围都是鲜花,身上盖着白纱。老婆婆把白纱掀开,他用灵芝草晃了几下,姑娘脸上渐渐有了血色,水汪汪的大眼睛一点一点地睁开了!她看到一个小伙子在跟前,就用白纱偷偷地盖上了眼睛,只打开了一条缝,偷着瞅这个小伙儿。

听说姑娘真的活了,老员外非常高兴。可是不大一会儿,他又踱起步来了。他后悔刚才不应该承诺把姑娘给人家做媳妇。他左思右想,咋办呢?就对小伙子说:

"你把我姑娘病治好了,我感谢你,你要啥,我就给你啥。"

小伙子说:"我啥也不要,就要你进门说的那句话!"

老员外说:"那也行。不过,你得给我拿点彩礼来。一点彩礼没有,想娶我姑娘太容易了。"

小伙子说:"你要什么彩礼呢?"

"我要三个一样大的凤凰蛋,没有这个,别想要我姑娘!"

小伙子说:"那好吧!"

小伙子就跑出了城,冲着树林子喊了三声乌鸦,乌鸦就到了。问:"朋友,你有什么难事?"

小伙子说:"我治好了员外姑娘的病,员外答应把姑娘给我做媳妇。现在,他跟我要三个一样大的凤凰蛋做彩礼,我办不到,求你帮忙。"

乌鸦说:"这个好办,你在这稍等一会儿。"说完,乌鸦就飞走了。

不多一会儿,飞来一群乌鸦,给他叼来三个一样大的凤凰蛋。乌鸦说:"你快拿着送去吧!"

"太谢谢你啦,乌鸦!"

"你不用谢我,你应当谢谢凤凰。我们大家都知道你是好人!"

小伙子就把三个凤凰蛋交给了老员外。员外称了又称,挑了又挑,只好说:"是一样大。但我还需要一样彩礼,是三副一样粗的象牙,我要用它们做象牙筷子。"

小伙没有办法,只好又跑到草原,喊了三声马鹿。

马鹿一溜风地跑到跟前问:"朋友,你有什么事?"

小伙子说:"我为了找个媳妇,需要三副一样粗的象牙做彩礼。我没有办法,只好跑到这儿,求朋友你。"

马鹿说:"你在这稍等一会儿,我去去就来!"

马鹿飞快地跑了。不多一会儿，又跑了回来，把象牙交给了小伙子。

"太谢谢你啦！你帮我这么大的忙。"

"你不要谢我，应该谢谢大象，你尽为人治病，救活了很多人，大家都知道你是好人！所以，大象就把自己的牙给了你。"小伙子拿着象牙找到了员外，把象牙交给他。员外挑了又挑，还想出个难题折磨他。但是员外的姑娘不干了，拽着这小伙子说："咱们走吧！"

姑娘拉着他，就回到了小伙子自己的家。

从此，姑娘在家纺纱织布，小伙在外行医治病，小日子越过越好。

姑娘有个表姐，听说表妹家里得了灵芝草，小日子过得非常红火，就动了心。有一天，她趁小伙子不在家时，就来到了表妹的家。

"听说你家得了灵芝，小日子过得非常好，能不能拿给我看看？"

表妹说："这玩意不能拿出来看。跑了味，治病就不灵了！"

表姐又说："咱们是表姐妹。我就看看，开开眼就行，又不是给别人！"

表妹没法，只好拿出来递给她。

表姐拿在手里看起来没完。嘴里说看看就放下，其实心里是不想给。她趁表妹不注意的时候，把灵芝草藏在外屋地①锅台那儿。

表妹说："别看了，快给我吧！"说着就伸手跟她要灵芝草。可是一看表姐手上空空的，什么也没拿。表妹吓了一跳，急忙问："灵芝草呢？"

"嗨！我也不知道怎么回事，刚想还给你，咋一下子就不见啦？"表姐装着十分着急的样子说："是不是你们家闹鬼呀？"

表妹这时候真是都要急死了！她哭着说："丢了灵芝草，我还有什么脸见我男人？不如现在死了得啦！"说着一头就要撞到墙上。

表姐连忙一把拉住她。看表妹要死要活的样子，良心上也有点过不去了。她赶紧对表妹说："快别这样，我刚才是跟你闹着玩儿呢！灵芝草让我藏在锅台那儿，我这就去拿来！"

说完，她就来到外屋地。当她再一看锅台那儿，可就真的吓了一大

---

① 外屋地：厨房，东北方言。

跳——灵芝草不见了！真的不见了！

就在这时，小伙子回来了。他们到处寻找，也找不着灵芝草。灵芝草到底哪儿去了呢？

小伙子赶紧找来算卦的李老，在家中摆开了卦台子，占算了一卦。李老说："灵芝草放在锅台上的时候，月亮照进来，被月亮光偷走了。"

这怎么办呢？为了给老百姓治病，应该到月亮上要回灵芝草。小伙子就搁他家的房顶上搭了个上天梯，直通天堂。

让谁去呢？小伙子要去，他媳妇还不放心，舍不得。只好让他家的狗去了。

小伙子事先把狗教好了，给它带了干粮。狗爬了七天七夜，终于爬到了天上。见到了月亮，它的气不打一处来，问："月亮，月亮，你为什么偷我家的灵芝？你快还给我！"

月亮耍赖说："我没拿！"

狗急了，上去就是一口！月亮一跳。这狗一天咬一口，七八天时间就快把月亮给吃没了。

这时候它累了，就坐在那休息。月亮偷偷地拿出灵芝草一晃，就又长全了，跟原来一模一样。

狗没有办法，想回去请教主人。它回头一瞅：天梯已经被虫子嗑折了！它没法回去，至今还在天上。

天狗吃月亮的来历就是这样的。

讲述者：李学奇

采集者：叶磊

整理者：高志刚

"天老爷"的传说

听早先在苏联那边沙过金的老头讲,说有一个叫"一支棉"的小沟,那个地方的金子很多,是人家苏联开的金矿,里面也有咱们中国人,都在那里头沙金。

那沟里过去是这样的:兴"磕大帮头"选举大爷,不然的话就不太平。你钱多了他把你整死,不是"杀仓子",就是遭"棒子手"。

杀仓子,就是一个屋里有多少人,全都给杀了。因为这样,沙金的睡觉都得头朝里,每人将一把开山子①放到枕头底下,伙计们晚上出去解手回来,要是摸错铺了,摸到别人的脚上,马上就问:"谁?"得赶快回答:"我。"一听是自己的伙计算完,要不然的话,你不出声,小开山子就横着扫过来了。

你要是趁金子,想出矿,可就危险了。走在道上,特别是树关门②的时候,你看不见他,他在树棵子里等着你呢。你过去了,他在后面撵上,一棒子

---

① 开山子:小斧子。
② 树关门:树叶茂盛。

就把你撂倒了，把金子什么的都拿走了。这就是碰上了"棒子手"。要不说出来闯金沟不易呢！三年要是不回去，就认为死了。因此，为了自己的生命和财产的安全，就兴"磕大帮头"，人多不敢惹。尤其是选举一个"大爷"，都捧这个"大爷"。其实这个"大爷"没什么了不起的，但都捧他，好给自己助威呀。你要是坏了"大爷"，他来找你可不得了！大伙都怕这个"大爷"。要是"大爷"进到哪道沟里头，挨着个金班都这么走走，大伙都是恭而敬之。"大爷"要走了，沟里的宝局号还是会局啥的，都得给拿钱，各金班也都得拿钱。头绪①好的多拿，头绪不好的少拿。"大爷"到哪个沟走一趟啊，回去不说是过半辈子，也凑合了。"大爷"是个发财的命，不过得有人捧啊，没人捧，你再有能耐也不行。

可是，天下怪的事情总是有哇，这个一支棉小金沟里来了一个河北省岩山桥那个地方的人，年龄不大，四十上下岁，很老实，就是不乐意干活。乐意干什么呢？光乐意看纸牌。你说不乐意干活，光看牌，他倒有钱。看牌输了时，不管多少钱都给人家，从来不欠你的。他在班上吃饭，到日子算伙食账就交钱，一分钱也不少，这钱也不知都哪来的。

他总也不干活，时间长了，有人就说了：

"你不干活，总待着吃、看牌，要是赶上大爷来了，跟大爷说说，非得治你一顿，不信你试试！"

"哼，跟大爷说说能把我怎么着呢？"

"能把你怎么着？说不定把你弄到山上插起来②！"

"嘿嘿！你们这个大爷有什么了不起的？"

"大爷有什么了不起？把你插起来！"

"把我插起来？那倒说不定。嘿，他是大爷，我还是天老爷呢，比大爷大得多！"

别人一听，都生气了："杂种的，不用你是天老爷，好！这回你等大爷

---

① 头绪：指淘金一天所得多少而言。

② 插起来：处死，金沟行话。

来的。"

果不其然的，没过一个来月，大爷来了，住到宝局号。这家伙！各金班的把头，谁不溜须呀！什么放局的、开烟馆的，所有的头头都溜须去，再加上那磕头联乡的，不下七八十号人呢。

有个好多嘴的人说："大爷，这回你来得好，咱们这又出个天老爷，比大爷高得多。你想，他是天老爷，你大爷好干啥呀？他说了，就等着你来呢！"

大爷一听就火了："哪来个天老爷还等着我？好！我明个去会会他！"

到了第二天，大爷吃饱了饭，抽足了大烟，这就有人领着去会天老爷去了。

一进门，都在那看牌呢。大爷就问上了："哪位是天老爷？"

他在那坐着看牌，连站也没站起来，眼睛也不瞅一下，带理不理地说："我就是呀。"

"啊，你就是天老爷呀？"

"对，我就是天老爷。"

"好吧！"大爷来气了，心想：你都没站起来，对大爷一点不尊重。别说你呀，这上下八条沟哪个见了大爷敢不尊重？你不尊重？好，"晚上见吧！"

"啊，晚上见还有个时候没有哇？"

"半夜吧！"

"半夜？那好吧。"

这是告诉他，晚上收拾他。可人家一点不害怕，就跟没事一样，该看牌看牌，该吃饭吃饭。吃完了晚饭，还是看牌。到了半夜，他找了一个人说："你替我抓两把，我肚子痛，出去解个手。"

出去能有一个多小时，他回来了，接着还是看牌。大家谁也不知道是怎么回事，有人问他："你刚才出去干什么去了？"

他说："肚子痛，去解手了。"然后还继续看牌，过半夜了大伙都睡觉了。

等天亮了，这个地方可就炸营了——大爷没了！上哪去了呢？这大伙就找开大爷了。那么多个磕头的，再加上这么多个溜须的，都找大爷。到处找哇，上哪去了呢？哪找也没有。有的说：

"看看那个叫天老爷的小子去,问他知不知道。"

到他屋一看,这个天老爷还在那躺着睡觉呢,有人扒拉扒拉他:"你起来。"

"起来干吗呀?"

"你看见大爷没有?"

"找你们大爷呀,噢,你们大爷在那小山后边呢。"

"怎么到小山后边去了?"

"他不是告诉我半夜见吗?半夜我去了,一看他在那睡觉呢,我把他装到麻袋里头去了。他还挺大的个子,装不进去,我把他压吧压吧搁手按按,完了把口袋嘴一绑,还挺费劲呢。我绑上了,送到那个小山后面找个小石头压上了。"

大伙一听,这还了得!把大爷送小山后面压上了,那实际就是送出去插起来了。

他们磕头的好几十个都去了,到那一看,不错,有块大石头,能有四百斤沉,在那麻袋上压着呢。好几个人把那个大石头掀起来,把麻袋拽出来了。解开口一看:可不是他们大爷怎的。人家是什么也不要,大爷的两把腿叉子还都在腿上带着,手枪也在身上别着,都如数装在麻袋里头。

"这还了得!赶紧回去,收拾他,给大爷报仇!"他们说着,拿着枪什么的找天老爷去了。

到了那儿,他们堵着门口招呼他:"哎,你出来!"

天老爷一听说:"嗨,不用着急,有什么事慢慢商量。"

"这还有啥商量的?你把大爷都整死了。"

这时候都抄着铁把子、手枪、腿叉子,堵着门叫他出来。他先把棉袄往门外一扔,外面就嘎嘎地开枪了,你也开枪他也开枪,他们寻思这好几十把枪,看你怎么跑,实际都打进棉袄里去了。嗨,这工夫天老爷嗖的一下蹿出去了。挨着个地这么一整,都倒了,躺在地上叫唤起来。

他说:"你们这些狗仗人势的货,还敢来为你们大爷报仇?你们看看,天老爷怎么样?厉害不厉害?"

那些人都躺在地上叫唤,不会动弹,都老实了。剩下那些溜须的也都跑了,谁也不敢着边了。

原来这个人会点穴,武功超群,这些来报仇的,都被点了穴,掐着枪都不管用了。

这时,他进屋吃饭去了。那些人都在那叫唤哪。后来上班把头一看,这家伙确实有两下子,那时候的人都是这样的,看哪个硬气了,就糊那个,溜须的也是这样。就都糊上来叫天老爷了。这个说:"天老爷呀!总让他们在地上躺着也不行呀。既然都称你天老爷了,什么都得宽大点,都叫他们起来吧!"

他说:"好,等我吃完饭再说吧!"

吃完饭了,他一出门:"哎!你们都在这叫唤什么呢?嗯?还报仇不?"

"哎呀,快饶命吧!"他们都招呼饶命了。

"今后你们都得老老实实的,不许你们尽熊人。一个大爷来了,要那么些钱,干吗要那么些钱?人家挣的钱都给你们了,你们再熊人,一个一个我全捏死你们!你们那些枪好干什么?把那些玩意都拿来扔炉子里给我烧了!"说完,他挨着个地扒拉扒拉都好了。他又说:

"今后都老老实实地干活去,有天老爷在这,不许你们作妖。以后谁再来熊人要钱,给天老爷个信,我都整死他们!"

打这以后,这八道沟里头就没有大爷了,谁也不敢称大爷。在那块就这么一个天老爷。

后来日子长了,大伙都问他:"天老爷,你也不干活,这个钱都是哪来的?"

他说:"嗨,我这钱呀花不完呢!不光在这,就是在关里也花不完。我干啥活?挺累的。这人活一辈子,也就是吃点喝点呗。这不,花没了,我再去拿点,钱还不有的是!可是不能拿人家流汗挣来的钱。在关里头那个银行里有的是钱,到那去拿点!"

"那你能拿来吗?"

"那还不跟拿自己的一样啊。"

"在哪呢?"

"在这,那老毛子公司里头那钱有多少哇!我花点拿点,每次都不拿那么多,拿那么多干什么玩意?用着花就拿点,你们谁要困难了缺花的,我就去给你们拿点,反正那钱都是咱们给挣的。"

"那你能拿出来吗?"

"嗨,怎么拿不出来呢?他们抓不着我!有个小窟窿眼我就能进去。不信,你们看,我这一缩,膀子就下去了,不挡害了,肩膀头一抖搂,骨头就卸开了。肚子能过去,脑袋能过去,我就能钻进去了,什么锁头也不行啊!那锁头好干啥?我用手一捏就碎了。你们看,这么些日子,我上哪个班上要过钱,熊过谁呀?没有吧?"

大伙说:"是,天老爷真是没有熊过谁。要不怎么叫天老爷呢?大爷是熊人的,天老爷公平不熊人。"

他说:"在这个地方有了金子很难带走,你们谁要是发了财想带走,就给我一个信。"

打这以后,如果谁发财了,想带着金子往家走,就去问天老爷:"我带着金子往家走行吗?"

"嗯,你走吧。"

"道上能好走吗?"

"好走,道上我给你看着点。"

你走这一天也瞧不着他。到了晚上,如果你在店里住下了,他就去看看你。如果你这段路程有三天才能走到车站,这三天道上都能看到他,你说这个人怪不?他一天走一千多里地,到这看完了,晚上还回去,好看牌呀。这个人就是不干活,打这么就出来个"天老爷"。

待了大约八年,他要回家看看。听说他在家里出过人命案,是和一个营长的儿子摔跤,把人家摔死了。就因为这个,他不敢回家,出来待了十几年。

他说回家看看,那大伙谁不给拿钱呀?这么些年多太平,少花多少钱?什么宝局、烟馆、会局等等,都得给点钱哪,可是他都不要。有拿金子、手镯什么的,他也都不要。他说:

"我要这个没有用啊,花钱到哪都有,拿这些干啥?"

这么多年,一直没人知道他的名字,都叫他天老爷,直到临走时,他才告诉大伙,他姓李,叫李太平。

讲述者:于增源

采集整理者:谷丽辉

托梦的人

从前,在大兴安岭的山脚下,住着这么一家:老两口和一个姑娘。他家挺富,啥都有。她爹妈把姑娘嫁给了一个有地位有权势的人。出嫁那天,爹妈给她不少嫁妆,连她家的男佣人和女仆人也都跟着去了,还陪送了一个宝贝。以后,日子过得挺顺当的。

有一天,乌力楞里有那么一家结婚的请她喝酒。男用人也跟着她去了。到了那家,喜酒喝多了,她就迷迷糊糊地睡着了。男用人趁她睡着的时候,就把她的宝贝偷走了。等她醒酒之后,发现宝贝没有了,回家也没有把这件事告诉她的男人。

第二天,他的男人去参加战争了,还带着男用人一同去了。

他俩走了一段路,到了一座大城堡。他打发佣人去找客店。男用人到天黑还没有回来,他就到处找他。

他走到一家有亮光的人家,从窗户往里看,只见里面有个老头老太太、姑娘和他的男用人。

他发现男用人正在和姑娘求婚呢!男用人对她说:

"你要是嫁给我,就把宝贝送给你。"这场面让男主人见到了,他心里琢磨:这个宝贝是我老婆的,怎么跑到他手里了呢？他没有进屋,就赶紧回家了。

到了家,他老婆问他:"你怎么回来了？"

他不吱声,老婆给他做饭,他也不吃。

男主人用针在他老婆的手指上扎了一针,用血在桦皮纸上画了一个符号,让他老婆把这桦皮纸带到娘家去。

她爹妈问姑娘:"你怎么回来了呢？"

姑娘说:"我也不知道怎么回事,是他让我回来的。"

姑娘把桦皮纸给爹妈看了,两个老人看完以后,非常生气,就把姑娘杀了,埋在自己家的墙根底下。

这件事被天上的恩都力①知道了,他认为,姑娘怀着孕,没到死的时候。于是恩都力下到人间,把坟扒开,把尸体装在小爬犁上了,姑娘醒来一看,发现恩都力正在拉着自己呢,感到很奇怪。

这时,恩都力站住了,对姑娘说:"你是不是饿了？"

姑娘说:"我饿了！"

恩都力从怀里拿出铜钱这般大的饼,给姑娘吃,姑娘接过饼,心里想:这么小的饼我能吃饱吗？可是吃了没到一半,姑娘就觉得饱了。

吃完以后,她和恩都力又走到了一家人家,这家的主人不在。恩都力对姑娘说:"你在这儿住吧！"说完之后,恩都力转眼不见了。姑娘找了半天,也没找着恩都力,感到很奇怪。正在这时,姑娘就觉得肚子疼,不大一会儿生下了双胞胎。

不到一袋烟的工夫,这家的老头老太太回来了,进屋一看,有一个年轻的媳妇,她身边还躺着两个孩子呢！

这时,老头老太太很高兴,老头对老太太说:"可能是神灵看咱们没有孩子,恩都力给了咱两个孩子。"

---

① 恩都力:鄂伦春语,神。

老头老太太家里的生活很贫穷,他们拿出唯一的包皮被把两个孩子包上了。

这两个孩子长得很快,不几天就长成大孩子了,他俩又聪明又可爱。

老两口用家里攒的一点钱买了一头老母猪,正当老母猪快要下崽的时候,这两个孩子把老母猪藏到山上去了,这可把老两口急坏了,他俩到处找啊找,还是没找着。

这时,两个孩子说话了:"我托梦试试看,看看能不能找到猪。"于是,两个孩子就装睡,醒了就说:"我做了一个梦,梦见老母猪在东西方向的山上,它在一棵倒木底下下崽了。"说完他俩带着老头老太太一起去找猪去了。到那就找到了,看见母猪下了许多小崽。老两口都挺高兴,夸奖这两个孩子挺聪明。

有一天,乌力楞里,有那么一家,请老头喝酒去,其中有一个孩子说:"我跟爷爷去!"

老头贪杯喝多了,在回家的路上,这小孩把爷爷绑起来,挂在树上,他自己回家了。

回到家,老太太问:"你怎么自己回来了呢?你爷爷呢!"

"他在后面呢!"

说完之后,他就在撮罗子里躺下了。

不大一会儿,又起来着急地说:"不好了,我在梦中见到有人把我爷爷绑起来,挂在树上了。"

听这小子这么一说,可把老太太和小孩他妈急坏了,都去寻找小子的爷爷去了。

在山上,一下子看到小子的爷爷挂在树上,快要咽气了。他们把他松了绑,领回家去了。

过了一段时间,别的部落的人听说这小子做梦挺灵,都来请他。

"我做梦不灵!"这小子说。

"你不要客气了!"说完,就把他连推带拽地带走了。

他没有办法,就跟着走了,临走时,对他妈说:"咱家不是有井吗?"他妈说:"是啊!"

"你把咱家井的摇把挂起来!"

说完,跟着别的部落的人走了,走到半道上,他说:"不好了,我家出事了,我家井的摇把挂起来了,得赶快回家。"

这帮人就跟着他一起回去了,发现他家井的摇把真的挂起来了。

这小子说:"你们看看,我家井的摇把挂起来了,它能告诉老天爷,证明我不会托梦!"

大伙不听他说的那套,又把他带走了。

在他临走之前,对他妈说:"你找人把咱家的老牛捆起来,挂在树上!"说完,跟着他们又走了。

走了不大一会儿,他说:"不好了,我家的老牛丢了,得赶紧回家看看去!"大伙又跟着他返回去了。

到家一看,老牛挂在树上啦,快要死了,大伙又把老牛松了绑。

"你们看看,我家的老牛要上西天了,它证明我不会托梦。"大伙还是不信他的,又把他带走了。他本想用这种假办法证明自己不会托梦,可是他越弄假招,越让别人信他了,没法子就跟着走吧。

他们走了很长一段路,天也黑了,就找了一家小客店住下了。他睡在铺上,翻来覆去,怎么也睡不着,心里寻思着:"我本来也不会托梦,这可怎么办呢?"到了半夜,他听有人在悄悄地说话,就支棱着耳朵听着,一个人说:

"这下可坏了,咱俩偷额真的金子,这小子托梦这么灵,肯定能知道。"另一个人说:"咱俩偷的金子埋在墙根底下,要是他知道了,可怎么办啊!"

这些话都被这小子听到了,他心里挺高兴。

第二天,起了个大早,他们又赶路了。来到额真住的大城堡,额真对他很客气,好一顿招待。酒足饭饱后,他对额真说:"让我好好地睡个觉,休息休息!"

睡了一会儿,他醒了。

他走到额真那儿说:"刚才我做了一个梦,你家的金子让两个仆人偷走了,埋在墙根底下呢,你赶快派两个人去找吧!"

额真按照托梦人的意思去办了。他派了两个佣人去找，找了半天，真在墙根底下找到了金子。

额真把金子分给这小子一半，把自己的大女儿也嫁给了他当老婆。这小子带着金子和老婆高高兴兴地回家了。那两个佣人呢，被额真处死了，扔到山上喂狼了。

过了几天，额真又派人请他去托梦，说是二姑娘有病了，托梦人没有办法，硬着头皮跟着额真的佣人去了。

他们走到一个地方，天也黑了，就在小客店里住下了。

这个托梦的人睡着之后，他梦见了恩都力。

恩都力说："你这样长期欺骗别人不好，你要是愿意成为一个真正会托梦的人，我可以教给你一个办法：城堡的东侧有一棵黑桦树，你用三十匹马把黑桦树拽倒，树坑中就会有水，你把水抔出去，会出来一个王八，用小斧子把王八劈成两半，会飞出来三张纸，你要是能抓住这三张纸，那你就能成为会托梦的人，再把王八脑浆给额真的二姑娘喝，那个姑娘的病就会好。"

说到这儿，他也就醒了。这时，天也亮了，他吃点饭，又跟着额真的佣人赶路了。

来到了额真家。额真对他又是一顿好招待，酒足饭饱后，他对额真说："你们城东头有一棵黑桦树，用三十匹马把树拽倒，拽倒以后，那里面有一个王八，把王八脑浆给你姑娘喝，你姑娘的病就会好了。"

额真听了挺高兴，他派了许多人，找了三十匹马，把树拽倒了，又把水抔出去，那儿真有一个王八，托梦人用小斧子把王八一劈两半，这时，从里面飞出的三张纸也被他抓住了，他把王八脑浆给额真的二姑娘喝。不过几天，额真的二姑娘病也好了。

额真的二姑娘病好以后，额真对托梦人说："要是没有你的话，我的二姑娘就会死啊。我很感激你，愿把二姑娘嫁给你，我再给你们一些金子，你们回家吧！"

托梦人挺高兴，这回又有一个老婆，他把二老婆也带回家去了。

回到家以后，有那么一天，有一个人找他，这个人就是偷宝贝的男用人，他说:"我家小孩病了,如果你能把小孩的病治好了,我就给你一个宝贝。"

当他把宝贝拿出来时,托梦人的妈妈一看说:"这个宝贝不是我的吗?怎么到你那儿去了?"

"这是我妈妈的宝贝,让你给偷走了,真不要脸!"托梦人挺生气,把他揍了一顿,不但没有给他治病,还把宝贝给要回来了。

以后,乌力楞的人,这个也请他托梦,那个也请他托梦,挣了很多钱,他家的日子越过越好。

讲述者:关扣尼
翻译者:孟玉花
采集整理者:叶磊

剜肉劝夫

从前,一个村子里住着一对年轻的小两口,妻子过日子勤俭、贤良。丈夫好吃懒做,耍钱弄鬼,偷鸡摸狗,什么坏事都干。为了规劝丈夫改邪归正,妻子牙磨平了,嘴唇都磨薄了。丈夫就是改不了。

有一天,丈夫耍钱又输光了,家里连下锅的米都没有了,再也没有什么可变卖的了。妻子愁眉苦脸,唉声叹气。

晚间,躺在炕上,丈夫贴在妻子耳朵根说:"你不用愁,明晚我到后村刘有德家,再偷一回,什么都有了。"

妻子听了,长出一口气说:"你还是再偷一回,再偷一回的,不想法子找活干,挣几个钱,还偷到多咱是头啊!"妻子想了想,又问:"老刘家深宅大院,你也进不去呀!"丈夫说:"我从后墙根的狗洞子爬进去。"

妻子听了,心里猫抓似的难受。翻来覆去一宿也没睡着。

第二天早晨。妻子挎个柳条筐,到地里剜野菜。跑到刘有德家,把丈夫打算偷盗的事告诉了刘老汉,并说:"你抓住他千万别打他,从他大腿上剜下一块肉就放了他就行了。"

　　这一天夜晚,趁月亮没出来,这个男人就从狗洞子钻进去了。进去还没走五步远,就被刘老汉和几个人抓住了。刘老汉叫人把这个贼用绳子绑起来,扒光了裤子,接着就用早已预备好的刀子,从他大腿上割下来一块肉,又从狗洞里把他推出去了。

　　这个小伙子,做贼不成,反丢一块肉,忍痛回家了。妻子问他:"怎么回来这么快?"丈夫说:"可别说了,都疼死我了。"接着丈夫把事情对妻子都说了。妻子痛心地含着眼泪,说:"你快去到外屋地拿把刀来。"

　　丈夫听糊涂了,问"拿刀干什么?"

　　"从我腿上割块肉给你贴上。"

　　丈夫更糊涂了,说:"你的肉,能贴到我身上吗?"

　　妻子也像似明白过来了一说:"是啊,我的肉贴不到你身上,那别人家的东西,能变成自己的吗?"

　　丈夫听了,很羞愧。从那以后,再也不偷了。

讲述者:刘李氏

整理者:黎樵

王大胆

有这么一个王大胆,一个人单枪匹马地住在深山里头,成年到辈子地在山里打猎。

有这么一天吧,来到腊月门子,他想整点好吃的——包点饺子吃吧!

他就沙①了点馅,馅沙好了,面也和好了,正在包饺子的工夫呢,外边进来了两个姑娘。

这俩姑娘就像双胞胎似的,长得一模一样,非常漂亮,进屋就打招呼:

"大叔,你包饺子呢?"

王大胆说:"是呀。"心里想:哪来的姑娘呢?

"今天我们姐俩帮你包饺子行吗?"

王大胆一听赶紧说:"那敢情好了!我在这疙瘩这么长时间了,还没有过女孩子上我这来玩呢。"

她俩就帮他包饺子,还没包几个呢,饺子馅就没有了,王大胆寻思:怪

---

① 沙:方言,切的意思。

了,这是咋回事呢?

他又一想:别出声了,人家是出于好心来的,不管咋的还算是客人呀!就说:

"晚上你们就在我这吃吧。"

这俩姑娘说:"大叔,谢谢了,我们还有不少事儿,家里挺忙的,改日我们再来。"

王大胆说:"那你们明天再来吧,明天晚上我多沙馅子,多包饺子。"

她俩说:"行啊,大叔,我们就这么的吧,天头也不早了,俺俩得回去了。"

她俩往回走,他就出去送,送到沟芯①要往回走的工夫,这俩姑娘一下子就不见了!

王大胆想:这雪这么大,道又这么滑,我一转身的工夫,这人咋没了呢?这是咋回事儿?真是奇怪呀!心里嘀咕着,他就回家了,包的这几个饺子也不够吃呀!再做点别的吃吧,就烫了一壶酒,把吃剩下的饭菜热乎热乎,端过来就自个边吃边喝上了。

吃完躺在炕上,总寻思不对劲啊,这到底是咋回事呢?他琢磨,明天两个姑娘还得来,这回我多沙馅,我要看看她们把馅到底弄哪去了。这深山老林的,跟前没人家住,她们可能不是人,可能是什么妖魔鬼怪变的呢!我还得磨一把飞快飞快的刀预备着,看看她们到底是什么玩意。

第二天,王大胆沙了两大盆馅,面也和好了,这俩姑娘又来了,进屋就问:

"大叔,面和好了吗?馅沙好了吗?"

"啥都整好了,就等你姐俩来包了。"

"那好,咱们就洗洗手包吧。"

王大胆说:"行啊。"

包着包着,在那压饺子皮的王大胆用眼睛一斜那俩姑娘,看见她俩边包着饺子边不停地往嘴里填馅子。

---

① 沟芯:山沟里的意思。

他一看她俩吃生肉馅子，心想肯定不是人，这下他就下手了！抽出刀，一下子把那一个姑娘的头给剁了下来，就见一溜火线从窗户飞出往南去了，再看另一个姑娘早就没有了。

这王大胆自言自语地说："我非得去找着它们，不看看它们是啥东西不罢休！"有名的王大胆，什么都不害怕！他提溜一支枪，戴好帽子手套就出去了。

在山上找了一阵子，看着一溜不知什么玩意踩的脚印，他顺着脚印走着走着，走到一棵歪脖子树前，歪脖子树底下有个洞，两个大白耗子从洞里钻出来了。

原来，那俩姑娘就是这俩耗子变的。

讲述者：扬淑范

采录者：刘振飞

整理者：田俊峨　高志刚

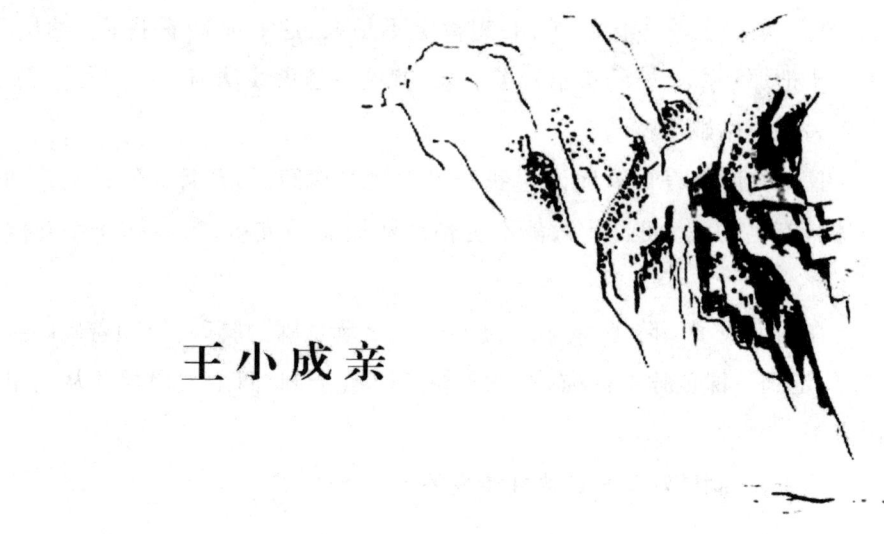

王小成亲

王小从小爹娘就过世了，无所依靠，就为财主家打柴度日。

这一天，王小正在山上砍柴，忽然一阵旋风向他身边刮过来，不好，王小抡起斧子，向那股怪风砍去，王小发现在怪风刮过的地方有几滴血迹。

王小打完柴回到财主家，见老财主家大大小小老老少少慌慌张张的，每个人的脸上都没有好颜色，哭丧着脸。王小走进大宅，老财主正在地上来回走着步，脸上满是焦躁不安的神色，他走过来问："老爷，家里发生了什么事？"财主看了王小一眼，说："小姐今日在后花园赏花，被一股妖风刮走了，难道你还没听说？"王小一惊，想到了在山上砍柴时看见的那股妖风，说："老爷，我能帮你找到小姐。"财主听了这话，脸上露出一丝惊喜的笑意，"你怎么能找到小姐呢？"王小就把刚才在山上打柴看到那股妖风，向它砍了一斧子并发现地上有几滴血迹，讲述了一遍，说："小姐可能就是被那股妖风刮走的。"财主听了立刻命令家人同去寻找。

这时村里的一个好吃懒做的花花公子张成也跑来凑热闹，因为他听财主说：谁要能找回小姐，就把小姐嫁给谁。所以他灵机一动，要和王小一起去找小姐，心想这桃花运岂能让你这穷小子交上。王小知道张成为人奸诈狡猾本不想和他一起去。但这人数癞皮狗的，还是跟王小去了。

沿着血迹往前走，前面出现了一个大洞。往里一看深不到底，王小让家人用绳子系住一个大筐，说："你们都在外面等着，我进去找小姐。"说完坐在筐里，这时张成嬉皮笑脸走上来说："我和你一同去吧！两个人可以壮胆。"王小无奈，只好与他一道下进洞里，下了洞向前走，走啊，走啊，一个房子出现在他们眼前，房子门口一个姑娘正在洗衣服。姑娘听到脚步声，抬起头，见是给自己家里打柴的王小，惊喜地说："是你。"王小说："我是来救你出去的。"姑娘看了他一眼，又对王小说："现在妖怪正在里屋睡觉，因为今天遇见你时，你砍伤了他三个脑袋中的一个小脑，你进屋去如果看他睡得正熟，就砍下他的大脑，千万别砍小脑，因为砍下小脑不久还会长出来的，砍得必须不偏不正，才能使他决命。"于是王小拿着砍柴斧子，悄悄摸进了妖怪的屋里，见妖怪头朝着南面横躺着。王小用事先准备好的布条蒙住了妖怪的眼睛。妖怪还睡得死死的。王小抢起斧子，照着妖怪大脑砍去，妖怪都没"哼"一声，大脑已经齐整整地滚落下来。此时站在屋角的张成嘴张得老大，眼睛直勾勾地看着这一切，身子抖缩成一团，见妖怪被王小砍死了，挑起还有些颤抖的大拇指，说："老兄真行，是个好样的汉子。"王小没搭理张成，快步走出屋子，来到外面，拉着姑娘说："咱们赶快离开这里，你家里的人还在为你着急呢。"姑娘眼里含着泪，说："我该怎么谢你才好？"王小不好意思地说："在我来找你之前，你父亲说了，谁要是救回你，就把你许配给谁。"姑娘听了这话，脸一红说："那你不嫌弃，我就依父亲之言，答应你。"其实自王小到了财主家，姑娘早就看出这小伙子为人耿直，心地善良，待人忠厚，对他产生了好感，一直藏在心里。今天父亲已说了这话，她心里暗暗庆幸因祸得福，当他们相扶快来到洞口的时候，就听到后面有人喊："等——等等我！"他们回头一看是张成在后面上气不接下气地追上来。姑娘早就知道这小子是村里有名的放荡公子哥，就径直走着不理睬他，张成见小姐不睬他一眼，顿生一计到了洞口，张成抢先走到筐前对王小说："这筐里只能装两人，我就同小姐一起先上去，等一会你再上去也不迟。"小姐看出张成的坏道，就取下手镯掰了两半，一半递给王小，说："你拿着这半个手镯，做我们俩婚证，我等着你。"说完姑娘进了筐，张成他跟着进去，姑娘摇了摇筐上的绳，洞上面的家人知道有人要上来，就用力把系着筐的绳子往上拽，终于两个人被拽上了地面。家人看小姐救上来了，一个个喜得合不拢嘴。一个家人问："王小呢?"张成抢话说道："王小在同妖怪搏斗中，已经死了，是我给妖怪一斧子，砍死了妖怪，才救出小姐。"小姐听他竟这样说话，不禁怒火满腔，这时财主听说女儿得救了，一路小跑来到这里，喜得颤颤地用手抚摸着女儿的头，说："儿呀!没出什么事吧! 可把为父吓坏了。"姑娘在父亲面前委屈地哭了起来，哭诉着自己被妖怪抓住的经过，"是王小把妖怪砍死救了我，王小现在还在洞里，父亲你快快救他上来呀，刚才张成说的都是假话。"但这时张成又说："小姐是被妖怪吓昏了头，确实是我眼见王小死的。"财主真以为女儿处在精神恍惚状态，就听信了张成的话。回到宅子为了履行诺言，决定把女儿嫁给张成。

再说王小，在洞里待了好久左等右盼也不见筐下来接他，仰脸向上看时，洞口已被堵死了。他知道是张成出去后做了扣，想出去是没指望了，于是他就顺着这个洞探寻着往前走，走啊走，发现前面有一个木房子，他就走了进去，见一条蛇对着王小直摇头，蛇开口说："我可以给你引一条生路，你看见了吗，木屋的前边有一条河，你把眼睛闭上，我把你送过河去。"王小知道自己是遇见蛇精了，就趴到蛇身上，闭上了眼睛，就听耳旁风"呼呼"直响，过了不大工夫，听蛇说："睁开眼睛吧。"王小顿觉身心清爽，一睁眼，见阳光照着大地暖洋洋的，原来到了地面了。王小从蛇身下来上前向蛇精拜了几拜说："多谢蛇大哥慈善相助，使我绝处逢生，真不知该怎样感谢您才好，就让我们结拜兄弟吧!"蛇精即刻现出了一个英俊青年，说："我年龄比你大就称我兄长吧。以后有什么困难，就叫我三声蛇大哥，我会来帮你忙的。"说完英俊青年消失了。

再说张成急着早日和小姐成亲，财主推脱不了，今天正是良辰吉日，再等半个时辰，张成就要抬着花轿来娶亲了。这时王小唱着歌走来了，小姐老远就听见了，知道王小得救了，急急跑出闺房，迎着王小跑去，说："你怎么才回来,再晚半个时辰,张成就来接亲了,可急死人了,你快些拿着半个镯子去找我父亲还来得及。"财主得知王小回来了,来到前屋,王小拜见后,对财主说:"老爷请看我手中这半个镯子,本是在洞里救小姐时,她留给我的订婚证据。"财主接过王小手中的半个镯子和女儿那半个一对,正巧合得一对手镯。财主这时还将信将疑,就想出一个办法,他命家人明天准备七十二顶轿子,女儿坐在七十二顶轿子中,谁第一把抓对了,就把女儿嫁给谁,不然,谁也别想娶走自己的女儿。

王小回到家里,躺在炕上,左思右想,怎么才能知道小姐坐在哪个轿子里,忽然他想到了蛇大哥临别前的话,于是他就叫了三声:"蛇大哥,我有困难事想请大哥帮忙!"他话音刚落,就听耳边传来蛇大哥的声音,他说:"你看见哪个花轿顶上有蜜蜂飞,那个轿里就有姑娘。"

第二天,七十二顶花轿飞快地在院子里由家人抬着走动,张成迫不及待地抓了一顶,一掀轿帘里边是空的。他不死心又去掀第二个轿帘,而王小却不慌不忙,他看准了一个花轿顶有一群蜜蜂嗡嗡直飞,一把掀开了轿帘,见小姐正笑盈盈地看着他呢。姑娘由王小挽扶走下轿来,财主认为王小是个老实忠厚的人,于是财主大操宴席庆贺,婚后王小和小姐过着恩恩爱爱的生活。

讲述者:王韩氏

搜集整理者:任彦宏

王
小
砍
柴

　　从前哪，有一个叫王小的，他有一个老母亲，娘俩过日子，靠打柴为生，家里很贫困。

　　他打一挑柴火是卖一头，留一头，娘俩就这样维持生活。卖一回柴火，去了买米的，他总想给他老母亲买点好吃的、可口的，什么糖啊、水果啊，补养补养老母亲的身体。生活虽然困难，可他总想让老母亲生活得快乐点。

　　王小从十岁开始，以打柴为生，一直到十七八岁。

　　一天，他上山去打柴，上了山，感到这山上风很小，外边风很大。这是怎么回事呢？他心里正琢磨着，一抬头，看见天上有两只鸽子，一只黑鸽子，一只白鸽子。他也没敢招惹这两只鸽子，就回家了。

　　到了家，就和母亲说："我今天在山上打柴，遇到这么个事儿，山下的风很大，可我走到这山上呢，风就小了。我觉着很奇怪，这四外的风这么大，怎么这山上的风就这么小呢？我一抬头看见天上有两只鸽子在打架，一个黑的，一个白的。是不是它俩闹的呢？它们是不是神鸟呢？"

　　他母亲说："这两只鸽子，可能不是一般的鸽子。孩子，你明天再去，把这两只鸽子抓住拿回来,我琢磨着这两只鸽子一定是神鸟。"

王小挺信母亲的话,第二天就又去了。

到了山上又看见这两只鸽子在叨架,你叨我一口,我叨你一嘴。王小到了跟前,他刚一伸手,这白鸽子就落在他手上了,一下变成了一个白石球。王小感到很纳闷,明明是一只白鸽子,怎么到手上就变成白石球了呢?

他又瞅着这黑鸽子,黑鸽子一看自己的伙伴没了,它就落到了地上也变成了石球,他把这两个石球就拿回家去了。

这天大风刮的是呜呜直响,树枝直摇,树叶子直落。可他拿着这两个石球走,身边是一点儿风丝也没有。

他母亲在家挺担心。心里寻思:这么大的风,孩子上山去打柴,怎么挑回来呢?老母亲在家这个不放心哪,站在门口这个望啊。

正在这时看儿子挑着柴火,累得满头大汗地回来了。

老母亲心疼地说:"孩子,今天这么大的风,你挑这么大一挑子柴火是怎么回来的?妈妈可真为你担心哪。"

王小说:"妈,我照你说的,把两只鸽子抓住了。可是呢,它们不是鸽子了,是对石球。"

"快说说怎么变成一对石球了呢?"

王小接着说:"我走在这道上,就觉得这风啊非常大,刮得我呀里倒外斜的,可我到了这山上啊,就觉得是一点儿风丝没有了。我就想起你跟我说的话:可能那两只鸽子是神鸟!我就把它们抓住了,可是它们都变成了石球。"说着,从兜里掏出两个石球递给了他的母亲:"妈呀,您看看,就是这两个石球。它俩一定是对宝球!"他母亲说:"这回该咱娘俩享享福了。如果京城要收宝呢,咱就把它献出去,一定能给咱们点金银哪!当妈的跟着你也能享几天福了。"

接着就把王小的身世一一告诉了他。

"妈妈自从跟了你父亲,没过上一天好日子。你父亲给一家员外当长工,硬累死了,剩下妈妈我,已经怀孕八个月了,没法,只好要饭吃。我心想,你爸爸就留你这么一条根,不管生活多么苦,我都要活下去,不能让王家断了根哪！就这样，我饥一顿饱一顿地生活着。"

"这一天，我走到一个破庙里，就觉得腰疼、肚子疼，找谁去呀，只求老天爷能让我顺当地把你生下来。我用破棉袄里的棉花捻成了一个灯芯，和人家要了点油点上灯。就这样，把你生下来了。哪有什么东西包哇，只好脱下我的一件破衣服把你包起来。全靠老天照应，你的体格一直很好，我天天抱着你去要饭，一直到你十岁能上山打柴了。"

说到这，抬手擦去了眼泪，接着又高兴地说："今天你拣的这俩石球一定是宝贝，咱们就留着吧。"

王小听了母亲的一席话，心里不知啥滋味，每天还是上山打柴，对老母亲更孝顺了。

这天他走到一个路口，看到了皇榜，要老百姓献宝。一般人献了宝就封官，当官的献了宝就官上加官、职上加职。

王小看了很高兴，回到家就告诉他母亲："我今天看到了皇榜！"

"什么皇榜啊？"

"我打柴路过的道口上，贴了一张皇榜，听别人说上面写的是京城让献宝。"

"哎呀！这回可好了，咱们这对石球一定是宝贝，你快拿去吧！"

这老太太东挪西借凑了些盘缠钱，给儿子带上好去京城。

王小到了京城把两个石球一献，原来这两个石球一个是避水珠，一个是避风珠。这两样东西都是无价之宝，可王小不知道哇！

收宝的人问王小："这两样东西是哪来的呢？"

"是我家的传家宝哇。"王小留了心眼没有直说。

又问："这个东西你知道是什么吗？"

"我不知道。"

"这两个石球，一个是避风珠，一个是避水珠。"收宝人告诉王小："这避风珠，就是刮起大妖风，你拿出来它，就一点风丝也没有了；这避水珠呢，你要扔到海里，就能给你分出一条道来，你就能走到海里去，就能看见龙宫。"

王小一听，这是个好事呀！都说龙宫里有龙三女，我要是能得着龙三女做我的媳妇，那该多好啊！想到这儿，他说："我卖给你黑石球吧，这避水珠我就不卖了。"

收宝的人一听，说："那好吧，那这个避风珠要多少银子啊？"

王小想，我要多少好呢？要多了吧，怕人家不给，要少了吧，又怕自己吃亏。半天，使了个大劲说："我要三千两银子！"

其实呀，这三千两银子可是便宜透了。

"那好，给你三千两银子。"说完让衙役给他备了辆车拉回家去了。

老太太一看儿子回来了，车上拉的还有银子，那高兴劲就别提了。

他们用这些银子买了房子买了地，也不用要饭了，也不用上山砍柴了。

可是过了两三年，这个老太太没福，得个急病死了。就剩下王小一个人了，干完活回来，觉得孤孤单单的。

这时王小已经十九岁了，街坊邻居都来给说媒："王小哇，你也不小了，该找个媳妇了。""你母亲也死了，你一个人多孤单哪！""你有房子，有地，说个媳妇也不能跟你遭罪。"这个媒婆走了，那个来了，没完没了的。

王小有自己的打算，总是不吐口。

这天早上，他吃完了饭，拿着避水珠往海边走去了。

到了海边，站在那就喊："哎——！哎——！"也没有人答应。他把白石球拿出来，往这里一撒，就瞅这海水"唰——"，就往两边分开了，中间是一条大道，他顺着这条大道往里头走，走到里边一看，一座金碧辉煌的龙宫，外边两个虾兵拿着三角叉在门口站着。

正在这时，从里面出来一个公子，这公子身穿像鳞片似的衣服，来到王小面前说：

"我受父亲的委托，前来迎接客人，请客人进宫吧。"公子说着领王小进了龙宫。

王小进了龙宫，看见龙王坐在龙椅上，那胡须长得和一般人不一样，又长又好看，雪白呀！王小被这龙王吸引住了，看呆了。

"坐下，快坐下。"龙王指着凳子对王小说。接着叫厨师赶紧做饭。不大一会儿，这酒席宴菜就摆上了。

吃完饭，老龙王问王小："你今天干什么来了？"

王小不好意思地说："我想求婚……"

"那好哇！我三女儿正好没有婆家呢，就给你吧。"

王小一听老龙王答应得挺痛快，心里又犯开寻思了，是不是三小姐不像人们传说的长得那么好，可能长得太丑，没人要，我这么一提，老龙王就答应得这么痛快。不行，这三小姐我可不要了。就在这时，他一抬头，看见桌子底下有只巴狗。这小巴狗瞅着王小的眼睛，尾巴一摇一摇，像是挺高兴的样儿。看到这，他对老龙王说："龙王，我不想求婚了，你把这个小巴狗给我做个伴吧。"

老龙王一听，哈哈大笑起来，说："那好，你就把它抱走吧。"又吩咐手下的虾兵蟹将给王小准备些金银财宝。

王小说："那些我都不要了，我家现在不穷。"

回到家后，每天吃饭时，他吃一碗，给小狗一碗，他吃啥，小狗就吃啥。

这天，他和小狗吃完饭，看家里的柴不多了，就对小狗说："小狗哇，你在家看家，我上山砍柴去。"

这小狗像懂事似的点了点头，王小就上山砍柴去了。

王小一边砍着柴一边琢磨：我今天回去做什么饭吃呢？对！到街上买点儿大米，再买条鱼，回家做点儿大米饭，来个红焖鱼，再蒸点咸菜，美美地吃上一顿可不错。他砍好柴挑回了家，进屋一看，饭锅里热气腾腾的，打开一看，有大米饭，红焖鱼，还蒸了一盘咸菜。

这是谁做的饭呢？王小心里想，已经这个时候了，也没人来找，我就吃了吧。他放好了桌子，盛上了饭，照样是他一碗，小狗一碗。又给小狗夹了两块鱼，小狗站在他跟前，摇着小尾巴，就把这碗饭吃下去了。

王小这顿饭吃得是又香又甜，吃得也挺饱。天黑了，也乏了，躺下就睡着了。

第二天，又和小狗一块吃完了早饭，他对小狗说："小狗，你在家看家，我还得上山砍柴去。"

在山上砍了半天柴，觉得肚子饿了，他捆好柴，就往回走。一边走一边想，到家蒸点包子，再熬点大米粥，热乎乎地一吃可不错。到了家，把柴放下，推开屋门一看，锅里头热气腾腾。哎！怪事呀！谁又在我家做饭了呢？

他打开锅盖一看，一锅雪白雪白的包子，一盘咸菜，锅底下是大米粥。王小连吃带喝地就把这些饭吃进去了。

饭是吃了，可王小感到很纳闷。两天了，我想吃什么就做出什么，这是怎么回事儿呢？

他思来想去，是不是这个小巴狗的事呢？这个小巴狗是不是个小神狗呢？哎！有招了。我明天还假装到山上去砍柴，然后我偷偷地藏起来，看看到底是怎么回事。

第二天早上，王小多多地抱了一些柴放在屋里。吃过饭又对小狗说："小狗，你看家，我还上山砍柴去。"

说完，拿着刀就走了，趁小狗没注意，他一下子猫到了门后。

赶到傍贴晌的时候，就看小狗到了厨房，在地上打了个滚，变成一个大姑娘。

这大姑娘长得是：粉面桃花、丹凤眼、樱桃小口、杨柳细腰。她进厨房里忙忙碌碌地做着饭：蒸的大米饭，红焖肉，一盘咸菜。做完了饭，她在小狗皮上打个滚，又变成个小巴狗。

王小在一旁可看清楚了，把饭盛上，给小狗夹了块肉，就吃上了。心里头别提多高兴了！

到了晚上，他躺在炕上琢磨着，怎么能不让她穿上小狗皮，永远给我媳妇呢？他翻来覆去地寻思，我明天还是假装去砍柴，找个地方藏起来，等她把小狗皮脱了，我就把小狗皮抢下来。就这么想着，琢磨着，一宿也没睡着觉。

第二天，他照样和小狗交代了一下，就走了。走到当院，看小狗不注意，他一扭身就猫到了门后，傍贴晌时，小狗又到厨房，在地上打了个滚，变成个大姑娘。就在她忙忙碌碌做饭的时候，王小把这张狗皮一把抓过来，揣在怀里，跑到姑娘跟前一下子就把她给抱住了。这大姑娘回头一瞅是王小，她微微地笑了。王小看她笑了，就赶紧说："我看你还往哪跑，你答应我吧，给我做媳妇行不行?"

"我本来就是给你做媳妇的。可是你别把我这护身符弄坏了,如果弄坏了,我可是活不成了。"

"你放心,我一定给你保管好。"王小说完,就去找了几块板,做了一个小箱子。又跑到街上买了一块红绸子,里三层外三层地把狗皮包好,放到箱子里,又藏到了天棚上。他是怕她再得到小狗皮,又变回小巴狗模样。这小巴狗就是龙三女呀。

到了成亲这天,东邻西舍的大婶、大叔、大爷、大娘都来贺喜。王小买了酒菜,找了厨师给做的席。新郎身穿红袍,新娘身穿绿裙,这就拜了天地了。

街坊邻居没有一个不说的:"这王小真有福气,娶了这么个漂亮媳妇!"

这话就不说了。就说王小媳妇这巧劲儿吧:能描龙绣凤。南北两头,东邻西舍的大姑娘、小媳妇都来求她,她是做啥像啥。巧媳妇这个名就传开了。方圆十里八里都知道王小媳妇长得漂亮,手又巧,还特别贤惠。

这天,皇上派出两个猎人出来打"鹅鸷"。他们走哇走哇,来到了王小住的这个庄上。其中一个猎人说:"听说这庄上有个王小,他媳妇长得特别漂亮,手又巧,咱们看看去。"

另一个猎人说:"好啊,咱们进屋看看,抽袋烟再走。"

这两个人来到了王小家。一敲门:"王小在家吗?"

只听屋里答应说:"在家。"这王小就出来了,一看是两个猎人,就问:"有事儿吗?"

"我们想进屋喝点水,歇一歇。"

"好啊!快请进屋吧。"说着就把客人让进了屋里。

王小夫妻非赏好客,一看家里来了客人,王小媳妇赶忙放下手中的活,从炕上下来,给他们沏了两杯茶,递到了眼前。

这两个猎人一看:不怨人家说王小媳妇长得漂亮,是真漂亮啊!他俩是越瞅越爱瞅,两人这就瞅呆了,也不愿动弹了。

不知不觉天就黑了。一个猎人说:"哎呀!天都黑了,咱们还没有去打猎呢!"

"可不是呗,天都黑了咱俩啥也没打,回去皇上还能饶了咱们吗?"

王小媳妇看这两个猎人挺犯愁,就对两个猎人说:"干脆别出去打了,再坐一会儿吧,你们不就是打鹅鸶吗? 天都这时候了,出去也不一定打着,我给你们铰两个鹅鸶吧。"

王小媳妇把针线笸箩拿出来,又找了张纸,拿起剪子唰唰……,一会儿就铰了两只鹅鸶。

两个猎人一看,这小媳妇的手是真巧哇,找张纸三剪子两剪子就铰好了两只鹅鸶。

又见王小媳妇往两只鹅鸶身上"呼——"地一吹,这两只鸟就飞起来了。两个猎人乐得够呛,东抓西扑地把两只鹅鸶给逮住了。

回到了朝廷,猎人把两只鹅鸶交给了御厨,就回去歇着去了。

鹅鸶肉烧好了,皇上一吃,觉得今天鹅鸶肉是特别的香,味道特别鲜美,和往常的大不一样。赶紧叫人把两个猎人找来了。皇帝吩咐道:"你们今天是在什么地方打的鹅鸶? 明天再给我到那去打。"

两个猎人一听,心里可犯难了,这两只鹅鸶也不是打的呀,这叫我们到啥地方去打呀? 两个人你看我,我看你,半天也没吱声。

皇上一看不对劲儿,问:"莫非你们有什么事瞒着我?"

两个猎人知道不说是不行了,只好将白天发生的事儿向皇上一一禀告了。

"大胆! 天下哪有这样的事,你俩敢欺骗我?"

两个猎人吓得跪在地上哆哆嗦嗦地回答说:"小人不敢,此事确是实情,还望万岁开恩。"

皇上谅他们也不敢撒谎,就对两个猎人说:"那好,明天你们去把王小媳妇给我找来,我倒要亲眼看看。"

"启禀皇上,人家一个妇道人家,又没犯什么王法,小人去了怎么说呢?"

皇上仔细一琢磨,也是啊,平白无故地把人家媳妇找来,也不好说呀。就吩咐两个猎人说:"那就把王小给我找来。"

两个猎人哪敢违抗圣旨呀,可心里真是过意不去。没法儿,只好去找王小。

到了王小家，一敲门，王小从屋里出来。看是那两个猎人，就说："是你们二位呀，有事儿吗？快请进屋吧。"

两个猎人"咕咚"就给王小跪下了。王小赶忙把两个猎人搀起来，问："二位大人，出啥事儿了吗？"

"可不是咋的，你媳妇铰的这两只鹅鸳，皇上吃了，觉得特别香，味道特别鲜美，和一般的鹅鸳肉不一样，非叫俺俩再去打这种鹅鸳。俺俩没办法，只好照实说了，这一说不要紧，皇上让俺俩来请你去一趟。俺俩也是官身不由己呀，实在对不起你了。"

王小心想，这可咋办呢？皇上请我去肯定是凶多吉少。他赶忙进屋和媳妇说了。媳妇听完，对王小说："皇上请你，你就去吧。"

王小跟着两个猎人来到了朝廷，见了皇上，往那一跪。皇上说："起来吧，你就是王小吗？"

"是！"

"你是有个巧媳妇吗？"

"是，皇上，大伙都这么说。"

"这两个人昨天上你家去，你媳妇用纸给铰了两个鹅鸳，又一吹变成两个真鹅鸳了，有这么回事儿吗？"

"有。"

"那把你媳妇给我领来，叫她在这屋里给我铰个鹅鸳，我看是不是真的。"

皇上是金口玉牙，他说的话，王小哪敢不听啊，没办法，只好回去找自己的媳妇。

王小媳妇把话听完，轻轻地一笑："这有什么难的我去就是了。"说着带着剪子，揣了张纸就跟王小去了。

到了朝廷，皇上立时被王小媳妇的容貌给迷住了，这个女子可不是一般人，长的是羞花闭月之貌，沉鱼落雁之容啊。她怎么长这么漂亮！我的娘娘和我这些嫔妃一个都比不上她。皇上是越瞅越爱瞅，越瞧越爱瞧，把个皇上给迷得神魂颠倒。他想,她要是给我当娘娘,不但吃鹅鸳肉方便,那还不要啥有啥吗?皇上一边想一边打起鬼主意来了。他问王小媳妇:

"听说你能用纸铰鹅鸳,用嘴一吹就能变成真的,这事儿当真?"

"当真。"

"当真的话,今天你就在这屋里给我铰一个看看。"

"好吧。"王小媳妇说着,从兜里掏出剪子和纸,叠巴叠巴,"唰——唰——"一会儿剪好四个鹅鸳,吹了一口气,就看这几只鸟在宫中真飞起来了。

皇上一瞅,这是真的呀!忙说:"得了,得了,别让它们飞了,你赶快收起来吧。"

王小媳妇把手一伸,四个鹅鸳就落到她手里,她用嘴一吹,又变回去了。

皇上看这媳妇是真能啊!说什么我也得弄到手。寻思了一会儿,对王小媳妇说:"你先回去吧,王小留下。"

王小媳妇走了以后,皇上对王小说:"明天咱们两个赛马,如果你的马赛不过我的马,你的媳妇就归我。如果我的马赛不过你的马,那你的媳妇还归你。"

王小一听:皇上这不是仗势欺人吗?我家连马都没有,咋能跟皇上比呢?

皇上又说:"明天日头出来,咱俩就开始赛马。"

皇上的话就是圣旨,明知是没安好心,但他哪敢不听啊,王小垂头丧气地往家走。一边走,一边生气。鼻涕一把,泪一把地哭开了。

到了家,媳妇一看这模样,忙问:"怎么啦?"

王小说:"皇上叫我和他赛马,赛不过,你就归他。你知道我连个马也没有,就是到街上去买一匹,也比不上皇上的马呀,他的马都是从各个地方挑选出来的好马,如果比不过,你就要成他的娘娘啦!"

王小媳妇一听笑了。

"人家都急死了,你还笑呢!"

"咳!你急啥呀,到街上给我买张纸来,再给我找一捆秫秸来。"

王小知道媳妇不是一般人，一定有招。他就到了街上，找到卖纸的。心想：我媳妇让我买一张，干脆我买它十张吧！他买了十张纸。又找来一大捆秫秸，磕打磕打，把叶子扒巴扒巴，扛着就往回走。

王小连跑带颠，累得满头大汗。到了家，把东西往媳妇跟前一放说："都拿回来了，你看怎么办吧？"

"咳！你忙的是啥呀，快坐这儿歇歇。"

"哎呀！我都快急死了，明天就要赛马了，是到街上买一匹还是咋的，你倒是痛快点儿呀！"

"不用着急，我给你扎一匹马。"

"扎一匹马，那能行吗？"

只见媳妇拿起剪子"咔哧、咔哧"地铰秫秸，一边铰一边问：

"扎个什么样的？"

"扎个一般的马就行。"

"好！"说着把针线笸箩拿过来，三扎两扎就扎巴上了一个马架子。把毛头纸往上一包，铰巴铰巴，用嘴一吹，"呼"家伙，变成一匹雪白的小马。

王小一看这个高兴啊！王小媳妇又用秫秸扎了一个马槽，用嘴一吹，变成一个真马槽，又把纸叠巴叠巴，往马身上一套，用嘴一吹，变成一副马鞍子。

"你喂喂马去吧，明天早上就牵去。"

王小仔细打量这匹马，不胖不瘦，不高不矮，虽然不太大，可是挺精神，就喂上了。

第二天，王小牵着马来到比赛场。皇上一看王小的马挺小，也就是一般马，心里暗自好笑，就这么一匹小马，想和我的千里驹赛跑，那不是做梦吗！我这马一蹬腿就十里八里出去了，还不把你落得老远哪！心里这得意劲儿就别提了。这回王小媳妇该成我的啦！

王小心里也没底啊。一看人家那马，又高又大，膘肥体壮，我这马能行吗？正想着，锣鼓声响了。只见皇上"蹭"地跳到马上，一打马屁股，就窜出去没影了。这是匹千里驹呀。

王小看皇上已经跑出去了，赶紧跳上马，只听小马"咴"一叫，就蹽开了，王小在马上一边跑一边想：马呀，马呀，你可得给我长点儿脸哪。小马像猜到王小的心思，越跑越快，像风似的，一眨眼工夫把皇上撵过去了。跑了一圈，把皇上落下半圈。

皇上一看自己输了，忙喊："王小，站下！一圈不算咱们跑三圈。"

"三圈就三圈！"王小心里有底了，说话也硬气起来了。

只听鼓声一响，就又开始比赛了。

一圈，一圈半，把皇上这匹马累得是上气不接下气，"呼哧、呼哧"直喘。皇上也不管这匹马累得啥样，一心想把王小追上，把他媳妇赢来。只见赛马场上烟带土，两匹马一溜烟地跑。

王小这时候也很累了，可他心里憋着一股劲儿，决不能叫皇上给追上。

皇上那匹千里驹，这时候累得是通身是汗，皇上也累得只有出气没有进气的功夫啦。

王小的马跑完了三圈，可皇上的马只跑了二圈。皇上一看是输定了，还不死心，又对王小说："这回算你赢，如果你有能耐，明天让你媳妇把这东山变成南山。变不了，你媳妇还得归我。"

这下王小可犯愁了。这马能扎一个，这山怎么能搬呢？这不是难为我媳妇吗？王小越想越难过，哭哭啼啼回家了。

到了家，媳妇看他这样，问他："怎么样，赛马赢没赢？"

"赢了。"

"赢了你又哭啥呀？"

"咳！皇上又出难题了。他叫你今天一宿把东山变成南山，这不是明摆着难为你吗？看来咱夫妻要分开了。"说完又哭了，"我给他搬过去就是了。"

王小听了半信半疑。

到了晚上，王小媳妇顺头上拔下来一个金簪子，照着东山一指说："山，你给我起！"就瞅这山呼呼悠悠地起来了，直往南边走。到了朝廷南边，王小媳妇说了声："落！"这山就"哗"家伙落下去了，正好堵住朝廷的南门。

第二天早上，皇上起来一看，吓了一跳，这山真搬来了！

大兴安岭卷

279

这时王小来到皇上跟前说："山也给你搬来了,这回我们夫妻该好好过日子了吧?"说完,转身就走。

"你给我回来,不能走!"

没办法,王小只好转回来。

"你媳妇有能耐,叫她把这海给我搬到西边去,东海变成西海。如果搬不过去,你媳妇就是我的!"皇上说完,一甩袖子走了。

王小听完,差点儿没气晕过去。皇上呀皇上,你这也太不讲理了,一次又一次地打鬼主意,想把我媳妇抢走,都没成。这回又叫搬海,这山能搬,海水怎么搬呢? 他是一边走一边哭,越哭越伤心。

到了家,媳妇一看明白了:一定是皇上又出什么难题了,我丈夫是担心我叫皇上给抢去呀!

"王小哇,是不是皇上又出什么难题了?"

"可不是吗!"王小止住泪说。"他叫你把东海搬到西边去,叫东海变成西海。这不是故意难为你吗? 如果皇上把你抢走了,那我就不活了!"说完抱着他媳妇痛哭起来。

"哎,别哭了。"王小媳妇拿毛巾给王小擦了擦眼泪问:

"什么时候搬哪?"

"让你今天晚上就搬完。"

"那好。"

到了晚上,王小媳妇把金簪子拔下来对王小说:"你看着。"

只见她往东一指,说:"东海,你给我搬家!"

就看东海底下像有什么驼着似的,"唰——"就过去了。

到了朝廷西边,王小媳妇一指,喊了一声:"落!"这海"唰"地就落下了。

早晨皇上起来一看"哎呀妈呀! 这海怎么也搬过来了,这不是要把朝廷堵上了吗?"

正寻思着,王小来了。

"海也给你搬来了,我得回家去过日子了。"王小说完刚要走,皇上恼羞成怒大喊:"来人哪! 给我抢去。"

王小吓得呼哧带喘地跑回了家。

"可不好了,皇上领着人来抢你来了!"

王小媳妇微微一笑说:"他抢不去。"

这时,皇上领着文武大臣就进了院子。

王小媳妇抓住他的手说:"你就站在我身边,千万别乱动!"王小使劲攥住媳妇的手,紧紧地站在她身边。

只见王小媳妇拿着簪子一指:"洪水!"

就见这水哗哗地流开了。皇上和他领来的那帮人都掉进了水里,王小和他媳妇两人身边却一点水也没有。

不一会儿,大水就没到腰,转眼就到脖颈。就听皇上喊:"哎呀,救命啊!快救命!"

这时候,王小媳妇手拿簪子又一指说:"冻!"

就看这水"唰"地冻成了冰。你再看皇上和这些兵一个个光露个小脑瓜在外边,全都冻住了。

王小夫妻俩从此过上了太太平平的日子。

讲述者:庞友琴

搜集整理者:白瑞明

乌拉草的传说

　　从前,在长白山下有个叫木达莱的鄂伦春族的小伙子,是个勇敢的莫里根,老实厚道。一天他上山打猎,爬过好几道山,穿过好多森林、草甸子、山崖,也没遇上一个动物,累得够呛,还挺上火的。刚坐下歇歇,冷不丁听见草棵子里有人叫唤,吓了他一跳。他顺着叫声走过去一看是个老太太,坐在地下,木达莱心里挺纳闷:这深山老林里怎么会有人呢? 就问老太太:"大娘,你咋的啦,咋一个人坐在这儿呢?"老太太说:"我上山来采药,一下子把腿摔坏了。"木达莱说:"那你家在哪儿呀? 我送你回家吧。"

　　木达莱就背着老太太走,越走越沉,干走也不到地方。走过一座山,一片树林,一条河。没办法! 木达莱累得走不动了,就问老太太:"大娘,还有多远到家呀?"老太太用手往前一指说:"快了,翻过这座山就到了。"他们一气走了九座山、九片森林、九条大河。木达莱的鞋磨破了,脚也磨出血了,好歹算到了地方。木达莱把老太太放在地上一看,她一点也不跛,气坏了,心想:这腿也没坏,让我背了这么远,把我累坏了,这不是调理我吗! 一句话也没说就往外走。老太太赶忙拽住他说:"小伙子,你是个好心人,应该得到好报。"说着拿出一双鞋给他。木达莱一看是双木头做的鞋，打猎也不能穿，就说："我不要。"老太太说："那我再给你做一双吧，"就上圈里抓了一只小山猪崽，杀了，把猪肉煮熟请木达莱吃，又用猪皮给木达莱做了双鞋。木达莱的脚太大了，这张小猪皮都不够，老太太又找了些别的皮子凑着做上了。木达莱穿上一试，前脸缝得抽抽巴巴，咋看也不像鞋，老太太说就叫"唬弄"吧，后来叫白了就叫乌拉了。

木达莱穿上这双鞋又轻快，又得劲，心里挺高兴；又一想这鞋夏天穿行，冬天不得冻脚吗？老太太拿来三样东西：一堆蚕丝、一堆棉花、一团麻，让木达莱挑一样。他掂量了半天一样也没拿，他说："大娘，雪白的棉花和蚕丝应该留着做衣服，麻能打绳子，这些东西垫脚我舍不得。"老太太点头说："你不但是个好心肠的人，还是个俭朴的孩子。"接着用手一指说："你看那一撮撮马尾似的细草，割来一把用棒子一捶，絮在乌拉里跟棉花、蚕丝一样柔软，也暖和。"木达莱照老太太说的絮在了乌拉里，真的跟棉花一样。

老太太又说："应该派个来保卫你这样的好心猎人。"这时就从屋里出来一条狼狗，老太太问它："你愿意给当卫士吗？"那狗点点头，老太太又指指木达莱的脚对狗说："如果在山林中你无法辨认这位好心的莫里根，这双乌拉里絮的乌拉草就是标记，从今以后你就是林中的巴图里了，任何凶禽猛兽都应惧你一头。"狗点点头，就跑到山上去了。

木达莱呆呆地听着，半天一转身发现老太太没了，才知道自己遇上了神人。他穿着乌拉回家了。从此长白山、兴安岭、呼玛河流域的猎人们在林中打小宿的时候，总是先拢一堆火，然后把乌拉脱下来，掏出乌拉草放在身边，就可以放心睡觉了，猎狗一看乌拉草就在四周撒泡尿，不论什么猛兽一闻到林中巴图里的气味，就躲到远处去了，乌拉草成了猎人的宝贝。

讲述者：丁秀琴

搜集翻译者：孟秀春

整理者：张桂忠

小红马与犸犯的故事

　　很早很早以前，有这么一家，就这么老两口。他家很富，啥都有，东西可全了。有奥伦①、猎枪、猎狗还有五十多匹马。不愁吃，不愁穿，就是缺儿子姑娘，老两口子犯愁得够呛。

　　有一天，老头替老太太抓了一个挺大的虱子，还是红的。

　　老太太从来没有看到这么大的虱子，心里觉得很奇怪，就对老头说："把虱子搁起来！"

　　他家有一个金盒子，老头就把它放在里面了。

　　不到一袋烟的工夫，听到有小孩说话的动静："谁把我藏起来的，可把我闷死了！快把我拿出来吧！"

　　老头一听，这是谁在说话！兴许是小盒里的动静，他就把盒子打开了。

　　打开一看，只见里面搁着一个挺小的小孩。这小孩从盒子里出来之后，见风就长，越长越大。一天的工夫，就变成一个大姑娘，还挺漂亮的。

---

① 奥伦：鄂伦春语，用八根柱子支起的离地仓库。

姑娘心灵手巧,啥活都能干。老头老太太高兴得不得了。老两口寻思:可能是恩都力看我们没有孩子,特意送给我们一个姑娘。

老两口对这孩子可好了,给她雇了一个丫鬟,天天伺候她,日子过得挺好。

就这样过了不长时间。

有一天,他们围着撮罗子里的火堆吃饭,吃完饭以后,这堆火也就灭了,光剩灰。正坐着唠嗑的时候,这堆灰开锅似地活动了。这是怎么回事呢?大伙都愣住了。

不大一会儿,露出一个人不人,鬼不鬼的犸猊①。可把这一家人吓坏了。

这个犸猊会变,一会儿变大,一会儿变小,变大的时候,能顶天立地,那么老高,还拿着大松树做拐棍;变小的时候,挺小挺小,跟蚂蚁那么大。

老太太就央求它:"千万不要害我们啊!我们也没做什么坏事!你要啥,我就给你啥。你就好好地回去吧!"

"我啥也不要,就要你这个姑娘。"犸猊恶狠狠地说。

老头老太太就跪下来给它磕头对它说:"我俩就这么一个姑娘,你千万不能要啊!"

"那不行,不然的话,我把你们全都吃掉!"

"阿曼,阿妮②你们别犯愁,我就跟它走得了!"姑娘对爹妈说。

老头老太太没有办法,为了使一家人能活命,也就哭哭啼啼地把姑娘给它了。

他们家不是挺富吗?家里有五十多匹马。姑娘走到马群里,闭着眼睛用套马杆套马,本想套一匹好马,结果一下套了一匹很不起眼的小红马。她想:这匹小马能行吗?姑娘把小红马放了。就这样,姑娘一连套了三次,还是那匹小红马。姑娘毫无办法,心想:就这匹马吧!她抱着怀疑的态度,把这匹小马牵出来了。

---

① 犸猊:鄂伦春语,巨大的魔鬼。
② 阿曼,阿妮:鄂伦春语,爹,妈。

临走时,她妈也哭,她爹也哭。姑娘备好了马鞍子,牵着小红马跟狖狖一块走了。

走了不到三里地,狖狖对姑娘说:"有一样东西忘在你家了,我得回去取!"

姑娘说:"你去取吧! 我慢慢走。"

狖狖往回返,姑娘骑着马慢慢向前走着。

这时,小红马开始说话了:"姑娘,你知道狖狖上你家干啥去了?"

"不知道啊! 它不是取东西去了吗?"

"不是,它回去把你爹、妈和丫鬟全都吃掉了。不信的话,你就等在这儿,等它回来的时候,你就逗它笑。当它一张嘴的时候,你就会发现你老爹的犴骨戒指、你妈妈的顶针、你丫鬟的金戒指还在它牙缝里塞着呢!"小红马对姑娘说着。

"我知道了。"

姑娘等了一会儿,狖狖也就返回来了。

姑娘开始逗它,把它逗得挺高兴的。当狖狖把嘴张开时,姑娘发现它牙缝里塞着犴骨、顶针和金戒指,她知道狖狖把她爹妈和丫鬟都害死了。

姑娘挺伤心,但没有办法,还得跟着狖狖走。走到狖狖家了,看见还有一大帮小狖狖,它们一看来了一个生人,都挺高兴,七嘴八舌地说开了。

"我要吃她的鼻子!"

"我要吃她的耳朵!"

"我要吃她的嘴!"

"我要吃她的肉!"

"行了! 你们别吵吵了。"这时,狖狖开始说话了:"她是你们的妈妈,不能吃!"

就这样,狖狖把她当作老婆,过了一段时期。

有一天,姑娘趁狖狖睡着的时候,就偷偷地跑回来了。

等狖狖睡醒以后,发现姑娘不见了,就说:"你跑不了,等你有了三个孩子的时候我一定把你抓回来。"

再说,这个姑娘回家一看,家里什么东西也没剩,爹妈和丫鬟给犸猊吃了,这可咋整呢? 她会打围啊! 天天在林子里转悠转悠。打着野兽就自己吃。过了不长时间,她走到一个地方去打围,碰见了一个猎人,是个男的。她觉得自己一个人过日子挺困难的,也就给他当老婆了。过了好几年,替他生了三个孩子,日子也过得挺好。

有一天,这个女人对他男人说:"昨天我做了一个不好的梦,总觉得你会出事,得注意点,那匹小红马一定要系在小树枝上,千万不要拴在大树上。"她男人寻思:一个女人做梦能灵吗? 他不相信,又上山打围去了。

到了山上,他把小红马拴在一棵大树上,自己钻进林子去打猎去了。

他老婆正领着三个孩子在奥伦附近玩呢。

到了中午的时候,犸猊出现在她面前。对她说:"怎么样,我不是说了,当你生了三个孩子以后,咱俩还得见面。"

她一看犸猊来了就对大小子说:"你大爷来了,赶紧到奥伦里拿点肉,烧点水给你大爷做饭吃!"

大小子上了奥伦之后说:"妈,我整不动!"

她妈对她二小子说:"你去拿吧!"

"妈呀! 我也整不动!"

"真是没有用的孩子,那我去吧!"

这个女人爬到挺高挺高的奥伦上以后,就在那儿不出来了。

犸猊看他们去了这么长时间,也不下来,就着急了,招呼她:"你快下来吧,再不下来锅就要干了!"

"我不下去,让它干去吧!"

"那我就踢了它!"

"你就踢吧!"

只听见"当啷"一声,犸猊把锅踢翻了。

不一会儿,犸猊又说了:"你下来吧! 孩子哭了。"

"哭就哭吧!"

"再哭,我就吃了他!"犸猊恶狠狠地说。

"你要吃就吃吧!"

犸猊把小孩和奥母洞①囫囵个地吞到肚里。

这个女猎人,心痛得够呛,也没有办法,只好在奥伦上待着。

犸猊见这个女人还不下来,就用牙齿咬奥伦的柱子。当犸猊咬掉两根的时候,这女人就开始招呼小红马:

"小红马,小红马,

犸猊伤害我,

你要快快来!"

正当犸猊咬到剩两根柱子的时候,开始起风了,大风把奥伦给刮倒了,犸猊一扎猛子,蹿到奥伦的大水泡子里去了。

小红马听见女猎人的招呼声之后,赶紧来了。

"犸猊上哪儿去了?"

"上水泡子里去了!"

小红马对女猎人说:"我和它拼了,要是我出了黑血,你就扔吃的给我,说明我战胜了犸猊,要是我出红血的话,你也不要悲伤,说明我失败了。"说完之后,小红马就到水泡子去了。

这时,水泡子里像开锅似地翻滚。它俩正在打仗。

一会出黑血,这个女猎人就给它扔一块肉;一会出红血,这个女猎人就伤心落泪。

太阳快要落山了。

天也快黑了。

它们在水泡里打了好半天,这时,小红马从水泡子里走出来,告诉女猎人:

"犸猊被我打死了!"女猎人看着小红马的耳朵和尾巴都被犸猊咬掉了,心里挺不是滋味。

小红马对女猎人说:"我活不长了,你把我杀了吧!"

---

① 奥母洞:鄂伦春语,摇车。

女猎人说:"你救了我,我感谢都来不及呢,怎么能杀你啊!"

"你把我攘死吧!攘死以后,把我的肉一块块卸开,拿着我的肉,嘴里叨咕,这是我的妈妈,这是我的爸爸,这是我的丫鬟,说完之后,你妈妈,爸爸,丫鬟都会回来。你想要啥,就可以叨咕啥!"

这个女猎人心里寻思:多么通人性的马啊,我能害死它吗?

说啥也没有同意。

小红马见女猎人舍不得攘死它,就一头撞在大树上,把自己撞死了。

小红马死了以后,这个女猎人就把马肉一块块地卸开了,嘴里不停地叨咕,这是我妈妈,这是我爸爸,这是我孩子,这是我丫鬟,原先撮罗子里有啥,她都说了。

第二天早晨,睡觉醒来,她妈妈、爸爸、孩子、丫鬟都在身边,家里啥东西都不缺。

从今以后,他们一家又过着平平安安的日子。

讲述者:孟玉花

采录者:叶磊

整理者:叶磊男

翻译者:孟玉花

小兔子

原先，大森林里是非常平静的，各种动物都像亲兄弟一样，生活得非常快活，就连最小的兔子都不受欺负。偏赶上这一天，大森林里来了个怪物，它头上有角，眼睛大得像个碗，嘴像个大盆，长得这个吓人哪！自从它来，森林被搅乱了，它的本领非常大，能呼风唤雨，动物们见到它可害怕了，就连老虎也不敢在它面前抖威风，大伙都得听它的。

有一天，它吃到一块肉，觉得这肉特别香，和别的东西不一样，吃完了还想吃，正想着呢，一只小兔子跑着玩没看见它，一下撞到它脚上。它一发怒，张开大嘴把小兔子吞了进去。细细一嚼，觉得这肉也挺好吃。尝到了甜头，它就把动物们都召到一起，用大嗓门喊："小的们，我现在有一种病，需要一种特别的药，这种药到哪儿也采不着，就在你们当中选，希望你们能为我的身体强壮出点力。"大伙一听，需要什么东西呢？是要果子，还是要药材？你看看它它看看你，谁也不明白它到底要啥。只听怪物说："我就是要吃你们。"大伙一听可吓坏了，可是谁都怕它，又不敢说别的，只好问："吃多少哇？""我每天吃你们一个。先吃大的，从大到小，到时候自个来。"老虎一寻思:我的个最大,就得先吃我了,先替大伙挡一挡吧。就慢慢地爬到怪物面前。只见它用嘴一搭,像扒个面团似的,把老虎咬到嘴里一抿,没等嚼就进肚了。打这它就吃开了。今天是老虎,明天是熊,后天是狮子,都让它吃了。最后剩下小兔子。兔子知道明天该到它的末日,非常难过,它们个小,不像老虎那么大,吃一个兔子连塞牙缝都不够,要吃还不得一窝呀,大伙又恨又怕,可也没办法,一大群兔子哭哇,哭哇!这时有一只兔子站出来说:"哭也不顶事,明天照样得让它吃,咱们想个招把它赶出去或是把它杀了。到那时咱们不就太平了?"听它一说,大伙都抬起泪汪汪的眼睛:"你真能吹牛皮,这森林里谁有它厉害?你还想杀了它?""没有咱不能找一个来?"大伙都摇头,没办法,小兔子说:"有了,我看见山大王有个毛病,它天天照镜子。等它再照的时候,我就龇牙咧嘴冲它喊:只许有我,不许有你,大伙说行不行?"大伙听它这么说,都觉着挺在理。

第二天,太阳一露山,怪物腰一伸,乐呵呵地看着山下。等了半天也不见谁来。每天到这时候,大嘴一"麻搭"早进肚了,怎么今天到这时候还没动静?算了,今天该吃小兔子。兔子胆倒不小,到现在还不来?正发怒,就看远处有个小黑点,颠颠的过来了。小兔子假装着忙,一头撞到树上。怪物跑过去一扒拉,小兔醒过来了。它把大爪子往小兔子身上一搭,差点把小兔子压死。说:"好大胆的兔子,今天该吃你们,为什么来这么晚?眼里还有我大王吗?"小兔说:"大王,你先听我把话说完。"大王说:"快说,我饿了。""我想问大王兄弟几个?""一个!""不对,有两个,南面还有一个,跟你一样。""不对吧,我把老娘吃掉了,我家就剩我一个,难道南边真还有一个?"小兔子看怪物在纳闷,就又说了:"我来的时候碰见它,要吃我们,我觉着不对。你在这山上等着,咋能跑南山上去呢?我不敢惹它,就说我们大王怎么怎么厉害。可那个大王说你没它厉害,它能一口吞一个老虎,两口能吞下个熊,说过两天就来吃你。大王你可小心点。"怪物一听,气坏了。一个高跳起来,抓住小兔子说:"我是天下第一的。娘老子比我厉害,都让我吃掉了。还有比我再厉害的吗?我这就去吃掉它,走,领我去!"

小兔领着它走啊走,走到山涧前,说:"到了,它就在这儿。"这山涧底下是一潭深水。怪物走到崖边往下一看，果真有个和它一样的怪物。他火冒三丈地说："你是哪一个？我要吃掉你！"山下的那个也说："你是哪一个？我要吃掉你！"你说一句，它说一句，三说两说就舞扎起来。老怪物气得五雷嚓风地往下一扑，只听"扑通"一声掉到山涧水潭里摔死了。这时候，所有的动物都来了，你看我，我看你，全都笑了。它们再也不用担心老怪物来吃它们了。小兔子乐得最狠，它得意地想：我这么小的个子，能把这么个大怪物治死，太高兴了！它不停地咧着大嘴哈哈哈地笑哇，整整笑了三天三夜。它笑的大劲了，一下子把嘴笑咧开了，从此兔子成了三瓣嘴。

自从小兔子把森林里的大怪物治死以后，就觉着自个了不起了。寻思着不能和大伙一样，凭我这么聪明，比我大的那么多动物都让怪物吃了，它们一个都不会想招，到我这就没让它吃了，倒让它掉水潭里淹死了。又一寻思我这么一点，动真格的不是它们的对手。小兔子一眨巴眼睛来了坏主意……

自打消灭了怪物，山里的动物学奸了。为了不再受欺负，它们互相传艺，你教我一招，我教你一道的。虎跟猫学会了蹬、跳、扑。可小猫也多个心眼，没教老虎爬树，狼学会了忍饥挨饿的本领；狐狸学会了用尾巴和放臊气。

小兔子一天到晚想当大王，啥也没学会。它看大家都学会了好几招，气得够呛，就跑到老虎那去了。到那一看，老虎正在练武呢，只见老虎回过身一打，后面那条尾巴就像大鞭子打在树上似的，树"咔嚓"地断了！小兔子一看吓坏了。它想，了不得了，像这样的东西将来成了气候，还有我的天下吗？它赶忙跟老虎说："虎大哥，你这么好的功夫为什么不当大王呢？凭你这样的个子，当大王最合适了。我们只有在你的保护下，才能生存。"老虎一听小兔子奉承它，美滋滋、飘飘悠悠的，自己寻思也是那么回事。小兔子看着老虎活心了，真想当大王，就乌悄地溜了。

小兔子连跑带颠地跑到黑熊家。这会黑熊正在练拔树功。小兔子三蹿两跳地凑到黑熊跟前，对它说："你看老虎想做大王，想管着咱们。熊大哥，凭你的本领才能当大王，怎么能让老虎当呢？老虎那两下子还不如你哪！可是老虎说谁要是不听话，不让它当大王，它就先吃掉谁。"黑熊听着听着来气了。你老虎也太可气了,大家好好地相处多好,凭什么要当大王?哼!等我碰见它的时候,先吃了它。黑熊越想越生气,顺手把住一棵树,"啊"的一声把树拔了下来。小兔子看黑熊真要和老虎干,乐得够呛,就又跑到大象那去了,对大象说:"凭你的大脚跟大柱子似的,山大王就应该你当。再说你那万能的大鼻子,小小的一根针都能拿起来,你才是最厉害的。现在完了,你看看熊、老虎它俩要一起对付你,把你揍死,好当大王。"大象一听气坏了,就想去找黑熊和老虎算账。

就这样,小兔子到每个动物跟前都使坏,搅得朋友之间互相猜疑,互相记恨。本来大家都和心和意的,弄到点好嚼谷都分着吃。这样一来可好了,都起私心了,有点东西自己留着,不给别人。

一天森林里下起了大雨,一连几天不见阳光,老虎感冒了,大象也浑身没有劲。以前,谁要是有病了都能互相照顾,可现在谁也不管谁。大家几天都没吃着东西了,谁也没说一句话,都憋得难受巴啦的。太阳出来了,大家一溜烟地跑到山头上晒太阳,它们你瞅我,我瞅你,都不说话。狐狸实在憋不住了就说:"你们看,咱们原来挺好的,现在闹个别别扭扭,再说,为什么你们要吃掉我?我就这一身衣服,要,就给你们。"狼说:"谁说我们要吃掉你?""小兔子!"老虎接着说:"听说大熊你想对付我,把我整死,然后当山大王,是不是?"大熊说:"没有啊,我这傻乎乎的,从没想过这事,只想吃饱了,喝足了往洞里一猫就行了,谁想当大王?我听小兔子说你想当,还想吃我呢。"老虎赶紧说:"没有的事!我这么想过,不过后来我又改口了,没这么做呀!"大象本来耳朵耷拉着,一听这话它把耳朵支棱起来了:"啊!你们原来没这事呀!小兔子说你们俩要合伙打我,它还要我整死你们。"大家这么一说,都知道是小兔子在挑拨。老虎气得大声吼叫道:"好一个小兔子,东西不大,鬼点子不少,想把我们一个个消灭了,它当山大王,哼!得好好收拾它。"第二天,老虎、黑熊、大象、狐狸和狼一起来到小兔子的家。小兔子正想好事呢,就听外面有动静。它一伸脑袋就让老虎给扒拉出来了。大象用鼻子卷起来一扔就是一个跟斗。狐狸把它拎了起来,大黑熊一巴掌过去,把它的一口牙打得只剩下两个了。大家把小兔子狠狠地教训了一顿。

自从小兔子做了这件坏事，让大伙揍了以后，它怕那些伙伴再来揍它，总是提心吊胆的，耳朵总是支棱起来听动静。虽说伙伴之间解除了误解，但是也都互相提防着这些可能发生的事情。

讲述者：贺国强

录音者：吴俊明

整理者：张桂忠

寻找幸福的人

很早以前,在呼玛尔河畔的深山密林中,有一家三口人,儿子叫葛根,父亲是个老猎手,他也跟着学会了一手打猎的好技术。就是这样,一家三口还是吃不饱肚子。葛根看着额妮经常发愁,也跟着唉声叹气地问:"额妮,咱们什么时候能过上幸福日子呢?"

有一天,葛根独自走出"仙人柱",想着额妮瘦巴巴、枯黄的脸,痛苦极了。他想:只要能找到幸福,过火海,我也情愿啊!

他一边走啊,一边想的,突然在前面有一位七八十岁的老人,葛根急忙走上前去,敬畏地向老人屈膝请安后,说:"阿达玛,请您快告诉我吧。我们鄂伦春人的生活为什么这样苦?到哪里能找到幸福啊?"老人手拂白胡子笑眯眯地说:"你想找到幸福吗,就往前走吧,不管碰到什么困难都要勇敢地走下去,那里一定有幸福的!"葛根听完,他乐得跳了起来,飞快地往家跑。

第二天,葛根拿上一把鱼叉,带上一把猎刀,挎上一只弓箭。背着妈妈准备的犴肉干上路了,渴了就喝一口呼玛尔河水,饿了就嚼一口犴肉干和木耳充饥。

走啊,走啊,不知翻过多少岭,树枝扎破了他的衣服,划破了他的皮肉,烂石头磨破了他的"奇哈密",脚板上鲜血直滴答。

走啊,走啊,他走得又渴又饿又累,刚想坐在一棵树旁歇会脚,就听山前狂风呜呜响,有一个东西直奔他这。他抬头一看,是一只大鸬,他急忙从背后拉过弓箭,只听"嗖"的一声,箭走一趟线,又听到鸬"嗷"的一声落了地,这时,风也停了,他又奔着有阳光的方向走去。

这时,葛根实在是筋疲力尽了,忽然,他眼前仿佛出现一条曲曲弯弯的小河,河面上架着一座金光闪闪的大石桥,他从桥上走过去,看到山旁有一个寨子,一排排的红砖瓦房,路旁栽着一行一行的白桦树、樟子松,真是好看极了。他高兴得一边跑一边喊起来:"阿达玛、额妮你们都快来呀,我找到了幸福。阿达玛、额妮你们都快来呀,幸福在这里。"葛根觉得有人推了推他,当他揉着两只眼睛,正在疑惑不解时,有一位白胡子老人站在他面前,笑呵呵地告诉他,刚才你是做了个梦。

这位老人还告诉他要想得到真正的幸福,必须和各兄弟民族团结起来,消灭各种各样的魔鬼,才能见到天日,那才是真正的自由幸福美满的新生活。

讲述者:孟亭杰
采集整理者:黎樵

胭脂飞来的红松树

在兴安岭北坡,黑龙江南岸,胭脂沟住着姓金的一家。金老汉的老伴早年去世,他领着女儿金玉梅靠淘金度日,生活还算混得过去。

有一日,金老汉从金沟往回走,在途中发现一个十六七岁的男孩饿昏在道上,金老汉一辈子以善字为本,他赶忙用皮袄将他包好背回家里。

女儿玉梅是一个聪明、勤劳的姑娘,她见爹爹背回一个不省人事的人来,赶忙熬了一碗姜汤水给他喝,不多一会他醒过来了,才知道他叫柱子,父母都不在人间,只剩下他单身一人,家里生活不了,来此地淘金,没走到金沟就饿昏了。善良的金老汉把柱子认作义子,整天带着他上山打猎、下井淘金,一转眼几个月的时间过去了。柱子也胖了,往那一站像半截铁塔。他非常好学,不但会打猎,还练就一身好箭法,在小伙子堆里也是屈指可数的。

玉梅姑娘除了在家里做饭外,经常和柱子在一起唠嗑,帮助他洗衣服,一来二去,两人的感情越来越深了。金老汉也看出了他俩的意思。

一年一度的八月十五到了,这天,金老汉在外面放上桌子,在桌子上摆上西瓜、酒菜和玉梅平时爱吃的红松籽。一家三口人坐在桌前赏月。金老汉开口说：

"你在山沟住的习惯吗？"

"比在家吃不上穿不上强多了。"

"那好，我问你，不知你在家是否订过婚了？"

"回禀您老，柱儿我身无分文，谁能和我订婚。"

"啊！那我有件事不知你能否愿意？"

"只要孩儿能做到的，保证照行。"

"我问你，你妹妹玉梅对你怎样？"

"待我比亲妹妹还好。"

"玉梅今年已十七岁了，你已十八了，我想把玉梅许配给你，不知你意下如何？"

柱子和玉梅二人早在心中有意，可是谁也不好意先吱声。这回老头把话说明了，他俩心里都非常高兴。柱子说："爹爹在上，柱子我独身一人，家无站脚立足之地，如玉梅妹妹不怕和我受穷的话，孩儿我这边有礼了。"说着跪地就拜。金老汉急忙扶起柱子，让玉梅他俩互相见礼以毕。老汉满满倒上三杯酒说："来，今天是我们喜庆的日子，我们同干这喜酒。"说完金老汉喝完头盅，玉梅和柱子给老人请安以毕对干喜酒。从此二人经常一起进出山林，有说有笑。金老汉也非常高兴。

正在柱子和玉梅准备结婚的时候。一天，柱子和金老汉去金场淘金，玉梅进山挖菜，她一边走一边想："再过几天就要和柱哥结婚了，自己一生有了依靠。"走着，走着，突然在前边有几个偷金的俄匪朝这边走来。前边一个俄匪看见一个年轻女子，就让手下去抓来开心。俄匪一窝蜂似的向玉梅扑来，玉梅一见大事不好，转身就往回跑，俄匪哪能放过，分头堵拦，玉梅只好改变方向跑，跑啊，跑啊！玉梅也不知跑到什么地方了，眼看俄匪就要追上了，她也实在跑不动了，抬头一看，前面是滚滚的黑龙江水，三面是俄匪，往前是死，不死就得落入俄匪之手，贞节难保，就在这时，玉梅高喊一声："柱哥！妹妹我先走了……"一头跳进滚滚东流的黑龙江里。

晚上，金老汉和柱子从金场回来发现玉梅不在了，便分头找，找遍了胭脂沟的山,柱子的嗓子喊破了,眼泪流干了,找了三天三夜也没有找着玉梅的身影。

一晃一个月过去了。一天,有一位金场的老人在黑龙江打鱼,发现了玉梅的尸体,告诉了金老汉和柱子。柱子一口气跑到黑龙江边,抱起玉梅的尸体大放悲声:"俄匪,我不为妹妹报仇誓不为人!"可是玉梅的尸体已被江水泡坏了,柱子抱着玉梅的尸体一步一步地回到家,他哭天天不应,哭地地不语,柱子哭得死去活来。在大家的劝说下才把玉梅的尸体埋在屋前了。为了纪念玉梅,柱子把她平时爱吃的红松籽和衣服都一起埋在坟里。

在玉梅死后的第二年春天,在玉梅的故乡长出小红松树,柱子日日浇水,天天培土,小树一天一天地长大,可柱子却一天一天地老了。不知过了多少年,柱子为给玉梅报仇死在和俄匪搏斗中。这颗红松一年一年地长起来了,直到现在人们都叫它"飞来的红松"。

搜集整理者:宿庆和

摄影者:初奠基

胭脂沟的由来

　　在大兴安岭的漠河县境内有一座奇特秀丽的山峦，人称元宝山。这座山面对湍急奔流东去的黑龙江，位踞群峰山峡之中。山峡两翼高耸，中腹低凹，形状如元宝一般，故得"元宝山"这个吉祥而又富贵的美名。在元宝山下，有一条宽一里长十五里的深沟。沟的两侧长满白桦树、樟子松、大青杨，勤劳勇敢的鄂伦春人常来这一带狩猎，管这个地方叫"老沟"。

　　相传有一个名叫莫日根的鄂伦春老猎民到老沟这个地方埋葬自己心爱的马（鄂伦春猎民对于死去的猎马，都要为之举行埋葬仪式）。在他葬马掘穴时，无意之中发现了许多金子，于是，老沟这个地方有金子的消息像一阵风似的传开了。

　　老沟发现了金子，在当时已成为奇闻，并引起了中外淘金者的注目。那些一心盼望发大财的贵族、商贩、淘金迷们对老沟这块宝地垂涎三尺。到了光绪十年，到老沟采金的人已有四千多名，房子七百多间。什么商摊、理发店应有尽有，已成为北方边疆很有声望的重镇了。清朝宫廷每年从老沟获得大量的黄金。

有一次,慈禧太后收到了从老沟进贡来的一普特黄金,眉开眼笑,自言自语地说:"老沟这个地方的金子真不少啊,到了我们这里还有这么多哟!"心想:"这回我向洋人买胭脂就不用发愁了……"她眉头一皱:"我看就把老沟改名为胭脂沟吧。"在场的齐声呼道:"老佛爷圣明。"慈禧下了一道旨宣诏。懿宣诏中写道:"欣闻老沟金矿复建至今,所获黄金日增,奉调贡纳京都月月不差分纹,吾心宽慰,心喜异常。为勉其金矿统辖之臣,慰其辛勤劳碌,懿封老沟为胭脂沟之称。赐金匾一方……"并派大臣到老沟宣旨,还在老沟举行隆重的宣旨仪式。

从此以后,"胭脂沟"便代替了"老沟"这个古老的、鄂伦春人已经习惯了的名字。

讲述者:老李头

收集整理者:王东晨

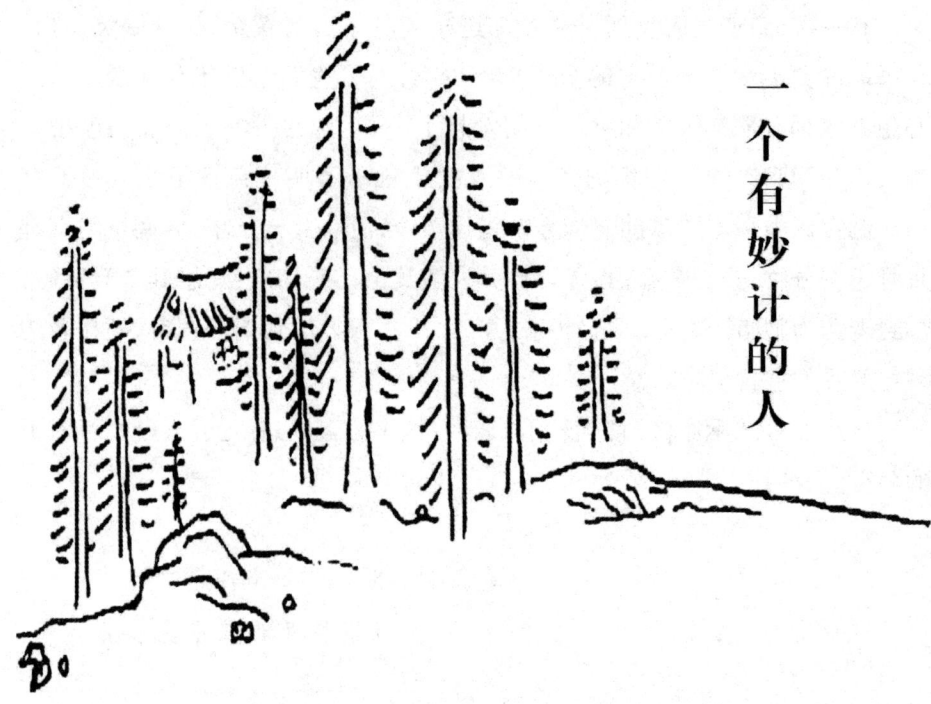

一个有妙计的人

　　早些年,有一个叫额尔登的农民,全靠他上山打柴供养一家人。

　　有一天,额尔登到山上去砍柴,当他砍到一半时,冷不丁从树林里钻出一个身高一丈八,长着四只胳膊,两对绿眼珠的莽盖①。莽盖见到额尔登心里就想:"今天可能吃上一顿饱饭了。"它想着想着,就装成一副慈善的笑脸对额尔登说:"你把砍刀放下,把衣服脱光,闭上眼睛躺下,我要吃你了。"

　　额尔登一听心想。莽盖要是把我吃了,家里人还怎么活呢?额尔登就对莽盖说:"莽盖呀!我砍柴时出了一身汗,身上又酸又臭,你吃这样埋汰的肉会得病的,还不如我先到山下的河里洗个澡,洗干净了你再吃吧!"莽盖一听,也真是这么回事,就同意了。它躺到山坡上耐心地等着。

　　额尔登赶忙下了山,来到小河边,向河水的对岸游过去了。他游到了河对岸,躺在河边等着莽盖来。等了有一袋烟的工夫,莽盖气势汹汹地来到河边,一看额尔登没在水里,躺在河对岸的沙滩上晒太阳呢。就大声向对岸的

　　① 莽盖:达斡尔族民间传说中的魔鬼。

额尔登喊道："你洗干净了身子吗?"额尔登说："我早就洗干净了,就等你过来呢。"

莽盖说："我不会凫水,还是你快过来吧!"额尔登又说："我洗澡时间长了,累了过不去了。"莽盖又问："你是怎么过的河?"额尔登大声说："我是用河里的石头片割开了肚子,把肠子的一头系上一块大石头,再把这个大石头扔到河的对岸,然后抓着肠子就走过来了。"

莽盖又饥又饿,一听有办法过河了,就找来一块大石头,又拣来一个石头片割开肚皮,照额尔登说的那样向河里走去,可当它走到河中间时,冰凉的河水不断向肚子里灌,莽盖这才知道上当了,可它连喊救命的劲儿也没了,莽盖就这样死在河里了。

聪明的额尔登平安回到家里团聚了。

讲述者:斯琴

整理者:娜日斯

玉簪松与鲜花山

　　玉皇大帝在天上的凌霄殿里过着锦衣玉食的生活，众仙们对他推崇备至。玉帝主掌天宫，为了享受任何神人可望而不可即的生活，他不但命名匠神和天兵天将把宫殿建得金碧辉煌，还种植了奇花异草和延年益寿的蟠桃，并饲养了飞腾的天马和吐银丝的天蚕，总而言之，凡能想到的事，他都靠神力办到了。可以说是极富极乐了，但是他不以此为满足，仍变着法地取乐。

　　一天，玉帝驾临凌霄殿，群神祥毕后，玉帝命人传旨，晓喻各路神仙，每人炼成一件宝贝，准备明年蟠桃会上献宝，为天宫增添光彩。

　　天宫奉职的神仙和上、中、下八仙、三仙、五岳各路仙，都纷纷忙碌起来，精心研炼宝贝，都想一鸣惊人。且不说各路神仙如何炼宝，单说玉帝的王母娘娘为了讨得玉帝的欢喜，她暗地派人取来神象牙做扇骨，用天蚕丝做扇面，召集九位仙女，命她们用金丝将自己的像绣在扇面上，而王母也将自己的像绣在扇面上，然后她将这十把宝扇交给老君，让他用八卦炉炼七七四十九天，炼成后交给她，并一再叮嘱此事不可向外泄漏。老君领命照办去了。

　　第二年蟠桃会，各路神仙齐至，各携带自家炼成的宝贝前来赴会。玉帝见各路神仙都有奇珍异宝奉献,十分喜悦,笑逐颜开地让仙女们劝各路神仙饮酒。酒至丰酣,王母离了席坐,对玉帝禀报说:"为妻和九位仙女也各炼了一件宝贝,不妨借此机会献上,请玉帝过目。望各路大仙们品评如何?"玉帝听了王母禀报很是高兴,命赶快献上。王母与九位仙女每人捧上一把宝扇,玉帝看了一会儿,不知其中有何奥妙,于是问王母:"此扇有何玄机?不妨当场演试一看,以供寡人和众仙开开眼界。"王母率九位仙女在廷席前列成队形,王母居中翩翩起舞,金扇风雷交响。下面王母与九位仙女跳舞,金扇中也有王母和九位仙女在跳舞,玉帝和群仙见了无不感到新奇,异口同声地喊:"妙!"王母与九位仙女舞罢,收拢宝扇,并禀告玉帝说:"此扇可以随势而变,随意而化,奥妙多端。"

且说大闹天宫的孙大圣也来赴宴,见这十把金扇如此玄妙,急得抓耳挠腮,心中盘算如何把宝扇拿到自己手中以无事时拿来取乐。筵席散了,各路神仙各回洞府,而孙大圣便用隐身法隐住身形,暗暗窥视宝扇放在何处。只见玉帝命看宝童子用玉匣将十把宝扇装好,锁进藏宝库中。孙大圣摇身变成一条蛟龙,飞入宝库,拿起玉匣就飞了出去。由于得宝心喜,忘记将看宝童子用瞌睡虫迷住,结果让看宝童子发现,看宝童子高喊:"有人偷宝了,快来拿贼!"这一声喊不要紧,弄得大圣慌了手脚,赶快驾着云往南跑。看宝神君察看宝物发现丢了十把金扇,赶快报告了玉帝。恰巧玉帝外甥杨二郎正与玉帝说话,二郎神二话没说,跳到云端急追孙悟空去了。王母听说她煞费心机炼的宝被人偷走,于是从头上拔下碧玉宝钗,对准偷贼就打了下去,哪里知道,孙大圣眼观六路,耳听八方,哪比一般神仙,一躲就给躲过去了。碧玉宝钗去势很急,降到北海之中,王母见宝扇被偷,宝钗又失,气得浑身发抖,怒发冲冠,不小心鬓角上一朵鲜花掉入云海,坠入北海。杨二郎赶得大圣太急,大圣怕人脏俱获,于是,把玉匣抛落在北海之中,而他一个跟斗,回大雷音寺去了。

茫茫大海,如何捞取沉入海底的宝贝,王母娘娘出于情急,也没来得及请示玉帝,于是她口念真言:"地长水斜,还我簪匣!"只见北海水一下流得干净,原来的海底垄起了高山。王母命看宝童子下界去取钗、匣二宝。

看宝童子来到下界，在北海这块地面寻找宝匣和玉簪，找了好长时间，在一个石缝中发现玉匣正夹在当中，再寻那碧玉宝簪，却说什么也没有找到。但遥远处有一物闪闪发光，到近一看，形如碧玉宝簪，但已经变作一株碧绿松树了，于是看宝童子带着宝匣，驾起云头回天宫复命去了。

王母在天空等了好长时间，方见看宝童子来报说道："王母，童子奉命寻找宝物，费了好大劲才找到宝匣，原封未动地带了回来，而那碧玉宝簪却未找到，只见下界有一株奇松，形似娘娘宝簪，但童子无法取来。"王母听了看宝童子的禀报，不自觉地摸摸自己的凤冠，这时发现因生气而还丢了一朵花。于是她亲自来到北海察看，却只见自己那朵失落的珠花已变成鲜花山，那只碧玉宝簪变成玉簪形的玉簪松。王母不禁叹息了一声说："这都怪那猴头的贪心，因为他偷宝扇这一闹，使我失落碧玉宝簪和一朵鲜花这还不算，自此北海已不复存在，都让我变成大小兴安岭了。"

据传说：原大小兴安岭就是北海，因孙悟空偷宝引起沧海变成高山，而王母的碧玉宝簪和一朵花却变成了如今的大兴安岭北坡地面上玉簪松和鲜花山了。

搜集整理者：王作锋　宿庆和

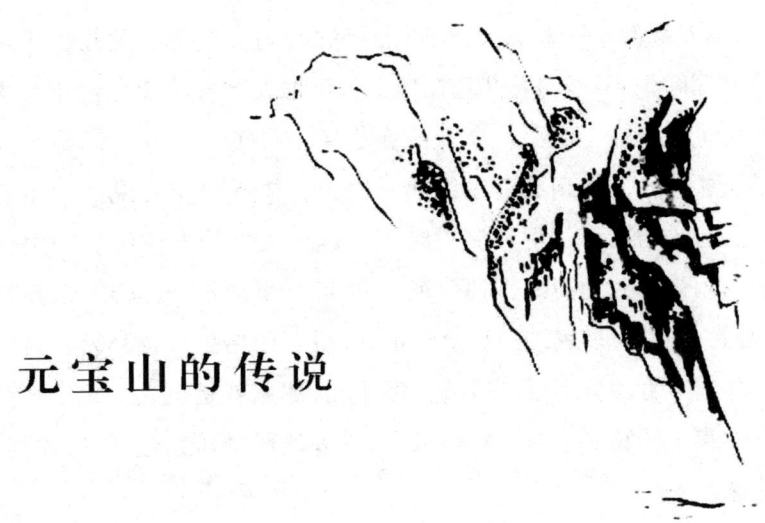

元宝山的传说

在漠河县北面九十公里处,"北极村"南有座山,并不险峻,没有峭崖悬壁。山上长满樟子松白桦树,这就是元宝山。

相传,很早以前这里没有人烟,是一片原始森林,古木参天。山下一条河,河水黑如墨染,不能浇灌良田,也没有鱼,后来人称——墨河。在河边只有成群的野兽和禽鸟在这里生活,繁衍后代。

一天,不知什么地方来了祖孙两人。老爷爷年过八旬,满头银发,胡子、眉毛全是白的。小孙子能有十三四岁,叫龙儿。长得伶俐秀气,一对水汪汪的大眼睛。别看他年纪小,但从小跟爷爷练就一手好箭法。百步以外能射落树叶。爷孙两人为啥来到深山老林? 这里有段故事。

龙儿的父母都是在山东和爷爷一起卖艺为生。一年夏天,一家马戏班给一个县官家演出,县官看龙儿的母亲长得好,想要强行给他做小老婆。众人不服,一场恶杀。马戏班的人死的死,逃的逃。龙儿母亲为保贞节,拔剑自尽,他父亲也死在乱箭之下。龙儿当时只有五岁,被他爷爷抱出来逃到一座庙内,庙内和尚是龙儿爷爷的师兄。爷爷讲清情况后,龙儿开始练童子功,六岁练箭。一来二去,转眼七年的时间过去了。龙儿练成一身武功,一天吃完晚饭,爷爷叫龙儿跪在地上告诉他说:"你今年已经十二岁了,七年前你父母死于他人之手。今天该你替父母报仇了。"龙儿问明杀人凶手,次日爷爷领着龙儿来到县官家门前一棵歪脖树下对龙儿说:"七年前也是今天,你父母来给县官过生日演出时被杀。今天也是那位狗官的生日,在他看演出时用你学到的箭法将他射死。"说完他和龙儿一齐爬上歪脖树,等两时辰以后,就听院里锣鼓齐鸣,众群走动,从角门抬出一顶小轿,落轿后从里面走出年过半百的县太爷。爷爷告诉龙儿,那人就是仇人。龙儿举箭便射,一箭就结束了狗官的性命。在混乱中,爷爷领着龙儿远走高飞,才到这深山老林中来。

他俩锯倒大树,砍下藤条,盖起木板房,爷孙俩人整天靠采药、打猎度日。

有一天,爷孙俩人正在深山打猎,刚想往回走,突然发现一头凶恶的母熊追赶一头受伤的小鹿。鹿在前面拼命跑,母熊在后面使劲追。就在母熊要把鹿追上的一刹那,龙儿搭箭就是一箭,再看母熊一头栽倒,像一扇板门那么大,可鹿也昏过去了。

爷俩赶到跟前一看,鹿的头上刚长出两支小角,但是不像小鹿。满身皮毛白得像雪花一样,龙儿抚摸鹿背说:"多好的鹿啊!差点让母熊给吃了。"爷爷蹲下来,仔细端详一会儿,大吃一惊,他捋着胡子说:"孩子!这不是一般的鹿。你看它满身白毛,老鹿又长出新角,肚子底下还有鳞片,它是只宝鹿。常言说'地下百年参,曾中肚下鳞!'我们一定要救活它。"

只见爷爷从篓里拿出几样草药,用嘴嚼碎,涂在鹿脚上,用裹腿又给它包好,用手拍拍鹿头说:"醒醒!快回家吧!"

鹿也不知是爷爷的药力,还是苏醒过来了,向龙儿和爷爷点点头,站起来向东跑了,踏着草尖就像飞一样快。

龙儿和爷爷把母熊用刀扒完皮,把能吃的肉带回来,就睡觉了。一晃三天过去了,早晨龙儿起来发现在木板房前多了几块白石头,上面洒了些黑水珠。打那以后,每天都有石头。大约十天,这堆石头堆越来越大,忽然变成一堆银光闪闪的东西。龙儿拿进板房给爷爷看，爷爷惊喜地说："孩子这是元宝！你是从哪拣的？"

"不是拣的，是那只白鹿天天往房前放白石头，上面带黑水珠今天却变了，外面一大堆那！"龙儿天真地说。爷爷听完龙儿的话，自言自语地说："鹿啊鹿！原来你确是神鹿！"

有了元宝，爷俩不需要再进山打猎采药了。爷爷让龙儿背着元宝，告别了爷爷去百里之外的一个集上去买米、买盐和一些用的东西。他走了足足三天，这日来到集上一看，集子上非常热闹，什么都有，做买卖的还唱着歌谣。

"大烧饼两钱仨，零籽买个大西瓜，黑籽的瓤赛糖沙，回到家里哄小嘎。"

把龙儿听迷了。他走进一家盐店，他想买盐，可不知道多钱一斤，就拿出两个元宝放在柜台上说："掌柜的买盐！"卖盐的伙计一看："这个小孩拿两个元宝买盐。"把他吓一跳，就把柜台里的盐全卖了也不够两个元宝的价钱。他忙说："小主顾稍等片刻，我去把掌柜的找来！"

盐铺的掌柜的是远近闻名的"抱着元宝下井，舍命不舍财"的人。他到前铺一看龙儿满兜元宝，馋得直淌口水。他心想："这小子哪来那么多元宝哪！就是把盐铺都折腾了，把老婆孩子搭上，也不够他这兜元宝。"他眉头一皱，计上心来，挤挤三角眼说："小主顾先等一小会，我去看看你这元宝是不是真的。""那还有假！"龙儿说。

三角眼拿元宝一气跑到县衙，和县官说："有一个盗国库银子的贼叫我抓住了。"在县官耳边嘀咕半天……

龙儿在柜台提等了足有一个时辰。突然进来两个公差，不由分说把龙儿捆起来就走。来到大堂，县老爷一拍惊堂木："大胆的贼子！你竟敢偷盗国库元宝，可知何罪？"龙儿说："元宝是我家的，谁说我偷的。"县官忙说："把赃物拿上来！"三角眼把一兜元宝往桌上一放，银光闪闪的元宝把县官眼睛都看直了。"这些元宝不是偷的，是从什么地方整来的？"龙儿说："是鹿给的。""什么！鹿能给元宝，你净胡扯！"这时三角眼凑近县官说："老爷！我也听说北边有座山，不知是什么山，在那个山上有一只白毛鹿，在山下有黑水河。白毛鹿把山上的白石头用黑水河的水洗七天后就能变成银子。如果是这样的话,这小子的元宝是不是那只鹿给的。""你见过那只给你元宝的鹿吗?"县官问龙儿。

"不但见过,我和它还在一起玩哪。"

"白的!白得像雪花一样。"

三角眼听罢,又在县官的耳边嘀咕了一阵。见县官一拍桌子说:"胆大的毛贼!那只鹿是老爷我在山上放养的。你竟敢拣老鹿的元宝,你可知罪?"龙儿脸都气白了,大声喊道:"那只鹿是我救的,怎么是你养的?""胆大的毛贼,偷了我元宝还不知罪。缺德、少理!""在!""令你二人马上点齐二百人我要亲自让这小子把鹿给我找回来。"缺德、少理和一群衙役领着龙儿回山去找宝鹿,他一边走一边想:"鹿啊鹿!你可远点跑吧,让这帮王八蛋抓住你就完了……"

龙儿三天没回来,可把爷爷急坏了。突然他发现一帮差人押着龙儿,他怒气冲冲地说:"你们凭什么抓我孙子?"

三角眼嘿嘿笑了两声说:"凭什么抓住你孙子?反问我们。老东西!你们赶跑了县太爷的宝鹿,偷了元宝。今天县官大老爷亲自来是让你把宝鹿给找回来。不然的话就不客气了……"

"鹿是山里人的鹿,宝是山里人的宝。只要有我三寸气在,你们就别白日做梦,鹿你们得不到!赶快放开我孙子!"三角眼忙让衙役上去把老爷爷绑了。众群贼逼近老爷爷,突然从后面一支冷箭射中了爷爷。死前他大声说:"龙儿!爷爷不行了,要记住这笔血债!"

龙儿手舞腰刀一阵厮杀,终因人小寡不敌众,不知杀到什么时候,他失去了知觉。

等他醒来时,天上已是满天星光,他被捆在一棵歪脖树上,县官和差人都睡着了。突然一阵凉风中,吹的桦树叶子沙沙直响!一会小白鹿来到龙儿根前,它依偎在龙儿身旁,两只眼睛望着他,一身白毛在闪光发亮。龙儿把头贴在鹿的耳旁说:"你来干啥,快跑吧!坏蛋抓住你就没命了。"白毛鹿像似懂龙儿话似的,用嘴啃开了龙儿身上的绳子。可这一切都让县官看见了,他猛然从树后窜出来死死抱住鹿脖子。只见白毛鹿用力一甩,把县官不知甩到什么地方去了。众衙役一拥而上,只见白毛鹿一阵乱踢乱咬,把群差咬得哭爹叫娘不敢上前了。小鹿来到龙儿身边,让龙儿骑在它身上,龙儿刚骑上白毛鹿,只听小鹿一声长嘶,白光一闪,鹿和龙儿都不见了。

等到天亮,衙役把县官找回来,再看山上的树不像昨天那样美了,山下的黑如墨的河枯了。从那以后元宝山每当下雾的时候,龙儿便骑白毛鹿回山看爷爷。由于山上的石头变了色,山下黑河水枯了,此山再也不能出元宝了。

搜集整理者:宿庆和

月亮井

在很古很古的时候,天上没有月亮,没有星星。每当太阳落山以后,天就黑得像漆涂的一样。人们走起路来,高一脚、低一脚,走着走着有可能就撞在墙上了。总之,那时候无论做什么事情,都得点灯照明才行。

现在,天上为什么会有银盘一样的月亮?为什么会有宝石般的星星?为什么晚上井里会有月亮和星星的倒影呢?关于这,还有一段古老的传说呢。

不知在多少年以前,在一个山脚下,有一个人畜两旺的村庄,牛羊肥壮、鸡鸭成群;人们吃得饱,穿得暖,幸福地生活着。

一天,一个大财主从这里路过,他看上了这个村庄。第二天,大财主便搬进村来。他长着一对牛鼓眼、两只蒲扇耳,外搭一个又大又塌的酒糟鼻子,肥得像猪一样。他搬来的时候,只见:骡驮胭脂马驮粉,车拉契约十二捆。金扁担挑金箱,银扁担抬银床,八百猪八百牛,八百奴仆后头跟。

尽管财主这么有钱,可是他却是个连根线也不放松,连颗米粒都舍不得

312

送人的吝啬鬼，他一天到晚吃喝玩乐，专在金银上打主意。据说，他整天打算盘，年月久了，算盘珠子上都深深印下了他的指纹。

天上没有月亮，人们晚上要点灯，他就想方设法抬高油价。人们买不起油、点不起灯；偶尔点灯，灯焰只有黄豆那么大。

这一年，天上无一丝云，地上无一滴水。村边的小河水干见底。村里没有井，田地裂开了寸宽的裂缝，庄稼都枯萎了。人们干得要命，可是连口水也找不到。

一天，村里来了一个叫月亮公公的老打井匠。他的头发白得像银丝，脸上、手上都是皱纹，胡子挂了霜似的。他牙齿掉光了，背上背着一口工具箱，手上戴着一枚戒指，戒指上嵌着一颗夜光珠，对人总是笑眯眯的。财主听到了这个消息，连忙叫他的爪牙们把月亮公公请来，放了一堆银子在月亮公公的面前。财主哭丧着脸乞求道："月亮公公哟月亮公公！天上无云地下旱，我一家老小都口干！给你这堆白银，求你给我打口井。"

月亮公公没有说话，也没有收他的白银，拿出工具，借着夜光珠的亮光，埋头就干了起来。他用锄头挖了十二下，用铲子铲了十二下，用锤子捶了十二下，就打成了一口十二丈深的大井。一会儿井里水就升起来了。

财主看见水，想到了全村的人都要用高价到他这儿来买水，想到全村的金银财宝又要滚到他的腰包里来，心里乐开了花。但是，他担心月亮公公会给村民们开井，便央求月亮公公说："月亮公公，月亮公公！你为我做了这么大的好事，救了我一家，积了这么大的德，你就在我家住下养老吧！"

月亮公公没有回答，他的头一连摇了十二下。财主一看央求不行，便喊道："月亮公公，月亮公公！你在我家有吃有穿，你如出去为穷小子们打井，到处流浪会挨饿受冻的。多么不值得，不如在我家享点清福吧。"月亮公公仍然没有说话。两只眼睛盯住财主，头又摇了十二下。财主慌了，把眼睛一翻，叫奴仆们把月亮公公捆了个五花大绑，关进铁笼里。

村里的人干得要命，只得到财主家买水喝，要一两银子才能换一碗水，大家被逼得没法，最后只得把田地的契约也拿来换水。这事被月亮公公知道了,他气得要命,因为他一心想救人,现在反倒害了人,他拼着一口气,把铁笼砸开了,拿了工具箱,攀着古墙上的老藤条翻出财主家。

他走到场坝上对农民们喊道:"要喝水的,跟我来!"于是,全村的农民都簇拥着月亮公公跑到一块空地,月亮公公拿出工具,用锄头挖了十二下,用铲子铲了十二下,用锤子捶了十二下,就成了一口十二丈深的大井。一会儿井里就盛满了清凉的水。

人们都很感谢月亮公公。但是,人要喝水,庄稼也要吃水,一口井怎么够用呢?于是农民们急忙回家拿了锄头、铲子、锤子什么的,学着月亮公公开起井来。

正在这时候,财主发现铁笼被砸开了,月亮公公不在了,自己的发财计划被打破了,急得像热锅上的蚂蚁一样。他把八百奴仆叫来,吩咐道:"快给我去找月亮公公那老不死的!"

八百奴仆分头找啊找,发现月亮公公正在教农民们开井,就急忙告诉财主。财主挺着砂锅肚子走来,对月亮公公大喝一声:"哼哼!你在教穷小子们开井?"

月亮公公冷笑了一下,对财主骂道:"呵呵,你这狼心狗肺的坏蛋,我为你开了一口井,想不到你竟会这样!好,看吧!"话没说完,几个奴才飞跑过来,气喘吁吁地对财主说:"家里的井不见了!"

财主气得话也说不出来,半天才说道:"给我把这老不死的月亮公公打死!……把井通通填掉……"奴才们拥上去,七手八脚地把月亮公公推进井里。

月亮公公沉到井底,农民们都掉下了眼泪。财主叫他的奴才把井填了,扬长而去。

天,漆一样黑,鱼儿无水要死,人无水不能活。只是流泪又有什么用呢?开井吧,农民们白天要为财主种田,哪有时间?晚上吧,又没有灯。

人们正在发愁的时候,突然觉得四周亮堂堂的。睁大眼睛一看!原来是月亮公公开的那口井,也就是月亮公公葬身的那口井,突然升起一块圆盘似的发亮的宝石来。它比火更明，比灯更亮，把空旷的原野照得如同白昼一样，农民们又开始打井了。

挖了十二下，铲了十二下，锤了十二下……就这样一连开了十二口十二丈深的大井。人有水吃了，庄稼也有水喝了。

这时，财主家的两个奴才出来巡夜，鬼鬼祟祟的。他俩一出财主家门，看见四周亮堂堂的，以为是在做梦，可是擦了一下眼睛，看看仍旧亮得十分耀眼。这个怪异的现象吓得二人出了一身冷汗，忙把巡夜的五十个奴仆集合起来，跟着光亮找去。终于在旷野里，他们发现了那个发光的大宝石，又看见农民们正借着它的光在打井，就慌不择路地跑回去把这件事告诉了财主。

财主一听有宝石，心中大喜，立刻带了奴仆们去"取宝"。

宝石闪着白光，圆圆的，犹如一块白玉。财主见了，心一动，就叫奴仆们把农民赶走，又立即派人把仓库里的工具全都用车运来。让八十个身强力壮的奴才轮换着挖宝。

奴才们你一锄，我一锄，看看宝石动了起来，财主在一旁笑得前仰后合。

可是，就在这时，宝石升了起来，奴仆们怔住了，财主也呆呆地站在那里。宝石上升着，慢慢地越来越小了。等它飞上高空，只有银盘大了，财主这才醒悟过来，大声吼骂奴仆："怎么，呆了？还不赶快用箭把它射下来！"八十个奴仆立即到兵器库拿来了"升天箭"，拉开了弓，搭上箭，对准银盘似的宝石发射。

第一箭射上天去，射在银盘上溅出一粒小宝石，财主以为这回可得到宝石了，可是小宝石也不落下来，他慌忙叫奴仆们赶快射，一箭又一箭，箭箭都射在银盘上，溅出一粒又一粒小宝石，可是一粒也不落下来。

当满天都溅满了小宝石的时候，财主的"升天箭"也射完了。宝石呢？仍然一颗也没掉下来。

财主气得喘不过气来。八抬大轿把他抬回家后，他拿出算盘算了一算，光"升天箭"就损失了他一半家产，可是一根线的好处没得到。他气了八天八夜，到第九天，终于气炸了肚皮……

从那时候起,那银盘似的宝石永远挂在天上,人们就叫它"月亮"。那飞溅出来的小宝石永远在天上眨着眼睛,人们就叫它"星星"。月亮公公开的那口井就叫作"月亮井"。

搜集整理者:张英喜

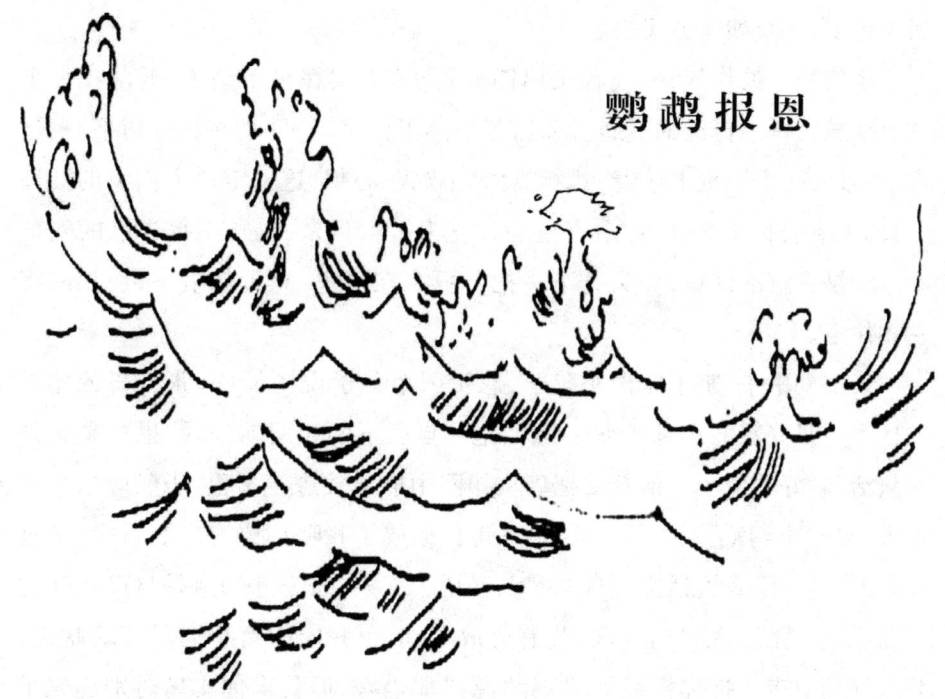

鹦鹉报恩

　　在很早以前，有一对鹦鹉住在一片大森林里，它们结巢于一个特别高大的松树上。一年，母鹦鹉产了三枚蛋，开始趴窝。三枚蛋有一个寡蛋，还蹬坏了一枚，只卵出一只小鹦鹉来。小鹦鹉一天天地长大了，出窝可以自己找食了。可是小鹦鹉的父亲死了，小鹦鹉的母亲也得病不能动了。尽管小鹦鹉每天给母亲含水打食，可是母亲的病仍然不见好，一天比一天沉重。

　　一天，小鹦鹉问母亲："您老这病怎么能治好呢？我们又不是人类，不然也请个医生来给你看看。"说着说着落下了痛苦的泪。鹦鹉母亲说："孩子，别伤心，如果你能找到红豆，我吃了一定会治好病的。"小鹦鹉说："母亲放心，我一定能为你找到红豆，治好你的病。"说完就飞出森林，到平西的庄稼地里给母亲找红豆去了。小鹦鹉飞出十几里地，找遍了山边的土地也没找到红豆的影子。于是他又给母打食含水，并对母亲说："今天没找到红豆，明天我再飞远一些去找。"第二天，小鹦鹉飞出几十里地仍然没找到一颗红豆，他只好飞回来又对母亲说："今天又没找到红豆，明天我给您多打些食，准备再飞远一些，一定把红豆找到。"次日，小鹦鹉安排了母亲的吃食之后，就展翅飞走了，一直朝南方飞去。

小鹦鹉一鼓作气，一气就飞出四五百里地，实在飞不动了，就落在一个树上歇息。一想自己的遭遇就又痛苦地落下泪来。不一会，它往树下一看，喜出望外，一个土堆上放着一颗红豆。小鹦鹉心想，这一定是人们下的捕鸟工具，飞下去叼那红豆，肯定有危险。它为了救母亲，也顾不得自己的安危了。于是它瞅准红豆，一头扎下去把红豆含在嘴里，只听吧嗒一声，扣网将它扣住了。

天快到中午，来了一群小孩子，忽听一个孩子说："看呢，张三哥的扣网扣住了一只好看的小鸟！"张三急忙跑到自己下的扣网前一看，果真是扣到一只活鸟，好看极了。他赶忙把鸟从扣网中取出放进笼子里，乐颠颠地往家走去，忽然小鹦鹉说："张三哥、张三哥！你放了我吧！"张三左右看看，周围没有人，是谁跟我说话呢？这时鹦鹉又说了一遍，张三才知道是自己扣住的鸟在说话。张三说："鸟啊鸟，我有心放了你，可我家中有个老母等着吃饭，我只好到集市上把你卖钱了。"鹦鹉说："那也好，但我求你卖鸟时别连笼子卖了，在你得到钱后，交鸟换手时，我可以趁机逃走。"张三答应了鹦鹉的请求。

第二天早晨，张三拎着鸟笼到集市去卖鹦鹉。围看的人很多，但因张三要的价太贵，好半天没一个买的。又等了一会，来了一位高老员外，他走到张三跟前看了鹦鹉，很喜爱。"这鸟要多少钱？"张三答："要五两银子，少一个子也不卖。"高员外说："我说张三，什么鸟卖这么高价？"张三说："这鸟叫鹦鹉，不但长得好看，而且还会说话。"于是就让鹦鹉说了一句话。高员外说："这鸟果真会说话，我买下了，给你五两银子，连笼子也卖给我吧！"张三说啥也不干，非要十两银子不可，不然只卖鹦鹉不卖笼子。高员外一想，十两就十两，连笼子买下倒省事多了。于是花了十两银子把鹦鹉和笼子一块买下了。这时鹦鹉在笼中一边落泪，一边在心里恨张三哥失信和高老员外贪心。

鹦鹉被高老员外买去以后，一直闷闷不乐，总想着母亲的病，嘴里仍然含着那颗红豆。过了几天，正值高员外六十大寿，高家张灯结彩，宴请宾朋。

高员外为了在亲朋好友面前显示自己得了一只宝鸟，于是让管家把鹦鹉笼子拿到宴席大厅中来，并笑呵呵地对鹦鹉说："我说鹦鹉，今天是老夫六十大寿，你在亲朋好友面前，为我说几句喜庆的话，也让老夫高兴高兴。"鹦鹉哪有什么心给高员外说祝贺的话，它一心想着病重的母亲，越想心中越气愤，于是说："高老员外，高老员外，你个老王八蛋！"高老员外一听鹦鹉这么说，气得要死，浑身颤抖，怒吼道："好你个鹦鹉，竟敢在大庭广众面前辱骂老夫，我非喝你的肉汤不可！"说完，令管家把鹦鹉送到厨房去，叫厨师王二给做一碗鹦鹉肉汤。

管家将鹦鹉笼子拿到厨房里，正值王二忙着。随手将笼子放下，传达高员外的话后就走了，正当王二忙着做菜，就听到"王二哥、王二哥，救我！"的声音。王二看了看屋内除了鹦鹉以外，没有别人，于是放下手中活计，走到鹦鹉跟前问："我怎么才救你呢？"鹦鹉十分聪明，想了一下说："高员外从未喝过鹦鹉鸟肉汤，只要你把房檐下的要出飞的鸽子抓来两只，精心制作，多加些调料，准可以瞒过。"王二虽然给高员外做饭，但他出身贫苦，对鹦鹉为了救母的行为十分感动，于是决定搭救鹦鹉。他上房悄悄掏来两只鸽子，脱去毛，收拾干净，精心制作了一碗汤，然后将鹦鹉藏了起来。

王二将做好的汤送到前厅，高员外见鹦鹉鸟肉汤端来，边喝边骂："我让你当众骂我，这回我喝你的肉汤，看你还能骂我吗？"

当天晚上，厨师王二收拾完灶房，回到自己住宿屋内，鹦鹉说："王二哥，我必须转移一个地方，不然让高员外知道就再难逃活命了，你附近有亲戚朋友没有？如有，把我寄存在那，等我翅膀的伤好之后，我先回去救母亲，然后回来报你的恩。"王二说："附近我没什么亲戚，不过关帝庙的住持是我的朋友，我可以将你送到那里养伤。"鹦鹉说："那太好了，多谢你的搭救。"于是当晚王二将鹦鹉带到关帝庙，向住持说明情况，并拜托他好好照顾，做好保密工作。

住持受朋友之托，对鹦鹉照料倍加用心，每天按时给食给水，并给洗伤处。一来二去，鹦鹉和住持熟悉了，并交上朋友，鹦鹉给住持讲述大森林中的故事，住持也给鹦鹉讲述人间的故事。一天，鹦鹉对住持说："住持，请打开笼门,我要出去试飞,如果翅膀好了,我马上返回家去,救母亲要紧。"住持按鹦鹉的请求,打开了笼门,鹦鹉在庙院中飞了一会,还觉得翅膀有些疼痛,于是又在庙内养息数日,伤好之后,鹦鹉告别了住持,说:"我马上回去,把红豆给母亲吃了,等她病好后,我一定回来报您及王二哥的恩。"说完展翅向北方的大森林飞去。

鹦鹉一鼓作气飞回家来,一看母亲早已病死在巢内,身子都已干了。因为鹦鹉去给母亲找红豆不幸被捉,又在高员外家及庙内耽误近一个月,有病的母亲无人打食含水,硬是饿渴而死。小鹦鹉痛哭一场,然后将母亲从大松树上抱下来,在树下挖了个深坑,将母亲埋了,然后飞回了关帝庙来见住持。

住持见鹦鹉没去几日就返回来了,感到很突然,便问道:"鹦鹉,你母亲病好了吗?"鹦鹉落下泪来,回答说:"住持,我的母亲已经死了将近一个月了,我被耽误了些天,还有谁照顾母亲啊!我恨死了高员外,非报这个仇不可。"住持说:"先别急,等歇几天再说。"过了几天,鹦鹉对住持说:"请你把关帝老爷的后脑勺打一个洞,让我钻进去,就说关帝显灵了,这样你庙中的香火就旺了,从中我可以治那贪心的高员外。"住持于是按鹦鹉说的办了。

关帝老爷显灵的事一传十,十传百,十里八村,百八十里的人都纷纷前来烧香叩头,求答问卜。关帝庙人山人海,有人抬着供品,有人带来许多金银,一齐朝拜,庙里的香火越来越旺了。

搜集者:王作锋

炸海石

　　从前，有个打柴为生的穷孩子，叫王二，只有母亲和他相依为命。王二每天上山砍柴到集上卖，换回点粮食，有时还能给妈妈买点好吃的东西。他是个孝顺儿子，可快到三十岁了还没娶上个媳妇，他妈成天犯愁。

　　有一天，王二跟往常一样，太阳还没出来，他就扛着扁担、拿着斧子上山了。正走着，好模样的天就变了，阴忽拉的①，不大一会下起了大暴雨。王二寻思赶紧找个地方避雨，左右看看也没地方，衣裳都淋湿了。天还一道闪电一个雷的，雨下得那个大呀，就像天要漏了似的。冷不丁王二看见不远的地方有一团火，忽撩忽撩地往上蹿。火苗一会比一会高，王二觉着奇怪，就冒着雨跑过去，扒开树枝，伸过脑袋一看，啊！原来是块石头着火。奇怪的是雨点落在石头上就变成了火苗。等一阵大雨停了，石头也不着火了，又跟别的石头一样。王二寻思这可能是好东西。柴也不打就把石头背回家了。他把石头着火的事，跟他妈说了。妈说："听老人说，有一种宝石能炸海。龙王

---

① 阴忽拉的：形容很暗，好像要下雨似的。

都害怕，要啥他就给啥。八成是这种石头。"王二要去炸海，他妈就答应了。

第二天王二带了挺多干粮上路了。他走啊走，整整走了七七四十九天。这天来到了海边，顾不得歇歇，就把早已用绳子捆好的宝石往海里一扔。立刻亮①海水哗哗地翻腾起来，像开了锅一样。不一会，就看水中起一道白光，走出两个巡海夜叉，大声问道："何人如此大胆，敢来炸海？"王二大着胆子说："我是砍柴的王二，来求见龙王。"巡海夜叉说："快收起你的宝石，跟我去见龙王。"说着把三齿叉伸过来，叫王二站在上边闭上眼睛。只听见哗哗的水声，也不湿衣服，凉飕飕的风吹得他浑身直起鸡皮疙瘩。等他睁开眼睛一看，已经进龙宫了。这龙宫里真漂亮，尽是珠宝玉器，瞅得他眼花缭乱。龙王跟他说话，他才醒过神来。龙王说：

"王二，你有能耐来了，就是客人。你在宫里多住几天，各处玩玩、看看。回家时要啥就给你啥，让你可劲拿。"

王二由一个海神童领着东走走，西看看，不几天就跟海神童交上了朋友。海神童知道王二还没娶媳妇，就给他出了个主意："你要走的时候，给你什么你也别要，就要龙王身边的那只小花狗。它是龙王的小女儿。因为要见炸海的人，龙王不许她见，她才变成只狗。龙王若是不给，你就不走。"王二牢记神童的话。

一晃，王二已经来一个多月了。由于惦记自己的老妈，着急回去，就跟龙王说了。龙王说："你要走了，我龙宫里的金银财宝随你挑。"王二说："我什么金银财宝也不要，就要你身边的小花狗。"龙王听了心中一惊，赶忙说："你不要金银财宝，这不是傻瓜吗？"王二说："我最喜欢小狗，求您给我吧！我一定照顾好它。"龙王说："王二呀王二，你非要这小花狗？"王二急忙说："是的，龙王你就给我吧！"龙王摸了摸小花狗的头，看看它，小花狗点了点头。龙王没办法，只好答应了。王二抱着小花狗要离开龙宫了，龙王又给他带上了一个宝葫芦。嘱咐王二千万把小花狗照顾好，要啥东西这葫芦里都有，王二点头答应了。

---

① 立刻亮：立刻、马上。

王二背着葫芦、抱着小花狗出了海。又走了七七四十九天,回到了家。看见家门口冷冷清清的。进屋一看,妈想儿都想出病了,躺在炕上昏昏沉沉的。王二赶忙叫妈,老人睁眼看是儿子回来了,想笑也没笑出来。王二忙打开宝葫芦,说一声:"宝葫芦快来灵药一副,为妈妈治病。"边说边摇,往外一倒,倒出两粒药丸,给妈妈吃下去,过了半个时辰,老人能说话了。王二把妈妈扶起来,又把小花狗放在她的怀里,把炸海的事跟妈说了。把小花狗的来历也告诉了她。家里添了一只小狗,娘俩一天到晚还挺高兴的,妈妈的病也渐渐好了。

打这以后,王二照样上山打柴。可每天打柴回来,锅里都有热气腾腾的饭菜。王二问妈妈,她也不知道怎么回事。这天王二假装到山上砍柴,躲在离家不远的地方,看见家里的烟囱一冒烟,就往回跑,到窗外把窗纸捅破往里一看,哎呀,是个仙女在灶前做饭。炕上放着那张小花狗皮。王二一个箭步蹿到屋里。二话没说,拿过狗皮就往炉灶里扔。龙女一看王二要烧狗皮,就一边抢一边说:"你不能烧,不能烧啊!烧了我就回不去龙宫了。"王二哪肯听,一把就扔进炉灶,眨眼不见了。龙女气哭了。这时王二的妈妈睡觉醒了,看见一个漂亮姑娘像仙女一样,还系着围裙,就笑着说:"姑娘是从哪儿来的?"王二说:"她就是龙女,来给你做伴。"老太太乐坏了,拉住龙女的手说:"你愿意给我儿子当媳妇吗?"龙女点点头,羞得脸通红。王二心里乐开了花,老人急忙收拾屋子,找来邻居帮忙操办婚事。

这王二娶了个仙女似的媳妇,村里村外地传开了。村里有个霸王齐大少爷,听说了,也来看新媳妇。这一看不要紧,顿时神魂颠倒了,馋得着了魔似的,就惦记上了王二的媳妇。

王二结婚的第二天,家里来了一伙齐大少爷的家奴。背来二斗绿豆和小麦掺在一起的种子,叫王二一天挑好。挑不出来就把王二的媳妇带走。王二一听吓坏了,这都半天晌午了,还剩半天工夫我咋能挑完哪?正犯愁呢,媳妇走过来说:

"别犯愁,叫他们明天早上来拿。"说完把这几个家奴打发了。到了晚上,龙女叫婆婆和王二都去睡觉,她用纸片做了个小簸箕,吹口气就变大了。

龙女又轻轻地一挥手，小簸箕就自个簸，不一会工夫，小麦和绿豆就分开了。第二天一大早，齐大少爷带着人来了。进屋一看绿豆小麦分两堆，堆在那儿，又傻眼了。只得装巴装巴背回去了。

这天齐大少爷又来找王二，说要跟他赛马。王二若是输了，就把王二的媳妇让给他。王二一听又犯愁了，上哪弄马去呢？媳妇说："别着急，我有办法。"到晚上，龙女用高粱秸编了一匹小马。吹口气，就变成一匹真马。抖抖鬃毛四蹄蹬地，还挺精神。

清早齐大少爷骑着高头大马，看看王二的马，心想保准比不过自己。这就开始跑。齐大少爷一直跑在前头，不一会就看王二的马四蹄生风，跑到前头去了。齐大少爷气坏了，对家奴说，明天就把新媳妇抢过来。说完一气跑回家去了。王二寻思：这回完了，齐大少爷一生气，非得把我媳妇抢走。没精打采地走回家。媳妇一看他又犯愁了，就问他咋回事，王二说："齐大少爷跟我比马也输了，明天就要抢你，这可咋办？"龙女说："别怕，明儿再说。"

第二天，天一亮，齐大少爷带着一大帮家奴，抬着一顶花轿来了。到院门口，就叫王二把媳妇交出来。龙女出来说："来吧，我在这呢！"齐大少爷一看乐坏了，以为龙女真的要跟他走。可一眨眼，龙女上房了，手里摇着宝葫芦说："给我来水！"葫芦里就立刻往外流水，转眼水齐腰深。齐大少爷这伙人成了落汤鸡，龙女又说："没脖，结冰。"片刻那水就把这伙人的脖子没了，眼看着结成厚冰。龙女说声收，宝葫芦把冰化了，连冰带人都收到葫芦里。从此王二一家又高高兴兴地过上了好日子。

讲述者：白丽华

搜集整理者：刘娜　张桂忠

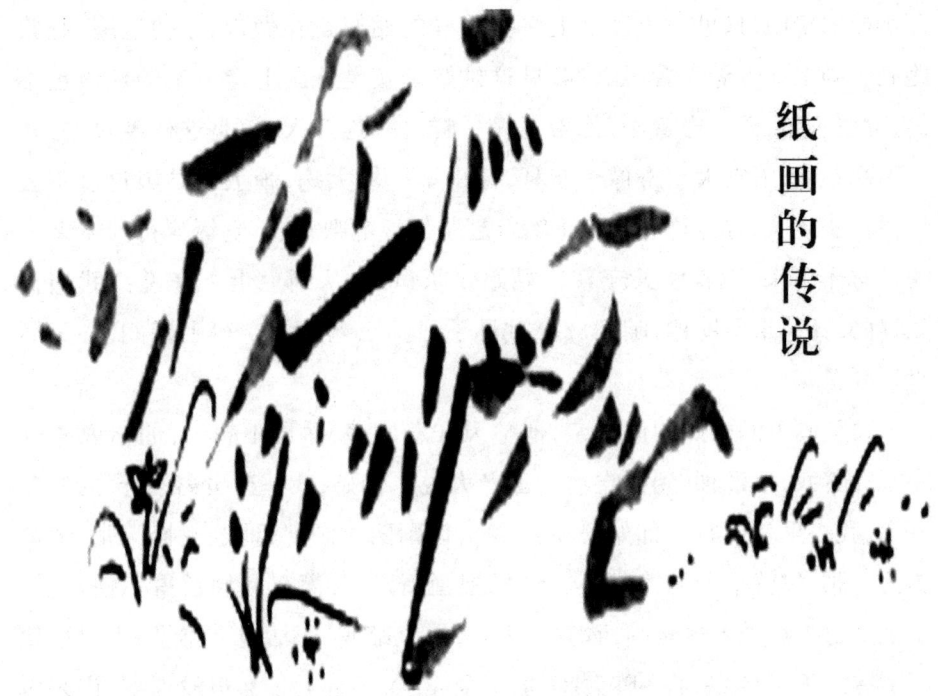

纸画的传说

　　新年到了，家家户户都喜欢贴上几张纸画，屋里贴几张纸画，亮堂不少。人们都知道纸画好看，但关于纸画的传说，知道的人可很少。

　　很早以前，有一个小山村住着一位姓王的单身汉，他没有名字，村里人都叫他王老大，时间一长王老大就成了他的名字啦。王老大家里很穷，只有一间低矮的破草房，风一吹，草房就会随风飘走。父母谢世时留给他两亩雨大苗顺水、天旱晒黄苗的山坡地，每年的收成不够他糊口，只能靠打柴度日。如今，王老大都二十五岁啦，还是没钱说媳妇。

　　有一天，王老大卖完柴，路过一个纸画摊，有一张画吸引了他。摆摊的老人见他很喜欢那张画，就说："你相中了这张画"？王老大点点头，说："可我没钱买。"老人说："你真相中我就送给你，不要钱。"王老大听了，真是喜从天降，赶紧跪下给老人磕头，等他抬起头的时候，老人和画摊都不见了。

　　王老大得了这张画，像得了一件了不起的宝贝，简直看入了迷，一连几天都没有出工。这天，他去山上打柴，送到城里卖了换了点米就往回跑，等跑到家里一看，家里的烟囱正冒烟，王老大心里很奇怪，谁用我的锅呢？推开半掩的柴门，只见一位和画上一模一样的姑娘正在做饭，见他进屋，赶紧跑到了画上。王老大看得真准，见这姑娘确实是从画上走下来的他饭也不做，觉也不睡，整天守着画，像着了魔一样。一连三天，都是这样度过的，几天不吃不喝，王老大瘦得像个麻秆，像得了一场大病，画上的姑娘过意不去地说："王老大，你这样守着我干啥？赶紧做饭吃吧，人不吃饭哪行。"王老大说："你不下来，我就整天守着。"姑娘叹了口气，从画上走下来说："我叫仙姑，师父让我来帮助你，咱们成家过日子吧。"王老大凭空得了媳妇，心里简直乐开了花。

自从画上的姑娘和他成亲，他整天守着姑娘，啥也不想干，仙姑说："你整天守着我，地谁种，到秋吃啥？"王老大说："仙姑，我一刻也离不开你，一离开你，我心里就没底。"仙姑又说："我给你画两张画吧，地这头拴一张，地那头拴一张，你就整天见着我啦。"仙姑把画画好了，简直和她长得一模一样，王老大每天都带着这张画，看着这张画，心里踏实，干活也不累了，干得也快了。有一天，忽然来了一阵大风，把画刮飞了，王老大怎么也没抓到，说来也巧，这张画被私访的皇上拣到了，皇上一看，画上的姑娘太漂亮了，心想：我拥有四海，后宫宠妃都是倾国倾城之绝色，可和画上的姑娘一比，简直比黑老鸭还丑，我非要找到画上的姑娘不可。回到皇宫，皇上立刻下了一道圣旨，寻找画上的美人。

关于王老大买画得媳妇的事，早已成了这一带的新鲜事，四里八乡没有不知道的，带兵寻美人的人自然也知道，可他没有想到，美人会在这所破草房里，官兵围住了草房，带兵的进了草房，向仙姑宣读了圣旨。仙姑说："要我去也可以，先答应我三件事，我就去，否则，宁死不从。"皇上听了传话，也来了，说："莫说三件事，三十件事也能答应，啥事，美人你说吧。"

第一件事和皇上斗蟋蟀，皇上输了。第二件事和皇上斗鸡，皇上也输了。第三件事和皇上斗智，皇上又输了。三件事皇上一件也没办到，仙姑说："我说的三件事你都没办成，你们走吧。"皇上一见，立刻恼羞成怒，说："给我把美人抢回去。"官兵刚要动手，仙姑用手一指，说："发水。"立刻，大水滔滔，抢她的官兵一个个只剩下一个脑袋露在水上，仙姑又一指，说："上冻。"把这些官兵都冻上了。仙姑走到皇上面前，说："本想要你一命，念你是一国之君，阳寿没终，饶你一条小命，如果再对我动邪念，你一定没有好下场。"皇上吓得连连点头称是。从此，皇上再也没来找麻烦，仙姑的名字越传越远，一直流传到今天。

收集整理者：刘占生